DEUTSCHE AKADEMIE FÜR SPRACHE UND DICHTUNG

—

Jahrbuch 2005

WALLSTEIN VERLAG

Das Jahrbuch der Deutschen Akademie für Sprache und Dichtung, Darmstadt, erscheint jeweils im Frühjahr des folgenden Jahres.

Redaktion: Michael Assmann
Deutsche Akademie für Sprache und Dichtung
Alexandraweg 23, D-64287 Darmstadt
www.deutscheakademie.de

Gefördert von der Kulturstiftung der Länder
und vom Beauftragten der Bundesregierung
für Kultur und Medien

Bibliografische Information Der Deutschen Bibliothek

Die Deutsche Bibliothek verzeichnet diese Publikation in der Deutschen Nationalbibliografie; detaillierte bibliografische Daten sind im Internet über http://dnb.ddb.de abrufbar.

Satz: Wallstein Verlag, Göttingen
Druck und Verarbeitung: Hubert & Co, Göttingen
ISBN 10: 3-8353-0014-8
ISBN 13: 978-3-8353-0014-9
ISSN 0070-3923

INHALTSVERZEICHNIS

Vorstellung neuer Mitglieder

II. HERBSTTAGUNG IN DARMSTADT

»Talk statt Politik – *Verschwindet die politische Rede?*«

Johann-Heinrich-Merck-Preis für literarische Kritik und Essay 2005

Sigmund-Freud-Preis für wissenschaftliche Prosa 2005

Georg-Büchner-Preis 2005

Vorstellung neuer Mitglieder

III. Gedenkworte

IV. Anhang

Frühjahrstagung

vom 28. April bis 1. Mai 2005 in Salzburg

Donnerstag, 28. April

Aula der Universitätsbibliothek, Hofstallgasse 2-4

19.30 Uhr Vorstellung neuer Mitglieder
ANITA ALBUS, WALTER KAPPACHER, RAOUL SCHROTT, WOLF SINGER

»Naturwissenschaft und Poesie«
Gespräch zwischen WOLF SINGER und RAOUL SCHROTT. – Moderation: KLAUS REICHERT

Freitag, 29. April

Aula der Universitätsbibliothek

15.30 Uhr »Die Wissenschaft spricht Englisch – und die Gelehrsamkeit viele Sprachen?«
Diskussion zwischen FLORIAN COULMAS, REGINE KOLLEK, VOLKER TER MEULEN, ULRICH RAULFF und HANS-JÖRG RHEINBERGER. – Moderation: UWE PÖRKSEN

Samstag, 30. April

republic, Anton-Neumayr-Platz 2

19.30 Uhr »Wenn auch die Namen nicht mehr sind«. Österreichische Autoren stellen vergessene Schriftsteller ihres Landes vor
GERT JONKE, ALFRED KOLLERITSCH, ROBERT MENASSE, KATHRIN RÖGGLA, ROBERT SCHINDEL. – Einführung und Moderation: PETER HAMM

Sonntag, 1. Mai

Schloß Hellbrunn

11.00 Uhr Öffentliche Feier zur Verleihung der Akademiepreise

Johann-Heinrich-Voß-Preis für Übersetzung 2005 an ELISABETH EDL
Laudatio: ANDREAS ISENSCHMID – Dankrede der Preisträgerin

Friedrich-Gundolf-Preis für die Vermittlung deutscher Kultur im Ausland 2005 an László F. Földényi – Laudatio: Ilma Rakusa – Dankrede des Preisträgers

Naturwissenschaft und Poesie

WOLF SINGER

I

Die moderne Wissenschaftssprache ist unverständlich geworden. Sie trägt die Folgen einer Entwicklung, die mit dem Anspruch der exakten Naturwissenschaften einmal begonnen hat, alles zutreffend in mathematischen Formulierungen fassen zu können. Das, was mittlerweile erschlossen und beschrieben wird, ist weitgehend abstrakt und auch nicht mehr mit unseren kognitiven Möglichkeiten nachvollziehbar. Liegen hier die entscheidenden Ursachen der zunehmenden Sprachlosigkeit der Naturwissenschaften? Und was kann an die Stelle der Sprache treten, in der offenbar das zeitgenössische wissenschaftliche Verständnis der Welt nicht mehr darstellbar ist? Welche Rolle kommt dem Bild, dem Modell, der Metapher, der Poesie zu?

Ich sehe keinen Hinweis darauf, daß die Naturwissenschaften zunehmend sprachlos werden. Ganz im Gegenteil, die Zahl wissenschaftlicher Publikationen wächst exponentiell und der Großteil dieser Arbeiten ist nach wie vor in Sprachen verfaßt, deren Struktur auch für den Laien zu entschlüsseln ist. Der Anteil der Mathematisierung nimmt zwar zu, weil auch die Lebenswissenschaften immer mehr der theoretischen Durchdringung bedürfen, aber wenn man von statistischen Angaben absieht, kommen die meisten Publikationen nach wie vor ohne mathematische Notierungen aus. Zutreffend ist allerdings, daß die Komplexität der inzwischen erforschbaren Prozesse so zugenommen hat, daß deren intuitive Erfassung gelegentlich Schwierigkeiten bereitet. Das hat vor allem damit zu tun, daß sie sich in Dimensionen abspielen oder dynamische Eigenschaften haben, für die wir kein natürliches Sensorium entwickeln konnten, da es während der Evolution keinen Selektionsdruck für die Ausbildung der entsprechenden kognitiven Leistungen gab. Beispiele hierfür sind die Vorgänge in der Quantenwelt, die extrem komplexen dynamischen Wechselwirkungen in Organismen und die Prozesse, die zur Strukturbildung im Universum führten. Entsprechend schwierig ist es, Erkenntnisse in diesen Bereichen intuitiv erfaßbar zu machen. Hierbei spielt die Darstellung in Bildern und die Umschreibung mit Metaphern eine herausragende Rolle. Beide Versuche sind jedoch problematisch, da durch die Rücktransformation in unmittelbar erfaßbare Repräsentationen der falsche Eindruck vermittelt wird, es handele sich bei dem Dargestellten doch um etwas Anschauliches, in unsere Lebenswelt Transportierbares. Vor allem für den Fachfremden liegt hierin die Gefahr, die Erweiterung des Weltbildes, welche diese neuen Erkenntnisse erzwingen, nicht mitzumachen, sondern das Neue in den gewohnten Rahmen einzuordnen. Da das Neue sowohl unser Selbstverständnis als auch unsere Sicht auf die Welt in nachhaltiger Weise verändert – und hier sei erinnert an die revolutionierenden Erkenntnisse der modernen Hirnforschung und der Quantenphysik – wird die Poesie diesen Perspektivenwechseln Rechnung tragen müssen. Ist es doch eine der vornehmsten Aufgaben der Poesie, die in rationaler Sprache nur schwer faßbaren Attribute unseres »sich in der Welt Fühlens« zu erfassen und zu vermitteln.

II

Kann die Hirnforschung uns Anhaltspunkte dafür geben, wie wissenschaftliche Erkenntnisprozesse verlaufen? Gibt es Hinweise darauf, wie das Gehirn die experimentelle Erkundung eines Sachverhalts verarbeitet, welche Rolle der mathematischen Logik dabei zukommt, welche der Sprache, welche der körperlichen Motorik und dem ganzen vorsprachlichen Sensorium, welche den emotionalen Bedeutungen?

Die Hirnforschung hat sich zum Ziel gesetzt, die neuronalen Prozesse zu verstehen, die den verschiedenen Leistungen zugrundeliegen, die hier angesprochen wurden: Unsere Fähigkeit, wahrzunehmen, zu erinnern, zu bewerten, Emotionen zu haben, Entscheidungen zu treffen, unsere Aufmerksamkeit zu steuern, Erfahrungen abzuspeichern und zu erinnern, Sprache zu dekodieren und zu produzieren, logische Schlüsse zu ziehen, in die Zukunft zu planen und motorische Aktionen zu programmieren. In all diesen Bereichen wurden in den vergangenen Dekaden beträchtliche Erkenntnisgewinne erzielt. Wir sind jedoch von einer geschlossenen Theorie und einem umfassenden Verständnis der neuronalen Grundlagen dieser Leistungen weit entfernt. Das vermutlich schwierigste Problem ist mit der Frage verbunden, wie wir uns den Phasenübergang zwischen diesen materiellen Prozessen und der auf ihnen beruhenden, nur unserer Introspektion zugänglichen psychischen Dimension vorstellen sollen.

III

Wie würden Sie das Problem einer Vermittlung wissenschaftlicher Erkenntnisse an eine nicht fachkundige Öffentlichkeit beschreiben? Ist dies ein reines Übersetzungsproblem, der Übertragung aus der Fachterminologie in eine verständliche Sprache? Wie lassen sich Erfahrungen aus der heutigen wissenschaftlichen Arbeit für Außenstehende nachvollziehbar machen?

Eine Vielzahl der Probleme bei der Vermittlung wissenschaftlicher Erkenntnisse an eine nicht fachkundige Öffentlichkeit ließe sich beheben, wenn es genügend qualifizierte Übersetzer gäbe. Die meisten der wichtigen und ausgereiften wissenschaftlichen Erkenntnisse lassen sich so erklären, daß sie auch dem nicht Fachkundigen unmittelbar verständlich sind. Um dieses Übersetzungsproblem zu leisten, bedarf es jedoch besonderer Qualifikationen. Die Übersetzer müssen selbst wissenschaftlich ausgebildet sein, um ein bestimmtes Fachgebiet in seiner Entwicklung zu verfolgen und die erzielten Ergebnisse kompetent zu bewerten. Nur dann ist sichergestellt, daß es bei der Übersetzung nicht zu Mißverständnissen oder falschen Vereinfachungen kommt. Zusätzlich aber müssen die Übersetzer über die Fähigkeit verfügen, sich in ihre Leser zu versetzen, um beurteilen zu können, was diese an Vorwissen mitbringen. Und dann müssen sie über die didaktischen Fähigkeiten verfügen, einen komplexen Stoff unter Weglassung von Fachterminologie sprachlich zu fassen. Das gegenwärtige Vermittlungsproblem, das ich für gravierend halte, beruht vorwiegend darauf, daß uns diese Übersetzer fehlen und die Wissenschaftler selbst, entweder aus Zeitgründen oder weil sie nicht über die notwendige Doppelbegabung verfügen, diese Aufgabe nicht allein übernehmen können. Gerade das viel geschmähte Fernsehen könnte als Vermittler eine herausragende Rolle übernehmen, weil die Möglichkeit, bewegte Bilder zu zeigen, genutzt werden kann, um auch komplexe dynamische Prozesse verständlich zu machen. Da auch für die Experten neue Entdeckungen und Theorien über einen Prozeß der Gewöhnung zur Vorstellung werden, die sich in Sätzen fassen lassen, sollte es im Prinzip möglich sein, alles das, was sich menschliche Gehirne ausdenken können, so zu übersetzen, daß diese Erkenntnisse in der Lebenswelt zur Realität werden.

RAOUL SCHROTT

I

Was zeichnet für Sie die literarischen, die poetischen Formen der Erkenntnis aus? Was unterscheidet sie von den wissenschaftlichen Erkenntnisformen, die sich ja gleichfalls an den Grenzen des nicht mehr (oder noch nicht) Sagbaren bewegen?

Wenn »Erkenntnis« bedeutet, Inputs gleich welcher Provenienz – ob Sinnesreize oder statistische Daten – zu konfigurieren, ihnen ein gestalthaftes Ganzes zu verleihen, dann sehe ich keinen Unterschied zwischen literarischen und wissenschaftlichen Formen; damit sie für uns faßbar werden und »Sinn« machen können, müssen sie ja mittels unseres Gehirns strukturiert werden. Die kognitiven Modelle, die wir dabei zu bilden imstande sind, mögen noch so primitiv sein – sie sind die einzigen, über die wir verfügen; letztlich lassen sie sich darauf reduzieren, daß wir Sequenzen als kausal begreifen, Analogien erstellen, mehrere alternative Szenarien parallel konzipieren und bis zu einem Grad prädiktive Aussagen treffen. Selbst diese unterschiedlichen Bereiche aber lassen sich auf einen grundlegenden Mechanismen zurückführen: unsere Fähigkeit, verschiedenste Dinge miteinander zu assoziieren – auf dieser Basis arbeitet auch das Netzwerk unseres Gehirns; jede neuronale Verknüpfung (Assoziation also) wird auch nur erhalten, wenn sie von der Umwelt konditioniert wird. Die Crux dabei ist natürlich der darin verborgene Anthropomorphismus; das zeigt schon der erste Satz dieser Antwort, der sich trotz des wissenschaftlichen Anstrichs seines Lateins auf solche elementaren Anthropomorphismen wie »deuten«, »sehen«, »fassen«, »können« oder »müssen« stützt.

Die Poesie – im Unterschied zu den anderen Kunstgattungen – zeichnet aus, daß sie diese menschenmöglichen Verknüpfungsmechanismen auf fokussierte und selbstreflexive Art und Weise benützt: vom Assoziativen der Metapher über die Konfiguration eines Similes; von den auf Wiederholung und Abweichung aufbauenden Mustern musikalisch eingesetzter Wortverbindungen bis zu den Imagos, die sie in uns über Sprache wachzurufen imstande ist. All das, was unser Gehirn an Strukturen erstellen kann, findet sich bei ihr in konzentrierter Form wieder – was ihre jahrtausendealte Rolle als Vehikel der Tradition von »Wissen« (die vor der Einführung der Schrift auch noch zentral war) ebenso erklärt wie die Etymologie des Begriffs Poesie als »machen« (die Platon dezidiert als »Schöpfung aus dem Nichts« versteht). Plakativ gesagt: alles, was sich sagen läßt, bedient sich poetischer Mittel.

Was das Nicht-Sagbare – das Suggestive also – betrifft, weiß sie das besser als jedes andere Medium einzusetzen: gerade weil ihre Wortverknüpfungen

Assoziationen freizusetzen vermögen, deren gestalthafte Konturen bestenfalls bloß erahnbar sind. Mit diesem assoziativen Ausgreifen aber beginnt jede Modellbildung. Die Mathematik – als Beispiel eines nicht-sprachlichen Modells – wäre ohne dieses Assoziative nicht denkbar geworden: Zahlen sind ja abstrakte Entitäten. In ihr kommen beispielsweise drei grundlegende Schemata zum Vorschein – als Behelfskonstruktionen des Metaphorischen:

So stellen wir uns die Arithmetik als eine Ansammlung von Objekten vor, wobei das Addieren und Subtrahieren einem Hinzufügen bzw. einem Wegnehmen von Dingen gleichkommt, als wären Zahlen Bauklötzchen, die man in eine Schachtel gibt. Worte wie »groß« und »klein« (»was ist größer, 5 oder 7?«; »2 ist kleiner als 4«) statt »mehr« oder »weniger« stehen dabei für Zahlen, die weder physische Objekte sind, noch eine Größe im wörtlichen Sinn besitzen. Dies kommt uns nur deshalb so natürlich vor, weil wir an kleinen Mengen von Objekten gelernt haben, Ansammlungen zu manipulieren. Wenn wir dabei glauben, daß »5 aus 2 plus 3 besteht«, konzeptualisieren wir Zahlen als ganze Einheiten, die aus einzelnen Teilen bestehen.

Eine zweite Hilfskonstruktion besteht darin, uns Zahlen als Maßeinheiten vorzustellen, Einheiten, die wir wie Maßbänder oder Spannweiten des Armes aneinanderlegen: im einfachsten Fall Handbreiten, Ellen oder Fuß. Statt »mehr« oder »weniger« reden wir dann quasi trigonometrisch von »länger« oder kürzer«, als wären Zahlen wirklich an Maßstabslängen gebunden, imaginierte Längen im Raum, die schon deshalb willkürlich sind, weil jede Zahl unabhängig von einer Maßeinheit wie Zoll oder Zentimetern existiert.

Ein drittes Konstrukt wiederum sieht die Zahlen entlang einer Strecke aufgereiht. »Mehr« oder »weniger« wird dann durch »weiter vom Anfang entfernt« und »näher zum Anfang« ersetzt (»37 ist von 189 172 weit entfernt«; »das Ergebnis liegt ungefähr bei 40«; »zähl von 20 rückwärts«; »zähle alle Zahlen von 2 bis 10 auf«). Es ist die Idee der zielgerichteten Bewegung entlang einer Linie, die dabei offensichtlich wird; sie veranschaulicht uns eine Zahl, indem sie sie zwischen zwei anderen liegend ansiedelt, so wie 0 zwischen 1 und -1 liegt.

II

Wie eignen Sie sich wissenschaftliche, genauer: naturwissenschaftliche Themen an? Welche Rolle spielen für Sie bestimmte Begriffe oder Denkmodelle aus diesem Kontext (beispielsweise »verschmierter Zustand«), können diese wie ein Spiegel eigener poetischer Erfahrungen wirken?

Über Periodika wie *Nature* und Bücher. Insofern als sie ein Versuch sind, Daten mittels Sprache anschaulich zu machen, haftet ihnen zwar permanent der stillschweigende Vorwurf des Populärwissenschaftlichen an – aber da jede anschauliche Struktur die Stochastik komplexer Daten auf Graphen, Diagramme, Schemata – auf Konturen also – simplifiziert und wir ohne dieses Gestalthafte nicht »denken« können, ist dieser Vorwurf auf einer gewissen Ebene bald hinfällig. Schade ist nur, daß sich sowenige Wissenschaftler auf diese Art des Vermittelns einlassen, die den Daten erst eine menschliche Relevanz verleiht – und daß es sowenig Möglichkeiten zu einem Austausch zwischen den Disziplinen gibt.

Die Denkmodelle aus dem wissenschaftlichen Bereich sind dabei kaum je neu: Der »verschmierte Zustand«, auf den sie sich beziehen, stammt aus Schrödingers Parabel von der Quanten-Katze; sie beruht auf nichts anderem als der Überblendung zweier Bildbereiche, wie sie die Metapher einsetzt, und den sich daraus ergebenden Unschärfen. Schrödingers Beispiel aktualisiert dabei jedoch nur eine uralte mythische Figur, die dem, was Ist und zugleich Nicht-ist, was das Eine und zugleich das Andere ist, Gestalt leiht: ob das Mischwesen der *chimaera*, all die Metamorphosen, die Ovid beschreibt, das Rumpelstilzchen oder Lewis Carrolls Cheshire-Katze ... Um Naturwissenschaft darzustellen wird in der Regel auf den reichhaltigen Fundus des Poetischen zurückgegriffen. Das zeigt sich auch an der Person Schrödingers: auch er hat ja einen (wenn auch vergessenen) Gedichtband publiziert ...

III

Poesie, so haben Sie gesagt, spreche seit Jahrtausenden von »Wein, Weib und Gesang, Natur und Tod«. Die Natur, der wir begegnen, und unser Naturverständnis haben jedoch einen tiefgreifenden Wandel durchgemacht, der mittlerweile bis in unsere Körper hineinwirkt und auch die Bedeutung von Worten wie »Sexualität« und »Tod« zu verändern beginnt. Der großen Tradition der Naturlyrik scheint damit ihr Gegenüber entzogen zu werden, dem heutigen wissenschaftlich-technisch bestimmten Naturverständnis keine poetische Sprache mehr nahezukommen. Scheitert die zeitgenössische Poesie daran, die heutige »Natur« im Gedicht aufzuheben?

Nein. Daran zeigt sich bloß, wie denkfaul die Dichter sein können, wie ihrem poetischen Schrebergarten verhaftet – und wie bestimmend das Konservative der Dichtung ist. Das »Naturgedicht«, das Sie meinen, ist wohl die letzte Aktualisierung eines homerischen Naturbegriffs, der in jeder Quelle eine Nymphe und hinter jedem Baum eine Dryade sieht; es ist sicher an der Zeit, dieses Figürliche zu modernisieren – und sich einmal eine Sonne zu denken, die nicht »untergeht«, und stattdessen von einer Erde zu reden, die sich von der Sonne weg in den eigenen Schatten dreht.

Andererseits aber bestehen diese traditionellen Konventionen nicht zu unrecht: Poesie anthropomorphisiert die Welt bewußt, indem sie die Denkfiguren des Humanen in und auf die Welt projiziert. Das tun auch die Wissenschaften – nur mit einer zunächst spiegelverkehrten Motivation: in ihrem Ausgriff zeigen sie ja einen Gestus, der möglicht nicht-anthropomorph sein will, möglichst von uns absehen will, um »das da draußen« in den Griff zu bekommen. Aber auch sie müssen ihre Ergebnisse letztlich auf uns zurückführen: auf den Menschen als Bezugspunkt, nicht als Maß aller Dinge.

Dieser erweiterte Radius wäre der Poesie zu wünschen – aber das ändert trotzdem nichts daran, daß die Poesie den Menschen in den Mittelpunkt stellt. Und es ändert auch nichts daran, daß die menschliche Natur selbst – trotz dieses neuen Naturverständnisses, daß Sie postulieren – keinen wirklich »tiefgreifenden Wandel« durchgemacht hat: Sexualität und Tod bleiben die bestimmenden Bezüglichkeiten, die die Poesie immer schon zu definieren versucht hat. Insofern zeigt Ihre Frage nur den ewig selben dialektischen Prozeß auf: wie neues Wissen inkorporiert werden kann. Von einem Scheitern kann dabei keine Rede sein – keine Ausdrucksform wäre prädestinierter dazu als die Poesie –, eher von einem zeitweisen Hinterherhinken – und einem einem zeitweiligen Vorauseilen. Es liegt nicht an der Poesie, sondern an den Dichtern.

Die Wissenschaft spricht Englisch – und die Gelehrsamkeit viele Sprachen?

FLORIAN COULMAS

I

Sie leiten seit einiger Zeit das Deutsche Institut für Japanstudien in Tokyo. Spielen denn die deutsche Kultur und die deutsche Sprache noch eine nennenswerte Rolle in Japan? Oder hat der große Nachbar im Westen, die USA, die Aufmerksamkeit weitgehend auf sich gezogen?

Das Interesse an der deutschen Kultur und der deutschen Sprache ist in Japan zurückgegangen. Während sich dieses Interesse in der ersten Hälfte des zwanzigsten Jahrhunderts sehr breit und allgemein auf eine Kulturnation richtete, von der man viel lernen kann, ist es heute weitgehend auf Fachwissenschaftler beschränkt, die sich mit deutscher Literatur, Philosophie und Geschichte beschäftigen. Ziel für ein Auslandsstudium ist Deutschland hauptsächlich für Studenten dieser Fächer und der Musik. In allen anderen Disziplinen wird englischsprachigen Ländern mit großem Abstand der Vorzug gegeben.

II

Das Japanische gehört ebenso wie das Deutsche zu jenen Sprachen, die sich zum Verständigungsmittel in nahezu allen Funktionsbereichen ausgebildet haben, auch in der Wissenschaftskommunikation. Ist denn in Japan eine ähnliche Verdrängung der Nationalsprache aus den Naturwissenschaften zu beobachten, wie sie in Deutschland vor sich geht? Setzt sich auch dort das Englische als Wissenschaftssprache durch? Und wie reagiert die japanische Gesellschaft auf diese Veränderung des Sprachgebrauchs?

Wie in Deutschland publiziert die Wissenschaft in Japan zunehmend auf englisch, aber noch in gleichem Maße. Das liegt nicht zuletzt daran, daß die Universitäten mit (Regel-)Beförderung arbeiten und internationalen Publikationen bei der Bewertung weniger Gewicht beigemessen wird als in Deutschland. Ehrgeizige Wissenschaftler, die international mitreden wollen, schreiben aber auf englisch. Die japanische Gesellschaft reagiert auf diese Entwicklung gelassen. Daß für verschiedene Zwecke verschiedene Sprachen verwendet werden, betrachtet kaum jemand als Grund zur Sorge oder Aufregung, was damit zu tun haben mag, daß japanischsprachige wissenschaftliche Veröffentlichungen auch in der Vergangenheit international kaum bzw. überhaupt nicht zur Kenntnis genommen worden sind.

III

Die japanische Schrift unterscheidet sich grundlegend von unserer lateinisch-alphabetischen. Japanische Texte weisen zudem oft eine hybride Struktur auf, die bis zu vier Arten von Schriftzeichen umfassen kann: Kanji (chinesisches Ideogramm), Hira-Kana (phonetische Zeichen, hat sich als Standard durchgesetzt), Kata-Kana (gleichfalls phonetisch, aber nur zur Markierung des »Fremden« genutzt) und Alphabet. Damit werden auch ganz unterschiedliche Verhältnisse zwischen Sprache, Schrift und Welt miteinander verknüpft. Von der phonetischen Schrift heißt es beispielsweise, daß das von ihr installierte Abbildungsverhältnis zwischen Sprache und Schrift als eine Vor-Schrift gewertet werden könne, wie durch die Schrift auf das Wort und eine dahinterliegende Wahrheit hindurchgeblickt werden kann. Andere Sprachen/Schriftsysteme kennen diese Form der Transparenz nicht, weichen von der heute vorherrschenden Verknüpfungsmatrix von Sprache und Welt ab – so das Arabische, oder auch das ideographisch strukturierte Kanji. Die japanische Sprachkultur hat durch ihre Verbindung unterschiedlicher Schriften geradezu die Ungleichzeitigkeit im Prozeß der Modernisierung in sich aufgenommen. Könnte es sein, daß in Japan deshalb die Verbreitung des Englischen auf eine ganz andere Haltung des Sprachgebrauchs trifft, als wir sie aus dem deutschsprachigen Bereich kennen?

Der Begriff der »phonetischen Schrift« ist mißverständlich. Wenn darunter alle sich des lateinischen resp. kyrillischen Alphabets bedienenden Schriften subsumiert werden sollen, ist er praktisch inhaltsleer, da die alphabetische Notation praktisch nichts über die Art des Schriftsystems aussagt. Spanisch, Englisch und Deutsch verwenden von einigen Sonderzeichen abgesehen den gleichen Zeichensatz, die Schriftsysteme dieser Sprachen sind aber sehr verschieden. Das Verhältnis Laut-Buchstabe ist im Spanischen sehr transparent, im Deutschen etwas abstrakter und im Englischen hochgradig opak. Es sind Schriftsysteme verschiedenen Typs. Von einer Buchstabenfolge wie k-n-o-w zu sagen, sie sei eine Vorschrift, [nəu] zu sprechen, ergibt überhaupt keinen

Sinn, ebenso wenig, wie französisch *eau* als Vorschrift für [o] gelten kann. Die lautliche Interpretation der alphabetischen Buchstaben ist variabel, ähnlich wie die chinesischer Zeichen. Zwar ist die Interpretationseinheit gewöhnlich eine Silbe *cum* Morphem oder ein Wort, aber die Interpretationseinheiten der alphabetischen Buchstaben sind ja keineswegs einheitlich. Für kompetente Leser, macht es keinen großen Unterschied, ob ein Text japanisch, chinesisch oder englisch geschrieben ist. Sie lesen auf Sinn. Bei der perzeptuellen und kognitiven Zeichenverarbeitung gibt es Unterschiede im Detail. Die sind jedoch keineswegs von der Art, daß daraus weitreichende Schlüsse über das Verhältnis von Schrift und Welt oder gar dasjenige von Schrift und Modernisierung gezogen werden könnten. Selbstverständlich gibt es biochemische, astrophysikalische oder nanotechnologische Abhandlungen auf japanisch. Daß in ihnen eine andere »Verknüpfungsmatrix von Sprache und Welt« gegeben ist als in anderen Sprachen, bezweifle ich sehr. Wenn sich Spekulationen dieser Art nicht empirisch überprüfen lassen – und experimentelle Möglichkeiten dazu sind mir nicht bekannt – sind sie nichts anderes als ein Ausdruck des die westliche Kultur durchdringenden Alphabetozentrismus, der selbstverständlich davon ausgeht, daß die Entwicklung der Schrift auf ein Ziel hin erfolgt und daß dieses Ziel das lateinische Alphabet ist.

Die Verwendung, die im Englischen vom lateinischen Alphabet gemacht wird, ist der beste Beweis dafür, daß die Entwicklung der Schrift weder unidirektional noch als stetige Verbesserung verlaufen ist. Um die Wörter des Englischen darzustellen, braucht man rund 1800 Grapheme, d.h. Buchstaben und Buchstabenkombinationen. Wenn man so viele Kanji kennt, kann man zeitgenössische japanische Texte mühelos lesen. Daß man es hier mit ein und derselben Größenordnung zu tun hat, bedeutet zwar nicht, daß das japanische Schriftsystem so funktioniert wie das englische; es deutet aber darauf hin, daß die Menge der Grundzeichen nichts über die Art des Systems aussagt. Daß die englische Orthographie kompliziert und ein großes Hindernis auf dem Weg zum Erwerb dieser Sprache ist, weiß man auch in Japan. Zu fragen gilt es deshalb allenfalls, weshalb man sich trotzdem die Mühe macht, Englisch zu lernen. Die Antwort auf diese Frage findet man, wenn man sich mit Macht und Kapitalismus beschäftigt, nicht mit Verknüpfungsmatrizen von Sprache und Welt und ähnlichen diffusen Konzepten.

VOLKER TER MEULEN

I

Die Technik- und Naturwissenschaften scheinen heute wieder bei einer Universalsprache anzukommen, wie es sie bereits im 17. und 18. Jahrhundert gegeben hat. Jetzt ist dies freilich nicht mehr das Lateinische, die Lingua franca der Gegenwart ist das Englische. Was sind die Gründe für den stetig wachsenden Einfluß der englischen Sprache in diesen Disziplinen? Und wie würden Sie den Gebrauch des Englischen beschreiben, der sich bei deutschen Naturwissenschaftlern herausgebildet hat?

Es besteht kein Zweifel, daß in den Naturwissenschaften und auch in der wissenschaftlich orientierten Medizin die englische Sprache die Lingua franca ist. Kein international kompetitierender Wissenschaftler aus diesen Disziplinen kann es sich leisten, Originalergebnisse seiner Forschungsaktivitäten nicht in englischsprachigen Journalen zu publizieren. Der Konkurrenzdruck ist derartig angewachsen, daß Impact-Faktoren und Citation indices mit zu einem wesentlichen Kriterium für die Beurteilung eines Wissenschaftlers herangezogen werden. Hierzu gibt es zur Zeit keine Alternative.

Ohne jeden Zweifel ist das verwandte Englisch für diese Publikationen rudimentär und ausschließlich darauf ausgerichtet, die wissenschaftlichen Ergebnisse darzulegen. Lepenies hat dieses Englisch als »Englisch 2« definiert. Allerdings ist es erstaunlich, festzustellen, wie gut die große Gruppe der Diplomanden und Doktoranden in den Naturwissenschaften und der Medizin mit der englischen Umgangssprache vertraut ist. Es mag für viele ältere Wissenschaftler bedauerlich sein, daß sich das Publikationswesen so entwickelt hat, aber wir können das Rad nicht mehr zurückdrehen.

II

Naturwissenschaftliche Fachpublikationen erscheinen auf englisch, dies läßt sich offenbar nurmehr konstatieren. Die wissenschaftliche Lehre findet aber weiterhin häufig in deutscher Sprache statt, ebenso wie die öffentliche Vermittlung wissenschaftlicher Themen auf das Deutsche angewiesen ist. Wirft diese Zweisprachigkeit Probleme auf? Läßt sich ein Veralten, eine Auszehrung der deutschsprachigen Fachterminologie beobachten, in die dann englische Termini importiert werden müssen?

Nach wie vor sehe ich keine Notwendigkeit, in der Lehre auch hier die englische Sprache zu verwenden. Das Gros der Studenten ist deutschsprachig und bei dem eingeengten englischen Wortschatz, den Naturwissenschaftler und Mediziner im allgemeinen haben, würde das sprachliche Niveau in der Lehre stark darunter leiden. Ausnahmen sind jedoch notwendig in Abhängigkeit von den Teilnehmern und von den Lehrenden. Ich könnte es durchaus akzeptieren, daß ein englischer oder amerikanischer Dozent seine Vorlesungen auf englisch hält oder ein deutscher Kollege dies tut, wenn seine Zuhörerschaft dies für notwendig erachtet. Daß es zu einer Auszehrung der deutschsprachigen Fachterminologie kommt, läßt sich wohl nicht verhindern, da sich der größte Fortschritt auf den Gebieten der Naturwissenschaft und Medizin nicht in Deutschland, sondern in den angelsächsischen Ländern findet.

III

Eine produktive Beziehung zwischen Wissenschaft und Politik ist darauf angewiesen, daß beide Seiten dazu in der Lage sind, die Überlegungen der jeweils anderen nachzuvollziehen und in einen kompetenten Dialog über die anstehenden Fragen und Probleme einzutreten. Sie erfordert daher auch die Bereitschaft und Fähigkeit, komplizierte Zusammenhänge verständlich darzustellen – gerade dann, wenn dieser Austausch nicht auf den geregelten Nebenschauplatz der Beraterkreise und Beiräte verwiesen, sondern öffentlich ausgetragen werden soll. Wie könnte und sollte eine derartige Verständigung zwischen Wissenschaft und Politik bei uns gestaltet werden?

Selbstverständlich ist die Wissenschaft auf eine konstruktive Diskussion mit der Politik angewiesen und diese kann aufgrund meiner eigenen Erfahrungen nur in unserer Muttersprache geführt werden. Ich sehe keinen Konflikt zwischen der Tatsache, daß in Naturwissenschaften und Medizin wissenschaftliche Originalarbeiten in Englisch erscheinen, die sowieso nicht von den Politikern gelesen werden. Selbst wenn diese Publikationen auf deutsch veröffentlicht würden, wäre in jedem Fall ein Spezialwissen erforderlich, das man von der Politik nicht erwarten kann oder sollte. Die Sprache in den Beiräten, Kommissionen etc., die mit der Politik einen Diskurs führen, ist fast immer Deutsch, es sei denn, es sind ausländische Wissenschaftler geladen, die der deutschen Sprache nicht mächtig sind. Natürlich muß die Unterrichtung der Öffentlichkeit über Probleme der Wissenschaft in unserer Muttersprache erfolgen. Ich habe bisher noch keinen Nachteil für den deutschen Wissenschafts-, Forschungs- und Ausbildungsstandort Deutschland erkennen können, daß in den Naturwissenschaften und der Medizin Forschungsergebnisse auf englisch publiziert werden.

ULRICH RAULFF

I

Das Deutsche Literaturarchiv in Marbach mutet wie eine Oase der Pflege und Erforschung deutschsprachiger Literatur in den gegenwärtigen Umbruchzeiten an. Kann die dort aufbewahrte Literatur ihre orientierende Kraft bewahren oder droht sie, wenn man beispielsweise die Internationalisierung der Wissenschaftskommunikation und die Durchsetzung des Englischen als Universalsprache bedenkt, ins Abseits zu geraten?

Lassen Sie mich, was die orientierende Kraft der Literatur angeht, deutlich sein: Als ästhetisches »Leitmedium« hat die Literatur seit langem ausgespielt. Die Rolle, die sie, zumindest in bürgerlichen Schichten, lange Zeit gespielt hat, ist ihr im 20. Jahrhundert zunächst vom Film und später von den neuen elektronischen Medien abgenommen worden. Auch die Phasenwechsel unseres Schönheitsempfindens werden nicht mehr in erster Linie von der Literatur bestimmt. In der Modellierung der ästhetischen Sensibilität ist sie von der Werbung und vom Produktdesign überholt worden. Warum wird gleichwohl mehr Literatur denn je gelesen, woraus erklärt sich der Wiederaufstieg des Romans? Geht es da nur um Unterhaltung oder auch – oder wieder – um Orientierung? Das sind Fragen, mit denen sich ganze literatursoziologische und medientheoretische Kolloquien bestreiten lassen.

Ähnliches gilt für die Dominanz des Englischen in der internationalen Wissenschaftskommunikation; auch sie ist seit langem ein Fait accompli. Solange deutsche Physiker, Chemiker und Techniker noch die Avantgarde des internationalen Wissenschaftsbetriebs stellten und die Nobelpreise abräumten, also bis in die dreißiger Jahre, sah das anders aus. Nach dem Krieg hat sich Deutsch in einzelnen Bereichen der Geisteswissenschaften, etwa in der Philosophie, der Archäologie und der Theologie, und in einzelnen Ländern noch eine Weile lang behaupten können. Auch davon ist wenig übriggeblieben. Daran kann auch ein Deutsches Literaturarchiv nichts ändern. Im Gegenteil, wir sind ja in gewisser Weise eine Insel der Seligen: Wer zu uns kommt liest und spricht Deutsch und ist stolz darauf, es annähernd so gut zu beherrschen wie die Schriftsteller, denen seine Forschung gilt.

II

Sie haben entscheidend zur Rezeption der französischen Historikergeneration um die Annales beigetragen. Wenn Sie die gegenseitige Aufnahme französischer und deutscher Theorien im letzten Jahrhundert betrachten, würden Sie in diesem Ge-

dankenaustausch zwischen den beiden Ländern und Sprachen auch so etwas wie einen Widerstand der Begrifflichkeiten gegen ihre Übertragung aus der einen in die andere Sprache ausmachen? Gab es eine Inkongruenz zwischen den Bedeutungsvalenzen der Wörter, der Begriffe, die Folgen für die Rezeption hatte? Und was verändert sich möglicherweise durch die Verbreitung des Englischen als Umgangssprache auch der Geisteswissenschaften, indem dieses als Tertium comparationis den Verkehr zwischen den Sprachkulturen vermittelt?

Die durch Übersetzung ermöglichten oder – in unglücklichen Fällen – verhinderten Kommunikationen zwischen einzelnen Sprachkulturen sind ein wenig erforschtes Phänomen. Komparatistische Wörterbücher oder Studien zur historischen Semantik wie die von Rolf Reichardt gehören zu den rühmlichen Ausnahmen. Im Zeichen der jüngsten linguistischen Hegemonie – eben des Englischen – interessieren wir uns natürlich besonders für die Reibungsverluste, die Widerstände, aber auch die stilistischen Chancen beim Transport deutscher Texte ins Englische oder beim Eintritt deutschsprachiger Autoren in die anglophone Welt. Mit Spannung warte ich auf die Untersuchung von Barbara Picht über die Veränderung von Sprache und Stil dreier deutscher Autoren (Erwin Panofsky, Ernst Kantorowicz, Hermann Broch) durch deren Gang ins Exil. Und mit großem Interesse habe ich verfolgt, wie Robert Norton, der jüngst zu Gast in Marbach war, die Probleme löst, die sich bei der späten Übersetzung von Ernst Bertrams *Nietzsche* ins Englische stellen. Hier steht die junge Wissenschaft vom Übersetzen noch vor großen Fragen, und ich versage mir jede Prognose, erst recht jede Gewinn- oder Verlustprognose.

III

Der Rückzug der deutschen Sprache aus der Entwicklung der Wissenschaften beschreibt vermutlich nur die eine Seite des Problems, das uns hier beschäftigt. Die andere könnte mit dem fortschreitenden Verlust der Sprachkompetenz in der Muttersprache und der gleichzeitigen Verbreitung eines »basic English« zusammenhängen. Aber ist der Anspruch, eine Sprache im Reichtum ihrer Möglichkeiten zu erschließen und zu nutzen, heute noch zu halten? Oder gewährt dieser radikale Sprachhabitus eher den Mehrwert kultureller Distinktion, verabschiedet er sich allmählich aus dem alltäglichen Sprachgebrauch der Wissenschaftler und wird zur Kostümierung kultureller Eliten?

In der Tat lautet für uns das Problem nicht »basic English« oder »English II«, sondern es lautet »Deutsch II«. Bevor wir uns über das Minderenglisch im internationalen Wissenschaftlerclub ereifern, sollten wir uns über das miserable Deutsch ärgern, das so viele deutsche Wissenschaftler, nicht zuletzt Geisteswissenschaftler, heute sprechen und schreiben. Beide Phänomene hängen sogar ursächlich zusammen: Wer seine eigene Sprache mangelhaft beherrscht oder zu wenig liebt, wird auch in der Fremdsprache keine gute Figur machen. Bevor Sie sich über das Pidgin im internationalen Wissenschaftsverkehr aufregen, hören Sie sich einmal an den Slang in deutschen Hörsälen an! Aber was ist daran erstaunlich? Was erwarten Sie anderes, wenn die Masse der deutschen Sprachhüter seit zehn Jahren die deutsche Sprache nur noch unter dem Aspekt ihrer Orthographie wahrnimmt? Wenn die Leute nicht mehr *schreiben* können, dann ist es doch eigentlich gleichgültig, in welche Form von Rechtschreibung sie ihre Illiterarität ergießen, finden Sie nicht? Deshalb meine ich, daß »Deutsch II«, das ordinäre akademische Dummdeutsch, unser wahres Problem ist – und nicht »English II«. Man muß dagegen, Stichwort kulturelle Eliten, nicht unbedingt wie Rudolf Borchardt vom Leder ziehen – obwohl ich diejenigen schon verstehe, die sich aus Unbehagen am alltäglichen Sprachverschleiß zu solchen forcierten Stilisten der Vergangenheit flüchten.

HANS-JÖRG RHEINBERGER

I

Ihr Buch ›Experimentalsysteme und epistemische Dinge‹ ist in zwei Sprachen erschienen. Sie haben es in Englisch geschrieben, dann aber auch ins Deutsche übersetzen lassen. Welche Erfahrungen haben Sie mit dieser Bewegung zwischen zwei Sprachen, die Sie ja auch aus Ihrer eigenen Arbeit als Übersetzer kennen, gemacht? Wie verändern sich möglicherweise Begriffe, Formulierungen oder ganze Gedankengänge, wenn sie von einem sprachlichen Kontext in einen anderen übertragen werden?

Das Buch *Experimentalsysteme und epistemische Dinge* (2001) hat eine merkwürdige Geschichte. Es ist gewissermaßen zwischen zwei Sprachen entstanden. Die ersten Recherchen zu dem Buch machte ich, als ich mich zu einem Freisemester an der Stanford University aufhielt. So sind die Notizen, die ich mir damals machte, auf englisch geschrieben, unter anderem auch deshalb, weil das gesamte Primärmaterial aus englischsprachigen naturwissenschaftlichen Zeitschriften stammte. Dann entstand aus einer Reihe von Vorträgen, die ich zum gleichen Thema in Deutschland hielt, eine erste kleine, auf deutsch verfaßte Publikation (*Experiment, Differenz, Schrift*, 1992). Die in der Folge aus diesen Vorarbeiten hervorgehende große Monographie (*Toward a*

History of Epistemic Things, 1997) legte ich wiederum auf Englisch an, und zwar aus dem ganz pragmatischen Grund, daß in der Wissenschaftsgeschichte ähnlich wie in den Naturwissenschaften die internationale Gemeinschaft vorwiegend englische Literatur rezipiert. Die Entstehung der deutschen Version dieses Buches durchlief dann noch einmal einen zweistufigen Prozeß. Die Rohfassung besorgte ein Übersetzer. Dieses Rohmanuskript habe ich selbst dann aber noch einmal vollständig überarbeitet. Am Ende läßt sich die Frage, in welcher Sprache das Werk geschrieben wurde, gar nicht mehr sinnvoll in die eine oder andere Richtung beantworten. Die Erfahrungen, die man so als sein eigener Übersetzer macht, kann ich hier nur andeuten. Man merkt, daß ein »Gedankengang« oft auf der Strecke bleibt, wenn man sich strikt an die grammatikalische Äquivalenz von Satzteilen und von Sätzen hält. Um Äquivalenz auf der Ebene von Argumentationsketten zu erreichen, bedarf es oft der Umstellung von ganzen Sätzen, gar von Abschnitten. Was in einem deutschen Text am Ende eines Kapitels stehen darf, hat in der englischen Version mitunter seinen Platz am Anfang des Kapitels. Auf jeden Fall wird der Sinn geschärft für das, was sich so alles zwischen den Zeilen ereignet, und mitunter werden auch die versunkenen Selbstverständlichkeiten der eigenen Muttersprache wieder zum Problem, sprachliche Idiosynkrasien geraten ins Relief. Dazu kommt die Seite der Rezeption eines Begriffsgefüges. Es ist eine eigenartige Beobachtung, daß die Rezeption des englisch geschriebenen Buches weitgehend über den Begriff des »Experimentalsystems« erfolgt ist – obwohl der Begriff dort im Titel gar nicht auftaucht – und im Wesentlichen auf die Wissenschaftsgeschichte beschränkt blieb. Die Rezeption des deutsch geschriebenen Buches hingegen hat sich vor allem über den Begriff des »epistemischen Dinges« vollzogen, über den sich im deutschen Sprachraum auch eine Brücke zwischen der Wissenschaftsgeschichte und anderen Disziplinen der Kulturwissenschaften ausgebildet hat.

II

Wissenschaft bringt die Gegenstände ihres Wissens hervor, dies geschieht unter jeweils spezifischen historischen, gesellschaftlichen, technologischen Bedingungen. Wie hierbei ein wissenschaftliches Problem formuliert wird oder Forschungsergebnisse in den wissenschaftlichen Diskurs Eingang finden, daran läßt sich auch ablesen, welche Stellung ein bestimmter Erkenntnishabitus der Sprache – beispielsweise im Verhältnis zum mathematischen Beweis – zumißt. Könnte Wissenschaftsgeschichte in diesem Sinne auch als eine Geschichte der Wissenschaftssprache(n) verstanden werden?

Sie fragen, ob Wissenschaftsgeschichte als eine Geschichte von Wissenschaftssprachen verstanden werden könnte. Das ist eine höchst interessante Frage, die man in zwei Richtungen sehen kann. Es ist ja so, daß die Wissenschaftsgeschichte lange Zeit als eine Geschichte von Ideen und von Begriffen geschrieben worden ist. In den letzten Jahrzehnten ist jedoch eine Hinwendung zu den sozialen, vor allem aber auch zu den materiellen sowie den medialen Entstehungs- und Entwicklungsbedingungen von Wissen, zu einer Geschichte der materiellen Kulturen des Wissens erfolgt. Eine Wissenschaft wie die Molekularbiologie des 20. Jahrhunderts wäre ohne die Hochtechnologien der Ultrazentrifugation, der Röntgenstrukturanalyse, der Elektronenmikroskopie, der radioaktiven Markierung undenkbar. Der Einsatz dieser Instrumente geht aber auch mit begrifflichen Rekonfigurationen Hand in Hand. Für die Entwicklung der modernen empirischen Wissenschaften insgesamt ist eine enge Verzahnung von zur Darstellung gebrachten Phänomenen und den Begriffen, mit denen sie erfaßt werden, charakteristisch. Gaston Bachelard hat in diesem Zusammenhang von einer wechselseitigen Instruktion von Phänomen und Noumenon mit dem Instrument in der Rolle des Mediators gesprochen. Zum anderen gilt es der Erscheinung Rechnung zu tragen, daß jede Wissenschaft im Laufe der Geschichte ihre eigenen Begriffs- und mitunter sehr abstrakten Symbolsysteme entwickelt hat. Die Entwicklung dieser Begriffs- und Symbolsysteme ist natürlich selbst, wenn auch nicht der einzige, so doch ein legitimer Gegenstand der Wissenschaftsgeschichte. Diese Sprachen haben nicht einfach eine abbildende oder eine Bezeichnungsfunktion; sie können selbst als eine Art Werkzeuge betrachtet werden, deren epistemische Bedeutung bei der Erzeugung von neuem Wissen gar nicht unterschätzt werden kann. Diese Bedeutung läßt sich wiederum nach zwei Seiten hin entwickeln. Die Sprache einer Wissenschaft legt auf der einen Seite fest, was in einer Disziplin gesagt werden kann und damit auch, was aus ihr herausfällt; sie hat insofern normierenden, standardisierenden und begrenzenden Charakter. Sie kann aber auf der anderen Seite auch, und zwar insbesondere aufgrund der Manipulationen, die ihre verschriftlichten, graphematischen Formen – zunächst auf Papier, dann zunehmend auch maschinell – auszuführen erlauben, eine eminent produktive, Erkenntnis erzeugende Funktion entwickeln.

III

In den heutigen Forschungslabors sind wissenschaftliche Konzepte, Versuchsanordnungen und Erkenntnisgegenstände nur noch schwer voneinander zu unterscheiden. Damit scheint einherzugehen, daß die herkömmliche Mittlerrolle der Sprache, ihre klärende und erklärende Funktion, weitgehend ausfällt. Ihre adäquate Darstellungsform finden die untersuchten Objekte bzw. Strukturen der zeitgenössischen Naturwissenschaften eher in Formeln, Modellen etc. Wie würden Sie diese Veränderung der Gegenstände des Wissens und deren Auswirkung auf die Wissenschaftssprache beschreiben?

Es ist in der Tat so, wie bereits in meiner Antwort auf Ihre zweite Frage angedeutet, daß wissenschaftliches Wissen in den empirischen, aber auch den formalen Wissenschaften nicht nur auf der sprachlichen Ebene präsent ist sowie entwickelt und verwaltet wird. Es existiert vielmehr auf massive Weise in einer, wie man vielleicht sagen könnte, »verdrahteten« Form: einerseits in Form von Instrumenten, also technischen Objekten, und andererseits in Phänomenen, also epistemischen Objekten. Letztere wiederum lassen sich auf einem breiten Kontinuum zwischen experimentellen Konjekturen und dem, was man eine wissenschaftliche Tatsache nennt, ansiedeln. Sie können dabei ganz unterschiedliche Gestalt annehmen. Diese reicht von Präparaten, die zum Beispiel in der Biologie eine wichtige Rolle spielen, bis zu Modellen und Simulationen, die in allen Naturwissenschaften verbreitet sind. Während es aber in der Natur eines Präparates liegt, an die Materialität seines Phänomenbereichs gebunden zu bleiben, sind Modelle dadurch gekennzeichnet, daß sie in einem anderen Medium zur Darstellung kommen und sich oft auch in abstrakten Relationen ausdrücken lassen. Diese Welt der Wissensdinge konstituiert so etwas wie eine materiell durch Objekte und Maschinen vermittelte Semantik, die weitgehend von den natürlichen Sprachen abgekoppelt ist. In dieser epistemischen Dingwelt ist Navigation notfalls auch ohne elaborierte sprachliche Verständigung möglich. Darin könnte ein wesentlicher Grund für die Tatsache liegen, daß in den Naturwissenschaften die internationale Kommunikation so erfolgreich, wenn auch keineswegs problemlos, über ein Wissenschaftsenglisch mit sehr schmalem expressivem Budget funktioniert. Das literarische Universum der Naturwissenschaften ist damit allerdings nicht ausgelotet. Ich möchte sogar die Vermutung wagen, daß es ohne Arbeit an ihrer narrativen Einbettung historisch nicht bestandfähig ist. In Wissenschaften allerdings, in denen die Sprache selbst der Gegenstand der Untersuchung oder zumindest konstitutiver Bestandteil des Untersuchungsgegenstandes ist, sind nicht einmal die Voraussetzungen einer solchen Entkopplung gegeben. Diese Wissenschaften reagieren dementsprechend auch sensibler auf die sprachlichen Mittel ihrer Verständigung und bleiben in ganz anderem Ausmaß auf den Reichtum der verschiedenen natürlichen Sprachen bezogen.

PETER HAMM

»Wenn auch die Namen nicht mehr sind« Einführung zur Lesung

Österreichische Autoren stellen vergessene Schriftsteller ihres Landes vor

Kein Mensch möchte vergessen werden …

Nicht nur Goethe plagte, jeden von uns plagt die Angst, »ins Nichts dahinzufließen«. Alles Gedichtete ist immer auch der Versuch, sich jenem reißendem Strom der Zeit, der ins Meer des Vergessens mündet, entgegenzustemmen, ein Bollwerk gegen das Vergessen zu bilden. Vielleicht mußte man ein bereits zu Lebzeiten Vergessener wie Robert Walser sein, um diesen Versuch geradezu frohgemut als vergeblichen beschreiben zu können, wie Walser das in einem seiner spätesten Prosastücke, das *Für die Katz* überschrieben ist, getan hat; darin schildert er die Katz, »als eine Art Fabrik oder Industrieetablissement, für das die Schriftsteller täglich, ja vielleicht sogar stündlich treulich und emsig arbeiten oder abliefern«. Obwohl die Katz wahrscheinlich manchmal auch eine Akademie – eine Art Akademie – ist, wollen wir ihr ihre Macht einmal streitig machen. Nicht ihrer soll heute gedacht werden, sondern vielmehr einiger vorzeitig vergessener oder noch gar nicht bis in unser Gedächtnis vorgedrungener Schriftsteller, die – davon sind die hier als Rehabilitanten angetretenen Autoren überzeugt – ein Anrecht darauf haben, von uns wahrgenommen zu werden, schon weil ohne sie das Bild, das wir uns von der literarischen Landschaft machen, ein Trugbild wäre.

Vergessensein, Vergessenwerden, das ist ja kein endgültiger Urteilsspruch der Geschichte. Warum auch sonst müßten die Literaturgeschichten unentwegt neu- und umgeschrieben werden? Noch vor fünfzig Jahren existierte für sie kein Robert Walser, wie davor Hölderlin, Lenz oder Büchner in ihnen oft nur Randfiguren waren. Eine Frage, die sich mir angesichts der hier zur Rehabilitation anstehenden Autoren aufdrängt: Begann früher eigentlich das Vergessen später? Heute jedenfalls sind schon Schriftsteller vergessen, mit denen wir noch persönlich Umgang hatten und die, wenn auch nicht in aller, so doch in vieler Munde waren (jedem von uns fallen hier nur zu viele Namen ein). Natürlich ist der riesige und stetig noch wachsende Ausstoß neuer Bücher und neuer Begabungen ein Dilemma; da bekommt man schon ein gewisses

Verständnis für Karl Valentin, der dem Übersender eines neuen von ihm verfaßten Buches schrieb: »Sehr geehrter Herr, besten Dank für Ihr letztes Buch! Leider habe ich keine Zeit, es zu lesen, bitte schicken Sie mir doch ein (schon) gelesenes! Ihr …«. Also, unserer literarischen Aufnahmefähigkeit wird sicher ziemlich viel abverlangt. Aber wir wissen oder ahnen doch auch, daß mit jedem Buch, das untergegangen ist, nicht nur dieses Buch, sondern eine Welt – ein Stück Welt – untergegangen ist. Das gilt notabene auch für die von den (angemaßten) kritischen Instanzen als wenigerwertig oder gar minderwertig eingestuften Bücher; jeder, der einmal Bücher von heute so wenig geachteten Autoren wie etwa Auerbach, Zschokke, Gutzkow oder Paul Heyse gelesen hat – die Namensliste ist ganz beliebig –, wird das Gefühl ›darin auch etwas Verlorenes wiedergefunden zu haben‹ kennen. Warum wohl las Robert Walser, um ihn ein letztes Mal ins Spiel zu bringen, so gern die Geschichten der Gartenlaube oder Bahnhofskioskromane, warum stimmte Marcel Proust das »Lob der schlechten Musik« an? Weil nämlich auch dort etwas bewahrt wurde von den Freuden und Kümmernissen derer, die einst solche Musik gehört, solche Bücher gelesen haben.

Was übrigens das immer raschere Vergessen und Vergessenwerden angeht, von dem ich sprach, so hat mir in den letzten Tagen der Zufall, der mich doch nicht ganz zufällig in ein etwas abgelegenes Antiquariat führte, eine folgenschwere Bestätigung geliefert, folgenschwer insofern, als das halbzerfledderte Buch, das ich dort aufstöberte, W.G. Sebalds vielbesprochener These, nach der die deutschen Schriftsteller den Bombenkrieg der Allierten offenbar verschlafen hätten, eindrucksvoll und erschütternd zu widerlegen vermag. Dieses so rasch vergessene Buch, das 1947 im Claassen Verlag erschienen und *Lemuria – Aufzeichnungen und Meditationen* betitelt ist, handelt von fast nichts anderem, als von den Zerstörungen, welche die alliierten Luftangriffe in den rheinischen Städten und im Bewußtsein dessen anrichteten, der dieses Buch schrieb. Es war Emil Barth, der die meiste Zeit in Xanten am Rhein lebte und bereits 1958, erst achtundfünfzigjährig, gestorben ist. Emil Barth war Mitglied dieser Akademie, die in ihrer hauptsächlich den Vergessenen und Verschollenen gewidmeten Schriftenreihe vielleicht auch einmal seine *Lemuria*-Aufzeichnungen wieder zugänglich machen könnte.

Wiederfinden, so betitelte Werner Kraft eine besonders schöne Anthologie deutscher Lyrik, in der so mancher Name steht, den man nicht – nicht mehr – kennt. »Wiederfinden« könnte auch der heutige Abend überschrieben sein. Aber auch ein Wort Hans Blumenbergs könnte ihm als Motto dienen: »Die Welt ist, was zurückgewonnen werden kann«. Und sogar Odo Marquards knappe Formel »Zukunft braucht Herkunft« wäre sicher nicht fehl am Platz.

Wir entnahmen die Überschrift dieses Abends dem Gedicht ›Im Winde‹ von Jesse Thoor, einem vergessenen österreichischen Dichter, an den heute auch erinnert werden soll: »Wenn auch die Namen nicht mehr sind«. Das Zitat stammt aus einem Sonett von Jesse Thoor, der fast nur Sonette geschrieben hat und eigentlich Peter Karl Höfler hieß, 1933 aus Deutschland emigrieren mußte und später in London lebte, 1952 dann in Lienz in Osttirol gestorben ist, noch keine fünfzig Jahre alt. Im Januar 2005 wäre er hundert geworden.

Im Verlauf dieses Abends werden österreichische Schriftsteller Texte vergessener Autoren ihres Landes lesen. Robert Schindel erinnert an Leo Perutz, Gert Jonke an Gisbert Trattnig, Alfred Kolleritsch an Julius Franz Schütz, Robert Menasse an Gerhard Fritsch und Kathrin Röggla an die im Alter von 24 Jahren verstorbene Meta Merz.

Zwischen diesen einzelnen Lesungen und Präsentationen werde ich selbst jeweils einen vergessenen österreichischen Lyriker ins Gedächtnis rufen, neben Jesse Thoor sind dies Albert Ehrenstein, Berthold Viertel und Ernst Waldinger, die wiederum aber nur für viele andere Dichter stehen (wie etwa Jakob Haringer, Josef Leitgeb, Arnold Clementschitsch, Guido Zernatto oder auch meinen Jugendfreund Max Hölzer, der einst die legendären *Surrealistischen Publikationenen* herausgab – die einzigen beiden erschienenen Nummern sind schier unerschwinglich – und zuletzt in Paris lebte).

Jesse Thoor

Geboren als Kind österreichischer Eltern wurde Karl Höfler, wie Jesse Thoor wirklich hieß, am 23. Januar 1905 in Berlin, aber schon 1912 kam er mit seinem Vater (der Tischler war und Berlin den Rücken kehrte, weil er dort nicht zum Fabrikarbeiter werden wollte) nach Österreich. Die frühe Berührung Höflers sowohl mit dem bäuerlichen österreichischen Katholizismus wie mit dem Arbeiterelend der Großstadt hat seine ganze Entwicklung nachhaltig geprägt. Früh schon ging er wieder nach Berlin zurück und absolvierte dort eine Lehre als Feilenhauer – und früh begann er offenbar auch schon zu schreiben. Nachdem er auf Walz nach Italien gezogen war, wo er nachts meist in Klöstern unterkam und tags seinen Unterhalt mit zweifelhaften Geschäften verdiente (was ihm auch einen Gefängnisaufenthalt eintrug – es sollte nicht sein einziger bleiben) und nach einem Aufenthalt in einer Lungenheilstätte, heuerte er als Heizer auf Küstenschiffen und lebte zeitweilig bei einer Prostituierten in Rotterdam. Nach Berlin zurückgekehrt, trat er, der als bärenstark galt (und bei Saalschlachten mit den Nazis von denen gefürchtet war) dem kommunistischen Arbeitersportbund bei und verkehrte mit jener Gruppe anarchokommunistischer Autoren, die sich regelmäßig in Theodor Pliviers Wohnung traf, wo er auch Erich Mühsam kennenlernte. 1933 floh er nach Österreich, wurde aber noch in der Emigrationsgruppe der KPD als Mitglied geführt. In Wien, wo er bei seiner Tante in deren Josefstädter Einzimmerwohnung unterkam, verrichtete er Gelegenheitsarbeiten als Tischler, Silberschmied, Schuster und Schneider, offenbar beherrschte er so ziemlich jedes Handwerk in kürzester Zeit. Nach dem sog. »Anschluß« Österreichs floh er zunächst nach Brünn, und kam dann auf Empfehlung von Franz Werfel und mit Hilfe von Hubertus Prinz zu Löwenstein nach London, wo er bald von einstigen kommunistischen Genossen als Nazispitzel denunziert wurde und zu Kriegsbeginn interniert wurde. Später heiratete er in London die aus Wien emigrierte Friederike Blumenfeld, die an Asthma und Tuberkulose litt und der mit diesem Mann, der immer mehr zum Seltsamling – zum Mystiker – wurde, wenig erspart blieb. Er, der sich jetzt Jesse Thoor nannte – nach Jesse, jenem jüdischen Propheten, der dem jüdischen Volk das Ende des babylonischen Exils verkündete, und nach dem germanischen Gott Donar, der als helfender und schützender Gott galt, den vor allem die Bauern um gute Ernte anriefen – er, Jesse Thoor, arbeitete jetzt vor allem als Gold- und Silberschmied und stellte Objekte mit religiöser Symbolik her, zunehmend auch geriet er in Zustände geistlichen Schauens, die mit großen Schmerzen, vor allem höllischen Kopfschmerzen verbunden waren, und die den Umgang mit ihm fast unmöglich machten.

»Seine Güte noch war erschreckend«, sagte Alfred Marnau, einer seiner wenigen Freunde (und auch er ein vergessener österreichischer Dichter!).

Natürlich mußte es verrückt erscheinen, wenn für Thoor etwa der englische Dichter Stephen Spender, bei dem er einmal geladen war, schon dadurch ›erledigt‹ war, daß dieser beim Essen achtlos das Brot zerkrümelte und sich damit für ihn als Bürger bloßstellte, der die geheiligte Materie verachtet und vergeudet. Alfred Marnau war es übrigens, der 1956 in jener bereits erwähnten Schriftenreihe der Deutschen Akademie für Sprache und Dichtung, die den Vergessenen vorbehalten ist, eine erste Auswahl von Thoor-Gedichten herausgab, nachdem zu Lebzeiten des Dichters nur ein einziges schmales Buch von ihm erschienen war, betitelt *Sonette*, herausgekommen 1948 im Nürnberger Nest Verlag. – Im Sommer 1952 riß es Jesse Thoor von London fort, zurück nach Österreich, nach Lienz in Ost-Tirol, wo er, der gerade erst eine Herzthrombose überstanden hatte, als erstes einen Berg bestieg. Am nächsten Tag brach er zusammen und starb am 15. August in der Klinik von Lienz. Als er mit dem Krankenwagen in diese gebracht worden war, sagte die aus Wien herbeigeeilte Tante zu ihm: Wirst brav sein Karli und den Ärzten folgen. Und er antwortete: Nein, Tante, brav werde ich diesmal nicht sein.

Die zweite Stimme

Herr Herr … sie haben meinen Verstand zerstochen, daß ich schreibe:
Sie haben meinen Verstand zerstochen, die Elenden!
Herr … die der Mord freigelassen hat! – Lausige Knechte, die
der neuen Obrigkeit ihre Dienstbarkeit beweisen, daß ich schreibe:

Rattenzüngiger Dreck, der über den Ruinen tanzt.
Der du den Verdacht des Wahnsinns in mein Gemüt niedergelegt hast.
Verwischt die Spuren der Einfalt und der Frömmigkeit, zerbrochen
den Hammer, der das Gold hämmert in meiner Hand, daß ich schreibe:

Meinen Tod habe ich erwartet mit Ungeduld … und tagelang.
Daß ich weine ohne Ursache, daß ich rede ohne Schmerz.
Der ich einhergehe … verlegen – oder läppisch – daß ich schreibe:

Gestoßen wurde ich über den Rand des Ertragens … gehenkt dreimal.
Verbrannt wie Reisig … zerrieben wie trockene Erde …
Was soll bestehn – wenn nichts als Speichel allein uns verbindet?

Adventrede

Und die Bewegtheit des Herrn ist ohne Groll und von großer Dauer.
Und seine Gerechtigkeit hört nicht auf, und seine Güte bleibt ewig.
Und darum entfernen wir gern die Bitterkeit, wie ein enges Gewand.
Und die Trauer legen wir ab, wie einen Mantel im Frühling.

Und mit viel Sorgfalt nehmen wir die Einsamkeit von unserer Stirn.
Und wir weisen unsere Aufmerksamkeit hin zu den einfachen Dingen.
Und wir verlassen uns auf das Dach, das keinen Regen durchläßt.
Und wir vertrauen dem Stuhl, der fest steht, und der uns trägt.

Und es kommen wieder zu uns die täglichen Wiesen und die Sonntage.
Und die Salamander mit den seidenen Strümpfen und goldenen Hemden.
Und auch die Lämmer und die Zicklein … meine gnädigen Freunde.

Und die Lieder der Hirten … und die Gebete der erwachenden Frauen.
Und es brechen die Tore auf … und es treten hervor die Erkennbaren.
Und sie stehen makellos da … und sie breiten ihre Flügel aus.

Im Dezember

Da ruft einer und schreit:
Hochherrliche Zeit!

Ich bin blank und bloß.
Aber mein Engel ist groß.

Ich bin arm und bleich.
Aber mein Engel ist reich.

Peter Hamm

In einem Haus

In einem Haus, auf feinem Tannenreiser,
sitzen ein Bettelmann und ein Kaiser.

Beide summen und lachen und trinken
und reden laut und leise und winken.

Ein volles Jahr rollt über das Dach.
Ein volles Jahr rollt über das Dach.

Albert Ehrenstein

Ich möchte Ihre Aufmerksamkeit auf einen österreichischen Dichter lenken, der es einem heute noch ebenso schwer macht, wie er es seinen Zeitgenossen schwer machte. Ich meine Albert Ehrenstein, der 1886 in Wien Ottakring geboren wurde und am 8. April 1950 völlig vergessen und völlig verarmt im Exil zu New York starb. Einst wurde er über Nacht berühmt, als 1911 sein erstes Buch *Tubutsch* mit 12 Zeichnungen seines Freundes Oskar Kokoschka erschien. Gustav Janouch gab es damals Franz Kafka zum Lesen, der Ehrenstein kannte und darüber bemerkte: »So ein kleines Buch und so viel Lärm in ihm ... Ehrenstein ist ein ins Leere verlorenes, schreiendes Kind«. Ein späterer Gedichtband Ehrensteins, der 1916 bei Kurt Wolff herauskam, sollte dann tatsächlich den Titel tragen: *Der Mensch schreit.* Wenn überhaupt ein Dichter der Inbegriff dessen ist, was man Expressionismus genannt hat, dann war das Albert Ehrenstein, der in allem maßlos war, in seiner Empörung gegen den Bürger und gegen die Kriegstreiber und -profiteure des Ersten Weltkriegs, gegen die Frauen – in seiner total verkehrten Welt sind es die Frauen, die vergewaltigen – und insbesondere gegen seine Heimat Österreich. Im Grunde galt seine Empörung dem Leben selbst, das für ihn nur dazu gemacht schien, ihn unentwegt maßlos zu enttäuschen. »Ich glaube«, heißt es in seinem *Tubutsch,* »ich würde es nicht ertragen, wenn mich auch noch der Tod mit einer Enttäuschung abspeist ...«. In Karl Kraus, der ihn in seiner *Fackel* druckte, fand er zeitweilig eine Vaterfigur und einen Förderer. Übers Vergessenwerden machte sich Ehrenstein keine Illusionen; in einem seiner Aufsätze – *Ausgewählte Aufsätze* von ihm hat Ben-Gavriel 1961 in unserer Akademie-Buchreihe herausgegeben – schreibt er: »Die minderwertigen Parias ... die Reimbolde und Lyriker bestehen proletarisch nur aus Geburtstagen und Todestagen, dazwischen und nachher werden sie nicht gelesen, sondern gefeiert. Oder posthum rasch herausgegeben – was noch ärger ist«. Und einmal sagt oder klagt dieser Ehrenstein: »Gelesen werden wir nur noch von den alten Staubsaugern, denen auch nichts erspart bleibt«. Wie Joseph Roth war auch Albert Ehrenstein ein radikaler Antizionist, auch sein Judentum war ihm nur eine Quelle der Qualen. Obwohl Arno Schmidt 1960 bekannte: »Der große Ehrenstein ... war einer meiner Lehrmeister, dem ich heilsame Rücksichtslosigkeit verdanke und die schneidende Energie des Ausdrucks«, fällt es heute jemandem, der den Dichter Ehrenstein vorstellen möchte, ziemlich schwer, ein wirklich geglücktes Gedicht von ihm zu finden; Empörung, Zorn, Bitternis Ehrensteins sind immer stärker als seine Macht, sie im Gedicht zu bändigen. Fast alle Gedichte beginnen originell, um dann rhythmisch wie metaphorisch außer Rand und Band zu geraten und schließlich irgendwie zu versacken. Lesbarer ist Ehrensteins Prosa geblieben, neben Passagen aus dem *Tubutsch* (die freilich zu lang sind, um sie hier als Beleg anzuführen) sind es vor allem die *Briefe an Gott*, die Karl Otten gleichwertig neben *Die letzten Tage der Menschheit* von Karl Kraus stellte, und in denen grell Groteskes neben zart Verletzlichem steht.

Leid

Wie bin ich vorgespannt
Den Kohlenwagen meiner Trauer!
Widrig wie eine Spinne
Bekriecht mich die Zeit.
Fällt mein Haar,
Ergraut mein Haupt zum Feld,
Darüber der letzte
Schnitter sichelt.
Schlaf umdunkelt mein Gebein.
Im Traum schon starb ich,
Gras schoß aus meinem Schädel,
Aus schwarzer Erde war mein Kopf.

Stimme über Barbaropa

Du leuchtest, Sonne, dralles Licht,
Begrünst das Kahle,
Spatzen essen dir schneefröhlich Körner,
Nur im Menschen warfst du nicht Anker,
Er mengt deine Tagessaat
Seinem Dunkel, schattender Zwerg.

Der in die morgende Allnacht
Den Urnebel hauchte,
Die Sternbilder mischte,
Den Feuerfluß ballte zur Sonne,

Seines Affen hatt er nicht acht,
Der Pulverlaus, gierbäuchigen Menschtiers
Das in Gefilden, Lüften, meereinher
Selbstzerfleischendes Fleisch
In sich sein Geprank schlägt,
Brüllend im Erdversteck
Zum Tod seinesgleichen sucht mit Wut.

O ihr sonnengoldenen Abende,
Dämmerung – wo ist die Brücke des Stroms?
Nebel dräut Graustraße unter der ‹bernacht,
Verschüttete Gleise, verschwemmt
Die Furten im ‹berschwall aller Fluten!
Wir taumeln einher im Blutregenmeer,
Säumen im Sumpfwasser des Schlafs
Und wissen nicht Ufer.

Wann endet die Nacht
Euerer Schlacht,
Die Barbaropa, Eurasien durch
Donnert Mordjahre lang!?

Ihr ertränkt euch, ersäuft
Von den Brunnen eures Versiegens,
Matt sinkt Flügelschlag
Der Schwarzchwäne auf Blutflussesflut.
Hört ihr die stillen
Lachen versickernden Eiters
Himmelhinbrüllen?
Hat sein Maul aufgetan der Sand
Und kann nicht mehr.
Weh über das Mutterland,

Gebiert Kampffelder, wo das Gebein ragt –
Krieg zu erklären dem Kriegserklärer.

Ihm grünt das milde Gefild,
Des grünen Vor-Hangs samtnes Fluten.
In den schallenden Hallen
Prallt beim Mahle
Großkönig der Qualen.

Aas, durch die Weiten und Breiten nur Aas!
Anschwebt, Adler, stoßt die Klauen
Kriegsgekröntem, friedenkrähendem Dämon
Ins Gekrös!

Berthold Viertel

Berthold Viertel, 1885 in Wien geboren, wurde vor allem als Theatermann berühmt – er inszenierte fast in allen europäischen Metropolen, in New York und Hollywood, verstand sich aber primär als Dichter. Mit Albert Ehrenstein gemeinsam hatte er, daß ihn Karl Kraus früh in der *Fackel* publizierte, aber seine Gedichte waren vergleichsweise konventionell, ja oft geradezu liedhaft, jedenfalls zumeist in Strophenform und überhaupt nicht expressionistisch angekränkelt. Oskar Loerke war es, der 1922 die Einfachheit dieser Gedichte als »beinahe schon wieder eine Pracht« rühmte. Viertels Vater besaß in Wien eine Möbelhandlung, die Mutter führte in der Mariahilferstraße ein Schirmgeschäft. Über seine Kindheit hat Viertel in vielen autobiographischen Fragmenten Zeugnis abgelegt; sie gehören neben der *Erzählung eines Lebens* von Franz Blei zu den schönsten Wiener Kindheitserinnerungen überhaupt. Als Siebzehnjähriger riß er nach Paris aus, machte dann die Matura in Zürich, um dann wieder in Wien ein philosophisches Studium zu beginnen, wobei das eigentliche Studium wohl in den Caféhäusern Wiens stattfand, wo der junge Viertel auch Peter Altenberg kennenlernte und Karl Kraus, in dessen *Fackel* er sozusagen Stammgast wurde und in der er auch *Tubutsch* von Albert Ehrenstein sehr zustimmend rezensierte. Viertel war an der Gründung der nachmalig legendären Buchreihe »Der jüngste Tag« des Kurt Wolff Verlages – in der Erstveröffentlichungen von Trakl und Kafka erschienen – beteiligt, und hier erschien 1913 auch Viertels erster eigener Gedichtband *Die Spur*. 1918 wurde Viertel Feuilletonredakteur und Theaterkritiker am berühmten *Prager Tagblatt*, in Prag heiratete er auch seine zweite Frau Salka Steuermann, eine junge Schauspielerin, die später in der kalifornischen Emigration einen berühmten Salon führte, die nächste Freundin der Greta Garbo wurde und großartige Memoiren geschrieben hat, die 1970 mit einem Vorwort von Carl Zuckmayer auch auf deutsch unter dem Titel *Das unbelehrbare Herz* herauskamen und eine unerschöpfliche Fundgrube für jeden darstellen, der etwas über die deutsche Emigrantenszene in Amerika und das jüdische Hollywood wissen will. Ich will aber hier nicht die steile Theaterkarriere nachzeichnen, die Berthold Viertel ab den zwanziger Jahren machte, und die ihn in Berührung brachte mit all jenen Theaterleuten, deren Namen man heute noch nennt, ob deutsche oder amerikanische. Da sie ihn schon vor 1933 in die USA führte, konnte er dort auch Entscheidendes tun, um Heinrich Mann, Franz Werfel, Lion Feuchtwanger, Alfred Döblin, Alfred Polgar und einigen anderen aus dem bereits besetzten Frankreich die Einreise nach Amerika zu ermöglichen. Für Stefan Zweig, einen seiner ältesten Freunde, sprach Viertel nach

Zweigs Selbstmord 1942 in Brasilien bei einer Gedenkfeier in New York den Nachruf. In New York gründete er dann auch zusammen mit Bertolt Brecht (dessen Theaterstück *Furcht und Elend des Dritten Reiches* er in englischer Sprache uraufgeführt hatte), zusammen mit Ernst Bloch, Alfred Döblin, Oskar Maria Graf, Heinrich Mann u.a. – darunter auch Ernst Waldinger, von dem noch die Rede sein wird – den Aurora Verlag, der den deutschen Schriftstellern im Exil ein bedeutsames Publikationsforum wurde. Dort erschien 1946 auch Viertels vierter Gedichtband *Der Lebenslauf*, den z.T. Brecht lektoriert hatte, und dessen Gedichte nicht nur im Exil geschrieben wurden, sondern fast alle auch davon handeln. Viertel hat bis zu seinem Tod im Jahr 1953 in Deutschland (Berlin), der Schweiz (Zürich) und Österreich (Wien und Salzburg) als Theatermann noch große Erfolge erzielen können, aber als Dichter war er vergessen, das Erscheinen eines Bandes seiner Dichtungen, das er noch mit Ernst Ginsberg vorbereitete, erlebte er nicht mehr, der Band erschien erst 1956 beim Kösel Verlag in München und fand kaum Beachtung. Seit 1989 hat der Verein zur Förderung und Erforschung der antifaschistischen Literatur im Wiener Verlag für Gesellschaftskritik zwar eine vierbändige Studienausgabe Berthold Viertels herausgebracht, die aber, soviel ich weiß, ohne nennenswertes Echo blieb.

Einsam

Wenn der Tag zu Ende gebrannt ist,
Ist es schwer nach Hause zu gehen,
Wo viermal die starre Wand ist
Und. die leeren Stühle stehn.

Besser sich mit den Verirrten
Laut vereint zum Weine finden!
Elend frech mit Gift bewirten,
Und ein Blinder führt den Blinden.

Freundin, Verlorne. ich könnte dich bitten,
Aber du wirst mich um Geld erhören.
Und wir eilen mit ungleichen Schritten.
Uns noch tiefer zu zerstören.

Wer hat den Mut, ohne Rausch, ohne Blende
Durch die leeren Pausen zu gehn
Und einsam der Tageswende
In die erlöschenden Augen zu sehn!

Die deutsche Sprache

Daß ich bei Tag und Nacht
In dieser Sprache schreibe,
Ihr treuer als der Freundschaft und dem Weibe,
Es wird mir viel verdacht.

Ob, was ich sage, sie erröten macht,
Weil ich im zornigen Bescheide
Die Wahrheit nicht vermeide
Und nicht in fremde Tracht
Mein Herz verkleide:
Sie bleibt die alte doch in ihrer Pracht.

Hat sie mich leiden auch gemacht,
Ich tu ihr nichts zuleide.
Sie hat im Ausland oft die Nacht
Mit mir durchwacht,
Sie weiß, daß ich der Schurken keinen um die Macht,
Der sie geschändet, je beneide.

Wir tragen lieber unseres Unglücks Fracht
Und wirken, daß sie menschenwürdig bleibe.
Dann kommt sie, mich zu trösten, sacht
und wundert sich, wie ich es treibe,
Daß ich im Glauben, in der Hoffnung bleibe,
Obwohl ich weiter in ihr schreibe.

Ernst Waldinger

Wieder ist es ein aus Wien-Ottakring stammender und in New York verstorbener jüdisch-österreichischer Autor, an den ich erinnern möchte, nämlich der 1896 geborene Ernst Waldinger – und in diesem Zusammenhang möchte ich gleich ein Loblied anstimmen auf den großen Essayisten und Wiederausgräber Karl-Markus Gauß aus Salzburg, der leider in diesen Tagen verhindert ist, sonst hätte er selbst den verdienstvollerweise von ihm 1990 neu beim Otto Müller Verlag Salzburg herausgegebenen Ernst Waldinger vorstellen müssen. Obwohl der junge Ernst Waldinger einer Gruppe sozialistischer Mittelschüler angehörte, die 1914 gegen die Kriegshysterie polemisierten, meldete sich dann seine Schulklasse doch geschlossen zum Kriegsdienst! Im August 1917 wurde Waldinger an der rumänischen Front schwer verwundet. Nach dem Krieg studierte er Germanistik und Kunstgeschichte und heiratete 1923 Rosi Winternitz, eine Nichte Sigmund Freuds. Seine Kriegsverwundung nützte ihm nach dem Anschluß gar nichts, noch 1938 wurde er mit seiner Familie aus seiner

Wohnung vertrieben, auf die Straße geworfen. In Wien hatte er vor seiner Flucht in die USA zwei Gedichtbände publiziert, 1934 *Die Kuppel* und 1937 *Der Gemmenschneider.* In New York, wo er lange in diversen Brotberufen tätg war, bevor er Arbeit als College-Professor fand, publizierte er in eben jenem heute schon erwähnten, von Brecht, Döblin, Heinrich Mann, Ernst Bloch u.a. gegründeten Aurora Verlag 1946 den Gedichtband *Die kühlen Bauernstuben,* der ja schon im Titel anzeigt, wohin Waldingers Sehnsucht ging. 1952 erschien sein letzter Gedichtband in New York, betitelt *Glück und Geduld* – und das Glück, das da im Titel aufscheint, war allenfalls ein Glück im Unglück, denn Waldingers Heimweh war unermeßlich, und wenn sich nicht seine Frau Rosi, deren Mutter von den Nazis ermordet worden war, geweigert hätte, die USA zu verlassen, wäre Waldinger schon 1945 zurückgegangen in sein geliebtes Wien, das er in jenem zweiten seiner Gedichte beschworen hat. Wie die Berthold Viertels sind auch Waldingers Gedichte nach außen hin völlig effektfrei, d.h. sie halten an Rhythmik und Reim fest, aber was in ihnen ausgetragen wird, der Schmerz, der sie durchdringt, nehmen ihnen jede Konventionalität à la Weinheber, gegen den Waldinger übrigens ein anklagendes Gedicht geschrieben hat mit dem Titel ›Der falsche Prophet‹.

Ernst Waldinger ist 1970 gestorben.

(Nachzutragen wäre noch, daß Rudolf Felmayer 1958 in der im Bergland Verlag erschienenen erstaunlichen Buchreihe »Neue Dichtung aus Österreich«, in der auch die ersten Gedichtbände von Gerhard Fritsch, Friederike Mayröcker und Ernst Jandl erschienenen, 1958 eine Auswahl von Waldingers Gedichten unter dem Titel *Zwischen Hudson und Donau* herausgebracht hat.)

Schlaflose Stunden

Den Manen Josef Weinhebers

Ich habe dich nicht ungerecht verlästert,
Mein Freund, und ich bereue nichts davon,
Was ich gesagt, ich zieh kein Wort zurück –
Ach, deiner Räusche bittern Bodensatz,
Den Sumper, der als Helden sich maskierte,
Den Wurstel bargst du in dem schweren Prunk
Der Toga deiner Oden; eitel sind sie.
Doch bleibt dein Ruhm, obwohl die kleinen Schreiber,
Die Teil an deiner Sünde hatten, frech nun
Mit ihm sich blähn, dahinter Deckung suchen.

Die Wahrheit hab ich über dich gesagt,
Lieblos vielleicht, und das beklag ich heute,

Weil ich mich auch verging, zwar guten Glaubens,
Das Beste wollend, der Gedichte willen,
In dieser Zeit, die das Gewissen prüft,
Da uns des Massenwahnes Irrenwärter
In Sträflings- oder Narrenjacken zwingen.

So lieg ich schlaflos, deiner Verse denkend,
Die dir in gleicher dunkler Stunde kamen,
Und starr wie du durchs Fenster, trübe harrend,
Wie das Geäst davor, so nackt, so frierend,
Bis sich der Tag, das Licht, der Welt erbarme.

ANDREAS ISENSCHMID

Nun hört man Stendhals Stil im Deutschen

Zum Lob der Übersetzerin Elisabeth Edl und ihrer Übertragung von ›Rot und Schwarz‹

Sehr geehrte Frau Edl, sehr geehrte Anwesende,

man hat mich schon früh in meinem Leben gegen deutsche Übersetzer aus dem Französischen eingenommen. Es war wohl in der ersten Stunde des ersten Semesters, in den *exercices de traduction*, als unser Französischlektor kundtat, wie merkwürdig er doch Leute finde, die noch nicht einmal die Titel der zu übersetzenden Werke korrekt ins Deutsche zu bringen vermöchten. Aus dem *Malade imaginaire* werde, als hieße er »Malade présomptueux«, ein »eingebildeter Kranker« statt eines »eingebildet Kranken« und aus der *Putain respectueuse* in seltsamer Verklemmtheit und, als hieße sie »respectable«, eine »ehrbare Dirne« statt einer »ehrerbietigen«. Doch was wolle man, pflegte er kopfschüttelnd zu schließen, das alles geschehe ja in einem Land, in dem man bis auf Lehrstühle hinauf den Schriftsteller Stendhal, der sich immerhin nach dem deutschen Ort Stendal genannt habe, als St*a*ndhal ausspreche.

Zur Übersetzung von Stendhals Titeln hat sich unser Lektor nicht geäußert. Es mußte die, nun ja, österreichische Übersetzerin aus dem Französischen Elisabeth Edl kommen, um hier den entsprechenden Fund zu tun. In ihrer Neuübersetzung von *Rot und Schwarz*, um deren Lob es hier geht, erfahren die deutschen Leser erstmals den korrekten Untertitel dieses Romans. »Chronique du XIXe siècle« lautet der Untertitel, einer von zweien; und die deutschen Übersetzer setzten hierfür stets »Chronik des 19. Jahrhunderts«, was plausibel klingt und wörtlich gewissermaßen korrekt ist, nur den Nachteil hat, mit dem Inhalt des Romans rein gar nichts zu tun zu haben. Es brauchte Elisabeth Edls über die sture wörtliche Korrektheit hinaus horchenden gedankenreichen Ohren, um daraus »Chronik aus dem 19. Jahrhundert« zu machen. Nun wissen wir also, wie unser Buch heißt.

»Stendhal neu« gilt es zu loben, und das hier in Salzburg, wo Stendhal eine seiner berühmtesten Metaphern bezog. Die Kristallisation als Urvorgang der Liebe, einen seiner folgenreichsten Einfälle, hat er bekanntlich mit dem »rameau de Salzbourg« verbildlicht:

»In den Salzbergwerken von Salzburg wirft man in die verlassenen Tiefen des Stollens einen winterlich kahlen Baumzweig; zwei oder drei Monate später zieht man ihn wieder heraus, bedeckt mit glitzernden Kristallen: die kleinsten Ästchen, nicht dicker als eine Meisenkralle, sind besetzt mit einer Unzahl beweglicher blendender Diamanten; man kann den ursprünglichen Zweig nicht wiedererkennen. Was ich Kristallisation nenne, ist die geistige Tätigkeit, die an allem, was sich darbietet, die Entdeckung macht, daß das geliebte Wesen neue Vorzüge hat.«

Soweit Stendhal in der Übertragung von Franz Hessel.

Stendhal neu also. Die Vorfrage ist erlaubt, ob das notwendig sei. Man hat auch Flauberts *Madame Bovary* in den letzten Jahren mehrfach neu übersetzt, doch wiewohl ich die neueste Übersetzung die annehmbarste finde, konnte man auch mit anderen ordentlich leben. Bei *Rot und Schwarz* ist das anders. Wer die Übersetzungen von Otto Flake oder Arthur Schurig, die dtv respektive der Insel Verlag anbieten, mit dem Original vergleicht, kann sein Vertrauen in die Menschheit verlieren. Was man hier antrifft, hat niemand genauer ausgedrückt als Stendhal selbst in einem Brief an einen Übersetzer: »Spinnen Sie die Seiten beim Übersetzen endlos aus, machen Sie aus einer Seite vier, streichen Sie, oder besser gesagt, übersetzen Sie nicht, was Ihnen flach erscheint. Schwächen Sie alles ab, was Ihnen übertrieben erscheint.« Er hätte noch hinzusetzen müssen: sparen Sie nicht an krudesten Übersetzungsfehlern, und streichen Sie sicherheitshalber, was Sie nicht verstehen, dann wäre er in der Nähe von dtv und Insel gelandet. Da wird bei Flake, um nur ein Beispiel von unzähligen zu nennen, aus »la belle demoiselle venait de placer devant lui une tasse« »das schöne Fräulein kam heraus und stellte eine Tasse hin« statt »es hatte eben eine Tasse hingestellt«. Schurig kriegt das Kunststück fertig, einen Absatz mit einem von Stendhal nie geschriebenen Satz beginnen zu lassen, in der Folge aus fünf Stendhal-Sätzen voller Finessen zwei blasse Resumierphrasen zu fertigen, um dann im Schlußsatz eine Anmerkung, die nämlich, daß ein Papst gegen Ende des Cinquecento gelebt habe, dreist gleich in Stendhals Text hineinzuschreiben.

Mit all dem möchte ich nicht sagen, daß Elisabeth Edl uns im Gegensatz zu den genannten Übersetzern den Gefallen korrekter Wörtlichkeit tut, was immer das sei – obgleich ich genau das auch sagen möchte, freilich als Selbstverständlichkeit, noch nicht als Lob. Als ich den Lektor Wolfgang Matz auf die eine Nichtwörtlichkeit aufmerksam machte, die mir aufgefallen war, ließ mir Frau Edl tags darauf bestellen, ich solle doch auch die Anmerkung lesen, in der sie begründe, warum sie hier von Stendhal abweiche. Die erste Wohltat, die diese Übersetzung ihren Lesern erweist, ist also ihre schlichte Verläßlichkeit. Sie beginnt beim Untertitel, berücksichtigt alle Kursivierungen, achtet die Satzgrenzen und beachtet als erste überhaupt Stendhals sehr bemerkenswerte Kolumnentitel, die wie ein fortlaufender Kommentar am oberen Seitenrand mitlaufen und in Deutsch noch nie zu lesen waren. Edls Verläßlichkeit setzt sich fort im ersten Abschnitt, wo sie wiederum als erste Stendhals etwas vertrackte Landschaftsbeschreibung angemessen (und das heißt eben auch: etwas vertrackt) ins Deutsche bringt, sie begleitet uns bis in den letzten Satz, wo nur bei Edl Madame de Renal stirbt, »ihre Kinder im Arm«; bei allen andern steht »in den Armen ihrer Kinder«, was angesichts des Alters der Kinder kurios ist. Sie umfaßt einen Anmerkungsapparat, neben dem selbst die althergebrachte Pléiade erblassen mußte. Und sie bewährt sich im Postscriptum, wo Edl ein Satzzeichen, über dessen Verwendung durch Stendhal sich eine eigene kleine Abhandlung schreiben ließe, nämlich einen Doppelpunkt, erstens mit übersetzt, was nicht alle tun, und ihn zweitens, was nur sie tut, an den semantisch wie rhythmisch richtigen Ort setzt.

Hier nun, in dieser Hellhörigkeit für den Rhythmus von Stendhals Sätzen zeigt sich allerdings auch gleich, daß Edls Verläßlichkeit mehr ist, als nur Verläßlichkeit. Ihre Lösungsart ist nicht die wohltuend korrekte, sondern die findige und schlagende. Also fliegen bei ihr nicht Hüte vom Kopf, als wären wir im schneidigen Preußen, sie werden gelüpft, wir sind ja in der Franche-Comté. Und die Redewendung »à lui le pompon«, die Flake vor Schreck gleicht vergißt, wird bei ihr nicht zu »ihm gebührt der Vorrang« oder »Ehre, wem Ehre gebührt«, sondern – Stendhal sagt ja selber, es sei ein »mauvais mot« – zu »er schießt den Vogel ab«. Edl kann eben nicht nur Deutsch und Französisch, nicht nur Stendhals Französisch und das dazugehörende Deutsch, sie kennt auch bis in die Finessen die ästhetische Eigenart des Werkes, mit dem sie es zu tun hat. Daher gibt sie etwa den Landschaftsbeschreibungen die gebührende, ganz unromantische Präzision, denn sie weiß, daß Stendhal Landschaften mit dem »regard dur d'anatomiste« sieht, um es mit Jean-Pierre Richard zu sagen.

Vor allem aber hat Elisabeth Edl – und damit komme ich zum größten, alle bloße Verläßlichkeit weit übersteigenden Vorzug dieser Übertragung – ein Gespür für die Wiedergabe von Stendhals Stil im Deutschen. Nur bei ihr hören wir das Stendhalsche an Stendhal, dieses oft so brüske Klacken seiner Sätze, das Schroffe und Abgehackte der Satzstellungen, die Verve, das Energische, Willensmäßige seiner Verknappungen, die raschen Floretttouchen seiner Kommentare. »Sortez à l'instant du café, ou je ne vous aime plus; et cependant je vous aime bien«, sagt ziemlich ironisch die Serviertochter Amanda zu Julien. Das hieß bis jetzt ziemlich plump: »Oder ich mag Sie nicht mehr leiden. Und ich habe Sie doch wirklich gern«. Auch: »Oder ich mache mir nichts mehr aus Ihnen; aber ich mache mir recht viel aus Ihnen.« Auch: »Oder ich will nichts mehr von Ihnen wissen. Ich habe Sie sehr gern.« Keine dieser Lösungen ist falsch, aber alle sind ein Graus, wie ein rundes Drittel der Sätze in den bisherigen Stendhal-Übersetzungen. Nun heißt es in einer Fügung, die Knappheit und Ausdruck glücklich trifft: »Oder ich mag Sie nicht mehr; und ich mag sie sehr.«

Das klingt wie eine Kleinigkeit. Aber nur, wenn man Abschnitt für Abschnitt solche Kleinigkeiten mehrfach richtig macht, klingt Stendhal auch deutsch unversehens so, wie ihn Valéry so unübertrefflich charakterisiert hat: »Ein Meister jener abstrakten und feurigen Literatur, die, trockener und schwebender als jede andere, für Frankreich bezeichnend ist. Ein Genre, das auf Harmonie und Ausgewogenheit der Formen pfeift. Es liebt die Verkürzung und die lebhafte Reaktion des Geistes. Es ist verwirrend wie ein sehr schlagfertiger Mensch. Es hält das Dogmatische wie das Poetische fern, die es gleichermaßen verabscheut.« Erst seit Edl sind diese Sätze auch für jemanden nachzuvollziehen, der Stendhal auf deutsch liest.

Vieles an Edls Übersetzung ist rar, bewundernswert und erstaunlich. Überraschend ist es nicht. Man kann seit Jahren einem Wenigleser, der nur zwei bis drei Bücher im Jahr lesen und dabei keine Enttäuschung erleben möchte, den Ratschlag geben: lesen Sie einfach alles, was Elisabeth Edl übersetzt. Edl kann die melancholische Lakonie Modianos und die sinnliche Intellektualität von Michaux, sie trifft den Kammerton von Greens *Tagebüchern*, das Aphoristische der *Cahiers* von Simone Weil und – hier wie bei Weil zusammen mit Wolfgang Matz – die spröde Mystik meines hochverehrten Landsmanns Philippe Jaccottet. Auf den Einwand des Weniglesers, das komme aber alles aus dem Französischen, kann man gelassen entgegnen, man lese dafür besseres, vielfältigeres und reicheres Deutsch als oft bei der Lektüre deutscher Autoren. Nie haben diese Bücher den papierenen Ruch schneller Übersetzungsware, nie wird über die unterschiedlichsten Stile die Einheitssauce dolmetscherischer Standardlösungen gegossen. Jedes Edl-Buch ist anders, jedes für sich überzeugend.

Bange muß einem um diese Übersetzerin also nicht sein. Aber man sieht doch gespannt der Arbeit entgegen, die ihren stilistischen Anschlag stärker als jede herausfordern wird: der Neuübersetzung der von *Rot und Schwarz* so entfernten *Chartreuse de Parme*, an der Frau Edl gerade sitzt. Den Streit zwischen den Rougistes und den Chartreux, der in Frankreich aus Anlaß der neuen Pléiade-Ausgabe von Stendhal gerade wieder hochgeht, muß sie dann in sich selber ausfechten. Für sie ist das Arbeit, für uns Vorfreude. Ich kenne nicht viele Übersetzer, auf deren neue Bücher ich mich freuen kann wie auf die neuen der anderen Autoren. Dafür, liebe Frau Edl, den herzlichsten Dank!

ELISABETH EDL

Welt-Literatur

Dankrede

Die Ehre, hier stehen und Ihnen für den Voß-Preis danken zu können, haben mir auch Gedichte, Essays, Tagebücher eingebracht, doch den Ausschlag dürfte mit Stendhals *Le Rouge et le Noir* eine literarische Form gegeben haben, die auch sonst in meiner Arbeit stark im Vordergrund steht: der Roman. Darum möchte ich heute ein paar Worte sagen zu einer Sache, die man oft geneigt ist, als Selbstverständlichkeit zu übergehen: nämlich zum Übersetzen von Romanen, besonders von klassischen Romanen der Weltliteratur. Häufig ist die Rede vom Lyrikübersetzen, von seiner Problematik oder gar Unmöglichkeit. Daß man dagegen große Romane übersetzen kann, wird gar nicht in Zweifel gezogen – solange es sich nicht um *Finnegans Wake* handelt. Ich möchte deshalb heute das Lob des Prosaübersetzens, des Romanübersetzens anstimmen, und zwar als einer ganz eigenständigen Herausforderung, derer man sich erst seit einiger Zeit wirklich bewußt zu werden beginnt. Naturgemäß hat es auch in früheren Zeiten bedeutende Romanübersetzungen gegeben; ich glaube aber doch, daß es seit einigen Jahren eine Reihe von Übersetzungen klassischer Romane gibt, die einer ganz eigenen, früher nicht geübten Poetik verpflichtet sind.

Man behilft sich oft mit einer Theorie, der zufolge bedeutende Werke alle paar Jahrzehnte zwangsläufig neu übersetzt werden müßten, und zwar wegen eines unaufhaltsamen Alterungsprozesses der Übersetzung selbst. Ich glaube nicht, daß das stimmt. Auch das oft benutzte Bild vom »Entstauben« eines Klassikers trifft die Sache wohl kaum; es sei denn, man betrachtet eine alte, inadäquate Übersetzung als Staubschicht auf dem viel glanzvolleren, nie veraltenden Original. Als ich vor Jahren nachzudenken begann, ob eine neue Übersetzung von *Rot und Schwarz* auch etwas wirklich Neues sein könnte, so wie ich das schon bei Julien Greens *Adrienne Mesurat* getan hatte, da war natürlich der zweite Schritt die Lektüre der Vorgängerübersetzungen. Das Ergebnis dieser Lektüre zeigte, daß ein neuer Zugang nicht nur möglich, sondern auch dringend geboten war. Das hatte jedoch nichts zu tun mit einem

»Veralten« früherer Übersetzungen, auch nicht mit einem bloßen pauschalen Qualitätsurteil. Kurz gesagt: das neue Übersetzen eines klassischen Romans (und das gilt für viele Romane) ist nicht deshalb notwendig, weil die Übersetzungen etwa vom Anfang des 20. Jahrhunderts zunächst adäquat gewesen und dann veraltet wären, sondern weil sie ihrem Gegenstand, wenn man ihn als verbindliches Sprachkunstwerk betrachtet, schon damals in vielen Fällen nicht wirklich gerecht wurden. Daß dies ganz sicher nicht immer an persönlichen Unzulänglichkeiten gelegen hat, sondern an einer Idee des Übersetzens, die noch ganz anderen Absichten und Prinzipien folgte, möchte ich wenigstens kurz andeuten.

Die »Epoche der Welt-Literatur« wurde bekanntlich von Goethe ausgerufen. Zwar hat er selbst *Le Rouge et le Noir* sofort nach Erscheinen im Januar 1831 auf französisch gelesen; doch natürlich war es diese neue Idee der Weltliteratur, die den Anstoß gab zu einer entwickelten Kultur der Übersetzung. Jeder Gebildete las im 19. Jahrhundert noch Französisch, und deshalb wurde Stendhals Roman auch erst 1901 zum ersten Mal auf deutsch gedruckt. Aber mit Cervantes' *Don Quijote* stand es schon schlechter, und bei kleinen oder gar fernöstlichen Sprachen könnte von Weltliteratur keine Rede mehr sein, gäbe es nur die Lektüre in der Originalsprache. Um einen chinesischen Roman in französischer und chinesische Poesie in englischer Übersetzung dreht sich das Gespräch, als der berühmte Satz fällt, den Eckermann aufgezeichnet hat. Die Weltliteratur ist also eine Literatur, die sich in Übersetzungen verbreitet hat und immer noch verbreitet.

Deshalb steht in ihrem Mittelpunkt die Prosa und ganz besonders der Roman. Wer »Über allen Gipfeln ist Ruh'« lesen will, muß es auf deutsch und kann es nicht auf französisch tun; »Le vierge, le vivace et le bel aujourd'hui« vermag keine deutsche Fassung wiederzugeben. Die gelungenste Übersetzung eines Sonetts von Baudelaire oder Shakespeare wird zu einem Gedicht aus eigenem Recht, doch sie kann nicht an die Stelle des französischen oder englischen treten. *Les Pas* ist ein Gedicht von Paul Valéry; *Die Schritte* eines von Paul Valéry und Rainer Maria Rilke, ein anderes Gedicht, in dem die Erwartete mit ganz eigenem Schritt sich nähert. Das gilt nicht ebenso für den Roman. In seinem gerade in Paris erschienen großen Essay *Le rideau* (Der Vorhang) schreibt Milan Kundera:

»Will ich etwa sagen, daß man, um einen Roman zu beurteilen, nicht unbedingt seine Originalsprache können muß? Natürlich, genau das will ich sagen! Gide konnte nicht Russisch, George Bernard Shaw nicht Norwegisch, Sartre hat Dos Passos nicht im Original gelesen. Wären die Bücher von Witold Gombrowicz und Danilo Kiš einzig vom Urteil jener abhängig gewesen, die Polnisch und Serbokroatisch konnten, dann wäre ihre radikale ästhetische Neuheit nie entdeckt worden.«[1]

Wenn Kundera den Roman also geradezu durch seine Übersetzbarkeit definiert, dann erhöht er aber zugleich ganz erheblich den Anspruch an die Übersetzung. Denn nur eine in allen Einzelheiten adäquate Übersetzung kann so, wie Kundera es verlangt, vollkommen an die Stelle des fremdsprachlichen Originals treten. Und hier, in der Frage, was die adäquate Übersetzung eines bedeutenden Romans ist, haben sich die Auffassungen und damit die Ergebnisse doch sehr verändert, und zwar, gerade da liegt des Pudels Kern, als eine Konsequenz des modernen Romans.

Um zu zeigen, was ich meine, möchte ich noch zwei Stellen aus Kunderas Essay anführen:

»Die Künste sind nicht alle gleich; jede von ihnen kommt durch eine andere Tür in die Welt. Unter ihnen ist eine ausschließlich dem Roman vorbehalten. Ich sagte: ausschließlich, denn der Roman ist für mich keine ›literarische Gattung‹, nicht ein Zweig unter vielen eines einzigen Baumes. Man kann den Roman nicht verstehen, wenn man ihm seine eigene Muse streitig macht, wenn man in ihm keine Kunst *sui generis*, keine autonome Kunst sieht.«

Die zweite Stelle:

»Kafka, Musil, Broch, Gombrowicz … alle waren sie *Poeten* des Romans, das heißt: begeistert von der Form und von ihrer Erneuerung; auf die Intensität jedes Wortes, jedes Satzes bedacht; von der Phantasie verführt, die Grenzen des ›Realismus‹ zu überschreiten; gleichzeitig jedoch unzugänglich für jede *lyrische* Verlokkung: der Verwandlung des Romans in eine persönliche Beichte feind; allergisch gegen jede Verzierung der Prosa; ganz und gar auf die wirkliche Welt konzentriert. Alle verstanden den Roman als große *antilyrische Poesie*.«

Zwei Dinge sind es, die mich hier interessieren: Zum einen der Roman als ganz eigene sprachliche Kunstform für sich; zum anderen der Roman, bei dem die »Intensität jedes Wortes, jedes Satzes« ebenso zählt wie bei seinem Widerpart, der Poesie. Kundera spricht von einer Lehre, die er aus dem Roman des 20. Jahrhunderts zieht, aber wie so oft erkennt man im Rückblick, daß das Gelernte bereits vorher galt: bei Flaubert, Stendhal, Cervantes, Rabelais. Heute kann man den Roman nicht mehr als eine Form verstehen, bei der das sprachkünstlerische Detail zweit- oder gar drittrangig wäre und es im Belieben des Übersetzers stünde, ihm zu folgen oder auch nicht.

1 Zitiert nach Milan Kundera: *Der Vorhang*. Aus dem Französischen von Uli Aumüller. München: Hanser 2005.

Jetzt noch einmal gefragt: Warum eigentlich soll der Roman eher übersetzbar sein als die Poesie? Allein aus technischen Gründen? Bloß an Reim und Versmaß des Gedichts kann es ja wohl nicht liegen, und ein Roman wie *Rot und Schwarz* bietet sicher ebenso viele sprachliche Probleme wie die *Fleurs du Mal.* Ich hatte zwei berühmte Gedichtanfänge zitiert: »Über allen Gipfeln ist Ruh'« und »Le vierge, le vivace et le bel aujourd'hui«, zwei Beispiele dafür, daß das Gesagte mit seiner Sprachgestalt vollkommen identisch ist, denn was Mallarmés Vers ohne diese einmalige Konstellation von »Wort und Weise« bedeuten sollte, weiß kein Mensch zu sagen, und Goethe wollte dem Leser gewiß nicht mitteilen, daß es im Wald ruhig war. Der große Roman aber kennt ein Drittes, und das ist es, was ihn übersetzbar macht: die wirkliche Welt, von der er spricht. So lange Flaubert auch an Klang und Rhythmus feilte, so pointiert Stendhal die spezifisch französische Ironie anzuwenden wußte, so unvergleichlich die Periode eines Proust auch ist: Zwischen Original und Übersetzung steht als Tertium comparationis jene Wirklichkeit, die beide Sprachen meinen. Und solange der Roman festhielt an jenem Wirklichkeitsbezug, der für die großen Werke des 19. Jahrhunderts so bestimmend ist, gehört die Übersetzbarkeit unauflöslich zu seinem Wesen dazu – wie schwierig diese Übersetzung im Einzelfall auch sein mag.

Der Roman ist ein äußerst komplexes Gewebe aus Handlung und Historie, Tatsachen und Erfindung (der »Roman, dieses zusammengestoppelte Unding aus Erlebtem und Ausgedachtem«, nannte ihn Walter Benjamin in seinem Essay über Julien Green), aus Sprache und Form, Rhythmus und Klang, und jeder Roman balanciert diese Dinge anders, und jede Übersetzung muß sie entsprechend anders nachschaffen. Die Übersetzung, wie man sie, grob gesagt, seit Ende des 19. Jahrhunderts praktizierte, hat das zumeist nicht getan; sie hat den Roman auf seine bloße Handlung reduziert und hat ihn nicht ernstgenommen als eigenständiges sprachliches Kunstwerk. Ich könnte Ihnen hier aus den Übersetzungen von *Rot und Schwarz* unzählige Beispiele vorlegen, die das illustrieren. Wenn etwa Stendhal für die Augenblicke der Desillusionierung leitmotivartig sein »N'est-ce que ça?« einsetzt, dann muß auch die deutsche Version eine entsprechend wiederkehrende Formel finden; wenn er Julien Sorel für seine erotischen Eroberungen ausdrücklich militärischen Jargon in den Mund legt, dann darf der junge Mann in der Übersetzung nicht zum amourösen Zivilisten werden. All das läßt sich am Ende jedoch auf eines zurückführen: Das Instrumentarium des Übersetzers war gröber als das des Autors; er hielt Dinge und Hintergründe für gleichgültig, die es nicht sind; er verkannte, daß auch in der Prosa Rhythmus, Wortstellung, Klang, Sprachregister, ironische Valeurs ihre unverzichtbare Bedeutung haben. Wenn der

Roman aus Handlung und Historie, Tatsachen und Erfindung, Sprache und Form, Rhythmus und Klang besteht, dann muß all das auch in der Übersetzung wiederkehren. In *Rot und Schwarz* etwa muß der historische Hintergrund stimmen, und zwar bis in die Einzelheit eines juristischen Begriffs oder eines Kleidungsstücks, denn es ist alles andere als gleichgültig, ob Stendhal Staaten mit Verfassung ablehnt oder eben nur sein Frankreich der Restauration und die Charta von 1814. Es muß der Sprachstand der Epoche respektiert werden, und zwar ohne historisierende Imitation. Kurz: zunächst gilt es, das literaturwissenschaftliche Fundament zu legen. Und wenn dies getan ist, dann muß die Sprache selbst geschaffen werden, in ihrer eigenen Ausdrucksqualität.

Da ich es mir nicht verkneifen kann, wenigstens einmal aus »meiner« Sprache zu zitieren, mute ich Ihnen ein einziges Beispiel zu, um zu zeigen, was ich meine. Es stammt aber nicht aus *Rot und Schwarz*, sondern bezieht sich, *pars pro toto*, auf den ersten und letzten Satz aus *Adrienne Mesurat* von Julien Green: »Debout, les mains derrière le dos, Adrienne regardait le *cimetière*.« Das heißt in einer Übersetzung von 1965: »Mit den Händen auf dem Rücken stand Adrienne und schaute den *Friedhof* an.« Übersetzt ist das vollkommen richtig: *être debout* heißt stehen, *regarder* heißt anschauen. Der Satz aber hat, gerade als Anfangssatz!, alle Fassung verloren: Im Französischen setzt das erste Wort »Debout« sofort einen mächtigen Akzent für den eigensinnigen, halsstarrigen Charakter des jungen Mädchens, und der ganze Satz läuft zu auf den finalen *cimetière*: »Aufrecht, die Hände hinter dem Rücken, stand Adrienne da und betrachtete den *Friedhof*.« Um diese Qualität des Satzes wiederzuerschaffen, war es nötig, das »debout« mit »aufrecht« und »dastehen« in gewissem Sinne zu verdoppeln, und doch entspricht diese Version dem Original weitaus stärker als jede schulmäßig korrekte. Das mag manchem wenig erscheinen, doch es setzt sich fort bis zum letzten Wort: »Elle ne put donner ni son nom ni son adresse. Elle ne se rappelait plus rien.« – »Sie konnte weder ihren Namen noch ihre Adresse angeben. Sie erinnerte sich an überhaupt nichts mehr.« Oder: »Sie wußte weder ihren Namen noch ihre Adresse. Sie erinnerte sich an nichts.« Nein, auch in einem Roman ist es kein Zufall, beendet der Autor Satz und Buch mit dem harten »rien«, und da muß der deutsche Übersetzer auf sein umständliches »an überhaupt nichts mehr« verzichten, zugunsten eines definitiven: »an nichts«. Hier gilt es, das zu sein, was Kundera verlangt: »allergisch gegen jede Verzierung der Prosa«, und in dieser Knappheit, Genauigkeit, Schmucklosigkeit berührt sich übrigens Julien Green auch gerade mit Stendhal.

Die Prosa kennt nicht den Zwang durch Versmaß und Reim, dem sich der Lyrikübersetzer gegenübersieht. Doch so, wie ich es skizziert habe, ist im großen

Roman der Zwang nicht geringer: durch den inneren Rhythmus des Satzes, seinen dramaturgischen und dramatischen Aufbau, durch seine Knappheit oder weit ausgreifende Periode. Eine Übersetzung, die das wiederzugeben versucht, könnte man vielleicht »mimetisch« nennen: Sie reproduziert nicht einfach den Inhalt eines Satzes, sondern versteht seinen Sinn als eine Einheit aus dem Was und dem Wie des Gesagten. Sie versucht, das Gesicht, die Physiognomie jedes einzelnen Satzes, und damit des ganzen Buches und des Autors selbst, in der eigenen Sprache neu zu schaffen. Eine Übersetzung, der das gelingt, soll nicht nur sehr viel näher an das Werk heranführen, sondern ihm auch, in Kunderas Sinne, eine wirkliche Gegenwärtigkeit in anderen Sprachen und damit in der Weltliteratur geben.

Gerade deshalb, um mit Goethe zu schließen, »ist und bleibt [das Übersetzen] doch eins der wichtigsten und würdigsten Geschäfte in dem allgemeinen Weltwesen«. Und ganz gewiß freut sich jedermann, wenn seine Tätigkeit Anerkennung findet; sei's als würdiges Geschäft im allgemeinen Weltwesen, sei's durch eine Auszeichnung, wie die, für die ich der Akademie und vor allem natürlich der Jury ganz herzlich danke.

ILMA RAKUSA

Melancholiker und Flaneur

Laudatio auf László F. Földényi

Beginnen wir mit der Melancholie, denn unser Preisträger hat nicht nur eines der klügsten, materialreichsten und profundesten Bücher zum Thema geschrieben, er hat die Fäden der Melancholie, genauer der melancholischen Geistesverfassung und Wahrnehmung, stetig weiterverfolgt: in seinen großen Studien über *Caspar David Friedrich* (dt. 1993), über *Goya* (dt. 1994) und über *Heinrich von Kleist* (dt. 1999). Földényi, ein Seismograph des Krisenhaften, interessiert sich für die »Nachtseite der Malerei« (so der Untertitel des Buchs über Friedrich), für den *Abgrund der Seele* (so der Titel des Goya-Buchs, das vom Saturn-Motiv handelt), und bei Kleist für die unerträgliche Spannung zwischen Seinsbejahung und Seinsverneinung, die sich schließlich negativ entlud.

Hinter solcher obsessiven Recherche steckt mehr als nur Forschungsinteresse: Földényi ist stets auch sich selber auf der Spur, als ein unentwegt Suchender und Fragender, als ein Essayist im besten Sinne des Wortes, der das »Antwortfertige« (der Neologismus stammt von ihm) ablehnt, um bewußt »mit dem Unbegreiflichen zu leben«. Földényis Ideologieresistenz läßt sich unschwer als Reaktion auf das kommunistisch indoktrinierte Leben in Ungarn deuten, die Ungeschütztheit jedoch, mit der er seine Studien betreibt, die in summa als ungeschriebene Autobiographie gelesen werden könnten, zeugt von einem existentiellen Ernst, der immer aufs neue beeindruckt und berührt.

Man findet bei Földényi also mehr Konfession als blanke Belehrung, und mögen seine Kenntnisse auch stupend sein, so dienen sie eher dazu, Fährten auszulegen als kompakte Gedankengebäude zu errichten. Denn Földényi ist nicht nur ein sensibler (und skrupulöser) Melancholiker, sondern auch ein Flaneur. Ein Flaneur im ästhetischen und praktischen Sinne. Seine literarischen Museumsspaziergänge (im Band *Das Schweißtuch der Veronika*, dt. 2001) oder seine Essays und Notizen über Berlin (*Ein Foto aus Berlin*, dt. 1996), das er ausgerechnet in den Umbruchsjahren 1988/1989 und 1990/1991 näher kennenlernen konnte, zeigen sein Talent fürs Divagieren und den wachen Blick des (streunenden) Beobachters. Faszinierend ist dabei, wie sich Details zu Zusammenhängen fügen, scheinbar ungezwungen, in einem mäandrierenden Diskurs. Und wie sich verstreute Gedanken zu Leitmotiven bündeln, etwa dem des deutschen Selbsthasses, den der Autor einmal als »Ersatzmythos« bezeichnet. Doch wohlgemerkt: auch Földényis gelegentliche kritische Auslassungen über deutsche Zustände und Mentalitäten sind die eines Beobachters. Die eigene Fremdheit und Außenseiterrolle wird stets mitreflektiert.

László F. Földényi wurde 1952 in Debrecen geboren, studierte Hungarologie und Anglistik, arbeitete als Zeitschriftenredakteur und Dramaturg und lehrt nun seit etlichen Jahren Komparatistik an der Eötvös-Universität in Budapest. Wer ihn gelesen hat, wird sich über seine Vielseitigkeit wundern. Denn sein Interesse gilt der Philosophie ebenso wie der Literatur, der Kunstgeschichte ebenso wie dem Film, wobei sein Approach darauf zielt, hinter jeder künstlerischen Manifestation nach tieferen menschlichen Beweggründen zu suchen, die ihrerseits in Richtung Psychologie und Metaphysik ausgelotet werden.

Daß Földényi ein Aficionado ist, belegen alle seine Bücher. Hier soll es vor allem um zwei gehen, die die spezifische Affinität des Autors zu »seinen« Künstlern und die besondere Art seiner Vorgehensweise exemplarisch aufzeigen: die Studien über Caspar David Friedrich und Heinrich von Kleist. Földényi ist ein glänzender Kenner der deutschen Kultur: von Tilman Riemenschneider und Albrecht Dürer bis Joseph Beuys, von Novalis und Heine bis Trakl, von Musil und Brecht bis Benjamin und Adorno, die er alle bewundert wegen ihrer Überzeugung, daß »die Wahrheit unteilbar ist«.

Wirklich eingelassen hat er sich auf Friedrich und Kleist, zwei unübertroffen einsame und einzigartige Gestalten der deutschen Romantik. Friedrichs Bilder faszinierten Földényi seit den siebziger Jahren, und zwar so sehr, daß er ihnen einzeln nachreiste, wodurch eine »ganz subjektive Deutschlandkarte« in ihm entstand. Die Bilder selber deutet der Autor als Versuche, das Nichtdarstellbare darzustellen, nämlich die »reine gegenstandslose Empfindung«, wie der russische Avantgardist Kasimir Malewitsch es ein Jahrhundert später postuliert hat. (Kühn und erhellend ist die Konfrontation Friedrichscher Bilder mit ungegenständlichen Arbeiten von Lionel Feininger, Paul Klee u.a.) Für Földényi ist Friedrich ein (v)erbitterter Erlösungssucher, der die Sehnsucht zur unstillbaren verabsolutiert. Doch gerade dieses »Warten auf das Wunder«, das »auch die Möglichkeit der Selbstvernichtung nicht ausschließt«, hat Bilder von »narkotisierender Wirkung« hervorgebracht. Bilder, die die eigene Hinfälligkeit in eine Art »Negativ-Stolz« umwandeln, in eine einzigartige, inbrünstige Subjektivität. – Auch Földényis Vorgehen trägt den Stempel des Subjektiven, als ein aparter Versuch, die Friedrichsche Bilderwelt gleichzeitig als

Ausdruck eines menschlichen Dramas wie als autonomes künstlerisches Universum (mit spezifischen Filiationen und Gesetzen) zu interpretieren. Zum Radius solcher Betrachtungsweise gehören Referenzen von Franz von Baader bis Nietzsche und Bataille, von Plotin bis Kandinsky und Erwin Panofsky. Und gehört das finale Geständnis, in den Bildern Friedrichs nicht den erhofften Trost gefunden zu haben. »Das Frösteln kommt nicht nur von der Kälte, es kommt auch von dem unsichtbaren Blick, der sich auf uns, den Betrachter seiner Bilder, richtet. Einem Blick, der uns trügerisch hinhält, während er uns gar nicht wahrnimmt.«

Reisen in die Nachtgefilde der Malerei und in saturnische Abgründe bergen Risiken. Földényi nimmt sie bewußt in Kauf, mit Gewinn für sich selbst wie für den Leser, da die Gefahren und Zerreißproben ausgesprochen, die Rätsel, ungelösten Fragen und Enttäuschungen nicht wegretuschiert werden.

Eine perfekte Monographie über Caspar David Friedrich wollte Földényi nicht schreiben. Doch die Wege, auf die er den Leser mitnimmt, sind ungemein spannend, nicht zuletzt weil sie eine Selbstkonfrontation herausfordern.

Földényis bedeutendstes Opus ist Kleist gewidmet, Kleist, den der Autor als Übersetzer und Herausgeber der ungarischen Gesamtausgabe bis in die Tiefenstrukturen der Sprache hinein studiert hat. Die Annäherung ist höchst originell: sie präsentiert Kleist »im Netz der Wörter« (so der Untertitel des Buches), indem sie Schlüsselbegriffe von »Ach« bis »Zufall« enzyklopädisch-essayistisch aufbereitet. »Ein schonendes Buch«, verspricht Földényi im Vorwort. »Es erspart dem Leser die Mühe des Auslesens«. Und es verschont Kleist. »Vor der bedrückenden Last einer Monographie, dem Schreckgespenst einer Komposition, (...) der Klaustrophobie. (...) Vor jenem Unabänderlichkeit suggerierenden ›Entwicklungsbild‹, das für alles eine Erklärung sucht (und findet).« Das Netz, das Földényi statt dessen ausbreitet, läßt Spielraum. Es zwingt Kleist nicht in einen Kanon, vor allem aber läßt es den Kohärenz-Gedanken fallen, indem es Festigkeit als »Gegensätzlichkeit und Spannung der Elemente« versteht. Auf dekonstruktivistische Weise trägt das Netz dem Unerklärlichen, Unlösbaren, Irrationalen und Widersprüchlichen Rechnung. Diese Rechnung aber geht, dank Földényis Sensibilität, Kenntnis- und Einfallsreichtum, wunderbar auf. Erstaunlich, was die Stichworttechnik alles hergibt, wieviel Kontext und Vertiefung sie ermöglicht. Man lese nur, was unter »Begierde« und »Bestimmung«, unter »Brust« und »Blitz«, unter »Fall« und »Fieber« alles zusammenfindet, aber auch unter »Verzückung« und »Kuß«. Der Essayist Földényi erweist sich hier *at his best*: als ingeniöser Interpret und Psychogrammatiker, als kühner Querverweiser und bisweilen auch Querdenker, der es sich nicht nehmen läßt, da und dort politisch inkorrekte Apropos (etwa zur Frage der nationalen Identität) anzubringen. Im Sog von Kleists trudelnder Psyche entfaltet er eine Palette von Paradoxien, die auch Heiterkeit und Grazie einschließen.

Keine Frage: der Blick des Ungarn László Földényi auf die deutsche Kultur ist ein besonderer, stark subjektiv geprägter. Földényi, seinem Wesen nach ein melancholischer Metaphysiker, dem die plafonierte Ideenwelt des Kommunismus, unter dem er aufwuchs, keinerlei geistige Nahrung bot, suchte und fand bei den Deutschen das, was er eine seltene »Sensibilität für die Transzendenz« nennt, idealtypisch verkörpert in den deutschen Romantikern. Heute allerdings sieht sich Földényi enttäuscht. In seinem kürzlich erschienenen Aufsatz mit dem Titel »Überschattete Liebe zur deutschen Literatur« beklagt er den Verlust solcher Sensibilität, die zugunsten einer »Stromlinienförmigkeit des Denkens« aufgegeben worden sei. »Dieses Fehlen ist für die ganze gegenwärtige Kultur kennzeichnend, aber in Deutschland erscheint es mir viel auffälliger und schmerzvoller zu sein als in jedem andern Teil Europas.«

Földényi meint es ernst, auch mit seinem Schmerzenspathos. Als enthusiastischer Liebhaber und Vermittler deutscher Kultur sieht er sich in einem Dilemma, das schon bei den Wörtern beginnt: Wer spricht heute von Größe, Geist, Existenz, Konfrontation mit dem Sein? Wer spricht von Metaphysik? Und der Ungar zitiert seinen Landsmann Imre Kertész: »Die transzendentale Wirklichkeit ist das einzige Gewisse, alles, was wir als materielle Gewißheit ansehen, ist tausendfach ungewisser.«

Der Blick von außen sieht oft mehr. Warum also sollten wir nicht von Földényis Sensibilität lernen? Von seiner Skepsis gegenüber falschen Gewißheiten und dem Design des Glatten und Gutgemeinten? Und wenn uns dabei gelegentlich Schwindelgefühle überkommen, heißt das zuverlässig, daß die Lektion gefruchtet hat.

LÁSZLÓ F. FÖLDÉNYI

Deutschland – so nah, so fern

Dankrede

»Denk ich an Deutschland in der Nacht ...« – Doch dazu später mehr. Jetzt ist Tag, und wenn ich an Deutschland, genauer an die deutsche Kultur denke, für deren Vermittlung die Deutsche Akademie auch einen Preis gestiftet und nach Friedrich Gundolf, dem leidenschaftlichen Vermittler der deutschen Literatur, benannt hat, fließen mir zwar im Gegensatz zu Heine nicht die Tränen, aber auch ich bin »um den Schlaf gebracht«.

Warum? Aus mehreren Gründen. Nachdem mich noch zu Jahresbeginn der Präsident der Deutschen Akademie angerufen hat, überflog ich die Namensliste der Preisträger vor mir und, ich will es nicht leugnen, erstarrte vor der respekteinflößenden Größe, die auch lähmend wirken kann. Und auch vor dem Zufall. Kurz bevor man mich vom Preis benachrichtigt hatte, hatte ich *Intimacy*, den Film von Patrice Chéreau, des Preisträgers von 1993, wiedergesehen. Ich fühlte mich ähnlich wie der Held seines Films; indessen suchte ich auch einen Ausweg aus dieser unseligen Situation.

Dann dachte ich natürlich an die Deutsche Akademie – aber es hat auch seinen Preis, wenn man sich über eine Akademie Gedanken macht. Und wenn einem dann auch noch Goethes Name einfällt – und warum sollte einem nicht gerade Goethe einfallen, handelt es sich doch um einen deutschen Literaturpreis –, zu dessen 200. Geburtstag die Akademie gegründet wurde, dann ... Aber hier könnte ich auch schon aufhören.

Als ich aus dieser mehrfachen Erstarrung schließlich zu mir kam, versuchte ich mir als Gegenreaktion etwas Großes vorzustellen. Erst maß ich mich im Spiegel, dann begann ich mit meinen geistigen Augen wieder die Akademie zu suchen. Am nächsten Tag begann ich schließlich jene Sache als etwas Großes zu empfinden, der beide Seiten, der Auszeichnende und der Ausgezeichnete, gleichermaßen nur dienen: die deutsche Kultur. Was wiederum zu neuen Komplikationen führte. Denn die Akademie als Preisverleiher ist selbst Teil der deutschen Kultur, bereichert diese schon durch ihre bloße Existenz. Der Empfänger des Preises hingegen ist – so schreibt es der Preis vor – kein Deutscher, sondern ein Ausländer, der zur deutschen Kultur ein fundamental anderes Verhältnis als der Preisverleiher hat. Ihm ist diese Kultur kein Zuhause und keine Heimat. Eher handelt er mit ihr – exportiert sie und importiert sie. Und dementsprechend denkt er anders an sie als der Preisverleiher und denkt auch anders über Deutschland als einer, dessen Heimat es zugleich auch ist.

Und schon wären wir da: an Deutschland denken. »Denk ich an Deutschland ...« – und jetzt lassen Sie mich die ganze Strophe zitieren:

»Denk ich an Deutschland in der Nacht,
Dann bin ich um den Schlaf gebracht.
Ich kann nicht mehr die Augen schließen.
Und meine heißen Tränen fließen.«

Ich könnte es auch für einen schicksalhaften Zufall halten, daß diese Zeilen zu den ersten Erinnerungen gehören, die mich mit Deutschland verbinden. Ich kannte sie bereits, als ich noch keinerlei Beziehung zur deutschen Kultur hatte. Vielleicht noch nicht einmal das Wort »Kultur« kannte. Ich mußte dieses Gedicht schon als Kind lernen. Mitte der sechziger Jahre, als ich zehn, zwölf Jahre alt war, mußte ich es Woche für Woche einer älteren Dame vorlesen, deren Muttersprache zwar Deutsch war, die jedoch nie in Deutschland gelebt hatte; sie entstammte einer sächsischen Familie in Siebenbürgen. Rumänien wollten sie auf jeden Fall verlassen, aber weil sie in Siebenbürgen, einem ungarischen Verwaltungsgebiet, lebten, landeten sie zwischen den beiden Kriegen schließlich in Ungarn. Was sogar eine Fußnote zur deutschen Kultur abgeben könnte: eine Deutsche, die sich in Ungarn heimisch fühlt. Sie begann Deutsch zu unterrichten und nahm mich unter ihre Fittiche. Unser Verhältnis war nicht frei von Konflikten. Aber auch die Liebe fehlte darin nicht. Es war also fast verwandtschaftlich. Und wie es in einer Familie nun einmal ist, wird einem vieles natürlich und selbstverständlich, ohne daß man sich dessen bewußt wird. So die deutsche Kultur für mich.

Als sich die schon ältere Dame Mittwoch nachmittags rituell das Gedicht von mir vorlesen ließ, war ich stets gerührt von ihrer Bewegtheit, die sie anschließend durch das strenge Abfragen der Artikel der, die oder das zu kaschieren suchte. Nicht allzu erfolgreich. Ich verstand zwar nicht, woher ihre augenblickliche Rührung kam – aber ich spürte, daß es sich dabei um etwas Rätselhaftes handelte. Um ein Rätsel, das vielleicht nicht nur sie persönlich anging. Übrigens hörte ich von ihr zum ersten Mal den Namen Goethes. Einmal erzählte sie mir – auf Ungarisch natürlich – eine Stunde lang die Geschichte von Iphigenie, und zwar so fesselnd, als handelte es sich um eine Detektivgeschichte. Den Namen des Autors erwähnte sie nur nebenbei – und ich assoziierte ihn aus irgendeinem Grund mit Karl May, dessen Romane in

Ungarn damals unzugänglich waren, weshalb in meinen Augen auch ihnen etwas Rätselhaftes anhaftete.

»Denk ich an Deutschland in der Nacht …«, fließen nicht meine Tränen, sondern mir fallen diese Zeilen ein, die Mittwochnachmittage der Kindheit, die Stille, aber auch, daß ich etwas nicht verstand. Ja, auf der Spur solcher rätselhafter, unerklärlicher, seelischer Regungen und solchen Nicht-Verstehens begegnete mir zum ersten Mal die deutsche Kultur. Und dieses Nicht-Verstehen – oder lassen Sie es mich präziser formulieren: dieses Gerührtsein durch das Rätselhafte – hat mich seitdem nicht verlassen. Es hat sich vielmehr vertieft, eine größere Allgemeingültigkeit erlangt. Und es erregt mich noch immer. Dabei handelt es sich nicht einfach um intellektuelle Neugierde, sondern vielmehr um das Erlebnis, daß diese eigenartige, für einen Fremden vielleicht nie ganz lösbare Rätselhaftigkeit der deutschen Kultur einen schwindelig machen, verführen kann. Meines Wissens ergeht es damit sehr vielen so. Für mich gilt das auf jeden Fall – und mehr als hinsichtlich anderer Kulturen.

Es begann in meiner Kindheit, Mittwoch nachmittags; erst bemerkte ich nur, daß sich jemand in ein Rätsel verstrickt hatte. Später, vielleicht weil sie eine gute Pädagogin war, steckte sie auch mich damit an. Und seitdem lockt, verlockt auch mich diese Kultur. Nicht nur einzelne Werke, sondern vielmehr jenes dahinterliegende, dichte und undurchdringliche Dickicht, aus dem sie reliefartig hervorragen. Anfangs schwärmte ich nur für einzelne Werke oder Autoren; wie alle Jünglinge überstand auch ich eine Thomas-Mann-Infektion. Später jedoch, am Ende der siebziger Jahre, als eine Caspar-David-Friedrich-Phase bei mir begann, wurde klar, daß auch Friedrichs Werke nur Wegweiser zu jenem bereits erwähnten Rätsel waren. Auch das war eine richtiggehende Schwärmerei: das Ganze begann auf der Insel Rügen im Winter 1977, als ich zwischen den Kreidefelsen umherkletterte. Auf Friedrichs Spuren durchreiste ich später Deutschland, Ost und West – um jene Museen aufzusuchen, in denen ich seine Werke im Original sehen konnte. Es waren Friedrichs Gemälde, die die Landkarte Deutschlands für mich umrissen. Und damit begann jene geistige Landkarte Gestalt anzunehmen, die für mich nicht nur die deutsche Kultur bedeutete, sondern auch den Platz dieser Kultur auf der geistigen Landkarte Europas bestimmte. Bücher, Gemälde, musikalische Werke waren die bevorzugten Punkte dieser Landkarte. Und natürlich Landschaften, Städte. Vor allem Berlin – anfangs Westberlin –, wo ich Jahre verbrachte. Aus einem isolierten, osteuropäischen, geistigen Milieu kommend, begeisterte mich die Großzügigkeit, geistige Offenheit und nicht zuletzt Aufnahmebereitschaft dieser Stadt, was auch zu mehreren tiefen Freundschaften führte. Seitdem denke ich an Berlin nicht nur wie an eine Stadt, sondern wie an ein geistiges

Medium, das mir half, erwachsen zu werden. Eine deutsche Stadt, die mir, einem Ungarn, auch zu begreifen half, was es bedeutete, ein Europäer zu sein. Und mich bei alledem auch der deutschen Kultur näherbrachte.

Während dieser Annäherung hatte ich natürlich auch meine Lotsen. Unter ihnen Friedrich Gundolf, der sein bis heute gültiges Buch über Heinrich von Kleist 1922 veröffentlicht hatte. Über jenen Kleist, der mein Verhältnis zur deutschen Kultur endgültig besiegelte. Die winzigen Regungen jener Mittwochnachmittage in der Kindheit steigerten sich durch Kleist zu einem geistigen Erdbeben in mir. Ich wurde beinahe dessen Opfer – doch inzwischen war auch das Erlebnis des Gerührtseins durch das Rätsel in mir herangereift. In der zweiten Hälfte der neunziger Jahre lebte ich fünf Jahre lang Tag für Tag mit Kleist, erwachte mit ihm und legte mich mit ihm schlafen, träumte zuweilen sogar von ihm, während ich mein Buch über ihn schrieb, und als ich seinen Briefwechsel übersetzte, fühlte ich mich ihm so nah, daß ich, als ich sah, welche törichten Schritte er zu tun beabsichtigte, ihm am liebsten wie einem Bruder zugerufen hätte: Bist du verrückt? Was machst du da?

Ich weiß nicht, ob es gut ist, wenn die Distanz so dahinschwindet. Brecht gefiele es sicher nicht und auch die Fachleute, die Literaturwissenschaftler und Kunstgeschichtler, mißbilligen es – wenn auch von einem ganz anderen Standpunkt aus. Sie haben gewiß recht. Sie würden einen solchen Zugang romantisch nennen. Dadurch entginge ihrer Aufmerksamkeit jedoch das für mich vielleicht spezifischste Charakteristikum der deutschen Kultur. Daß nämlich die repräsentativen Schöpfungen der deutschen Kultur, und nicht nur die romantischen, sondern auch die von einem glasklaren Verstand durchdrungenen Werke, den, der sich ihnen arglos nähert, noch vor einer objektiven Beurteilung und nüchternen Annäherung, überfallen, gleichsam vergewaltigen. Und das gilt sogar für Brecht. Die deutsche Romantik wird gewöhnlich zu den Höhepunkten der ganzen europäischen Kultur gezählt. Ich für meine Person würde noch hinzufügen, daß die deutsche Kultur den Nicht-Deutschen zu einer viel romantischeren Rezeption zwingt als jede andere Kultur. Ja, vielleicht müßte man zuerst davon sprechen, von der Verlokkung, der Gewalt und dem Genuß, denn sonst bliebe nur die Freudlosigkeit der trockenen Deutung.

Lassen Sie es mich überspitzt ausdrücken. Für mich ist die deutsche Kultur aus demselben Grund so verlockend, aus dem sie natürlich auch so gefährlich ist: weil sie als gewaltige Wildnis denjenigen, der dem Genuß nicht um jeden Preis widerstehen will, schnell in sich aufsaugt. Weil sie dazu neigt, die scharfen Konturen des Ich, deren Ausarbeitung sonst zu den großen Errungenschaften und Leistungen der europäischen Kultur zählt, zu verwischen. Aber nicht um das Individuum aufzulösen, sondern im Gegenteil um zu beleuchten, daß hinter dem Ich auch etwas anderes, etwas breiteres, tieferes und vielleicht sogar dauerhafteres lauert: das, was Nietzsche als Terra incognita bezeichnet und mit dem Namen Selbst versehen hat. Auf diesem Gebiet hat die deutsche Kultur meines Erachtens Großes geleistet, hierin liegt ihre große Besonderheit. Und hierin liegen nach wie vor ihre große Chance und einzigartigen Möglichkeiten.

Die beiden großen totalitären Systeme des zwanzigsten Jahrhunderts, von denen das eine zudem deutsch war, erklärten nicht nur dem Ich, dem Individuum den Krieg, sondern entzogen auch dem Selbst den Boden und versuchten, den Menschen auf eine rein kollektive Existenz zu reduzieren. Während sich die Nachwelt – unsere Zeit also – gegen diese Systeme wendet, klammert sie sich dennoch weiterhin an dieses Ich und vernachlässigt, wenn auch in bester Absicht, die dahinter verborgene Terra incognita genauso wie jene Systeme, die es auf so unmenschliche Weise negiert hatten. Es gab im vergangenen halben Jahrhundert nur eine vernachlässigbare Anzahl Versuche, die die Rechte des Selbst nicht nur dadurch wiederherstellen wollten, daß sie sich gegen die Terrorsysteme wandten, sondern auch jener Tendenz der neuzeitlichen, europäischen Entwicklung entgegentraten, die das Wesen des Menschen auf das Ich beschränkte.

Hier besteht meines Erachtens die große Chance der deutschen Kultur. Mir jedenfalls haben Kleist und all die anderen, und erlauben Sie mir, hier auf eine Aufzählung der Namen zu verzichten, die Augen dafür geöffnet, daß die deutsche Kultur einen Mehrwert hat, der für die ganze europäische Kultur beispielhaft sein könnte. Worin besteht dieser Mehrwert? In der Erfahrung dessen, was ich mit Vorliebe so formuliere, daß es irgendeine Art umfassende, allgemeingültige Wahrheit gibt. Diese ließe sich vielleicht als metaphysische Erfahrung bezeichnen. Was durchaus ein Rätsel ist und jenem Rätsel nicht fremd, das ich zum ersten Mal als Kind bei der Wiederholung von Heines Gedicht von Mittwoch zu Mittwoch spürte. Diese Erfahrung umriß die Landkarte Deutschlands auf der geistigen Landkarte Europas, diese unterscheidet sie in meinen Augen von anderen Kulturen und Sprachgebieten. Es ist das Vermächtnis der Romantik – und heute aktueller denn je. Vor allem wenn wir bedenken, daß die Welt immer mehr einem politisch-wirtschaftlichen Automatismus zu ähneln beginnt, der vielleicht sogar ohne Menschen vollkommen funktionsfähig wäre. Dafür öffnet mir die oben erwähnte metaphysische Erfahrung die Augen. Sie ist aber auch zutiefst anachronistisch. Mich jedoch reizt sie gerade deshalb, weil sie der Hauptströmung zuwiderläuft.

Ich habe keine Illusionen; ich bin mir im klaren darüber, daß die bereits erwähnte umfassende, allgemeingültige Wahrheit auch ihre dunkle Seite hat, die man mißbrauchen kann. Und es waren eben die Deutschen, die das im 20. Jahrhundert bewiesen hatten. Vielleicht auch infolge jener pessimistischen Logik, für die Nietzsche seine Landsleute so oft gegeißelt hatte. Aber auch diese Logik konnte diesem Kern, dem die deutsche Kultur nicht nur ihre bereits erwähnte Einzigartigkeit, sondern auch ihre Vitalität verdankt, nichts anhaben. Und wenn ich mich dank meiner persönlichen Lebensgeschichte, meiner geopolitischen Situation und natürlich vielen, vielen glücklichen Zufällen hin und wieder in diese Kultur hineingewagt habe, kann ich guten Gewissens behaupten: es war dank dieser Vitalität, daß ich stets begeistert aus ihr wieder hervorkam.

Aus dem Ungarischen von Akos Doma

Vorstellung neuer Mitglieder

ANITA ALBUS

Liebe Freunde und verehrte Mitglieder der Akademie,

beim Grübeln über eine angemessene Weise, mich in fünf Minuten vorzustellen, kam mir eine Geschichte in den Sinn, die ich in einer alten Sammlung jüdischer Schwänke las. Sie handelt von einem Reisenden, der im Coupé eines eben in einen Bahnhof eingefahrenen Zuges sitzt. Als er sich aus dem Fenster lehnt, weil auf dem Bahnsteig ein »Rubinstein, Rubinstein« rufender Mann den Zug entlangrennt, verpaßt ihm der herbeigeeilte Rufer eine saftige Ohrfeige. Großes Gelächter im Abteil des Geschlagenen. Am heftigsten und längsten lacht dieser selbst. Von einem der schadenfreudigen Mitreisenden befragt, was es denn für *ihn* dabei zu lachen gebe, erwidert er: »Aber ich bin doch gar nicht *Rubinstein*!«

Sie haben mir die große Ehre erwiesen, mich als Mitglied der Akademie in Ihren illustren Kreis aufzunehmen. Anscheinend haben Sie mich mit Anita Albus verwechselt. Als *femme de lettres* sei sie buchstäblich vorgestellt: Anita Albus, fünf Konsonanten und fünf Vokale. Unter den paradoxen Anagrammen, die sich daraus bilden lassen, wie *Saat in Blau* oder *Laub, au saint bal* oder *Au in Basalt, Aal in Staub* oder *l'inabusata*, scheint *a basal unit* das einzige Sinnvolle zu sein.

Ob es in der Zeit der Enkel meiner beiden Enkel noch Augen für meine Bilder und Leser meiner Romane, Erzählungen und Essays geben wird, kann keine schwarze Spottdrossel, kein weißer Rabe voraussagen. Sollte es dann jedoch die Deutsche Akademie für Sprache und Dichtung noch geben, würde im Jahrbuch 2005 nachzulesen sein, welche Rolle in den erfülltesten fünf Minuten meines Lebens eine kleine Heilpflanze spielte, die dann vielleicht auch auf meinem Grab von Mai bis Oktober ihre Blüten entfalten wird: *Viola tricolor*, das Ackerstiefmütterchen, in Frankreich *la pensée sauvage* genannt.

La pensée sauvage heißt zugleich »das wilde Denken«. Es ist nach Claude Lévi-Strauss, dessen gleichnamiges 1962 veröffentlichtes Werk auf dem Einband eine *Viola tricolor* ziert, weder das Denken der Wilden noch das einer archaischen Menschheit. Das Ei war vor der Henne da, wie das Denken vor den Denkern. Ganz und gar dem Konkreten zugewandt, will es im wilden Zustand »zugleich analytisch und synthetisch sein, in beiden Richtungen bis an seine äußerste Grenze gehen und doch fähig bleiben, zwischen beiden Polen zu vermitteln«.

Es war ein heißer Tag im Juli 1980, als ich mich in die Münchner Bibliothek der Ethnologen begab, um aus einem Buch eine Fabel der Irokesen über eine Eisvogelart, den Gürtelfischer, zu kopieren, die ich in mein schon damals begonnenes Buch über gefährdete Vogelarten aufnehmen wollte. Die Quelle hatte mir Lévi-Strauss genannt, mit dem ich seit zwei Jahren korrespondierte. Damals war die Bibliothek noch im ersten Stock eines Hinterhauses der Schellingstraße untergebracht, einem häßlichen Gebäude, in dessen Erdgeschoß ein Beerdigungsinstitut »Pietät« sein Leichengepränge feilhielt. Ein einziger Student saß schwitzend im Leseraum, in dem eine Bibliothekarin hinter einer Theke für die Bücherausgabe sorgte. Es war ein dicker leinengebundener Band, den sie mir überreichte: *Second Annual Report of the Bureau of Ethnology to the Secretary of the Smithsonian Institution*, 1883 in Washington gedruckt. Ich trug ihn zu einem der bereitstehenden Pulte und schlug die von Lévi-Strauss angegebene Seite auf. Die Fabel »Kingfisher and his nephew« beginnt auf Seite 108 und läuft auf Seite 110 aus. Ich blätterte zum Ende um und fand … eine verblichene *Viola tricolor*. Vom Leser, der sie ins Buch gelegt hatte, vergessen, muß sie seit Jahrzehnten, unverrückt wie in einer Herbarpresse, auf die Räuberin gewartet haben, die sie in einem Kästchen aufbewahren sollte.

Fünfundzwanzig Jahre sind seither vergangen. Um für das Eisvogelkapitel meines im September erscheinenden Buches *Von seltenen Vögeln* die Gürtelfischerfabel endlich zu kopieren, bin ich im vergangenen Winter noch einmal zu jenem Band zurückgekehrt, der inzwischen mit der ganzen Bibliothek in ein Gebäude am Rand des Englischen Gartens gewandert war. Vom Dasein der *pensée sauvage* zeugt noch immer das mit dem Saft in die Seiten 110 und 111 gepreßte Zwillings-Schema ihrer Gestalt, Wappen meines Glücks und Sinnbild dessen, was man aus Scheu vor dem Unerforschlichen »Zufall« nennt.

Ein Zufall, durch den eine treffende Ohrfeige ins Leere geht, unterscheidet sich von dem, der gleichsam ins Volle trifft, weil er einen anonymen Leser mit einem berühmten Ethnologen verbindet, einen großen Denker mit einer unbekannten Malerin, eine Gürtelfischerfabel Nordamerikas mit einem wilden Stiefmütterchen in München, 1883 mit 1962 und 1980. Der eine gehört dem Nichts-als-Zufälligen an, der andere einer Welt, in der der Zufall ein so vollkommenes Maß hat, daß er aus jedem Blickwinkel sinnvoll erscheint und den

Gegensatz von Zufall und Notwendigkeit aufhebt. Im ersten Fall kann man es lachend bewältigen, im zweiten scheint etwas auf, dem gerecht zu werden man sogar als initiierte *académicienne* nur hoffen kann.

WALTER KAPPACHER

Sehr geehrter Herr Präsident, meine Damen und Herren,

Wenn ich mich richtig erinnere, war es im Jahr 1973 – ich bin in Salzburg geboren –, daß ich hier in diesem Saal Ernst Bloch vortragen hörte. Damals wußte ich keineswegs, welche Profession die meine eigentlich sein solle. Zwei Berufe hatte ich erlernt; sobald eine Tätigkeit mir von der Hand ging, befriedigte sie mich nicht mehr und ich suchte mir etwas Neues – zumindest eine neue Stellung. Daran, daß ich nun seit mehr als dreißig Jahren immer noch Schriftsteller bin, ersieht man, daß die Widerstände groß sind. Zu der Zeit, als ich Ernst Bloch zuhörte, hatte ich einige Kurzgeschichten veröffentlicht, die mich jedoch nicht befriedigten. Ich hatte viel gelesen – besser gesagt, in meinem Leben gab es lange Zeit kaum etwas Wichtigeres als Lesen. Dann das Erlebnis Henry James, die Erzählungen der mittleren Periode vor allem. Es packte mich, die Erregungs-Energie dieser Sätze wirkte ansteckend. Ich ging auf die Vierzig zu und hatte zwei oder drei Bücher veröffentlicht. Wieder einmal kündigte ich meine Stellung und hoffte, mit dem Auftrag für ein Fernsehspiel-Drehbuch in der Tasche, mich einige Jahre lang durchschlagen zu können. Eine Laufbahn ist es nicht geworden, bloß ein Wiesenweg oder vielleicht ein Holzweg. Niemals habe ich das, was ich für Bücher ausgab, mit dem bestreiten können, was ich durch das Schreiben von Büchern einnahm. Vom Schreiben zu leben konnte ich mir nie vorstellen, eher durch das Schreiben eine Lebensform zu finden. Aus dem Getümmel habe ich mich, so gut ich konnte, herausgehalten; ohnehin empfand ich mein Verhältnis zum Literaturbetrieb immer vergleichbar dem Verhältnis Käthchen von Heilbronn gegenüber Wetter vom Strahl, der dem Käthchen seinen Platz im Stroh zuweist.

Zurück an den Anfang: Ein Leser war ich schon sehr früh. Es begann, wie bei jedem vermutlich, mit Abenteuergeschichten. Dann stellte das Schicksal die Weichen um. 1945 hatte meine Familie ihre Wohnung an die amerikanischen Besatzer verloren. Nach einer Notunterkunft in einem leerstehenden Schloß baute der Vater mit der Hilfe zweier seiner Brüder am anderen Ende der Stadt eine Art Blockhaus, nahe der Autobahn Salzburg-Wien. Auf einem Abschnitt der Strecke fand der jährliche Österreich-Motorrad-Grand-Prix statt; die kaum befahrene Autobahn wurde einfach zwei Tage lang für den

Verkehr gesperrt. Kurz und gut: Die Faszination des Motorrad-Rennsports war groß, wie immer in meinem Leben wollte ich das Metier von Grund auf lernen, und entgegen den Plänen meines Vaters wurde ich Motorrad-Mechaniker. Nach dem Dienst beim Bundesheer war mein Interesse an den Motoren plötzlich erloschen; im Gegenteil, von nun an haßte ich jegliche Art von Motorenlärm. Andere Töne verführten mich: Nachdem ich Oskar Werner als Torquato Tasso auf der Bühne erlebt hatte, begann ich ein Schauspielstudium in Gauting bei München. Ein halbes Jahr später wurde mir klar, daß mein Platz nur hinter der Bühne sein könnte, und ich fing an, Dialog-Szenen für meine Kollegen zu schreiben. Wieder zurück in Salzburg wurde ich Volontär in einer großen Reiseagentur, damit verdiente ich mir meinen Unterhalt. Das eigentliche Leben begann jedoch am Abend. Nie hatte ich die geringste Anleitung oder Anregung zum Lesen genossen, und so brachte eines mich zum anderen, führten Karl May und Hermann Hesse mich zu Hamsun, Dostojewsky, zu Kleist und Karl Philipp Moritz, zu Kafka, Martin Walser und Arno Schmidt. Langsam wie ich bin, brauchte ich eine Weile, um die deutsche Literatur des 18. Jahrhunderts näher kennen und lieben zu lernen, die unglaubliche Reihe, von Lessing bis Novalis. Es waren, wenn ich mich richtig erinnere, mindestens fünfzehn allergrößte Namen, welche innerhalb von sechzig Jahren hervorgetreten waren.

München war mir – nicht bloß in Kilometern – immer näher als Wien, das ich erst in mittleren Jahren schätzenlernte; auch entdeckte ich einige meiner Lieblingsautoren wie Hofmannsthal und Canetti erst später.

Das Schreiben ist im Laufe der Jahre für mich – anders, als ich es mir vorgestellt hatte –, nicht leichter geworden. In den Aufzeichnungen von Canetti fand ich einmal den Satz: »Er schrieb seine Romane nicht, er ging sie.« Ich überlegte mir, woher Canetti das über mich wissen konnte. Ja, ich brauche die Feldwege – während Canetti, wie Xavier de Maistre, sich mit Wanderungen um sein Zimmer begnügt hat. Meistens empfand ich das Schreiben als eine Auflehnung gegen die Realität; manchmal gebe ich mich der Illusion hin, dieses Monstrum mit der Hilfe von Sätzen ein wenig an der Nase herumführen zu können. In dieser Ansprache habe ich es zu vermeiden versucht. Trotzdem: drei oder vier solcher Reden könnte ich noch halten, jede würde wahrscheinlich einen anderen Schnappschuß von mir zeigen, und doch wären sie alle gleich unwahr oder wahr. Ich bedanke mich für die Aufnahme in die Akademie, insbesondere bei denen, die mich zur Aufnahme vorgeschlagen haben.

RAOUL SCHROTT

Ich heiße Raoul Schrott, was kein Pseudonym ist, und bin, wie ich gern behaupte, auf einem Schiff geboren; in Tirol groß geworden, nachdem ich in Zürich und Tunis lesen lernte, habe ich in Innsbruck, Norwich, Berlin und Paris studiert, über die Dadaisten dissertiert, mich an Poetiken von der Antike über das Mittelalter bis zur Gegenwart als Komparatist habilitiert, in Neapel Germanistik gelehrt, in Frankreich gelebt wie in Irland jetzt, dem 19. Jahrhundert noch die Hand geschüttelt, als ich in W. S. Guttmann dem Gründer des Neopathetischen Cabarets und Entdecker Georg Heyms begegnete, mit der Moderne dann in Person Philippe Soupaults Bekanntschaft gemacht, der mich als Sekretär und Leibschüsselausleerer anstellte – worauf ich ein zweites Mal mit dem Schreiben begann, H. C. Artmann meine Lehrlingsarbeiten ablieferte, die Gesellenprüfung anhand von Übersetzungen sumerischer und walisischer, griechischer, römischer, arabischer, hebräischer, okzitanischer und sizilianischer Dichter ablegte und dabei doch nur ein wenig mehr Deutsch lernte, mich an Pound, Walcott, Brodsky und Heaney schulte, Gedichtbände über das Reisen, das Erhabene und das Heilige schrieb, über ein *Finis Terrae* meinen ersten, über ein im Ozean liegendes *Ultima Thule* den zweiten Roman vorlegte, Novellen über die Wüste und ihre singenden Sande verfaßte, an Essays über das Verhältnis von Wissenschaft und Literatur arbeitete und in einem Libretto und zwei Theaterstücken auch anfing, das Sprechen einzuüben. An einem dritten Stück sitze ich gerade, ebenso wie an einer Übertragung der *Ilias*, mit Wolf Singer zusammen an einem Buch, das zeigen soll, daß die Grundlagen der Poesie und unseres Denkens dieselben sind, und trage den nächsten Roman mit mir herum.

Trotzdem will ich deswegen nicht behaupten, Schriftsteller zu sein – laut Grimms Wörterbuch ist ja damit eigentlich ein Konzipient gemeint, der rechtliche Schreiben aufsetzt. Wiewohl ich zwar an die Rechtschaffenheit meiner Buchhaltung glaube, erhebt sie doch keinen Anspruch auf Legitimität: die Schriftstücke, die unsereins am Stehpult abfaßt, sind Seiten eines imaginären Logbuchs; der Kontor, an den wir uns verdingt haben, eine Reederei, unter deren Flagge einzig Schiffchen aus Papier segeln. Jede Arbeit bleibt dabei ein ewiger Vorwurf. Selbst wenn man glaubt, ihm Sinnfälliges abgewonnen zu haben, skizziert man dennoch nur ein unermeßliches Meer, an dessen Ufer wir geboren sind, ohne geborgen zu sein: *fluctuat nec mergitur.* Dinge wie Baken und Bojen vor Augen, schreiben wir, um einen ewig sich entziehenden Horizont auszumessen, einen Standort im Hier und Jetzt zu bestimmen. Und obwohl kein Kurs als gesichert gelten kann, geschweige ein Wissen, kratzen wir dennoch unser ganzes Latein zusammen. Aber was werden wir dabei zu Geschichtenerzählern! Als könnte sich das unabsehbare Reale durch illusorisch Abgeschlossenes ersetzen lassen – oder es gar so etwas wie eine wahre Geschichte geben, in der sich geradlinig ereignet, was dann bloß rückwärts erzählt zu werden braucht. Wäre dem wirklich so, es gäbe weder Schönheit, noch Liebe oder Angst und das Leben einfach zu nennen. Aber die Tragödie des Lebens besteht nicht darin, daß es bitter, sondern daß es so unvereinbar glanzvoll sein kann, vor den Kopf stoßend.

Alles ist. Selbst wenn nichts bleibt. Deswegen glaube ich auch nicht an die Berufsbezeichnung »Autor« und das Originäre, das sie behauptet. Denn um dieses Wandelbare und Flüchtige überhaupt erfassen zu können, muß man absehen von sich: erst wenn man in den Hintergrund tritt, beginnen sich Umrisse abzuzeichnen. Wer ich bin, ist deshalb letztlich bedeutungslos; von Interesse ist einzig die Welt, die wir den Worten abzugewinnen vermögen. Statt über mich kann ich deshalb ebensogut über meinen Namen reden, um dieses generisch Kaleidoskopische vorzuführen: Schrott geht auf das mittelalterliche »schroten« zurück und stammt vom indoeuropäischen *sker* ab – »schneiden, kratzen, graben, pflücken, sammeln, trennen, sieben« – und verweist auf die ältesten menschlichen Existenzgrundlagen. Davon abgeleitet hat sich vieles: Scherben und Scheren, Pflugscharen und Roboter; Skorpione und Karpfen; das Skrofulöse und der Skorbut, das Exkrement, alles Skatologische und Skaramouche, der Karneval, das Stück Fleisch als *carnis* und Wiener Schnitzel, der Cortex unseres Gehirns, das Schizophrene und der Schädel, das Skalpell, der Kaiserschnitt samt allen Caesaren, die Kriminologie ebenso wie die *scientia* aller Wissenschaften, aus demselben diskriminierenden Trennen aber auch jedwede Skalen, Kriterien und die Kritik – und, weil sie zuerst in Ton- oder Wachstafeln gekratzt wurde, auch die Schrift.

Egal, mit welchem Wort man beginnt, jedes führt schließlich zu ihr; doch was dazwischen liegt, das Hohe und das Niedere, das Lächerliche und das Ernste, bringt erst die Literatur in eine Form, all das Disparate einer im Fluß befindlichen Welt. Dennoch bleibt sie dabei Flaschenpost. Sie zu signieren, bezeugt zwar den Wunsch, etwas von sich hinterlassen zu wollen, doch worüber man damit Auskunft gibt, ist letztlich nur ein Ort. Der meine liegt unweit der Datumsgrenze und stellt, aus dem 10 km tiefen Kermadecgraben steigend, eine der Sonntagsinseln dar. Auf den Namen Raoul wurde er getauft, nachdem der Kapitän eines Expeditionsschiffes auf dieser abgewandten Seite der Erde von der französischen Revolution erfuhr, er die meuternde Mannschaft bei Laune halten mußte und deshalb das nächste an der Kimm auftauchende Stück Land nach seinem bretonischen Lotsen benannte – wenn auch nur nach seinem Vornamen. So wenig renommiert bot sich die Insel dann auch dar, keine blaue Lagune, sondern der grau zerklüftete Kraterrand eines in sich verstürzten Vulkans, von Ratten heimgesucht seitdem und heute bis auf die Handvoll Freiwilliger einer Wetterstation unbewohnt. Soviel wußte ich, bevor ich mich einschiffte; nicht abzusehen war jedoch, daß der Wind gegen uns stehen und sich mit jedem Tag weiter gegen uns drehen würde. Ich übernahm die Hundswache, sah die Sterne milchig über den Himmel fließen und war oft genug dumm genug, ungesichert über die Reling ins Dunkel zu pinkeln; und je härter wir am Wind segelten, desto lauter sangen die Stahlschote, schwollen an und ab wie Baßsaiten in einem immensen Echoraum, jedes Einstechen des Bugs in die steilen Wellen wie der Aufprall eines schweren Körpers auf Beton, Zentner von Fleisch, daß man im Halbschlaf nicht mehr wußte, woher die Träume kamen. Nach fünf Tagen gaben wir auf und hielten auf Neuseeland zu; die Enttäuschung aber hielt sich die Waage mit der Erleichterung, die Insel nicht gesehen zu haben: als wäre dadurch in einer Hälfte des Lebens offengeblieben, was sich in der anderen festschreibt.

WOLF SINGER

Herr Präsident, verehrte Mitglieder der Akademie,

großen und herzlichen Dank Ihnen fürs Dabeisein-Dürfen.

Es ist dies eine wunderbare, weil seltene Gelegenheit, an den Anfang zurückzudenken, wo es doch sonst immer um das Erreichte geht.

» ... und deshalb sehe er sich gezwungen, Sieglinde Singer, die Ehefrau des jungen Arztes, der sich in der Gemeinde niederlassen wolle, zu exkommunizieren, auch wenn ihr Vater, der Oberlehrer, sich als Organist, und ihre Mutter, die Handarbeitslehrerin, sich als Vorsängerin im Kirchenchor für die Christengemeinde verdient gemacht hätten.«

So die Urteilsverkündigung, mit der Hochwürden, der Pfarrer einer kleinen Dorfgemeinde im Oberbayrischen, 1945 eine seiner Predigten, damals noch von der Kanzel gesprochen, beendete, um die Welt wieder in Ordnung zu bringen. Der Grund war ich, oder vielmehr der falsche Glaube des damals zweijährigen Buben, der in den Kriegswirren nach protestantischem Ritual getauft worden war wie der Vater, und nicht nach katholischem, wie die Mutter. Als zugereister, protestantischer Sachse mit einer exkommunizierten Bajuvarin eine Landarztpraxis zu begründen – aussichtslos von Anfang an. Ob man da nichts machen könne? Natürlich, so Hochwürden, eine Petition an das Erzbistum München-Freising, der Bube solle katholisch werden, mehr sei nicht vonnöten. Und so begab es sich, daß ich, ohne neuer Sakramente zu bedürfen, neue Papiere mit neuen Stempeln erhielt und hinfort wohlig eingebettet in meine Dorfgemeinde an allen, die Bubenseele wärmenden Riten teilhaben durfte, allen voran die langen abendlichen Wege zu den Maiandachten in entlegenen Kirchlein und Kapellen, wo in wunderbarer Vielstimmigkeit – es waren, wie ich heute weiß, meist große und kleine Terzen – »Meerstern, ich Dich grüße« gesungen wurde. Die Idylle nahm ein jähes Ende, als der Zehnjährige, weil es in erreichbarer Nähe keine weiterführenden Schulen mit Latein im Lehrplan gab, nach Neubeuern mußte, ins Landschulheim, ein Schloß auf einem Moränenfels im Inntal, mit Blick auf den Großvenediger, – dem gleichen Blick, den der George-Kreis genossen hatte, wenn er sich bei der Gräfin traf, bevor sie im Schloß die Schule gründete –, und Teile des *Rosenkavaliers* hätte Strauß dort niedergeschrieben – so die mündliche Überlieferung. Ich kenne keinen Ort im Alpenvorland, an dem der Blick freier wäre. Dort lebte ich dann die nächsten neun Jahre, traf auf Kinder, die Hochdeutsch sprachen, aus großen Städte kamen, Eltern hatten, die der Beruf in ferne Länder zwang, und manche hatten offenbar gar kein richtiges Zuhause und wußten nicht wohin in den nächsten Ferien. Von nun an keine Nacht alleine, zu acht im Zimmer am Anfang, zu viert am Ende, jedes Jahr neu gemischt, jedes Jahr neue Eltern. Das Ich hat es nicht leicht, sich zu finden, sich nicht in diesen übergeworfenen Beziehungsnetzen zu verheddern, legt Schalen um sich –, nirgends als in solch dichten Gemeinschaften kann Einsamkeit so groß, so kostbar und zugleich so schmerzvoll sein.

Endlich dann die erträumte Freiheit, damals wie heute, die Monate zwischen Reifeprüfung und Studium, zeitloser Raum, Welt, Zukunft, alles offen, zwei Monate mit Zelt zum Nordkap, erfahren, wie Leben sich anfühlt, wenn Tag und Nacht ineinander fließen, nicht mehr durch Glockentöne getrennt werden. Obgleich die anstehenden Entscheidungen das weitere Leben festlegen werden, wie sich im Nachhinein feststellen läßt, fallen sie leicht, erscheinen reversibel.

Hehre Motive für die Wahl der Medizin, die Wissenschaft, die den Menschen in seiner organischen und psychischen Verfaßtheit begreifen will und sich per Eid verpflichtet, ihr Wissen nur dem Guten dienstbar zu machen – so die Rationalisierung der uneingestandenen Prägung, die macht, daß Kinder von Ärzten Ärzte werden wollen. Ein Seminar, moderiert von zwei leidenschaftlichen Lehrern, Otto Creutzfeldt, dem Neurophysiologen, und Paul Matussek, dem Psychoanalytiker, über die neuronalen Grundlagen der Schizophrenie, wurde zum alles weitere bestimmenden Schlüsselerlebnis. Einte die beiden Protagonisten so gegensätzlicher Betrachtungsweisen der *conditio humana* doch offensichtlich die Überzeugung, *res cogitans* und *res extensa* stünden miteinander in Verbindung, und weit mehr noch, die Verbindung könnte kausaler Natur sein, die psychischen und mentalen Qualitäten, bis hin zur Struktur der Persönlichkeit eines Menschen wären Hervorbringungen der neuronalen Vorgänge im jeweiligen Gehirn. Die Fehlwahrnehmungen und Denkstörungen schizophrener Patienten sollten sich erklären lassen durch Fehlfunktionen der Nervennetze, die uns befähigen, wahrzunehmen, zu denken, zu fühlen, zu entscheiden und zu handeln: Es war Emil Kraepelins Vermächtnis einer biologisch begründeten Psychiatrie – nomen est omen, das Seminar ereignete sich im Max-Planck-Institut für Psychiatrie, dem Kraepelinschen Institut in München-Schwabing. Ab jetzt stand für mich fest, der ich Teilhard de Chardin gelesen hatte und die Phänomene der dinglichen und geistigen Welt als kohärent empfand, daß ich die Prozesse mit erforschen wollte, die aus Materie Geist hervorbringen. Wieviel mühsames Mosaiksteinchen-Sammeln damit verbunden, und wie überwältigend groß die methodischen und gedanklichen Probleme sein würden, war für mich damals nicht erahnbar. Damit nicht alles vergebens sein würde, was ich vorher gelernt hatte, arbeitete ich noch zweimal in der Woche als Landarzt in der väterlichen Praxis, bis mich der Ruf an das Max-Planck-Institut für Hirnforschung in die Diaspora nach Frankfurt verschlug. Alles, was dazwischen lag und danach, ist Folge dieses einen Seminars und in meiner Vita nachzulesen, mit Ausnahme des Begebnisses, das mir meine Frau und in der Folge meine zwei Töchter bescherte. In London stahl jemand, Zufall oder Vorsehung, die Handtasche einer französischen Studentin aus meinem Volkswagen, wir waren von Cambridge ins Konzert gefahren. In dieser Tasche befanden sich Paß und Flugschein für die morgige Abreise, die junge Dame mußte auf der Insel bleiben. Ähnlich aleatorisch erscheinen mir im Rückblick alle anderen wichtigen Ereignisse meines Lebens.

Herbsttagung

vom 3. bis 5. November in Darmstadt

»Talk statt Politik – *Verschwindet die politische Rede?*«

Donnerstag, 3. November

Glückert-Haus, Alexandraweg 23

9.00 Uhr Sitzungen des Präsidiums und der Kommissionen

Institut Mathildenhöhe, Olbrichweg 13

19.00 Uhr »Demokratisch reden«
Vorträge: Uwe Pörksen, Gustav Seibt, Wolfgang Thierse

Freitag, 4. November

Maritim-Konferenzhotel, Rheinstr. 105

10.00 Uhr Mitgliederversammlung
14.00 Uhr Pressekonferenz

Institut Mathildenhöhe, Olbrichweg 13

16.00 Uhr »Talk statt Politik?«
Podiumsdiskussion: Arnulf Conradi, Friedrich Küppersbusch, Michael Naumann. – Moderation: Martin Bauer

Orangerie, Bessunger Str. 44

20.00 Uhr Vorstellung neuer Mitglieder: Per Øhrgaard, Peter Turrini

Lesung: Brigitte Kronauer

Samstag, 5. November

Maritim Konferenzhotel

10.00 Uhr Interne Veranstaltung

Neues Rathaus, Magistratssaal Graz, Luisenplatz 5a

14.00 Uhr Sitzung des Kuratoriums

Staatstheater, Kleines Haus, Georg-Büchner-Platz 1

16.00 Uhr Öffentliche Preisverleihung

Begrüßungsansprache: Klaus Reichert

Johann-Heinrich-Merck-Preis für literarische Kritik und Essay 2005 an Hans Keilson – Laudatio: Tilman Krause – Dankrede des Preisträgers

Sigmund-Freud-Preis für wissenschaftliche Prosa 2005 an Peter Sloterdijk – Laudatio: Boris Groys – Dankrede des Preisträgers

Georg-Büchner-Preis 2005 an Brigitte Kronauer – Laudatio: Patrick Bahners – Dankrede der Preisträgerin

Orangerie

19.00 Uhr Empfang durch den Oberbürgermeister der Stadt Darmstadt

UWE PÖRKSEN

Was vermag die politische Rede?

Politik ist Machterhalt, aber Machterhalt ist noch nicht Politik.

Was ist Politik dann? Es ist meine These, daß genau das zu wenig sichtbar ist und die politische Rede das geeignetste Instrument, es wieder sichtbar zu machen: dasjenige, was Leibniz so schön den »Selbststand« genannt hat, den Eigensinn der Politik zur Geltung zu bringen.

Es steht nicht zum besten mit der politischen Rede, nicht mit ihrer Praxis, noch weniger mit ihrer Theorie. Das hat mit einem Schwund ihrer öffentlichen Funktion zu tun. Die politische Rede ist verblaßt und das Parlament aus dem Zentrum der Aufmerksamkeit gerückt. Die Gründe sind zahlreich, zum Teil erdrückend, hier kann ich sie nicht zum Thema machen. Ich weiß, daß Wolfgang Thierse einiges dazu sagen wird. Gustav Seibt hat anläßlich dieser Tagung unter dem Titel *Demokratisch reden* ein Valerio-Heft vorgelegt, das in dreizehn sprachlich und sachlich entschiedenen Beiträgen ein aufschlußreiches Bild unserer politischen Öffentlichkeit entwirft. Es sind glänzende Analysen. Die politische Rede taucht darin als ernstzunehmendes Instrument nur am Rand auf, in dem Beitrag von Bernd Ulrich, der die nüchterne Parlamentsarbeit als unverändertes Zentrum der Politik erkennt. Aber auch er widmet der Rede keine spezielle Aufmerksamkeit. Das ist bemerkenswert. Man scheint sie für passé zu halten. Die Politikwissenschaft interessiert sich kaum für die politischen Textgattungen als Erkenntnishebel, diese vielseitigen Ordnungsformen der politischen Wirklichkeit. Ich habe den Eindruck, daß man dies zentrale Instrument der Politik erheblich unterschätzt und nicht mehr weiß oder erprobt, was es kann und worin seine Leistungsfähigkeit besteht. Sein Bauprinzip erzwingt die Erarbeitung eines politischen Konzepts, seine Nichtbeachtung, die Auslassung aktuell wesentlicher Elemente kann dazu führen, daß ein weitsichtiges Konzept verpufft oder daß ein starker politischer Gedanke nicht zu einem Konzept ausgearbeitet wird. Erhard Epplers zu wenig bekannte Rede vom 25. September 2001 im Berliner Willy-Brandt-Haus »Braucht die Politik eine neue Sprache?«, vierzehn Tage nach dem Angriff auf die Twin Towers, Gerhard Schröders »Agenda 2010« sind dafür Beispiele.

Reden sind Handlungen. Wer redet, trifft eine Entscheidung, und sein Wort ändert etwas, es ist, sei es als winziger Schritt, eine zukunftsoffene Tat. Als Andrea Nahles vor wenigen Tagen erklärte, ihre Kandidatur für das Amt der Generalsekretärin der SPD habe einen politischen Grund, war das eine weitreichende Handlung. Die öffentliche Rede ist das weiteste Feld, der ursprünglichste Ort, wo Sprechen und Handeln in eins fallen. Die letzten fünfzig Jahre sahen eine Reihe weichenstellender Reden. Zugegeben:

I

Der politische Alltag legt nicht immer offen, was das genuin Politische ist, eher entsteht der Eindruck, daß die Bühne der Politik den Eigensinn des Politischen verdeckt. Der Beruf des politischen Akteurs ist mörderisch. Eingespannt in seinen lückenlosen Kalender, wird er auf einem Laufsteg an Fäden geführt, vorgezogen oder zurückgehalten – wie auf einer älteren Zeichnung Paul Klees. Er schaut nach der einen Seite auf die Parteiräson, die zu Disziplin und mediengerechtem Profil ruft, zur Geschlossenheit, schielt nach der anderen Seite auf ein Umfragetief, das entmutigt und zu übereilten Aktionen verführt, wird ans Mikrofon, vor die Kameras gezerrt, um seine Position nicht zu erklären, sondern in 20 Sekunden zu verkaufen. Was verlangt, angesichts des Fadengewirrs so politikfremder Zumutungen, die politische Vernunft? Wie kann das Politische so Kontur gewinnen?

Wenn es richtig ist, daß wegweisende politische Reden am konkretesten zu erkennen geben, was das Politische ist: Was ist eine gute politische Rede?

II

Die Frage hat zwei Aspekte, den einer guten, den einer politischen Rede, und die Frage nach der guten Rede ist wiederum doppeldeutig. Sie meint zuerst: was ist eine wirksame Rede. Wie muß eine Rede aussehen, damit sie ihren Zweck erreicht. »Sie hat gut gesprochen«, heißt dann, die Rednerin hat die richtigen Worte gewählt, hat, was zu sagen war, auf eine Weise gesagt, die ankam, und sich dabei nicht vergriffen. Sie versteht sich auf das rednerische Handwerk.

Sie hat gut gesprochen, muß aber nicht heißen, sie habe richtig gesprochen, es kann auch bedeuten, sie habe das Richtige gesagt, das Beste, was hier im Sinn des Common Sense zu sagen war. Es war der Situation angemessen und der Sache nach richtig. Sie ist eine Parteigängerin der Vernunft.

Es kann auch noch etwas mehr meinen: Hier hat jemand ein eigenes Urteil, eine eigene Überlegung zur Situation einfließen lassen in die Rede, hat von dieser sensiblen Magnetnadel eigener Wahrnehmung und Schlußfolgerung aus die Situation und ihre Spielregeln durchdrungen und etwas vorher noch nicht Vorhandenes gesagt. Reden in diesem Sinn heißt, im öffentlichen Raum etwas Neues anfangen. Eine solche Rede ist ein Schritt ins Ungewisse, in die Luft, wo das Seil, auf dem einer gehen will, erst erfunden, ertastet werden muß.

III

Der Einwand liegt nahe, eine so überlegte Rede könnte ja innerhalb eines kleinen, feinen Kreises durchaus ein Echo haben. Aber wir leben in der Epoche der Fernkommunikation, in der Ton und Erscheinungsbild das Übergewicht haben. Es gibt Forschungen, die behaupten, daß fast drei Fünftel der Wirkung eines Vortrags von visuellen Eindrücken abhängen (55%), fast zwei Fünftel von Tonfall und Stimme (38%) und weniger als ein Zehntel (7%) vom Redeinhalt. Ich glaube schon deshalb nicht an dies Ergebnis, weil es so präzis daherkommt. Wie will man die Wirkung eines einschneidenden, langlebigen Wortes messen? Aber ich zweifle nicht am enormen Gewicht der wortlosen Zeichen. Es ist für unser Thema von ziemlichem Interesse, daß in ihnen drei grundlegende Funktionen der Kommunikation wahrgenommen werden: sie stellen 1. Kontakt zum Gegenüber her und erhalten ihn aufrecht, sind 2. Ausdruck des Inneren der Sprecher, ihrer Grundeinstellung und Haltung und erreichen 3. beim Appell an ihr Publikum die entschiedenste Wirkung. Von der Gesamterscheinung der Person, von Haartracht und Kleidung, Blickkontakt, Gestik und Mimik, von der Klangfarbe und dem Tonfall der Stimme hängt in erster Linie ab, welche Beziehung sich zwischen Redner und Publikum herstellt, was als innere Einstellung und Glaubwürdigkeit abgenommen wird und welchen Erfolg, welche Sympathie und Vertrauenswürdigkeit ein Anliegen, ein Appell gewinnt.

Die wortlosen Zeichen erfüllen also grundlegende Funktionen der Kommunikation, aber sie gehören dem Vorfeld der Politik an. Noch fehlt eine Aussage. Es gibt nichts zum Kauen. Daß Politik dem Wort so wenig Gewicht zuerkennt und wortloser Kommunikation das Übergewicht beimißt, führt zur Politikleere, erzeugt fade Langeweile. Was wir seit mehr als zehn Jahren Politikverdrossenheit nennen, ist nicht Verdrossenheit an der Politik, sondern an der Nullstelle, wo Politik erwartet wird und etwas anderes spricht, besser: auftritt und tönt.

IV

In der Aufführung von Bertolt Brechts Stück *Der aufhaltsame Aufstieg des Arturo Ui*, das seit Jahren am Schiffbauerdamm in Berlin gegeben wird, gelingt dem Schauspieler Martin Wuttke das Folgende: zunächst spricht er den Text des Arturo Ui wie ein schnarrender Automat, was insofern paßt, als Arturo langweiligsten Unsinn verlautbart. Das Sprachgerassel zugunsten eines Gemüsetrusts wirkt abstoßend und absurd. Dann wird der Mann eintrainiert, gecoacht von einem Rhetor. Er lernt aufzutreten, den Stechschritt und fernhinsinnenden Blick, die ausladende Gestik und leidenschaftliche Stimme, den einbeziehenden Tonfall, und von nun an muß alles ihm zuhören, glaubt, daß er etwas sagt, wird eingenommen und eingelullt. Er spricht sich aus, nimmt mit, will etwas. Arturo Ui entdeckt, daß er es ist, der im Zentrum steht. Er hat eine Sendung, ist die Sendung. Stimme und Stechschritt tragen ihn zu Machtgewinn und Machterhalt, das heißt: ins Vorfeld der Politik.

Was er nach dem Machtgewinn durchsetzt, das »politische« Projekt, ist dann aber von seinem Wort vorgegeben: der idiotische Gemüseverkaufsverbund einer Gangsterbande.

Das Stück ist lehrreich: Arturo Ui ist kein Politiker, sondern ein verrückter und verbrecherischer Heilsbringer. Das Gleiche gilt für den »politischen« Typ, den er karikiert und trifft. Wenn seit längerem Nazigrößen wie Goebbels, Hitler, Speer durch unsere sämtlichen Medien geistern, »menschlich gesehen« und unter Vorgabe politischer Aufklärung, mit tragischem Tremolo, so zeigt das vor allem, daß wir einen klaren öffentlichen Begriff von den Konturen des Politischen nicht haben. Hitler, Goebbels und Speer waren keine Politiker, sondern wahnhafte und verbrecherische Heilsbringer, Okkupatoren der Politik. Ihre Sprache, ihre Gestik, ihre Architekturvisionen sagen nichts anderes.

Unsere Verfassung beruht auf einem Politikbegriff, der im 5. Jahrhundert vor Christus angelegt wurde und sich mit einer Erfindung der Rhetorik verband. Ihre Gefahren wurden sofort gesehen, vor allem von Platon, der selbst ein Rhetoriker erster Güte war. Aus jener Epoche stammt aber auch jene republikanische Rhetorik, die im 18. Jahrhundert von Gottsched als Redekunst der »Freistaaten« wiederentdeckt wurde. Von einer im genauen Sinn politischen Redekunst aus ergibt sich: das Coaching kann zum Erfolg verhelfen. Rhetorikinstitute, wie sie aus dem Boden schießen und Verkaufsdesign, Politikdesign antrainieren, mögen sich für beide Seiten auszahlen. Aber sie sind politisch wertlos. Politische Redekunst ist etwas anderes.

Sie wird dringlich, wenn ein Gemeinwesen in eine Krise gerät, wenn Parteien sich wandeln, Geister sich scheiden, eine erregte öffentliche Stimmung sich in nicht endenden Debatten Luft macht, ein bisheriger Boden unter den Füßen wegrutscht und ein neuer Blick auf die Landschaft möglich wird. In einer solchen Zeit gewinnt auch die Rede in Versammlungen, im Parlament, ihren ersten Sinn zurück. Es kann aussehen, als entstehe sie spontan, und es zeigt sich: es ist das Wort, das politisch einschneidet und Furchen zieht. Die Rede ist der David unter den Medien.

V

Politische Redekunst ist nicht nur eine Wirkungslehre, das ist sie erst an letzter Stelle. Sie ist zuerst eine Findekunst und ein Klärungsinstrument, eine Form der Mitteilung, danach ein Gestaltungswerkzeug und schließlich, auf dieser Basis, ein Wirkungsinstrument, das in der Bildschirmgesellschaft, nach entsprechender Ankündigung, vermutlich eine erhöhte Chance hätte.

Das Werkzeug ist nicht allzuschwer einzuüben. Ich spreche hier nicht von der Rede, die zum politischen Alltag gehört. Sie ist so nützlich wie wichtig, um den Betrieb am Laufen zu halten, und gehört zum Handwerk wie Anklagerede, Verteidigungsrede und Urteilsbegründung zum Rechtswesen. Unter der guten politischen Rede verstehe ich hier die ergebnisoffene Entscheidungsrede, die aus gegebenem Anlaß den Primat der Politik in Anspruch nimmt und Politik ins Zentrum rückt, sich weder von vornherein der Fortschrittslogik der Naturwissenschaften, den unendlichen Möglichkeiten der Gesundheitstechnik und dem Primat der Ökonomie noch auf der anderen Seite der Designlogik der Parteien, Umfrageinstitute und Medien unterordnet, sondern klug wie die Schlange und ohne Falsch wie die Taube den Nutzen des Gemeinwesens voranstellt.

Selbstverständlich nicht in der Weise, daß eine Auffassung des »Gemeinwohls« absolut gesetzt wird und ein Ordnungspathos von vornherein die Lösung bestimmt, sondern auf der Grundlage einer ausgepichten Technik, die zum Handwerk der im 18. Jahrhundert wiederentdeckten republikanischen Rede gehört. Eine ihrer Spielregeln ist das Prinzip von Rede und Gegenrede. Es gilt und hat den Zweck, den Horizont der Handlungsspielräume und ihrer Begründungen zu erweitern, »arbeitet« aber nicht sehr gut und würde sehr viel konsequenter funktionieren, wenn eine zweite kluge und schöne Spielregel befolgt würde: den Gegner stark zu machen. Das zwingt dazu, den Gegner plastisch zur Kenntnis zu nehmen, seinen eigenen Horizont und dadurch die eigenen Optionen zu erweitern und nun den Gegner übertreffen zu müssen.

Hier handelt es sich um zwei interessante Spielregeln. – Der gesamte Baukasten ist interessant. Seine Vorstellung von den Voraussetzungen, welche die Redenden mitzubringen haben, von den fünf Schritten bei der Vorbereitung einer Rede, vor allem aber die Lehre von den typischen Bauelementen und ihrem folgerichtigen – sehr variablen – Aufbau ist weit mehr als ein formales

Instrument. Es ist ein Erkenntniswerkzeug. Ich will versuchen, einmal auf ganz formale Weise den Beweis zu führen:

VI

Nehmen wir an, ein Regierungschef käme zu dem Schluß, daß unser Sozialstaat nicht mehr finanzierbar sei, dann stünde für eine programmatische Rede nach den variablen, aber erstaunlich konstant zu beobachtenden Elementarregeln der Redekunst ein Schlüssel zur Verfügung:

Welches sind ihre Bauelemente? Was darf nicht fehlen? Was wäre ein möglicher Aufbau? Halten wir das Nächstliegende fest:

Eine solche Rede ist die Antwort auf eine geschichtliche Situation, zu welcher der Redner sich in ein Verhältnis setzt und zu der er seine bisherigen Handlungen und Überzeugungen überprüft. Aus der Beschreibung der Situation des Landes, in der das Publikum sich wiedererkennt, ergibt sich eine gemeinsame Sicht der Wirklichkeit und gemeinschaftliche Stimmung.

Aus ihr resultiert aber auch ein neuartiger Schritt und Vorschlag, die Kernthese der Rede, z.B.: Wir müssen den Sozialstaat umbauen, wenn er in wichtigen Zügen erhalten bleiben soll.

Die These organisiert das Ganze, es folgt die dreifache Beweisführung:

Der nächstfolgende Schritt ist die Erzählung und Erklärung der These: Was ist geplant, im Allgemeinen und am konkreten Beispiel. Wie soll, wie kann das Ganze funktionieren, was sind die Konsequenzen?

Das Wechselbad von Abstraktion und Konkretion macht den Plan auf knappem Raum durchsichtig und übersichtlich.

Nicht selten folgt jetzt der vergleichende Seitenblick auf Parallelen und Kontrastbeispiele: Wie verhalten sich in puncto Sozialstaat z.B. der europäische Norden und Westen?

Ein notwendiger Schritt ist das Vorwegnehmen der Gegenposition, die Widerlegung zu erwartender Einwände. Dieser Schritt ist geradezu zwingend, wenn die Einwände aus den eigenen Reihen zu erwarten sind, sich aus der eigenen Tradition ergeben. Den Gegner stark machen! Je zutreffender und plastischer die Gegenvorstellung charakterisiert, je ernster sie genommen wird, um so größer die Überzeugungskraft.

Auf dieser Grundlage und neuen Ebene erscheint die Eingangsthese als Schlußfolgerung, wird sie bei gesteigertem Affekt im Stakkato als fundiert erwiesen.

Im Schlußsatz gerinnt sie zu Rhythmus und Formel. Also:

– Situationsanalyse und Selbstüberprüfung

- Die These
- Ihre erzählende Erklärung
- Der vergleichende Seitenblick auf Parallelen und Kontrastfälle
- Die Widerlegung der gegnerischen Position
- Wiederholung der These vor durchgearbeitetem Hintergrund
- Schlußappell

Das wäre eine typische Abfolge. Sie ist unendlich variabel, jedes Schema wäre tödlich. Ich führe es hier an, um zu zeigen, was es bedeuten kann, wenn bestimmte Bauelemente fehlen oder zu blaß ausfallen.

Sie wissen, diese Rede ist gehalten worden, unter dem Titel »Agenda 2010«. Es war die in ihrem politischen Kern stärkste und wirksamste, die Gerhard Schröder in seiner siebenjährigen Amtszeit gehalten hat. Aus der sechzehnjährigen Amtszeit Helmut Kohls ist ihr nur die Zehn-Punkte-Erklärung Helmut Kohls von 1989 vergleichbar.

Die »Agenda 2010« wurde groß angekündigt, m.E. zu Recht, und weckte hohe Erwartungen; als sie dann am 14. März 2003 gehalten wurde, enttäuschte sie. Das änderte nichts an ihrer politischen Substanz, aber es war von großer Bedeutung, daß ihr, von der These abgesehen, die Haupteigenschaften einer politischen Rede fehlten:

Es fehlten ihr fast ganz die beiden vorwiegend demokratischen Bauelemente: die Situationsanalyse und Selbstüberprüfung, die einen gemeinsamen Blick auf die Realität und eine gemeinschaftliche Stimmung hätten erzeugen können, und das Eingehen auf die zu erwartenden Einwände, obwohl hier ein Bruch mit der eigenen Tradition vorlag. Und was die beiden Sachbausteine angeht:

Die erzählende Erklärung war ein vielfach in Fachsprache steckengebliebener Maßnahmenkatalog, der als politisches und ökonomisches Konzept nicht durchsichtig wurde, der Blick auf Erfahrungen und Modelle der Nachbarn fehlte ganz. Es war keine demokratische Rede.

Die Nichtbeachtung des Bauprinzips einer solchen programmatischen Erklärung ist nicht in erster Linie ein rednerischer, sondern ein politischer Mangel. Die Beachtung der Situationsregel und der von ihr nahegelegten Bauelemente zwingt dazu, ein politisches Konzept zu durchdenken, eine Argumentenreihe aufzufinden und das Programm mit Hilfe konkreter Phantasie zu erläutern. Sie ist ein Anstoß, mehr nicht. Aber wer das Instrument ernst nimmt, ist auf politische Findekunst und Klärungsinstrumente verwiesen, beschreibt die Situation, erklärt die These, geht auf Erfahrungen ein und auf Widerstände. – Alle erwähnten »Fehler« im wörtlichen Sinn, diese Auslassungen, haben die Regierung nachträglich eingeholt und sich gerächt. Es mußte im nachhinein viel erklärt und verteidigt und zurückgenommen werden, die Wirkung war schief, der Aufstand der sozialdemokratischen Parteibasis in diesen Tagen ist eine späte Konsequenz.

Erlauben Sie eine Zwischenbemerkung: dies ist keine postume Schelte. Ich habe eben zusammengefaßt, was ich im Sommer nach jener Rede Gerhard Schröders unter dem Titel *Was ist eine gute Regierungserklärung?* in einer Bonner Poetikvorlesung vorgetragen habe und dann Ende 2003 bei Wallstein erschienen ist. Ich meine keine Person oder Partei. Mein Thema ist die Leistungsfähigkeit der Rede und der konzeptuelle Mangel in unserer politischen Landschaft – keine Seite hatte in den vergangenen Monaten ein klar konturiertes politisches Konzept und das kluge Wahlvolk hat zu erkennen gegeben, daß es beiden Seiten nicht ganz traute.

Die politische Schwierigkeit, von der hier zu sprechen wäre, ist gewiß in erster Linie sachlicher Natur: eine Regierungserklärung folgt Anregungen und unterliegt Pressionen, von denen ein Laie, wie ich es bin, schwerlich eine Vorstellung hat. Andererseits weiß man: Die »Agenda 2010« entstand unter stärkstem medialen Druck. Die vernichtende Wahlniederlage in Niedersachsen, ein Umfragetief u.s.w. lagen im Rücken. Befördert oder zerstört unsere Medienlandschaft die Politik? Die Rede war ein Befreiungsschlag, der nicht nur einen starken politischen Kern hatte, sondern auch bis zu einem gewissen Grade gelang.

Wenn es wahr ist, daß sie unter chaotischen Bedingungen in drei Tagen entstand, ist sie ein Bravourstück. Wäre es aber nicht besser, wenn sie in drei Wochen, und richtig, wenn sie in drei Monaten erarbeitet worden wäre? Sie ist doch auf gründliche Recherche, genaues Durchrechnen, intensives Nachdenken angelegt und angewiesen.

Man erinnert sich, in welch langsamer Prozedur die Umgebung des einstigen kalten Kriegers Willy Brandt seine neue Ostpolitik entwickelte, wie präzis die Regierungserklärungen Helmut Schmidts gearbeitet sind, der sich noch auf 26 Personen in der Planungsabteilung des Kanzleramts stützte, während sie bei Kohl schrumpfte und umfunktioniert wurde und bei Schröder zusammenschnurrte. Franklin Delano Roosevelt ließ die von ihm angeregten Redeentwürfe bis zu zehn Mal zwischen Präsidentenstuhl und seinen Beratern, Kabinett, Ministerien, auswärtigen Spezialisten hin und hergehen, bis er ihnen die letzte Form gab und durch die Rede eine neue Politik einleitete.

Solche Arbeitsbedingungen klingen heute illusionär. Gar nicht illusionär ist, daß die Arbeit an Konzept, Form und Sprache sich auszahlt.

VII

Eigentlich wollte ich noch einen siebten Punkt machen, nämlich ein Rednerkolleg vorschlagen, eine Akademie zur guten Rede, einen Ort, wo unabhängig und themenzentriert Textgattungen der Politik, das freie demokratische Reden eingeübt wird, kooperative Gesprächstechnik, eine Gruppe Jüngerer und Erfahrener die Schleife der Stationen, in denen derartiges sinnvollerweise erarbeitet wird, im Dialog durchlaufen – um von dieser Seite aus den Eigensinn des Politischen ins Bewußtsein zu heben.

Aber die Zeit drängt und mein Kirchenvater in diesen Fragen, Johann Christoph Gottsched, hat mir geraten, in solchen Fällen die Figur der *praeteritio* zu bemühen – also die Sache dadurch unterzubringen, daß ich sie ausdrücklich übergehe. Irgendwo in diesem erträumten Palast der Republikredner sollte ein Wort von Carl Gustav Jochmann hängen: »Die erste und wichtigste von allen Öffentlichkeiten, und die jeder andern zum Grunde liegt, ist eine verständliche Sprache.«

GUSTAV SEIBT

Figuren im Marstheater

Journalisten, Dilettanten, Moderatoren – und Berufspolitiker

Wie läßt sich das Feld öffentlichen Schreibens und Sprechens einteilen, in dem sich demokratische politische Rede und parlamentarisches Verhandeln abspielen? Ich möchte heute abend kurz auf die Unterscheidung zwischen Journalismus und Literatentum zurückkommen, die Max Weber in seinen politischen Stellungnahmen während des Ersten Weltkriegs zwar nicht definitorisch entfaltet, sehr wohl aber in einem konsistenten Sprachgebrauch niedergelegt hat; und danach will ich fragen, was sich daraus für unsere heutige, durch Massenpresse und Fernsehen geprägte Situation immer noch feststellen läßt.

Vom Journalisten, einem damals sozial eher geringgeschätzten Berufsstand, dachte Weber bekanntlich sehr hoch. Gute, verantwortungsvolle journalistische Leistungen stellte er der Arbeit der Gelehrten gleich, zumal wenn man Zeitdruck, Verantwortlichkeit und Wirkungsmacht berücksichtige. Gift und Galle spuckt er jedoch gegen »Literaten«, die sich der Zeitläufte und der Aktualität unter höheren, teils kulturellen, teils pseudowissenschaftlichen Gesichtspunkten annehmen. Journalisten sind in dieser Unterscheidung die berichterstattenden Begleiter der Berufspolitiker und ihrer professionellen Arbeit, wie Weber sie in seiner Rede über »Politik als Beruf« dargestellt hat. Sie nehmen Teil am Leben der Parteien und des Parlaments, sie beobachten Machtkämpfe und Sachdebatten, sie kennen das Personal und die Interna, kurzum ihr Kenntnis- und Sachstand ist weitgehend identisch mit dem der handelnden Politiker. Sie berichten aus der Hauptstadt, den Zentren der Entscheidungen, ihre Arbeitsstätte ist nicht zuletzt die Wandelhalle des Parlaments. Bis heute heißen solche Journalisten Parlamentskorrespondenten und die Hauptstadtbüros unserer großen Zeitungen nennt man dienstintern immer noch »Parlamentsbüros«. Dort sitzen oft jahrzehntelang eingearbeitete Kollegen mit präzisen Aufgabenfeldern: der eine kümmert sich um Verteidigungspolitik und die CDU, der andere um die Grünen, der dritte ist Fachmann für Außen- und Sicherheitspolitik. Diesen Personenverband von Journalisten und Politikern nannte man früher das »Raumschiff Bonn«, heute konzentriert er sich in Berlin im Viertel zwischen der Bundespressekonferenz, dem ARD-Hauptstadtstudio an der Wilhelmstraße sowie in der Friedrichstraße und am Gendarmenmarkt, dort wo die meisten Büros der großen Blätter angesiedelt sind.

Die »Literaten«, die Weber immer so verächtlich behandelt, bilden einen viel weiteren Kreis um diesen inneren Kern. Im Grunde handelt es sich um die nichtfachliche, am professionellen Tagesbetrieb von Machtkampf und Sachdebatten gar nicht interessierte, insofern dilettantische politische Öffentlichkeit – diffus zusammengesetzt aus Publizisten, Professoren, Schriftstellern, politischen Feuilletonisten, gelegentlichen Kommentatoren, auch Leitartiklern und Meinungsproduzenten jeglicher Couleur. Warum, so werden Sie fragen, sagt er nicht gleich »Intellektuelle«? Weil man bei Intellektuellen immer gleich an Zola und Sartre, an Aufklärung und Humanität, an moralischen Kampf und an philosophische Grundierung denkt. Die »Literaten«, die Weber im Auge hatte, waren nicht »intellektuell« in diesem Sinne, oft genug waren es anti-intellektuelle Intellektuelle, die sich vor dem Ersten Weltkrieg beispielsweise nicht nur für die Frauenbefreiung oder die Humanisierung der Kindererziehung einsetzten, sondern sich häufig ganz andere Themen zueigen machten: zum Beispiel die sogenannte Judenfrage, die Flottenrüstung und Deutschlands Seegeltung, das Volk ohne Raum und vieles mehr, dem wir heute schwerlich das belastete Attribut des Intellektuellen zuerkennen würden. Was Max Weber in solchen Zusammenhängen »Literatentum« nennt, war auch die Trägerschicht der sogenannten »Ideen von 1914«, es waren die alldeutschen Agitatoren mit ihren Kriegszieldebatten und dem Verlangen nach dem unbeschränkten U-Boot-Krieg. Der fortdauernde Charme des Literatenbegriffs besteht also darin, daß er kälter, skeptischer ist als der des Intellektuellen.

Denn andererseits muß gegen Webers, aus der Krisensituation des Weltkriegs begreifliche und vom historischen Verlauf ja durchweg bestätigte Literatenverachtung festgehalten werden: Allein aus dem professionellen, am Betrieb klebenden Tagesjournalismus kann sich eine demokratische Öffentlichkeit nicht speisen. Sie bedarf der unvermeidlich dilettantischen, emotionalen, experimentellen Anstöße von außen, aus dem weiteren Kreis um den politisch-publizistischen Kern. Der politische Fachjournalismus referiert dem Publikum die Vorgänge im Betrieb, er deckt Intrigen und Korruptionen auf, er übt ein dringend notwendiges Kontroll- und Wächteramt aus, und er sorgt so dafür, daß die politische Klasse sich nicht unbeobachtet wähnen darf. Seine Gefahr ist aber immer auch die zu große, nämlich symbiotische Nähe, jene Nähe, die andererseits seine sachliche Kompetenz sichert. Im schlimmsten, aber immer wieder vorkommenden Fall hat er Teil an den Korruptionen des politischen Systems.

Das politisierende »Literatentum« im Weberschen Sinn dagegen – das naturgemäß in dramatisch zugespitzten Lagen besonders floriert – bringt überhaupt erst neue Themen auf, debattiert über die ganze Richtung, stellt die Grundsatzfragen und entwirft Zukunftsperspektiven. Sein Ort ist dabei nicht nur die Meinungsseite oder der Aufmacher des Feuilletons, sondern auch die intellektuelle Zeitschrift, die Streitschrift, das aktuelle politische Buch. Der von Weber, dem Rationalisten der Fachlichkeit, so gehaßte Dilettantismus ist kaum vermeidbar, denn alles Neue ist notwendig dilettantisch, weil unerprobt. Hier wird ins Unreine gedacht und geschrieben, mit allen Gefahren von Wahn und Verstiegenheit, wie sie vor allem die Geschichte der Öffentlichkeit in Deutschland so reich bezeugt. Aber das lebensweltlich Neue gelangt ebenso wie das nur fachlich Bekannte, aber öffentlich noch nicht Registrierte nur auf dem Weg des dilettantischen Literatentums ins öffentliche Gespräch – wie auch sonst? Hier werden natürlich immer auch von interessierter Weise Themen lanciert, deren Berechtigung dringend kritischer Überprüfung bedarf – in Webers Zeit war beispielsweise die schon erwähnte Flottenpropaganda ein solches lanciertes Thema.

In der Geschichte der Bundesrepublik sind Ihnen die zunächst außerhalb des politisch-journalistischen Fachbetriebs aufgekommenen Themen natürlich bewußt, ob es sich um Fragen der Vergangenheitsbewältigung, die Bildungsreform, den Umweltschutz handelt oder um die jüngsten dieser Fragen wie die Bio-Ethik oder die Demographie. Jede dieser zunächst durchweg hochgradig emotional geführten Debatten hatte früher oder später reale politische Folgen, selbst der Historikerstreit, ohne den die Initiative, die am Ende zum Berliner Holocaustmahnmal führte, kaum vorstellbar wäre. Bezeichnend ist beispielsweise der Weg des Demographie-Themas, das die Öffentlichkeit derzeit so bewegt. Es war bei den Fachleuten natürlich lange bewußt und hat in der Rentenpolitik seit den neunziger Jahren seine Rolle gespielt – ablesbar beispielsweise an dem noch von der Regierung Kohl eingeführten »demographischen Faktor«, den ihre rot-grüne Nachfolgerin zunächst wieder abgeschafft hat (was Bundeskanzler Schröder längst ausdrücklich als Fehler anerkannt hat). Erst nach dem Jahr 2000 aber schlich sich das Thema allmählich in die breite, von den »Literaten« gemachte Öffentlichkeit. Es begann mit ein paar drastischen Artikeln von Eberhard Moths, einem Fachmann des Wirtschaftsministeriums, die in der intellektuellen Zeitschrift »Merkur« veröffentlicht wurden. Im Jahre 2002 vermochten dann zwei Bücher auch Feuilletonredakteure nachhaltig zu beeindrucken: Meinhard Miegels Streitschrift »Die deformierte Gesellschaft« und Herwig Birgs »Demographische Zeitenwende« – Streitschriften von Fachleuten, die sich schon lange mit diesen Gegenständen befaßt hatten, aber nun mit drastischer Anschaulichkeit und umfassender Darlegung die breite Öffentlichkeit anredeten. Ende 2002 wanderte das Demographie-Thema aus den Wirtschaftsteilen und den innenpolitischen Seiten ins Feuilleton, so beispielsweise in der »Süddeutschen Zeitung«, deren Kulturteil eine fünfteilige demographische, übrigens kulturgeschichtlich angelegte Artikelserie veranstaltete. 2004 machte dann Frank Schirrmachers Bestseller »Das Methusalem-Komplott« die demographische Zukunft unserer Gesellschaft zu einem Aufreger in der breitesten Öffentlichkeit, diesmal auch in etlichen Fernsehtalkshows, in denen Schirrmacher für sein Buch und sein Thema werben konnte.

Was war passiert? Demographie war aus einem fachlichen zu einem »interessanten« Gegenstand geworden. Und wie hatte sich das vollzogen? Weil »Literaten«, also Dilettanten, Feuilletonisten sich des Themas angenommen haben. Was wird der Effekt sein? Das läßt sich derzeit noch nicht bestimmen. Doch mag sich vielleicht einmal erweisen, daß eine grundlegende Reform unseres Rentensystems ohne den Vorlauf einer dilettantischen Emotionalisierung nicht oder noch schwerer durchsetzbar gewesen wäre.

Ich fasse zusammen: Journalismus im Sinne Webers leistet Berichterstattung und Kontrolle des politischen Tagesbetriebs. Literatentum hat, wenn es gut geht, die Aufgabe des Agenda-Settings, wenn Sie mir diesen häßlichen Ausdruck durchgehen lassen wollen. Der politische Fachbetrieb, nicht zuletzt das Parlament, sollte sich davon durchaus beeindrucken lassen – doch nicht zu sehr. Max Weber verstand die Aufgabe des Parlaments ja geradezu als Vermittlung zwischen den spezialisierten, oft bürokratisierten Fachwelten in politischen Institutionen und Verwaltungen einerseits und den emotionalen Regungen der bürgerlichen Öffentlichkeit andererseits. Im Parlament muß sich entscheiden, welche Themen sinnvoll politikfähig sind. Wo Aufregung war, muß Ausgleich und Gesetz werden – wenn nötig.

Bürgerliche Presse und Literatentum bezeichnen eine recht übersichtliche Landkarte. Inzwischen haben wir aber längst noch Boulevardpresse und Fernsehen, also *Bild*, *BamS* und Glotze. Was hat sich damit verändert? Die betriebsnahe Kontrollfunktion der Tagespresse hat sich vielfach zu demagogischem Druck verschärft, der politische Entscheidungsprozesse übrigens ebenso oft blockiert wie antreibt. Über die Wirkungen des Fernsehens – die vor allem in Personalisierung und Erhöhung des Zeitdrucks bestehen – ist so viel gesagt worden und wird auf unserer Tagung noch so viel die Rede sein, daß ich mich hier zunächst kurz fassen kann. Eine der zentralen, wenn nicht die zentrale Folge des Fernsehens dürfte in der Erweiterung im Anforderungsprofil des Berufspolitikers bestehen: Ihm wird durch die Dauerbeobachtung der Kameras, durch die zwangsläufige Präsenz in Nachrichtensendungen und Diskussionsrunden ein Grad an Schlagfertigkeit, Körperbeherrschung, mimischer Sicherheit abverlangt, der für Ungeübte wohl kaum vorstellbar ist.

Die politischen Parteien mit ihren Karrieren und Machtkämpfen, ein machtvolles Parlament als Arena großer öffentlicher Kämpfe und eines raffinierten Machtspiels verstand Max Weber bekanntlich nicht nur als Stätten sachlicher Auseinandersetzungen, sondern – ebenso wichtig – als die idealen Orte zur Rekrutierung des politischen Personals, also der in der Demokratie immer schwierigen »Führerauslese« (so sein Ausdruck), als Erprobungs- und Bewährungsfeld für jene politischen Begabungen, ohne die eine große Nation nicht auskomme. In diese parlamentarischen Auslese-Mechanismen ist durch den permanenten Zwang zu medialer Präsenz ein zusätzlicher, eminent wichtiger Faktor gekommen, der vielleicht alle anderen, oft beredeten Wirkungen des Fernsehens auf die Politik in den Schatten stellt. Wer sich in diesem Medium nicht mit selbstverständlicher Geschicklichkeit bewegen kann, wer beispielsweise den extremen Härtetest eines Wahlkampfduells nicht durchsteht, der dürfte in Zukunft als Spitzenpolitiker kaum noch Chancen haben; vielleicht vermag starke mediale Präsenz sogar bis zu einem gewissen Grad den Rückhalt in einer Partei (also die sogenannte »Hausmacht«) zu ersetzen – jedenfalls phasenweise.

Dagegen kann man über die sachlichen Wirkungen des Fernsehens durchaus geteilter Meinung sein. Die überkommene Aufteilung des publizistischen Feldes in Journalismus und Literatentum läßt sich nämlich auch für das Medium Fernsehen beobachten. In Nachrichtensendungen und politischen Magazinen verfügt auch das Fernsehen, in Deutschland vor allem die öffentlich-rechtlichen Sendeanstalten, über den politiknahen Kernbereich des klassischen Journalismus. Die dort gebotenen Informationen sind freilich oft überaus summarisch – die Wortmenge einer »Tagesschau« paßt in gut zwei Zeitungsspalten und soll doch das ganze Geschehen eines Tages einigermaßen erfassen. Selbst die *Bild*-Zeitung mit ihren wurstbrothaft vollgestopften, plakathaft layouteten und von Fotos regierten Seitenumbrüchen hat mehr Text. Dazu kommen im Fernsehen freilich die bewegten Bilder mit ihrer Zufälligkeit und ihren oft nicht berechenbaren Wirkungen.

Das »Literatentum«, die thematisch freie Behandlung aktueller Themen, findet im Fernsehen seine Orte in den politischen Talkshows. Die Moderatoren und Moderatorinnen dieser Sendungen sind die massenmedialen Nachfolger jener dilettantischen Publizisten, die in der bürgerlichen Presse Themen aufbringen und Stimmungen erzeugen. Der konversationshafte Dilettantismus dieser Runden ist Programm, denn es soll ja eine ganz normale Gesprächssituation unter politisch interessierten Staatsbürgern simuliert werden, wenn auch unter Beiziehung von Berufspolitikern und »Experten«. Allerdings fällt auf, daß in diesen Sendungen eigene Entdeckungen so gut wie nie gemacht werden. Im ganzen Komplex »Sabine Maischillner« (Kurt Kister) werden neue Themen, jedenfalls bisher, nicht vorgeschlagen. Dafür gibt es vermutlich eine einfache Erklärung: Prominenz und Quote als Handlungsgrundlage solcher Sendungen. Sie setzen überwiegend auf die dem Publikum schon bekannten Gesichter und sie greifen das auf, was die Öffentlichkeit ohnehin schon bewegt und erregt. Nur solche Anpassung ans Vorgegebene sichert offenbar jenen in Zahlen faßbaren Mindesterfolg, ohne den solche Sendungen nicht bestehen zu dürfen scheinen. Jede Form von Insiderei ist verpönt, und fachliche Expertise tritt allenfalls in Gestalt jener bereits erwähnten, eigens herbeigerufenen, ihrerseits oft längst zu Prominenten gewordenen »Experten« auf wie den sogenannten »Parteienforschern« und anderen lustigen Personen, die solche Runden gefällig abrunden.

Dies gilt wohl für alle sogenannten »Formate« derartiger Sendungen – ob es sich nun um das 1:1-Verhör (Typus »Maischberger«), die Sofaecke (wie »Menschen bei Maischberger«) oder den simulierten Marktplatz mit Zuschauern (»Sabine Christiansen« oder »Berlin Mitte«) handelt. Sie alle agieren mit einem relativ festen, nur fallweise bereicherten Personal und bestätigen die Diskurse, die anderwärts, teils in der Qualitätspresse, ebenso oft aber in der Boulevardpresse vorgeprägt wurden. So bleibt ihre Wirkungskraft beschränkt: Sie besteht vornehmlich in der Verstärkung schon vorhandener öffentlicher Trends, sowie in dem bereits angedeuteten Einfluß auf die Auslese des politischen Spitzenpersonals.

Der Informations- und Argumentationswert solcher Sendungen ist, jedenfalls für halbwegs aufmerksame Zeitungsleser, gleich Null. Ob sich das je ändern kann, ist allerdings schwer vorauszusagen. Das Medium Fernsehen mag sich in den Händen begabter und einfallsreicher Moderatoren als recht plastisch erweisen. Schon die verstärkende Wirkung solcher Sendungen allerdings ist für handelnde Politiker ein Faktor, den sie in Rechnung stellen müssen. Jedenfalls darf sich niemand erlauben, sie zu ignorieren oder gar, bei ihnen nicht mitzumachen.

Max Weber, der große Theoretiker des Parlamentarismus, und Karl Kraus, der scharfsinnigste Kritiker der bürgerlichen Presse und des Literatentums, waren Zeitgenossen. Längst haben wir, so könnte es scheinen, ihre Welt verlassen, die eine Welt bedruckten Papiers und öffentlicher Rede war. Wie wenig sich das Fernsehen mit den herkömmlichen Mitteln von Kritik und Sprachkritik fassen läßt, zeigt in unserem Valerio-Heft der beeindruckende Beitrag von Burkhard Müller, den ich Ihrer Aufmerksamkeit besonders empfehle. Die Flüchtigkeit und Bildverfallenheit des Fernsehens, der Rezeptionsmodus des permanenten Programmwechsels im Zappen, die Formarmut mündlicher Rede, die synästhetischen Zerstreuungsqualitäten – all diese oft beschriebenen Eigentümlichkeiten des Fernsehens lassen präzise Sprach- und Ideologiekritik an ihm abtropfen. Trotzdem haben wir die Weber-Kraus-Welt keineswegs ganz verlassen. Nach den Freund-Feind-Verschärfungen im 1989 beendeten Weltbürgerkrieg sind wir heute dieser Welt vielleicht sogar wieder näher als je im 20. Jahrhundert.

Das Fernsehen hat sich womöglich nur über die historischen Grundformen der bürgerlichen Öffentlichkeit gelegt, breit und schwammig. Riesenhaft und kindlich, plappernd und unscharf spielt es Journalismus und öffentliches Gespräch. Burkhard Spinnen hat nicht umsonst in seinem Beitrag zu »Christiansen«, ebenfalls in unserem Valerio-Bändchen, mit Musils Parallelaktion an die – neben Weber und Kraus – dritte große Kritik hochbürgerlicher Öffentlichkeit in der deutschen Literatur erinnert. Den unvermeidlichen Dilettantismus des Literatentums blasen Moderatoren und Moderatorinnen, die ihr Publikum um keinen Preis der Welt überfordern dürfen, ins Elephantöse auf. Ihre schier grenzenlose Macht beweisen sie, indem sie Berufspolitiker Abend für Abend in Schaustellungen auftreten lassen können, die kein Marstheater als »Letzte Tage der Menschheit« nachspielen könnte, vermutlich weil sie selbst schon Marstheater sind.

Die vorangehenden Ausführungen beziehen sich durchgehend auf: *Demokratisch reden. Parlament, Medien und kritische Öffentlichkeit in Deutschland. Valerio 2*, im Auftrag der Deutschen Akademie hrsg. von Gustav Seibt. Göttingen: Wallstein Verlag 2005.

WOLFGANG THIERSE

Politik und Medien

Sehr geehrter Herr Präsident,
verehrte Akademiemitglieder,
meine sehr geehrten Damen und Herren,

wenn wir, wenn Sie hier in der Akademie über den demokratischen Diskurs, über die politische Rede diskutieren wollen, kann ich dazu eine kleine Beobachtung beisteuern, die ernüchternd wirkt: Der Fernsehsender Phoenix, der durchaus sogar ganze Reden mitsamt Begrüßung und Schlußformel überträgt, hat seine erfolgreichsten Tage, wenn eine Zuschauerquote von 0,7% erreicht wird. Die, immerhin, hören einer übertragenen Rede wohl auch tatsächlich zu.

Ob wir deswegen den Niedergang »der« politischen Rede zu beklagen haben, möchte ich nicht entscheiden. Schlechte Reden hat es immer gegeben, wirkungsvolle Reden sind nicht oder jedenfalls nicht immer populistisch. Reden im Parlament haben so unterschiedliche Funktionen, daß man sie nicht über einen Kamm scheren darf: Wenn abends über ein entwicklungspolitisches Projekt oder ein wasserwirtschaftliches Problem im Plenum debattiert wird, plaudern Fachpolitiker aus verschiedenen Fraktionen, die sich schon wochenlang im Ausschuß mit der Sache befaßt haben und in ihren Fraktionen das Pro und Contra vermitteln mußten; wenn der Bundeshaushalt eingebracht wird, rechnen Regierung und Opposition (in sogenannten Elefantenrunden) miteinander ab, in der Hoffnung, daß viele Bürger zuhören und überzeugt werden können – dann ist das Parlament die Bühne für Pläne und Überzeugungen, wie August Bebel den damaligen, weitgehend machtlosen Reichstag verteidigt hat. Und wenn es z.B.um bioethische Fragen oder um Kunst oder um Erinnerungskultur oder um den Umzug nach Berlin geht, also wenn die Meinungsfronten quer zu den Fraktionsgrenzen verlaufen bzw. wenn die Meinungsfronten überhaupt noch nicht klar sind, dann können Reden die Entscheidung des Parlaments sogar beeinflussen. Und das geschieht auch immer wieder.

Die Frage, ob das Parlament an Bedeutung verliere, kann ich jedenfalls verneinen. Denn dort fallen die Entscheidungen. Die Parlamentsdebatten sind nicht folgenlose Rituale, wie es Talkshows sind. Aber sie geraten in einen

Schatten, den die allgegenwärtigen Medien werfen. Der schnelle Witz, der kurzweilige Klatsch und Tratsch finden leichter Aufmerksamkeit als lange Reden oder Debatten über oft komplexe Zusammenhänge. Das Leichte besiegt das Mühsame – ganz menschlich, eigentlich.

So wird es in der Tat schwieriger, für demokratische Reden Gehör zu finden über den Kreis der interessierten Kennerschaft hinaus. Die Veröffentlichung einer Rede, selbst wenn man sie Redaktionen in die Hand gibt, führt keineswegs zu deren Abdruck oder Versendung, noch nicht einmal zu einer kleinen Meldung. Allerdings, wenn man einen Vorspann dazu reicht, der die wichtigste These und die witzigste, mediengeeignete Formulierung wiedergibt, dann steigen die Chancen, daß diese Häppchen doch vermeldet werden.

Darf man daraus schließen, daß auch die Redakteure selbst die Rede nicht lesen? Was schließt man allenfalls daraus, daß stets verlangt wird, eine Rede, die gerade gehalten wird, müsse gleichzeitig für die Journalisten gedruckt bereitliegen. Dann könnten sie besser daraus zitieren. Etwa, daß die Reporter dem Redner nicht zuhören?

Der Gipfel ist erreicht – diese Geschichte hat Johannes Rau immer wieder gern erzählt –, wenn eine mit Mikrofon bewehrte Journalistin nach einer Rede zum Interview kommt und es mit der Frage einleitet: »Was haben Sie eben gesagt? Was war der Inhalt Ihrer Rede?«

Ich schließe daraus, daß wir, daß Sie, meine Damen und Herren, daß alle, die am öffentlichen Diskurs ein Interesse haben, nicht zuletzt über das Verhältnis von Politik und Medien diskutieren müssen, denn offensichtlich haben Politik und Medien Probleme miteinander.

Dramatischer ausgedrückt: Demokratische Politik und Medien passen nicht zueinander.

Aber, meine Damen und Herren, zunächst doch das Positive. Die *Bild*-Zeitung ist zwar das Leitmedium für die Medien in Deutschland, zur Prägung einer »Leitkultur« hat sie es aber (noch) nicht gebracht: Die Wählerinnen und Wähler verweigerten ihr jedenfalls vor zwei Monaten ganz offensichtlich die Gefolgschaft. Sie haben es weder geglaubt noch gewollt – die Art und Weise, wie der SPD das Lied vom Tod gesungen wurde und eine schwarz-gelbe Koalition schon Wochen vor der Wahl zum unverhinderbaren Wahlsieger hochgejubelt worden war.

Bei aller Boulevardisierung und Beschleunigung in und durch Medien besteht der Souverän offensichtlich doch auf seiner eigenen Weisheit und verläßt sich nicht auf das, was ihm vorgesetzt wird. Fertig- und Halbfertigprodukte sind zwar auf dem Lebensmittelmarkt inzwischen erfolgreich, auf dem Meinungsmarkt offensichtlich (noch) nicht.

Ich will auch ausdrücklich sagen: es gibt noch etwas, das wir der Einfachheit halber Qualitätsjournalismus nennen. Es gibt erkennbare Bemühungen zu berichten, zu informieren, aufzuklären, Bericht und Meinung zu trennen, dem Rezipienten etwas zuzutrauen. Es gibt Journalisten, die ihr Metier beherrschen, ihren Gegenstand genau kennen. Beim Verfassen von Analysen, beim Einordnen tagesaktueller Ereignisse hilft das.

Dafür, daß solcher Qualitätsjournalismus bereits nicht mehr als selbstverständlich gelten kann, sind wohl veränderte Arbeitsbedingungen, rigide Personaleinsparungen, härterer Konkurrenzdruck verantwortlich zu machen. Auch aus Redaktionen guter Zeitungen war zu hören, daß man sich dort nicht mehr streite über die morgige Ausgabe, darüber, was wichtig und unwichtig sei. Streite man aber doch, würden eher Anzeigenchef und Geschäftsführer entscheiden als Redakteure.

Aber – offensichtlich bin ich mit dem Positiven schon fertig – es ist nicht allein der Konkurrenzdruck. Der unbedarfte Redakteur ist ein Prinzip, jedenfalls für den Chefredakteur der vielleicht wichtigsten deutschen Wochenzeitung, Giovanni di Lorenzo: Indem er »ohrenbetäubendes Meinungshopping« kritisiert, wendet er sich vor allem gegen die Institution des jahrelangen, erfahrenen Parlamentskorrespondenten, der angeblich seinen Gegenstand zum Duzfreund habe. Soweit wird jeder dem Chefredakteur noch folgen wollen. Ob aber der Mittelweg zwischen diesen Extremen tatsächlich die »jüngeren Kollegen« sind, die »zum Aufbau solcher Beziehungen nicht mehr die Zeit und manchmal nicht einmal die Lust (hatten)«, darf erst recht bezweifelt werden. Denn sie ziehen es nicht vor – wie di Lorenzo schreibt –, »sich zu jedem Thema wieder aufs neue eine Meinung zu bilden«, sondern sie haben keine andere Wahl, weil – möglicherweise – keine Ahnung. Diese von dem einflußreichen Schweizer Publizisten und *Cicero*-Mitgründer Frank A. Meyer »Flat-Tax-Generation« genannten Journalisten, »deren Denken und Welt auf einem Bierdeckel Platz hat«, gelten inzwischen als die eigentlichen Verlierer der jüngsten Bundestagswahl.

Das wiederum unterstützt meine konservative, bildungsbürgerliche Auffassung, daß lediglich am Stammtisch erlaubt ist, einfach nur zu meinen. Informierende, aufklärende Medien müßten vor die Meinung unbedingt die Bildung setzen.

Verbreitung findet neben dem Typus des jüngeren, ahnungslosen immer mehr der Typus des meinungsstarken und durchsetzungsorientierten Journalisten, der »im politischen Geschäft als gleichberechtigter Macht-Mitstreiter agieren« will, obwohl er »von niemandem gewählt und legitimiert« ist (Jürgen Leinemann). Qualitätsjournalismus dagegen wäre, »wenn nicht der Bote, sondern endlich wieder die Botschaft in den Mittelpunkt rückt: Die Botschaft des Merkers, notabene, und nicht die eines Mittäters.« So Wolfgang Clement.

Politik und Medien, hatte ich gesagt, passen nicht zueinander.

Aber ich will darüber gar nicht jammern. Nicht zuletzt, weil niemand besser jammern kann als Sabine Christiansen und Co. Viele werden sich an die schöne Leistung des Feuilletons der *FAZ* erinnern, einfach eine ganze Seite mit den Titeln der Talkshows eines Jahres zu füllen. Nach dieser Lektüre befindet man sich in einem solchen Jammertal, wie es schlimmer gar nicht vorstellbar ist. In der Wirklichkeit dagegen ist es fast überall auf der Welt dramatischer, elender, unsicherer als hier bei uns in Deutschland.

In einer Berliner Obdachlosenzeitung las ich: »Im Grunde genommen brauchen die Medien keine Wirklichkeit mehr. Sie sind durchaus in der Lage, ein System der Wirklichkeit zu inszenieren, auf das sie sich fortan beziehen.« Tatsächlich gewinnt man den Eindruck, daß Meldungen »die Runde machen«. Ein Medium fängt an, alle anderen folgen, fühlen sich verpflichtet, eine Sache zu behandeln, nicht weil sie als wichtig gilt, sondern weil andere sie wichtig gemacht haben. Talkshows wollen Nachrichten »machen«, wie oft ihnen das gelingt, gilt in den Redaktionen als Erfolgskriterium.

Die Fernsehkritikerin Klaudia Brunst schreibt über politische Talkshows, sie seien »redundant, simplifizierend, flüchtig und damit entpolitisierend«. Ich fürchte, sie hat recht. Man kann von diesen meistgesehenen politischen Sendungen im deutschen Fernsehen Zeitvertreib erwarten, aber tatsächlich auch Information? Das ist keine totale Ablehnung solcher Talkshows, schließlich nehme ich gelegentliche Einladungen gelegentlich an. Und Politik wird in ihnen ja durchaus transportiert.

Verwertungsketten, die Fernsehsendungen mit Skandalmeldungen verbinden und in Verkaufserfolge für Bücher und Musikkonserven münden, erschaffen ebenfalls eine eigene Wirklichkeit, die das Verhältnis von Wichtigem und Unwichtigem ins Gegenteil verkehren. Themen, die sich den Mitteln des »Boulevard«, der »Regenbogenpresse« entziehen, kommen nicht mehr vor, oder sie werden emotionalisiert. Die Grundversorgung mit Empörung ist gewährleistet.

Aus Anlaß des 50. Jahrestages der Gründung der ARD habe ich die öffentlich-rechtlichen Medien für die in dem dualen System besseren gehalten. Das hat mir Kritik, ja Haß von Vertretern der Privaten eingebracht. Nun muß ich zur Kenntnis nehmen, daß es inzwischen Konvergenzen gibt. Die einen mühen sich um bessere Informationssendungen – »gut so«, die anderen mühen sich um bessere Unterhaltung – »gut so«, und beide Pfeiler des dualen Systems mischen beides fröhlich miteinander – »gut so«? Die politische Talkshow ist vielleicht der augenfälligste Beleg dafür, daß man Information und Unterhaltung nicht mehr klar unterscheiden kann. So, wie politische Sendungen unterhalten sollen, gibt es in scheinbar eindeutigen Unterhaltungssendungen politische Information und Meinung. Das gilt längst nicht nur für die »Lindenstraße«.

Wenn der Intendant des Hessischen Rundfunks meint, die Quote sei ein Indikator demokratischer Meinungsbildung, ist das ein bestürzender Beleg für die Konvergenz und ein großer Irrtum! Meinungsbildung ist nicht das spontane Meinen. Schon durch Selbstbeobachtung kann man sich überzeugen, daß spontanes Betätigen der Fernbedienung ohne jegliche Meinungsbildung möglich ist und nur äußerst selten zur Gewinnung eines Standpunktes führt. Die Gleichsetzung der Zuschauerquote mit dem demokratischen Prozeß ist gleichbedeutend mit seiner Auslieferung an die Medienlogik oder an schieren Populismus. Wenn Politik auf der Bühne der Medien allein auf den Menschen als Marktteilnehmer, als Konsumenten schielt, dann ignoriert sie den Teilnehmer an der Beteiligungsdemokratie, also den Bürger. Sie liefert sich schutzlos launischen Stimmungstrends aus. Der Leiter der Landesmedienanstalt NRW, Norbert Schneider, kritisiert die Quotenhörigkeit so: Wenn die Quote das flächendeckende Kriterium ist, wird der Zuschauer indirekt für die Qualität der Medieninhalte verantwortlich gemacht. »Er bekommt, was er will ... Diese Instrumentalisierung des Publikums nivelliert nicht nur Menschen und Sachen ... In dieser Abgabe von Senderkompetenz an die Empfängerkompetenz vollzieht sich (...) ein partieller Verzicht auf Berufsausübung.«

Wie wirkt die Quote als einziges Erfolgskriterium auf Politik? Sie bewirkt Reduktion. Quotenhörigen geht es – wie dem Boulevard – um Streit, um Rücktritte, um scheinbare oder tatsächliche Widersprüche, um Katastrophen und andere Sensationen. Während die Wirklichkeit komplizierter wird, interessieren sie sich vorwiegend für Vereinfachungen, für Oberflächenerscheinungen – und die Gefahr, daß Hintergründe, Interessentenkonflikte, Absichten ganz ausgeblendet werden, ist sehr real.

Das Fernsehen fühlt sich auch bei höchster Seriosität angehalten, Politiker und andere Teilnehmer an der öffentlichen Kommunikation nachgerade zu nötigen, um so einfacher und kürzer Stellung zu nehmen, desto komplizierter die Sachverhalte sind. Zwischen der Wirklichkeit und ihrer medial vermittelten Wahrnehmung entsteht eine Kluft und wenn dieser Trend zur Vereinfachung anhält, wird die Wirklichkeit tatsächlich in den Medien nicht mehr stattfinden.

Erinnert man sich vor diesem Hintergrund an den Satz von Oskar Negt, daß »die Demokratie die einzige Herrschaftsform (ist), die in ständig neuer Kraftanstrengung gelernt werden muß«, darf man sich schon einmal sorgen um die Demokratie. Denn wie und wo soll dieses Lernen stattfinden, wenn alles dem Diktat der Unterhaltung unterworfen ist und über die Politik, die sich dem Unterhaltungsschema nicht unterwerfen läßt, schließlich gar nicht mehr differenziert informiert wird?

Demokratie lebt von Öffentlichkeit. Sie erst schafft politische Legitimation. Das setzt aber nicht nur voraus, daß der politische Akteur öffentlich handelt, sondern auch, daß die Massenmedien ihre Funktion in diesem Zusammenhang erfüllen. Die Zukunft der Demokratie, schreibt der Politologe Sarcinelli, hänge nicht zuletzt davon ab, »ob sich die Interaktionseffekte zwischen Politik und Medien als hilfreich bei der Lösung politischer Probleme erweisen oder als problemverstärkend«.

Natürlich kümmert es ihn nicht, ob Medien der Regierung oder der Opposition »helfen«, sondern ob sie sich überhaupt angemessen mit Politik befassen. Er hätte auch daran erinnern können, daß die Pressefreiheit eine dienende Freiheit im Sinne der Demokratie ist; sie hat die Aufgabe der Rückkopplung von verliehener politischer Macht an den Souverän. So gesehen umfaßt Art. 5 GG nicht die Freiheit, auf ernste politische Information und Meinungsbildung zu verzichten. Dahin wird aber die Entwicklung getrieben. Sarcinelli schreibt: »Die Medien entfernen sich weiter von der Politik und folgen stärker ihrer eigenen Logik.« Die sei bestimmt durch die Nachfrage des Marktes, auf dem »die Erhöhung der Informationsqualität nicht unbedingt zur Steigerung der Verkaufszahlen und Einschaltquoten« beitrage.

Die Vermischung von »Ernst« und Unterhaltung ist zunächst recht harmlos. Wenn in der Schule oder in einem Technikmuseum Momente des Spiels und der Spannung genutzt werden, um Interesse an Mathematik, an Physik oder an Politik, also auf den ersten Blick sperrige Materien, zu wecken, wird sich niemand beschweren. Es handelt sich jedenfalls um Politik, Physik oder Mathematik, die Gegenstand der Kommunikation sind und die unterhaltenden Elemente dienen als Transportmittel. Zum Diktat der Unterhaltung kommt es erst, wenn diese Zweck-Mittel-Relation umgekehrt wird. Dann geht es in Wahrheit nicht mehr um Politik, die mit unterhaltendem Mittel ver-»mittelt« wird, sondern der Zweck ist Unterhaltung, die sich des Gegenstands der Politik bloß noch als Mittel bedient. Diese Tendenz nimmt zu. Ohne Gegensteuern wäre schließlich eine Unterscheidung zwischen den im Sinne der Legitimation von Politik wichtigen und ernsten Angelegenheiten einerseits und dem für wichtig nur Erklärten (wegen des Unterhaltungswerts oder der Nützlichkeit für die Verwertungsketten) kaum noch möglich. Diese Unterscheidung ist aber das Metier der politischen Berichterstattung (und der eigentliche Sinn von Kritik).

Es hat sich nämlich nichts daran geändert, daß es in der Politik und in der politischen Rede um ernste, immer öfter immer schwierigere, fast immer folgenreiche Güterabwägungen und Entscheidungen geht. Parlamentarier und Regierungen wollen das Richtige tun. Der Streit darüber, was das Richtige ist, kann gelegentlich unterhaltsam, kurzweilig, leidenschaftlich sein. In der Regel ist er mühsam, von Zielkonflikten und vielen Teufeln im Detail belastet, zeitraubend und ernst.

Wir sind in Koalitionsverhandlungen, und manches »Ergebnis« ist zunächst nur ein Gerücht. Aber interessiert eigentlich vordringlich, was wie getan werden soll – und warum? Oder interessiert vordringlich, wer von welcher Position abweicht, wer siegt oder unterliegt? Natürlich geht es darum auch. Aber die Gewichtung ist falsch: Zwar sind wir Politiker zur Zeit durchaus »unterhaltsam«, also: mediengerecht. Aber es ist normal, daß das Parlament – auch die Regierungsmehrheit – Gesetze nicht nur verabschiedet, sondern sie zuvor diskutiert, prüft und verändert. Es handelt sich immer um einen Entscheidungsprozeß und nicht um ein »Event«, bei dem Vorlagen »abgenickt« werden oder eben nicht. Ein anderes Beispiel: die normale Kritik fast aller Medien gilt dem Mythos Fraktionszwang. Am 18. Oktober hat der in einigen Fraktionen aber nicht funktioniert. Bei der Wahl eines Vizepräsidenten stimmten viele Abgeordnete wie sie es gerade – spontan oder nicht – gut und richtig fanden. Daß das vielen Kommentatoren peinlich und chaotisch erschien, ist im Grunde ein Argument für mehr Fraktionszwang. Medien haben Archive, aber kein Gedächtnis. Auch deshalb passen Medien und Politik nicht zueinander.

Alle politischen Entscheidungen haben eine Vorgeschichte, haben dem gesellschaftlichen Wandel unterliegende Voraussetzungen, stehen im Streit konkurrierender Interessen. Einem Referentenentwurf aus einem Ministerium mag man das schon ansehen. Wichtig ist er nicht. Wenn er an das Licht der Öffentlichkeit gebracht wird, kennt ihn der zuständige Minister nicht unbedingt. Es ist noch ein weiter Weg bis zur Kabinettvorlage, die völlig anders aussehen kann. Das hält Medien nicht davon ab, den Inhalt des Referentenentwurfs als Entscheidung oder politisch bereits abgestimmte Planung zu präsentieren und Empörung darüber zu entfachen. Die Regierung hat so gar nicht mehr die Möglichkeit, sich einen Erkenntnisstand aufschreiben zu lassen, ihn zu beraten und schließlich eine politische Richtung vorzugeben. Kommt es trotz voreiliger Empörung zu einem Kabinettsbeschluß, entsteht der Eindruck, die Angelegenheit sei entschieden. Das stimmt aber nicht. Nur wenige Gesetzentwürfe verlassen den Bundestag so, wie sie eingebracht worden sind. In der 14. Legislaturperiode blieben von 405 Gesetzentwürfen (ohne völkerrechtliche Verträge) nur 79 unverändert. Mit dem Beschluß der Regierung fängt der eigentliche Entscheidungsprozeß also überhaupt erst an. Aber natürlich hatten schon zuvor zahlreiche Abgeordnete der Versuchung nicht widerstehen können, eine verfrühte 20-Zeilen-Meldung über einen 40-seitigen Referentenentwurf zu kommentieren. Auch dadurch wird »vergessen«, daß das Parlament entscheidet.

Kommt – mit einem Votum des Bundesrates versehen – der Regierungsentwurf schließlich im Parlament an, machen sich die Parlamentarier im Plenum und in den Ausschüssen darüber her – im Plenum und bei den Anhörungen der Experten und Interessenten öffentlich. Erst in der dritten Lesung kann es zu einem Beschluß kommen. Sie wissen das natürlich, wie Sie auch wissen, daß das Verfahren in Grenzen variabel ist. Grundsätzlich will ich aber unterstreichen, wie langsam der parlamentarische Entscheidungsprozeß in aller Regel ist. Er *muß* relativ langsam sein, weil er nicht nur in der Sache sorgfältig und fair bei der Balance zwischen konkurrierenden Interessen und Ansichten sein muß, sondern vor allem auch transparent. Die Einhaltung der festgelegten Verfahren dient der Transparenz. Das ist die Einladung an die Bürger, mitzudenken, sich einzumischen, sich Urteile zu bilden. Weil dieser zutiefst demokratische Prozeß sich den Darstellungsformen von Medien nicht oder nicht gänzlich unterwerfen läßt, wird er heute in einzelne, eher unterhaltende »Events« zerlegt. Denn der marktgängigen Zerstreuung durch immer neue Reize ist diese Langsamkeit und Ernsthaftigkeit hinderlich. Es gibt zwar noch Journalisten, die diese Prozesse genau und langfristig beobachten und darüber berichten, über das Sachlich-Politische ebenso wie über das Persönlich-Politische an diesem Lern- und Entscheidungsprozeß. Aber was liest und hört der größte Teil des Publikums? : »Regierung plant ...«; »Regierung ändert Kurs«, »Koalition streitet«, »Mehrheit der Koalition sicher?«, »Kanzler erleidet Schlappe«, »Minister macht in Ausschuß Rückzieher«, »Merkel knickt ein«, »Regierung bessert nach«, »Opposition verlangt Sondersitzung«, »Opposition rügt Bundestagspräsident«; »Ströbele stimmt nun doch zu«, »Regierung gerettet«.

Auf diese Weise kann man jeden Gesetzgebungsprozeß medial begleiten, ohne auch nur ein einziges Mal in den Text geschaut oder sich sonstwie mit dem Gegenstand des politischen Streits befaßt zu haben. Der Streit ist das Wesen der Demokratie, er ist kein Skandal, keine Neuigkeit, sondern eine alltägliche und unausweichliche demokratische Normalität. Neu sind jeweils die Gegenstände des Streits, variabel ist das Ausmaß der Gegensätze und Unterschiede, die streitig sind. Unterhaltender scheint aber zu sein, diese Normalität zur Sensation umzudeuten – und so ganz nebenbei die Aversion des Publikums gegen Streitereien tendenziell auf die Demokratie zu übertragen.

Die Zerlegung eines Entscheidungsprozesses in einzelne »Events« von Siegen und Niederlagen ist problematisch, da sie zur Verdunkelung der Hintergründe, der wirksamen Interessen führt, absichtslos oder absichtsvoll. Gefährlich wird sie nicht allein durch das Schüren antidemokratischer Ressentiments, sondern auch, wenn die politischen »Events« mit anderen konkurrieren: »Ehekrach bei (hier kann der Name eines beliebigen Prominenten eingefügt werden)«; »Frau X doch geliftet«; »Y steht zu seinen Schönheitsoperationen«; »feige Flucht des Fußballtrainers Z«; »Bild rettet Weihnachtsgans« – solche für die Allgemeinheit folgenlosen Neuigkeiten erscheinen gleichgewichtig, im Boulevard sogar wichtiger als die Bemühungen um die öffentlichen Angelegenheiten. Die Suggestion ist, daß die Hochzeit von Uschi Glas genauso wichtig ist, wie die Mehrwertsteuer oder der Angriff von Rechtsextremisten gegen einen Passanten, bloß weil dieser fremd aussieht.

Die alltägliche parlamentarische Güter- und Interessenabwägung wird dem Vorurteil geopfert, den Politikern gehe es nur um sich selbst, allenfalls um den Erhalt der Macht der je eigenen Partei.

Übrigens wurden die Bürger im Oktober gefragt, ob es Politikern um die Sache oder um persönliche Vorteile gehe. Über 70% antworteten: persönliche Vorteile. Da hatten gerade zwei Parteien auf Regierungsämter verzichtet und zwei sich zu einer Koalition entschlossen, die sie nicht gewollt hatten.

Das heißt: Es geht munter weiter mit einer Art Mißbrauch der Demoskopie, der die Stimmungen erst schafft, die er nur zu spiegeln vorgibt. Es ist ja nicht nur problematisch, daß Demoskopen keine wissenschaftlichen Institute, sondern privatwirtschaftliche Unternehmen sind. Noch problematischer ist der sorglos-unkritische Umgang der Medien mit ihren (von den Demoskopen selbst zumeist unter Vorbehalt gestellten) Ergebnissen.

Meine Damen und Herren,
Dominanz der Unterhaltung, verschärfter Konkurrenzdruck, Tempobeschleunigung – all das hat nicht nur Folgen für den Journalismus, sondern vor allem auch für Politik und Demokratie. Das beginnt mit dem Ansehensverlust der demokratischen Institutionen, der längst das Niveau fast totaler Respektverweigerung erreicht hat und endet nicht mit dem Erfolg populistischer Gruppierungen oder Personen in verschiedenen europäischen Ländern. Damit sage ich nicht, daß in erster Linie oder gar ausschließlich die Medien/die Journalisten daran »schuld« seien. Nein, wahrlich und vor allem Politiker.

Denn die Art und Weise, wie Politiker versuchen, mit dieser neuartigen Medienwelt umzugehen, scheint mir eher geeignet, die beschriebenen Effekte zu verstärken als sie zu korrigieren.

Alltäglich ist inzwischen, daß Politiker immer wieder glauben, Neuigkeiten produzieren zu müssen, weil sie nur so in den Medien vorkommen. Es hat mir schon eine Menge Häme eingebracht, was ich jetzt hier ungerührt zu wiederholen mich traue: Politiker sind dabei eher Getriebene, den Marktgesetzen der Medien Unterworfene, als die gestaltenden Inszenierer ihrer Medienauftritte. Alle angeblichen Gegenbeispiele, die Journalisten mir auf diese These anbieten, übersehen den entscheidenden Ausgangspunkt: Politiker, die in den Medien nicht stattfinden, existieren nicht. Sie sind auf die Medien angewiesen, wenn sie nicht den Makel der Untätigkeit riskieren wollen. Sind aber umgekehrt die Medien ebenso auf die Politiker angewiesen? Das gilt allenfalls teilweise. Natürlich würde die Talkshow nicht funktionieren, wenn kein Politiker teilnähme. Zum Glück für Sabine Christiansen sorgt aber die Zusage aus der einen Partei dafür, daß auch die anderen sich nicht verweigern. Und ebenso klar ist, daß diejenigen, deren Metier es ist, aus dem Parlament zu berichten, auch auf Parlamentarier angewiesen sind. Deswegen erscheint aber längst nicht jeder Parlamentarier in der Zeitung oder im Fernsehen. Dafür muß er etwas Besonderes machen – beispielsweise seiner eigenen Fraktion gewaltigen Ärger, oder sein schwer vermittelbares Tun durch symbolhafte Bilder oder Aktionen inszenieren –, eine gute, inhaltsreiche politische Rede reicht da nicht. Ich kritisiere das nicht, wenn die Inszenierung der Darstellung des persönlichen und politischen Profils dient. Darauf hat die Öffentlichkeit Anspruch. Aber wenn die Regeln des Infotainment zum Selbstzweck werden, ist die Grenze des Zuträglichen überschritten. Leichter hat es, wer prominent ist. Prominenz aber ist kein Privileg von Politikern. Prominente gibt es zuhauf. Manche Medien schaffen sich ihre Prominenten inzwischen selbst, mit denen sie dann Seiten und Sendezeit füllen.

Angesichts dieser Entwicklung beharre ich geradezu störrisch darauf, daß Politik nicht in erster Linie Spaß machen kann, es nicht einmal darf. Das Parlament ist die Bühne zur Präsentation politischer Meinungen und Vorschläge, aber es darf nicht zum »Show-Room« verkommen. Im Parlament wird es Ernst. Hier werden die öffentlichen Angelegenheiten behandelt, die alle Bürger etwas angehen, sie im Zweifel alle betreffen. Eine Parlamentsentscheidung ist kein pop-kulturelles »Event«, sondern ein ernsthafter Vorgang mit Folgen.

Nun werde ich nicht leugnen, daß es Politiker gibt, die es auf schon geniale Weise verstanden haben, die Medien für ihren Weg ins Kanzleramt oder in die Downing Street 10 zu nutzen. Man nennt das »Darstellungskommunikation«.

Die scheidende Bundesregierung aber hat ziemlich schnell den Schwerpunkt ihres Kommunikationsverhaltens auf die »Arbeits- und Durchsetzungskommunikation« verlagert. Ich erinnere an wichtige Parlaments- und Parteitagsreden Gerhard Schröders. Der Kanzler riskierte schließlich sein Amt, um Entscheidungen durchzusetzen, von deren Notwendigkeit er überzeugt war und scheute nicht den Versuch, auch die Wählerinnen und Wähler zu überzeugen. Die in der gerade beendeten Legislaturperiode eingeleiteten Veränderungen sind nach Quantität und Qualität in vergleichbarem Umfang noch von keiner Regierung gewagt worden. *Bild* hinderte das nicht, das älteste antiparlamentarische Vorurteil hervorzukramen, »Blablabla«, Politiker redeten nur und würden nichts tun. »Tut endlich was!« hieß es im klaren Widerspruch zur politischen Wirklichkeit. Das Parlament als »Schwatzbude« abzutun, damit sind schon einmal alle demokratischen Hoffnungen und individuellen Freiheiten geopfert worden waren.

Kommerzialisierung, damit einhergehend Skandalisierung, Personalisierung, Reduzierung, unangemessene Moralisierung, der Fetisch der immer neuen Neuigkeiten, die Verdrängung sachlicher, realitätsverbundener Beurteilungen – all das gelingt, weil die Widerlager fehlen: die aufklärerische Ethik, der Versuch einer Selbstbeschränkung auf die Vermittlung der Lebenswirklichkeit, statt des hybriden Versuchs, die Wirklichkeit zu erschaffen, der Mut zur wenigstens gelegentlichen oder partiellen Entschleunigung, damit Zeit gewonnen wird für Differenzierungen, für den Erwerb von Sachkunde auch auf Seiten des Redakteurs, der Mut, dem Publikum auch etwas zuzumuten und sich dessen Kritik auszusetzen, das Selbstbewußtsein, für die Unterscheidung von wichtig und unwichtig auch zukünftig gebraucht zu werden; eine Binnenpluralität, wie sie bei öffentlich-rechtlichen Medien immerhin möglich ist – das wären einige dieser Widerlager, auf die es ankommt.

Journalistische Qualität muß sich gegen die Zwänge kommerzieller Logik und gegen das Diktat der Unterhaltung durchsetzen können. Das ist nicht nur eine Frage journalistischer, sondern auch eine Frage verlegerischer Verantwortung. Handelt es sich bei letzterer doch nicht nur um eine Verantwortung für die Profitabilität der Verlage, sondern auch um eine Verantwortung für die Demokratie. Dem Leser nach dem Munde zu schreiben, ihn zu unterfordern, ist wie eine Kapitulation; es ist die scheinheilige Verlagerung von Verantwortung an das Publikum.

Wenn politische Information unter dem Diktat der Unterhaltung schnell, flott, spannend, spaßig, hämisch, persönlich zu sein hat, werden sich die Produkte und die Informationen immer mehr angleichen. Pluralität der Medien wird zu bloßer Vielfalt der Stile. Schon jetzt gibt es zu viele Nachrichten, die nicht erscheinen. Das reicht von den schwierigen Materien der Forschungs- und der Infrastrukturpolitik bis zu »vergessenen Kriegen« oder der Bioethik. Medienkritik, die auch das Handeln der Verleger einbezieht, ist hier ebenfalls zu erwähnen. Sie ist mindestens so notwendig, wie sie derzeit selten ist. Einförmigkeit und »Sparjournalismus« gefährden am Ende die Vielfalt der Medien und auf diese Weise die Demokratie selbst.

Es ist unvorstellbar, daß sich die parlamentarischen Verfahren an die Verwertungsinteressen der Medien anpassen könnten. Wenn, dann nur um den Preis demokratischen Substanzverlustes. Übrigens nicht nur wegen des Verlustes an Transparenz und Sorgfalt. Der Ertrag größerer Aufmerksamkeit bliebe wahrscheinlich trotzdem aus, weil Unterhaltungskünstler einfach die besseren Unterhalter sind. Diesen Wettbewerb würde die Politik also auch nach einer solchen Anpassung verlieren. Besser also, sie bleibt bei ihren Leisten. Ich werbe also bei Ihnen: Seien Sie Verbündete, die den Ernst von Politik respektieren, Demokratie verständlich machen – ohne langweilig sein zu müssen!

Vielen Dank für Ihre Aufmerksamkeit und eine gute Tagung!

TILMAN KRAUSE

Bekenntnis zum bürgerlichen Humanismus

Laudatio auf Hans Keilson

Verehrter, lieber Hans Keilson;
nicht minder verehrte, liebe Marita Keilson;
meine sehr geehrten Damen und Herren!

Hans Keilson für sein literarisches und auch für sein literarkritisches Werk zu loben, ist nicht ganz einfach. Jedes Lob bricht sich an der Bescheidenheit, mit der der Autor selbst sich immer wieder über sein schriftstellerisches Œuvre geäußert hat. »Ich bin Arzt«, sagt er gern von sich. »Ich habe viel geschrieben. Viele Rapporte, viele Rezepte, viele Rechnungen. Alles andere sind literarische Fehltritte.« Nun müssen sich die Berufe des Arztes und des Schriftstellers ja nicht gegenseitig ausschließen. Das wissen wir aus der deutschen Literaturgeschichte zur Genüge. Alfred Döblin zum Beispiel war Arzt. Der junge Keilson, der kurz vor und kurz nach Erscheinen seines ersten Romans 1932/1933 unter die deutschen Literaten kam, hat ihn noch persönlich erlebt. Gottfried Benn war Arzt, der sich damals so schnell vom angeblichen Schwung der »Bewegung« mitreißen ließ. Hans Carossa, von den drei genannten Hans Keilson wahrscheinlich gefühlsmäßig der Nächste, war ebenfalls Arzt im Hauptberuf.

Und hatte nicht der Arzt, als Seelenlenker und Heiler über die körperlichen Schmerzen hinaus, gerade bei den Deutschen immer einen guten Klang? Tatsache ist, daß Goethe seinen Wilhelm Meister, der doch so überzeugt von seiner theatralischen Sendung war, nicht Schauspieler, sondern Arzt und damit ein bürgerliches, ein nützliches Mitglied der menschlichen Gemeinschaft werden läßt. Und auch Thomas Mann, einer der wenigen literarischen Emigranten, die nach 1945 gebeten wurden, zurückzukehren, Thomas Mann also wurde damals zu seiner eigenen großen Verblüffung zugerufen: »Kommen Sie zu uns als ein guter Arzt.«

Als Arzt ist auch Hans Keilson in einem für sein Leben entscheidenden Moment angesprochen worden. Und damit mag es zusammenhängen, daß er die Kunst des Heilens denn doch ein Leben lang über die Kunst des Schreibens gestellt hat. Wir schreiben das Jahr 1942. Die Szene spielt in Holland.

Das Land ist schon von den Deutschen besetzt. Hans Keilson befindet sich bereits im Untergrund. Nicht mehr lange, und er wird als Kurier und Psychotherapeut für die holländische Résistance tätig werden. Da muß er von seinen Eltern Abschied nehmen. 1938, kurz nach den Novemberpogromen, hat er sie noch in die Niederlande holen können, in denen er seit Oktober 1936 zu Hause ist. Auch ein Visum für Palästina wurde beschafft. Aber die Schiffspassage kommt nicht mehr zustande. 1942 werden die Eltern deportiert. »Vergiß nicht, daß Du Arzt bist«: Dies ist das letzte Wort, daß der Vater zu ihm sagt. Er hat ihn nicht wiedergesehen. Wie die Mutter ist er in Auschwitz-Birkenau ermordet worden.

»Vergiß nicht, daß Du Arzt bist.« Hans Keilson hat es nicht vergessen. Wie hätte er es vergessen können. Aber er ist eben eine ganz bestimmte Sorte Arzt geworden und geblieben. Er hat den Beruf des Psychotherapeuten gewählt. Er hat früh erkannt, daß auch das Schreiben therapeutische Qualität haben kann. Das muß wohl zu jenem instinktiven Wissen gehört haben, das der sensible Mensch schon vor aller Berufspraxis von sich besitzt. Und so ist es kein Zufall, daß schon die erste große schriftstellerische Hervorbringung von Hans Keilson, der bereits erwähnte Roman von 1933 mit dem Titel *Das Leben geht weiter,* selbsttherapeutische Qualitäten besitzt. Um es mit Hans Keilsons eigenen Worten zu sagen: »Auf Anregung einer amerikanischen Kommilitonin, die am Berliner Psychoanalytischen Institut ihre Ausbildung erhielt, meldete ich mich eines Tages dort an, wurde empfangen und erzählte ›mein Leiden‹. Der betreffende Analytiker hörte mich ernsthaft an und teilte mir schließlich mit, er sehe keinen Anlaß für eine psychoanalytische Behandlung. Wütend ging ich nach Hause und schrieb die ersten Sätze.«

Und das Zitat geht weiter:

»So begann ich, zuweilen aufgehalten durch die Anforderungen des Studiums und der Arbeit als Musiker, meine Geschichte und die meiner Eltern in der kleinen Kreisstadt der Mark Brandenburg und später in Berlin zu erzählen, die Geschichte vom wirtschaftlichen Niedergang eines kleinen Selbständigen, eingelassen in die politischen, sozialen und ökonomischen Wirren der Jahre nach dem Ersten Weltkrieg, der Weimarer Republik, der Inflation und des aufkommenden Nationalsozialismus. Es war ein Stück Selbstanalyse in dem engen Ausschnitt, den ich damals übersehen konnte.«

Soweit Hans Keilson. Übrigens: Das Buch, noch im Jahr seines Erscheinens verboten, ist doch damals stark wahrgenommen und als »Roman des deutschen Mittelstandes« von der Kritik gefeiert worden.

Selbstanalyse, Selbsttherapie, die aber wegen ihrer sprachlichen Geschliffenheit und radikalen Selbstbefragung Zeitdiagnose, Zeitüberwindung werden kann, ist auch der zweite große Roman von Hans Keilson. Ich meine das erst lange nach dem Krieg fertiggestellte Buch *Der Tod des Widersachers*, das in Deutschland 1959 erschien. Er handelt von der Krise, von dem Leiden, das 1932, 1933 noch nicht seinen schaurigen Höhepunkt erreicht hatte und doch unabdingbar zur Krise von Weimar gehört, die *Das Leben geht weiter* gestaltet. Ich meine die Erfahrungen von Ausgrenzung und Verfolgung, denen Keilson als junger Jude während Deutschlands Abmarsch in die Barbarei ausgesetzt war. Davon also handelt *Der Tod des Widersachers*, von der Feindschaft eines jüdischen Ichs und seines nichtjüdischen Widersachers. Herausgekommen ist dabei eine der abgründigsten Analysen des Antisemitismus, die wir kennen, ein geradezu atemberaubendes Experiment einfühlenden Verstehens aus der Sicht der Psychoanalyse, von der man früher oder später bemerken wird, daß sie gleichrangig neben Thomas Manns Essay »Bruder Hitler« steht. Ihr liegt eine Überlegung zugrunde, die Hans Keilson in seinem großen Essay ›Die Überwindung des Nationalsozialismus‹ folgendermaßen formuliert:

»Es ist nicht, wie oft angenommen wird, der Haß, der die Basis der Feindschaft bildet, sondern der Ambivalenzbegriff, der den Hasser und den Gehaßten, Verhaßten aneinander bindet, ja fesselt und die Projektion eigener Unsicherheiten und Identitätskonflikte auf den anderen ermöglicht. ›Kein Liebhaber kann anhänglicher von dem Gegenstand seiner Liebe sprechen, als er, auf die Weise, die die seine war, auch wenn er mich verwünschte. Er suchte mich‹, heißt es an einer Stelle in dem Buch *Der Tod des Widersachers*«.

Und in der Keimzelle des Romans, in dem bereits 1937 entstandenen Gedicht ›Bildnis eines Feindes‹, stehen die Verse: »In deinem Angesicht bin ich die Falte | eingekerbt um deinen Mund, | wenn er spricht: du Judenhund.« Das Gedicht schließt übrigens mit den Zeilen: »Denn deine Stirn ist stets zu klein, um je zu fassen: | … ein Tropfen Liebe würzt das Hassen.« Soweit *Der Tod des Widersachers.*

Ich könnte jetzt fortfahren, den selbstanalytischen, selbsttherapeutischen Anteil auch der übrigen schriftstellerischen Arbeiten Hans Keilsons herauszupräparieren. Sie sind ja alle, die Lyrik der dreißiger Jahre, das Langgedicht *Einer Träumenden* von 1943, die Erzählung *Komödie in Moll* von 1947, die literarischen und sozialpsychologischen Essays der achtziger und neunziger Jahre, die entstehen, als das große wissenschaftliche Hauptgeschäft abgeschlossen ist, nämlich jene bahnbrechende Studie über die Verstörungen von Kindern, die den Holocaust überlebt haben, welche 1979 erscheint: Sie sind ja alle aus traumatischen Situationen hervorgegangen, antworten auf traumatische Situationen. Seien diese nun das Geworfensein in eine neue, fremde Lebenssphäre, der Verlust des eigenen Kindes, die existenzbedrohende Tätigkeit als

Kurier und Therapeut im Untergrund oder allgemein die Katastrophe von Auslöschung und Vernichtung der europäischen Juden, die ja erst nach 1945, also nach dem nackten Kampf ums Überleben, mit ihrer ganzen Wucht ins Bewußtsein dringt. Hans Keilson schreibt dazu in einem seiner Essays: »Mit dem Ende des Zweiten Weltkriegs begann die Zeit der Trauer, einer Trauer, die nicht endet.« Und er gesteht an anderer Stelle, erst mit seiner bahnbrechenden Studie über die »sequentielle Traumatisierung« habe er 1979 »Kaddisch gesagt, das Totengebet, das ich lange nicht sprechen konnte«.

Jedoch: Die exegetische Detailarbeit, Keilsons Bücher und Texte auf ihren therapeutischen Anteil abzuklopfen, lasse ich aus Rücksicht auf die kurz bemessene Zeit hier einmal auf sich beruhen. Ich möchte Ihnen nämlich noch einen anderen Aspekt des Arztseins vor Augen führen, der dem Gesamtwerk von Hans Keilson, diesem Mann der zwei Lebenswerke, seinen Stempel aufdrückt. Und das ist der Glaube an die *Möglichkeit* einer Heilung. Wie der Arzt seiner Arbeit nicht nachkommen kann, wenn er nicht fest daran glaubt, daß es eine Heilung für seinen Patienten gibt, so scheinen mir auch sämtliche schriftstellerischen Arbeiten Keilsons aus dem Impuls geboren zu sein, durch das Wort zu lösen, ja zu erlösen, das Verdrängte, in Ambivalenzkonflikten Verborgene herauszulösen und durch offene Aussprache von Kämpfen und Krämpfen zu erlösen. Das kennen wir auch aus der Logotherapie eines Viktor Frankl. Elie Wiesel dachte ebenfalls so: Nur durch sprachliche Durchdringung ist das Unfaßbare, wenn überhaupt, auszuhalten. Doch bei Hans Keilson kommt noch eine Kategorie hinzu: die der Überwindung. Man muß in der deutschen Literatur, und schon gar in der Literatur unserer Tage, lange suchen, um diesen Glauben an Überwindung und Heilbarkeit zu finden. »Von der Gewalt, die alle Menschen bindet, befreit der Mensch sich, der sich überwindet«, heißt es in Goethes Fragment »Die Geheimnisse«. Und sehr goethisch gedacht ist es, wenn Hans Keilson in einem seiner autobiographischen Essays sagt, vor allem sein *Tod des Widersachers* von 1959 sei ein »verzweifelter Versuch« gewesen, den Riß, der seit dem Aufkommen eines mörderischen Antisemitismus durch die Welt geht, »aufzuspüren und vielleicht – durch den Geist? – zu heilen.« Das, meine Damen und Herren, sind Worte, die nur ein Mann schreiben kann, der sich, wie Goethe, zum bürgerlichen Humanismus bekennt, einem bürgerlichen Humanismus allerdings, der sich modernisiert und erweitert hat, indem er eben auch die große heuristische Potenz der Psychoanalyse mit einbezieht, wenn er »Geist« sagt, womit die Sonntagsvokabel »Geist« eine Dimension der Schärfe und Dringlichkeit erhält, die sie üblicherweise nicht hat. Worte sind dies auch, die noch immer schmerzliche Aktualität besitzen. Wie sehr wünschte man sich, daß Hans

Keilsons Programm von einer Heilung des Antisemitismus durch die Kraft des psychoanalytischen Geistes heute von den Feinden Israels beherzigt würde.

Ich komme zu meinem dritten und letzten Punkt. Bürgerlich ist das Stichwort. Jawohl, ich erkenne auch etwas eminent Bürgerliches in Hans Keilsons Art, Arzt und Schriftsteller zu sein, in seiner Art, »ein naturwissenschaftliches Verfahren ohne weiteres auf ein geisteswissenschaftliches Gebiet zu übertragen«, wie er es in einem seiner Essays formuliert. Ich erkenne darin eine gewisse Unbedenklichkeit und geistige Unabhängigkeit, die zu den guten und leider wie so vieles aus dieser Sphäre fast verschütteten Seiten des deutschen Bürgertums gehört. Ich spreche von der wunderbaren, erfrischenden ästhetischen Unbedenklichkeit, einen Roman zu schreiben, wenn man selbst und das Land, in dem man lebt, in der Krise ist. Ich spreche von der ästhetischen Unbedenklichkeit, Gedichte zu verfassen, um zu sagen, was man leidet. Ich spreche von der intellektuellen Unbedenklichkeit, *überhaupt* zu schreiben, *dann* zu schreiben und nur dann, wenn der Kairos gegeben ist, ohne daß man zum literarischen juste milieu gehört. Denn machen wir uns nichts vor: Hans Keilson, auch wenn er in den achtziger Jahren eine Weile Präsident des Auslands-PEN war, hat doch nie zu den literarischen Zirkeln und Zenakeln in diesem Lande gehört. Sie wollten ihn nicht, aber er wollte sie auch nicht. Weil er sie nicht brauchte. Er hat aber, getragen von jenem Selbstwertgefühl, das geistige Selbständigkeit, Verwurzelung in Traditionen und Herkunftsbewußtsein dem deutschen Bürger immer verliehen hat, trotzdem oder gerade deshalb ein literarisches und literarkritisches Œuvre hinterlassen, das so manches, was hierzulande gepriesen und gefeiert wird, an existentieller Dringlichkeit, an geistiger Substanz und, dies nicht zuletzt, an menschlichem Reichtum turmhoch überragt. Mit Hans Keilson lebt noch ein später »Repräsentant des bürgerlichen Zeitalters« unter uns, wie Thomas Mann 1932 Goethe genannt hat. Freuen wir uns an ihm, und freuen wir uns mit ihm, daß er heute den Johann-Heinrich-Merck-Preis entgegennehmen kann, der ihm wahrlich gebührt.

HANS KEILSON

Das Wirkliche erzählbar machen

Dankrede

Erlauben Sie mir, daß ich beginne mit einem Gedicht, das ich im Jahre 1947 geschrieben habe:

Steuern zahl ich in Holland
auf fetter klei
nur
die fußspur durchzieht noch
den sand der Mark
und mein herz
trauert um Jerusalem

splitter treibt man ins fleisch aus festem holz
mir erwächst
aus den abfällen des erinnerns
ein friedloses dasein
alle zeiten schlagen ihre stunden
todein
todaus
ich zähle sie
unwägbare
mit vergilbten lippen
und messe sie aus
in der syntax des schweigens
ohne fremde akzente

wenn ich auf den deichen stehe
und die inseln brennen
lodern die wasser der kindheit
der Oderstrom und
der Jordan meines verlangens

am abend sitze ich dann
und lausche in die apparate
netze voller musik
ein fischzug der töne
aus ost und west

ich esse stamppot
ich trinke bols –
nektar und ambrosia
speisen die schwermut der träume
wenn ich zur nacht liege
meine füße ein anker
in den verwüsteten gärten
meine stirn
im gespött
der sterne

Herr Präsident, verehrte Anwesende,

im 18. Buch von *Dichtung und Wahrheit* schreibt Goethe über Johann Heinrich Merck:

»Dabei erinnere ich mich eines merkwürdigen Wortes, das er [d.h. Merck] mir später wiederholte, das ich mir selbst wiederholte und oft im Leben bedeutend fand: ›Dein Bestreben‹, sagte er, ›deine unablenkbare Richtung ist, dem Wirklichen eine poetische Gestalt zu geben; die andern suchen das sogenannte Poetische, das Imaginative zu verwirklichen, und das gibt nichts wie dummes Zeug.‹«

Ich möchte mich nicht mit fremden Federn schmücken. Ich verdanke dieses Zitat dem Vorwort von Peter Berglar zu einer Ausgabe der Werke von Johann Heinrich Merck im Insel Verlag von 1994. Und die Kenntnis von diesem Vorwort verdanke ich Gerhard Kurz. Ich bin eben doch nur ein Mediziner, eigentlich.

Ich danke der Deutschen Akademie für Sprache und Dichtung für die Zuerkennung des Johann-Heinrich-Merck-Preises. Die Verleihung erfüllt mich mit Freude. Sie erweckt Erinnerungen in mir und stimmt mich zugleich nachdenklich, vor allem über Mercks Formulieung: »dem Wirklichen eine poetische Gestalt zu geben«. Ich frage mich: Was ist oder war »das Wirkliche« in meinem Leben? Zu diesem »Wirklichen« meines Lebens gehört jedenfalls die Shoa und das spezifische Verhältnis von Verfolgern und Verfolgten, das zum Holocaust geführt hat.

Es war mein Anliegen, dieses komplizierte, abgründige Verhältnis im *Tod des Widersachers* auszuloten. Was Menschen anderen und oft zugleich damit sich selbst antun, was man »man made disaster« nennt, ist eine verzwickte, verwirrende Geschichte. Das Wirkliche ist nicht mehr so einfach zu erzählen, denn es ist das Problematische. Das mehrschichtige Verhalten und Agieren des Menschen scheint mir in einem eindimensionalen, handlungsorientierten Erzählen nicht mehr gestaltbar zu sein ohne eine grundlegende essayistische

Reflexion in corpore, die das Wirkliche erst erzählbar macht. Vielleicht ist dies das Signalement unserer »modernen«, d.h. gegenwärtigen Wirklichkeit, in der die Bildsprache des Fernsehens die Linearität des geschriebenen, gedruckten Wortes zu ersetzen scheint.

Zeitschriften und Verlagen in den Niederlanden und in Deutschland, die meine Texte vor und nach dem Zweiten Weltkrieg druckten, unter anderen Fritz Landshoff im Amsterdamer Querido Verlag, will ich hier Dank sagen. Gideon Schüler und seiner »Edition Literarischer Salon« in Gießen bin ich besonders erkenntlich für die Überlebenschancen, die er mir bot. Meinem alten S. Fischer Verlag im neuem Gewande danke ich von Herzen: Ulrich Walberer danke ich für die Taschenbuch-Ausgaben seit den 1980er Jahren. Ich danke Frau Schoeller. Meinem unermütlichen Lektor Roland Spahr und den beiden Herausgebern Heinrich Detering und Gerhard Kurz danke ich für ihren Einsatz bei der Verwirklichung der vorliegenden Werkausgabe. Ich bin wieder zu Hause.

Der Name »Merck« weckt in mir als Mediziner auch noch andere Assoziationen. Als ich im März 1943 in Holland von meinen Eltern Abschied nehmen mußte, sagte mein Vater: »Vergiß nicht, daß Du Arzt bist.« Ich habe es nie vergessen. Auch heute nicht.

Ich denke an dieser Stelle an meine Eltern, an meine erste Frau Gertrud, die mich aus Deutschland gerettet hat. Ich danke meiner zweiten Frau Marita und meinen Töchtern, die hier heute bei uns sind.

Ich danke Tilman Krause für seine Laudatio.

Ich danke dafür, daß man mich be-Merck-t hat.

Ich danke Ihnen allen, daß Sie gekommen sind.

BORIS GROYS

Philosophie im Kontext und als Kontext

Laudatio auf Peter Sloterdijk

Es ist für mich eine große Ehre und Freude, eine Laudatio auf Peter Sloterdijk zu diesem feierlichen Anlaß zu halten. Doch zugleich ist es, weiß Gott, keine einfache Aufgabe. Denn der Laudator kann sich nicht darauf beschränken, Peter Sloterdijk für sein Werk, das heute ausgezeichnet wird, zu loben und zu preisen – das tue ich hier sehr gern und von ganzem Herzen –, sondern er muß, gemäß den Konventionen des Genres, versuchen, das Werk des Ausgezeichneten kurz zu charakterisieren, um dessen Bedeutung anschaulich zu machen. Und darin liegt die eigentliche Schwierigkeit. Erstens ist das Werk von Peter Sloterdijk schon seinem Umfang nach beinahe unübersichtlich und entzieht sich somit jeder Zusammenfassung, jeder verkürzenden Charakterisierung. Peter Sloterdijk ist einer der produktivsten Autoren der Gegenwart, der ein Werk von einer solchen Vielfalt und einem solchen Reichtum geschaffen hat, daß es den Leser allein durch seine pure materielle Präsenz in Erstaunen versetzt. Aber auch inhaltlich entziehen sich die Texte von Peter Sloterdijk jeder Reduktion auf eine bestimmte Formel, sie sind so reich an Verzweigungen, komplizierten Denkbewegungen und ungewöhnlichen Assoziationsfeldern, die sie erschließen, daß sie sich als fähig erweisen, jeder vorschnellen Interpretation entschiedenen Widerstand zu leisten. Aber zweitens – und vor allem – besteht die Schwierigkeit einer Interpretation darin, daß im Werk von Peter Sloterdijk Denken und Schreiben eine solch unauflösliche Verbindung eingehen wie bei kaum einem anderen Autor. Nicht zufällig erhält Peter Sloterdijk heute den Sigmund-Freud-Preis für wissenschaftliche Prosa. Der Zauber der Sloterdijkschen Sprache ist in der Tat erstaunlich mächtig. Wenn man Sloterdijk hört und liest, dann hat man das Gefühl, zum Zeugen der Erschaffung einer neuen, noch unbekannten Sprache zu werden, bei der Urszene der Sprachentstehung anwesend zu sein, in dem Augenblick, an dem sich noch keine Differenz zwischen Wort und seiner Bedeutung aufgetan hat. Der Traum von einer solchen utopischen, ursprünglichen Sprache hat viele Autoren der Moderne fasziniert und bewegt. Man spürt die Ekstase der Annäherung an diesen Traum auch in vielen Texten von Sloterdijk. Inzwischen haben viele Autoren versucht, die Sloterdijkschen Wortschöpfungen und syntaktischen Figuren zu imitieren. Das ist ihnen zumeist nicht gelungen, denn man kann in diesem Fall die Sprache von dem Denken, das sie in sich trägt, nicht trennen. Ein Werk zusammenzufassen, in dem Sprache und Denken eine solche Einheit bilden, scheint ein Ding der Unmöglichkeit zu sein. Dennoch kann ich mich dieser Aufgabe nicht entziehen – und so werde ich jetzt in aller Kürze eine allgemeine Charakterisierung des Sloterdijkschen Werks riskieren.

Dabei möchte ich mit der Behauptung beginnen, daß Peter Sloterdijk am konsequentesten die Folgen gezogen hat aus dem Unbehagen an der heutigen Philosophie, welches sich in den letzten Jahrzehnten zunehmend bemerkbar gemacht hat. Jeder, der Philosophie treibt, ist unausweichlich vom Ehrgeiz getrieben, ein neues Wort in der Philosophie zu sagen, einen nächsten Schritt zu machen in der Entwicklung des philosophischen Denkens. Aber man kann ein neues Wort in der Philosophie nur dann sagen, wenn man eine stabile, allgemein anerkannte philosophische Tradition hinter sich weiß – wenn man also weiß, welche Worte als alte, schon ausgesprochene Worte gelten dürfen. Und gerade dieses Wissen ist uns während der letzten Jahrzehnte abhanden gekommen. Fast jeder Autor, der heutzutage über die Geschichte der Philosophie schreibt, tendiert dazu, neue, bisher »übersehene« Autoren in diese Geschichte zu integrieren – und andere, bekannte Autoren wenn nicht gar aus dieser Geschichte auszuschließen, dann zumindest ihre Bedeutung zu relativieren und damit zu mindern. Doch auch diejenigen Autoren, welche die philosophische Tradition nicht umschreiben wollen, versuchen, sie anders zu interpretieren oder gar zu dekonstruieren. Jahrzehnte hermeneutischer Arbeit, inklusive der Arbeit der Dekonstruktion, haben unsere Lektüre der philosophischen Tradition völlig destabilisiert, diese Tradition ungewiß, ja sogar unkenntlich gemacht. Wir wissen nicht mehr, welche Worte alte Worte sind – und wenn wir es wissen, dann wissen wir nicht mehr, was diese Worte eigentlich sagen wollen. Das einzige, was einem Autor unter diesen Bedingungen bleibt, besteht darin, eine weitere Interpretation der philosophischen Tradition zu schreiben – statt ein neues Wort sagen zu wollen. Dieses Ziel ist auch ehrgeizig, aber nicht ehrgeizig genug – und so leidet die heutige akademische Philosophie vor allem unter der Herabsetzung ihres Ehrgeizes.

Nun ist dies aber genau der Punkt, an dem der Diskurs von Peter Sloterdijk ansetzt. Sloterdijk will nicht die Philosophiegeschichte neu erzählen. Stattdessen lenkt er die Aufmerksamkeit des Lesers von dieser Geschichte weg auf den Raum, in dem diese Geschichte erzählt wird – auf die Szene des Erzählens, auf die Bühne, auf der die Erzählung vorgetragen wird. Hier wird der Raum als primär und die Zeit, die Geschichte als sekundär verstanden. Denn was ist eine Geschichte, inklusive der Geschichte der Philosophie? Eine Geschichte ist nichts anderes als der Versuch, einen bestimmten Raum zu erzählen. Zunächst einmal betritt der Mensch als Besucher den Raum einer Bibliothek oder eines Museums oder auch einen durchaus alltäglichen Raum – und erst dann beginnt der Vorgang des Geschichtenerzählens. Es werden Geschichten über einzelne Dinge inklusive ihrer Vorgeschichten erzählt, es wird aber auch der Grund angegeben, warum sich diese Dinge in diesem Raum befinden, und es wird beschrieben, in welchen Relationen diese Dinge zueinander stehen. Man kann sagen, daß Peter Sloterdijk in seinen Schriften genau solche Räume schafft – aber nicht etwa als ein Kurator, der vom Staat dafür angestellt ist, auch nicht als ein Privatmann, der seine Wohnung möbliert, sondern als ein Autor, der kraft seiner Sprache mentale, virtuelle, narrative Räume schafft. Und Sloterdijk vermag diese Räume so überzeugend zu gestalten, sie so plastisch zu beschreiben, daß man fasziniert, bezaubert und bereit ist, die Geschichten, die der Autor über diese Räume und einzelne Gegenstände, die sich in diesen Räumen befinden, erzählt, mit Begeisterung zu verfolgen. Es handelt sich dabei um subjektive, frei geschaffene, individuell kuratierte Räume, in denen oft auf eine durchaus ungewöhnliche Weise unterschiedliche Gegenstände, Ereignisse, Texte, Bilder, historische Monumente und persönliche Reminiszenzen plaziert werden, die ungeahnte Verbindungen eingehen. Schon in seinem früheren und überaus erfolgreichen Buch *Kritik der zynischen Vernunft* behandelt Peter Sloterdijk den Kynimus weniger als eine bestimmte Denkrichtung, die der Geschichte der Philosophie angehört, sondern vielmehr als einen Topos, als einen Ort, der zu jeder Zeit erneut in Anspruch genommen, besetzt und appropriiert werden kann. In einem anderen seiner Bücher beschreibt Peter Sloterdijk Nietzsche als einen Denker auf der Bühne. Aber vor allem schafft Sloterdijk in seinem Hauptwerk, der dreibändigen Schrift *Sphären*, virtuelle Ausstellungsräume – eben Sphären genannt –, in denen aus der Geschichte der Philosophie bekannte Diskursfiguren zusammen mit Beschreibungen von Alltagserlebnissen, Beispielen aus Kunst und Wissenschaft, psychologischen Beobachtungen und historischen Reminiszenzen ausgestellt sind und vom Leser besichtigt werden können. Das *Sphären*-Werk demonstriert besonders deutlich das untrügliche Gespür für die Aktualität, für das historische Jetzt, welches das Werk von Peter Sloterdijk auszeichnet. Sloterdijk operiert zwar gern mit geschichtlichen Beispielen. Doch die Art, wie er mit diesen Beispielen operiert, kann man nur mit den avanciertesten kuratorischen Praktiken unserer Tage vergleichen.

Nun muß dabei aber unterstrichen werden, daß bei aller subjektiven Freiheit, mit der Sloterdijk seine virtuellen Räume ausstattet und kuratiert, diese niemals beliebig – und auch niemals rein künstlerischer Natur – sind. Die Schriften von Sloterdijk sind insofern in erster Linie philosophisch, weil sie dem Auftrag der Philosophie treu bleiben, Verhältnisse aufzuklären, Dinge und Positionen klar und deutlich zu machen. Die räumlichen Konstellationen und Kontexte, die Peter Sloterdijk in seinen Büchern schafft, sind zwar frei imaginiert, aber sie dienen jedes Mal dem Ziel, einen Begriff, eine Denkfigur, eine Position, einen Diskurs zu erklären und zu verdeutlichen, die der Autor inmitten eines von ihm geschaffenen Raums ins Licht stellt. Philosophie, wie sie von Peter Sloterdijk praktiziert wird, ist Philosophie im Kontext und Philosophie als Kontext – ein Raum mit einer komplizierten und zugleich durchaus zugänglichen Architektur, mit vielen Eingängen und Ausgängen. In erster Linie dient diese Architektur dem Zweck, die traditionelle scharfe Trennung zwischen Philosophie und Nicht-Philosophie in Frage zu stellen. Philosophie ist hier alles, was sich in der Sphäre der Philosophie verorten und installieren läßt – also nicht nur die philosophischen Texte als solche, sondern auch alle ihre scheinbar unphilosophischen, alltäglichen, künstlerischen, historischen und kulturellen Kontexte. Auf diese Weise erhält die Philosophie wieder das Recht und die Möglichkeit, über das Ganze der Welt zu sprechen – über die Welt nicht als Gegenstand der Betrachtung von einer Position außerhalb der Welt, sondern über die Welt als Innenraum der Philosophie, als ihr Kontext, als Bühne ihres geschichtlichen Auftretens. Das Werk von Peter Sloterdijk öffnet die Philosophie für ihre Welt, für ihren Kontext, für den Raum ihrer Praxis – und wir, da wir auch zu diesem Kontext gehören, danken ihm für diese neue Offenheit.

PETER SLOTERDIJK

Rede ohne Titel

Dankrede

Sehr verehrter Herr Vorsitzender der Deutschen Akademie für Sprache und Dichtung, meine Damen und Herren,

Wir verdanken Groucho Marx und Woody Allen die Einsicht, daß es zwei Arten von Mitgliedschaft in Vereinen oder Assoziationen gibt. Die eine bezieht sich auf die Clubs, die Leute »wie mich« als Mitglied aufnehmen würden, die andere auf die Vereine, die das niemals täten. Es liegt auf der Hand, wieso man als Nichtmitglied immer nur an dem hermetischen Club interessiert sein kann. Wie es zur Definition der besten Gesellschaft gehört, sich hinter undurchdringlichen Wänden zu verbergen, liegt es in der Natur des sozialen Begehrens, die reizvollsten Möglichkeiten seiner Erfüllung allein hinter den höchsten Mauern zu vermuten. Das einzige Tor, das möglicherweise auf die Seite der Seligen führt, wird ständig bewacht von einem Butler, dessen unnahbare Müdigkeit jeden Passanten entmutigt, der auf den Gedanken käme, von sich aus Einlaß zu begehren. Sollte man dennoch so verwegen sein, ihn anzusprechen, er würde jedenfalls nicht erwidern: Wen darf ich melden?, sondern würde, mit einer Stimme, in der die ausgeruhte Verachtung von Jahrhunderten mitklingt, sagen: Dürfte ich Sie bitten, Ihre Einladung vorzuweisen!, wohlwissend, daß der Fragende eine solche unmöglich besitzen kann.

Angesichts dieser Verhältnisse ist es, wie Marx und Allen wußten, ratsam, die Hoffnung auf eine Einladung in die gute, die exklusive, die hinter hohen Mauern ihres Glücks genießende Gesellschaft fallenzulassen. Mit der Zeit festigt sich dann die Überzeugung, daß jede Art von Verein, der dich ohne weiteres in seine Reihen aufnehmen würde, zu denjenigen rechnet, denen man selber lieber fern bliebe. Mit dieser beruhigenden Deckvorstellung lebt es sich recht gut. Üblicherweise bleibt sie so lange stabil, bis unvermutet ein Ereignis eintritt, das unsere stoische Abstinenz in Frage stellt.

Es sind ungewöhnliche Tage, an denen so etwas geschieht – Tage, an denen man vom frühen Morgen an spürt, daß die Natur einen Putsch gegen die Wahrscheinlichkeit plant. Der Föhnwind bläst heute so stark, daß die Alpen nicht nur bis vor die Tore von München und Augsburg vorrücken, sondern bis Darmstadt und Karlsruhe, den resignierten Städten, die sich seit langem mit ihrer Lage in der Ebene abgefunden haben. Auch der Blick zum Himmel gibt an diesem Tag Anlaß zu staunen, da es scheint, es sammelten sich im Frühsommer die Zugvögel für einen Sonderflug zu den Nilquellen. Verblüffend ist selbst der erste Ausblick auf die Straße, denn eben während du hinaussiehst, fährt ein zebragestreifter Jaguar vorbei, und während man dem seltenen Fahrzeug nachblickt, folgt schon ein zweites von derselben Beschaffenheit; das dritte, das vorübergleitet, vollendet die Demonstration des Ausnahmezustands. Wäre man intellektuell auf der Höhe, müßte einem klar sein, daß heute der übliche Gang der Dinge auf den Kopf gestellt wird. Es wäre folglich unphilosophisch, bei zusätzlichen Wundern erstaunt zu sein – wie etwa beim Eintreffen der unmöglichen Einladung.

Meine Damen und Herren, ich muß zugeben, daß ich nicht auf der Höhe der Konstellation war, als an jenem Junitag das Telefon klingelte und als Herr Klaus Reichert, der Präsident dieser Akademie, mir den Beschluß der Jury mitteilte, den Sigmund-Freud-Preis für wissenschaftliche Prosa des Jahres 2005 an mich zu vergeben. Herr Reichert würde Ihnen bestätigen können, daß ich authentisch ahnungslos reagierte, als er mir diese Nachricht übermittelte. Wäre es die Aufgabe eines Laureatus, aus allen Wolken zu fallen, so ist festzustellen, daß ich diesen Fall mit der ganzen dazugehörigen Naivität und Ungeschicklichkeit vollzogen habe, und wenn nicht jeder, der in Zukunft wieder aus allen Wolken fällt, es naturgemäß untrainiert tut, dürfte ich meine Nachfolger in aller Bescheidenheit auf mein Beispiel hinweisen.

Nun, meine Damen und Herren, da ich in diesem Herbst, etwas gefaßter inzwischen, vor dieser hohen Akademie stehe, um ihr für die Auszeichnung zu danken, die sie mir verliehen hat, und dies mit aller Aufrichtigkeit, zu der ich fähig bin, scheint es mir angemessen, einige Worte über mein Bild von der Assoziation von Laureaten zu sagen, der anzugehören ich ab jetzt die Ehre habe und warum ich nun doch gern Mitglied bin in dem Verein, der Leute wie mich in seine Reihen aufnimmt. Am besten geschieht dies wohl, indem ich die Wolke etwas näher beschreibe, aus der ich falle.

Ich beginne mit der Bemerkung, daß ich auf der Liste der vorhergehenden Preisträger seit 1964 viele Namen von Autoren finde, die mir seit jungen Jahren viel oder sehr viel bedeuten und deren Leser ich war, lange bevor ich das unsichtbare Band zwischen ihnen, das der gemeinsame Sigmund-Freud-Preis stiftet, zur Kenntnis nehmen konnte. Es genügt, Namen wie Hannah Arendt, Karl Barth, Werner Heisenberg, Karl Rahner, Ernst Bloch, Hans-Georg Gadamer, Hans Blumenberg, Carl Friedrich von Weizsäcker, Peter Wapnewski und Reinhard Koselleck zu nennen, um zu verstehen, wie sehr der Eintritt in eine solche Reihe nicht nur als Ehrung empfunden werden muß, sondern auch als eine Begegnung mit dem Ernst der Überlieferung. Ich kann jetzt nicht, da mir die schwere goldene Kette um dem Hals gelegt wurde, mich auf Goethes »Sänger« hinausreden, der den höfischen Verbindlichkeiten zu entfliehen sucht mit den Worten: »Die goldene Kette gib mir nicht | Die Kette gib den Rittern ... Gib sie dem Kanzler, den du hast | Und lass ihn diese goldne Last | Zu andern Lasten tragen. | Ich singe, wie der Vogel singt | Der in den Zweigen wohnet ...« und so weiter. Wer wissenschaftliche Prosa schreibt oder das Metier der philosophischen Schriftstellerei so betreibt, wie ich es interpretiere, kann nicht die Vögel als Kollegen anrufen, sondern muß sich zu den Sukzessionen und Nachbarschaften seiner Disziplin ins Verhältnis setzen, seien diese auch noch so anspruchsvoll und verpflichtend.

Wenn ich mich nun dieser Übung unterziehe und die Reihe all derer zurückwandere, die sich während der letzten vier Jahrzehnte in deutscher Prosa genügend Verdienste um die Sprachgestalt des Wissens und der Wissenschaft erworben haben, um diesen Preis zu erhalten, begegne ich vierzig Namen, die mich auf verschiedene Weise beeindrucken. Ich kann jedoch der Versuchung nicht widerstehen, die Frage zu stellen, wie sich die Lage darstellte, wenn dieser Preis nicht erst im Jahr 1964 erstmals an den großen Philologen Hugo Friedrich gegangen wäre, dessen Einführung in die Struktur der modernen Lyrik wir als junge Leute mit heißem Kopf gelesen haben, erfüllt von der Ahnung, daß in der Lyrik eine Entscheidung fällt über das Los der Subjektivität – und im Jahr 1965 an den nicht weniger bedeutenden Biologen Adolf Portmann, von dem das breitere Publikum in wohlgesetzter Rede erste Aufschlüsse über den abgründigsten Aspekt der *conditio humana*, die menschliche Frühgeburtlichkeit, zu hören bekam – ein Thema, von dem die Leser meiner Arbeiten wissen, daß es sich als gewisser Radikalisierungen fähig und bedürftig erwies.

Öffneten wir den Horizont bis in die erste Hälfte des 20. Jahrhunderts, so tauchte eine zweite Galerie alter Meister auf, die je auf ihre Weise Zeugnisse für die Inkarnation von Theorie in Sprachgestalten errichtet haben – von Fritz Mauthner und Ludwig Wittgenstein über Walter Benjamin und Franz Rosenzweig bis zu Theodor W. Adorno und Max Bense. Auch diese Autoren im Rücken zu haben, ist für die Prosaisten von heute so ehrenhaft wie unbequem. Selbst wenn man täglich die affektive Grundregel der höheren Zivilisation beherzigt, angesichts von Autoren, die man nicht ganz herabsetzen kann, in die Bewunderung auszuweichen, läßt sich die Belastung durch kanonisierte Vorgänger nur teilweise in eigene Inspirationen umwandeln.

Was sollte man aber erst sagen, sobald man den Kreis der Zeit auf frühere Jahrhunderte ausweitete? Wäre nicht Friedrich Nietzsche der natürliche erste Anwärter auf diesen Preis für wissenschaftliche Prosa? Seine Ansprüche auf den Titel des Großmeisters deutscher Essaysprache sind auch seitens der Kritiker seines Werks und seiner Wirkung kaum anfechtbar. Eine posthume Ehrung wäre um so passender, als er der einzige unter den vorfreudschen Autoren ist, der dank seiner Theorie von der Kreisgestalt der Zeit gut mit dem Anachronismus zurechtkäme, einen Preis zu empfangen, der nach einem später geborenen und von ihm abhängigen Verfasser benannt ist. Gleichwohl ist es wohl gut, daß dieser Preis noch nicht an Nietzsche gehen konnte, da keiner der Späteren es schätzt, von einem Vorgänger inkommensurablen Ranges überragt zu werden. Richtet man dann den Blick in die weitere Vergangenheit, werden die Aussichten vollends schwindelerregend. Ich gebe offen zu, ich würde eines Tages gern das Protokoll der Jurysitzung nachlesen, die darüber beraten wird, ob man Goethe für seine Farbenlehre den Preis zuerkennen kann. Noch lieber wäre ich zugegen, wenn das Gremium zusammentritt, um zu prüfen, ob man im Fall von Leibniz eine Ausnahme macht, der seine *Nouveaux Essays sur l'entendement humain*, die Gründungsurkunde der neuzeitlichen Vernunftkritik, bedauerlicherweise auf französisch schrieb. Und wie soll mit dem Archaeopterix der wissenschaftlichen Prosa in deutscher Tinte verfahren werden, Athanasius Kircher, dessen *Opera omnia* wie ein barockes Gebirge aus den Sprachfluten seiner Zeit aufragen – gleichsam der Blumenberg des 17. Jahrhunderts? – mir scheint, die Gelegenheit ist passend, ein Wort zu seinen Gunsten einzulegen.

Meine Damen und Herren, Sie sehen es selbst: Hat man der Vorstellung von der Entgrenzung der Liste erst einmal den kleinen Finger gegeben, so nimmt sie frech die ganze Hand und will herausfinden, bis wohin die Erweiterung des Clubs zu treiben wäre. Gewiß müßte früher oder später die national-sprachliche Beschränkung beiseite fallen. Als gute Europäer könnten wir uns sicher nach kurzer Debatte auf das Kriterium der Latinität verständigen – alsbald sähen wir die Meister der lateinischen Prosa in feierlichen Reihen über den Horizont heraufsteigen. Man kann sich gut vorstellen, wie lebhaft Kurt Flasch, der von mir hoch verehrte Preisträger des Jahres 2000, die Aufnahme des Kusaners und des lateinischen Eckart in die erweiterte Liste befürworten würde. Nun wäre der Preis nach einem etwas zeitloseren Gelehrten zu benennen – er könnte etwa Marcus-Tullius-Cicero-Preis heißen, die Schar der Laureaten würde mit der europäischen Kulturgeschichte zwischen Livius und Erasmus identisch, und die goldene Kette wäre inzwischen so schwer geworden, daß sie ihre Träger vom Tag der Verleihung an zeitlebens in eine vorgebeugte Haltung zwingt.

Bei diesem imaginären Regreß in die ältere Tradition stießen wir auf einen extremen Grenzwert, sobald wir uns mit dem Fall des römischen Dichters Titus Lucretius befaßten. Dessen großes Lehrgedicht *De rerum natura* muß doch wohl als eine Erscheinungsform römischer Episteme verstanden werden, sofern man der Evaluierung dieses Werks die Bedingungen seiner eigenen Epoche zugrunde legt. Durch seine bloße Existenz erinnert uns die gedichtete Physik des Lukrez daran, daß die seit Aristoteles mehr oder wenige stabile Liaison zwischen dem geprüften Wissen und der Traktatprosa auch im 1. Jahrhundert vor Christus noch immer nicht völlig eindeutig war. Mit einem Mal sprang hier die gelehrteste und kunstvollste Sprache ihrer Zeit noch einmal zurück zu ihren archaischen Modellen, wie sie bei bei den Iatromanten, den heilmächtigen Zeichenlesern und Rhapsoden der frühgriechischen Ära, zu finden waren; sie assimilierte sich, wie zum letzten Mal, an Autoren des seherischen Typus wie Empedokles und Parmenides, für welche das Wissen und das Singen ein und dasselbe bedeuteten. Hier an den Casus Lukrez zu erinnern, erlaube ich mir nur deshalb, weil man von diesem Extrem her am besten das Problem verdeutlichen kann, das sich in der nur scheinbar transparenten Wendung »wissenschaftliche Prosa« verbirgt. Wer überhaupt willens ist, dem Sprachkörper des Wissens und der Wissenschaften Beachtung zu schenken, für den bietet die Rückkehr des Lukrez zum Hexametergedicht als Vehikel der Kosmologie ein sublimes Mahnzeichen, ja einen veritablen Skandal, da hier das Wissen seine scheinbar unauflösliche Allianz mit der Prosa kündigte und sich wieder dem Vers anvertraute. Dies hat auch moralische Implikationen, denn der Vers sagt stets: Unterbrich mich nicht!, während die Form der Prosa selbst die Einladung enthält: Wenn du es besser weißt, fall' mir ins Wort. Gewiß wird kein moderner Autor je wieder dem Beispiel des venerischen Physikers in allen Konsequenzen folgen wollen, und keine Akademie wird das Wagnis auf sich nehmen, einen Lukrez-Preis für wissenschaftliche Poesie auszuschreiben. Gleichwohl kann uns der lukrezische Ausbruch aus den diskursiven Dressuren der antiken Traktatliteratur daran erinnern, daß die Wissenschaften, sie seien von vor-moderner oder moderner Prägung, von mathematisch-physikalischer oder kulturwissenschaftlicher Orientierung, nie ganz aus ihrer Sprachhaut fahren können – so sehr auch die Modernen immer von neuem durch die Idee verführt werden, sie könnten eines Tages ihre Abhängigkeit von den natürlichen Sprachen abstreifen und ganz in die Welt der algebraischen Notationen übersetzen.

Vor dem hier angedeuteten Hintergrund verstehe ich die Stiftung des Sigmund-Freud-Preises für wissenschaftliche Prosa als eine kulturpolitisch signifikante Geste. Sie impliziert, wenn ich sie richtig deute, die Einsicht, daß eine gewisse Literarizität auch für die Artikulationen des zeitgenössischen Wissens konstitutiv ist, all den Tendenzen zum Trotz, die Sprache der Wissenschaften auf die Automatenstimme der Diskurse zu reduzieren. Das heißt, die Sprachgestalt des Wissens kann dem Gewußten selbst nie ganz äußerlich bleiben, strittig ist jeweils nur der Grad, bis zu dem die sprachliche Individuation der theoretischen Rede getrieben werden kann – ich darf mir hier, als Zeuge und Objekt solcher Strittigkeit, die Bemerkung erlauben, daß ich nie an der Zugehörigkeit meiner Arbeiten zur Wissens- und Wissenschaftswelt gezweifelt habe, so sehr sie auch gelegentlich einer literarischen oder besser außerdiskursiven Form angenähert sind. Natürlich will heute niemand mehr unter dem Wissenschaftler den Sänger freilegen oder das Wissen auf die Poesie zurückführen. Und selbst wenn Nietzsche gelegentlich bekannte: sie hätte singen sollen, meine Seele, so legte er diese Konfession als der Musiker ab, der unter die Philosophen geraten war, nicht als der Autor, unter dessen Feder, beziehungsweise in dessen Schreibmaschine, die deutsche Sprache zu ihrer historischen Höchstgestalt gelangte.

Meine Damen und Herren, mir ist sehr wohl bewußt, daß ein Laureatus, wenn er vor einer festlichen Versammlung wie dieser steht, unter die Suggestion gerät, sich in die Niederungen der Selbstbezüglichkeit zu begeben. Man blickt nicht jeden Tag in einen Spiegel, der so verschönert wie ein Preis dieses Ranges. Es wäre töricht, die Gelegenheit ungenutzt zu lassen, etwas zur eigenen Person zu sagen, solange man sich noch gefällt. Dieser Versuchung zu erliegen, scheint mir geraten, und der Schaden wird überschaubar bleiben, weil nur wenige Minuten zur Verfügung stehen. Im akuten Spiegelstadium fragt sich der Redner also, wie es in seinem Fall zugegangen ist, als er zu diesem *zoon logon echon* wurde, zu einem Tier, das die deutsche Sprache hat oder von der deutschen Sprache gehabt wird, falls das korrupte Passiv für diesmal erlaubt ist.

Es wird niemanden überraschen, wenn hierauf nur schematische Antworten erfolgen. Ist der Redner noch wie ich ein Spätprodukt des deutschen Gymnasiums, wird er natürlich Goethes vielseitig verwendbare Auskunft zitieren, nach der man vom Vater die Statur hat, sollte es auch zu des Lebens ernstem Führen nicht ganz reichen, indessen man vom Mütterchen die Lust zu fabulieren übernahm, die offenbar trennbar ist von der Frohnatur und sich auch auf melancholischen Grundlagen lebhaft geltend machen kann. Ist der Redner zugleich ein Leser von Eugen Rosenstock-Huessy und überzeugt, wie ich es bin, daß dieser christliche Jurist der bedeutendste Sprachphilosoph des 20. Jahrhunderts war, so viel man auch zugunsten Heideggers, Wittgensteins, Searles oder Derridas vorbringen mag, dann weiß er überdies, daß die Sprache nicht allein durch Abrichtung zur Teilnahme an den sogenannten Sprachspielen erworben wird. Worauf es ankommt, ist vielmehr, Rosenstock zufolge, der Sprachstrom, genauer der Anredestrom, der durch die Generationen fließt, und zwar so, daß jeweils die amtierenden Sprecher den nachfolgenden Jüngeren bindende Berufungen auferlegen. Rosenstocks Sprachidee läßt sich am besten als eine Formalisierung des Apostolats charakterisieren. Demnach wird das Sprechen und Schreiben nicht vom poetischen Plappern, vom libidinösen Leerlauf der Sprechwerkzeuge her begriffen, so wenig der Überschuß zu leugnen ist, der aus der Eigenbewegung der Oralorgane und der Schreibhand fließt. Die wesentliche Rede leitet sich allein vom Modell des Botengangs her. Rosenstock statuiert, daß eine sinnvolle Wortergreifung nicht geschehen könnte, hätte nicht ein befehlskompetenter Absender den Auftrag hierzu erteilt und hätte der Empfänger denselben nicht in sich aufgenommen und sich von ihm die Richtung zeigen lassen. Der kategorische Imperativ nach Rosenstock lautet: Du sollst dir etwas gesagt sein lassen! Das Sprachgeschehen der Völker und Kulturen ist für ihn nichts als die weltbildende Entfaltung der appellativen Funktionen, durch welche die Redenden und Schreibenden die Kerne für weitere Missionen in ihre Rezipienten legen – so daß alles Gesagte Weitergabe ist und in der Weitergabe ständige Verwandlung. Die gesprochenen wie die geschriebenen Reden bilden ein System von Megaphonen, durch welche Befehle, Evangelien und Evokationen strömen, um von den Empfängern aufgenommen, reformiert und weitergerufen zu werden. Nicht umsonst hieß Rosenstock-Huessys Leitspruch: Ich antworte, sollte ich auch verwandelt werden.

Ich gebe zu, meine Damen und Herren, daß ich bei meinen Exkursionen in die Sprach- und Schriftphilosophien des vergangenen Jahrhunderts nichts gefunden habe, was an suggestiver Kraft dem Rosenstock-Huessyschen Entwurf gleichkommt. Mit dieser Konzession jedoch fangen für mich auch die Schwierigkeiten an. Sobald man die Plausibilität einer Imperativ- und Vokativ-Grammatik zugegeben hat, fragt man sich selbst unwillkürlich, wie es im eigenen Fall mit dem Angesprochensein und Durchrufenwerden steht – und begreift sofort, daß es in dem großen Appelltheater auch unvorhergesehene Lücken und Unterbrechungen gibt. Meine persönliche Grunderfahrung, von der ich annehme, daß ich sie mit vielen Jahrgangsgefährten und Zeitgenossen teile, besteht ja, im Gegensatz zu dem, was Rosenstock vorträgt, in der Abwesenheit von wirklich durchdringenden Appellen – oder um den Sachverhalt in die logische Sphäre zu übersetzen, im Mangel an zwingender Evidenz. Es ist keineswegs so, daß ich mir nichts sagen lassen wollte, das völlige Gegenteil trifft zu. Doch die Erfahrung belehrt mich darüber, daß die Beziehung zwischen den Anrufern und den Angerufenen im Begriff ist, sich umzukehren. Der Vorrang liegt jetzt nicht mehr beim Absender des Appells, sondern bei dem Empfänger, der unter den siebenhundertsiebenundsiebzig eintreffenden Rufen, die sich gegenseitig entkräften, die Auswahl zu treffen hat. In dieser Lage – man kann sie posthermeneutisch nennen – genügt es nicht mehr, zu begreifen, was uns ergreift. Aus Mangel an vorhergehender Ergriffenheit müssen wir selber ein Objekt mit einer Botschaft ergreifen und festhalten, bis das Gefühl entsteht, es sei von ihm etwas auf uns übergegangen. An die Stelle des Imperativs, der uns zuvorgekommen wäre, tritt eine nachträgliche Prägung durch die Abfärbung, die wir selbst zulassen und herbeiführen, indem wir den Umgang mit der Partikel streuenden Materie suchen.

Erlauben Sie mir, meine Damen und Herren, eine letzte Anmerkung zu dem Begriff der Prosa, der hier mit dem Beiwort »wissenschaftlich« einhergeht, als wäre es sein natürlicher Begleiter. Dieses scheinbar selbstverständliche Miteinander ist, wie man weiß, zugleich ein Effekt, der von anspruchsvollen Voraussetzungen abhängt. Zu seinen Bedingungen gehört unter anderem die alteuropäische Gewohnheit, die Welt mit einem Buch zu vergleichen. Was man die Lesbarkeit der Welt genannt hat, gründet in der Annahme, daß geglücktes menschliches Dasein mit einer ontologischen Alphabetisierung verbunden ist. Der humanistischen Metaphysik zufolge könnten wir aber das Weltbuch nur in dem Maß zu lesen lernen, wie wir die ewige Rechtschreibung des Seins respektieren. Träfe diese Annahme zu, wären die Wissenschaftler, wie die Philosophen und letztlich auch die Künstler, im Grunde immer nur Kopisten, die den Urtext des Weltbuchs mit verschiedenen Graden der Fehlerhaftigkeit abschreiben.

Die Erbaulichkeit dieses Bildes ist nicht zu leugnen. Gleichwohl spüren wir unmittelbar, wie eine solche buchfromme Wendung der Intuition zuwiderläuft, auf der das forschende Denken und die explorierenden Künste der Neuzeit beruhen. Wir Modernen sind doch, aus mehr oder weniger guten Gründen, überzeugt, daß wir, wenn wir schreiben, nicht einen *a priori* aufgesetzten Text des Seins kopieren, sondern daß unsere Schriften, sofern sie etwas taugen, den Verjüngungen des Seins entsprechen, Verjüngungen, die mit den aktuellsten Sondierungen des Wissens korrespondieren. Auf diese Weise wird der Begriff wissenschaftlicher Prosa philosophisch ernst. Denn wenn schon die Welt kein Buch ist, in dem die katholische Intelligenz demütig blättert, könnte sie doch ein unendlich kompliziert gefaltetes und unendlich dicht zusammengeknülltes Blatt Papier sein, das sich nach der Urzerknüllung allmählich wieder ausdehnt. Möglicherweise ist das, was man bisher für Sphärenmusik hielt, nur das Knistern des Weltpapiers, das sich entknüllt. Jedesmal, wenn sich in dem Knäuel bisher noch zusammengepreßte Falten öffnen, kommen an der vergrößerten Oberfläche des sich lockernden gefalteten Körpers neue Lichtungen, neue Signaturen, neue Gegenständlichkeiten, neue öffentliche Gegebenheiten zum Vorschein – und die schreibenden Künste und Wissenschaften sind unvermeidlich in die Aktualität solcher Öffnungen einbezogen. Wenn also die Schreibenden gelegentlich der Meinung sind, sie seien, bei allem Respekt vor ihren Vorgängern, imstande, authentisch Neues zu notieren, dürfen sie sich zuweilen wirklich auf gute Gründe für diese nur scheinbar arrogante Annahme berufen. Die forschenden Autoren können sich als Träger neuer Wissensereignisse vorstellen, wenn sie bei der Entfaltungsarbeit zugegen sind, durch die das vormals Implizite, das bisher Nicht-Sichtbare und Noch-nie-so-Gesagte ins Licht der Explizitheit gerückt wird. Hält man das Bild von der Entknüllung des Eingefalteten als Grundaussage über das forschende Dasein fest, so versteht man wohl, wie die wissenschaftliche Prosa als solche zu einem Medium geraten kann, in dem die Prosa der Welt weitergeschrieben wird.

Ich danke noch einmal der Deutschen Akademie für Sprache und Dichtung für diesen Preis. Ich verstehe ihn *privatissime* auch als ein ermutigendes Zeichen des Widerstands gegen den Konformismus, jenes Übel, das die deutschen Universitäten mit dem deutschen Feuilleton enger verbindet, als den Verbundenen lieb sein dürfte. In seiner Verleihung an den Laureaten dieses Jahres darf jeder, der will und kann, eine Geste der schönsten akademischen Freiheit bemerken. Wäre diese Rede ein offener Brief an die Jury und an die Freunde wie die Kollegen draußen – ich würde ihn mit der Formel beenden: Es grüßt Sie herzlich ein hoch erfreuter Verfasser wissenschaftlicher, und manchmal auch anderer, Prosa.

PATRICK BAHNERS

Vereinigung durch das Bild hindurch

Laudatio auf Brigitte Kronauer

Herr Präsident,
liebe Frau Kronauer,
meine sehr verehrten Damen und Herren!

»Laudato si, o mi si-gno-ho-re-e, laudato si, o mi si-gno-ho-re-e, laudato si!« Sie müssen entschuldigen. Das war naturgemäß kein Zitat aus einem Roman von Brigitte Kronauer, sondern stammt aus einem Lied, das dem Kleingedruckten im Gesangbuch zufolge auf den Sonnengesang des heiligen Franziskus zurückgeht und in meiner Kindheit an besonderen Festtagen im Schulgottesdienst gesungen wurde. Ich führe es an, um meinen Zweifel zu Protokoll geben, ob ich für die mir von der Akademie übertragene Aufgabe gewappnet bin. Zwar kann ich mich wiedererkennen in der namen- und gesichts-, kontur- und farblosen Randfigur von Brigitte Kronauers jüngstem Roman *Verlangen nach Musik und Gebirge*, von der nur die Stimme ins Bewußtsein der Erzählerin tritt. Frau Fesch spaziert durch die Straßen des nächtlichen Ostende, an ihrer Seite ein jugendlich-unglücklich Liebender. »Weiter weg hört man jemanden lateinisch singen. War das nicht schon am ersten Abend so? Singt mit Teilen eines Hochamts gegen das Meer an, ein alter Meßdiener, der die Schönheiten seiner liturgischen Jugend nicht vergessen kann.« Auch ich habe eine liturgische Jugend hinter mir, aber eine nachkonziliare, schimmerlos ausgesetzt jener Formlosigkeit, die häretisch genannt worden ist. Das kann für meine Zwecke so stehenbleiben, denn ich möchte um Verständnis dafür bitten, daß es meinem Rühmen an der goldenen Geläufigkeit mangeln könnte, die dem geschenkt wird, der Litaneien vor dem Eintritt ins kritische Lebensalter nachgebetet hat.

Mit Blick auf das Werk von Brigitte Kronauer wäre allerdings zu fragen, wie es mit der Orthodoxie der Formvollkommenheit bestellt ist. In dem Roman *Die Frau in den Kissen* wird von einer Gräfin erzählt, die sich auf dem Meer bei einer Bootspartie mit einem glatzköpfigen Diener in den »Herrschaftsbereich« von »Szenen der Erinnerung« hineinziehen läßt. »Schicht auf Schicht kann sie nur legen in der Rekapitulation als immer weitere Verfeinerung, Meßopfer auf Meßopfer häufen nach dem festgelegten Ritual, aber mit sich schärfender Sicht.« Man kann diesen Satz wie so viele Kronauer-Sätze als poetologische Selbstauskunft lesen, in diesem Fall sogar als Inkorporierung und Ausarbeitung eines Kritikergedankens. Fritz J. Raddatz schrieb 1986 über die Autorin des *Berittenen Bogenschützen*: »Ihre Sätze sind lauter kleine rituelle Feste.«

Eben wegen der Häufung von Fest auf Fest verfiel die spätmittelalterliche Werkfrömmigkeit der Kritik einer Theologie der Innerlichkeit. Im Namen der Heiligkeit des Meßopfers wurde gefordert, es nur einmal am Tag zu feiern oder sogar nur am Sonntag die Kommunion zu empfangen. Die innerweltliche Klugheit dieser Heilsökonomie kann ich bestätigen. Hätten wir uns jeden Mittwoch und nicht nur zur Feier des Ferienbeginns im Lob des Si-gno-hore-he die Seele aus dem Leib geschrien, wäre sie wohl nach wenigen Wochen vor Erschöpfung zu Boden geplumpst. So aber kann ich kaum anders: Es juckt mich, um eine Laudatio gebeten, das »Laudato si!« auszustoßen – denn für mich bleiben diese brüllaffigen Urlaute der nie mehr aus dem Kehlkopf herauszuoperierende Inbegriff des schrankenlosen, enthemmten Lobens. Wer über Brigitte Kronauer spricht, sollte etwas von Ekstasen verstehen, und ich kann nichts daran ändern, daß ich mein Erlebnis des Außer-mir-seins in der Kirchenbank am letzten Schultag hatte.

Der Leser, der das wunderbare Werk von Brigitte Kronauer betritt, läßt sein eigenes wunderliches Leben hinter sich und nimmt es gleichzeitig mit. Dieses Werk ist eine Schatzhöhle mit den Gewölben der großen Romane, den Kammern der Erzählungen, den Kabinetten der Essays und Rezensionen, den Fächern und Löchern der Anekdoten und Sentenzen. Die Höhlenwände öffnen sich lautlos, man braucht kein Zauberwort. »Hier höre ich nichts als leises Fressen, ein gemütliches Flüstern«, lautet der erste Satz der *Frau in den Kissen*. Allenfalls mag man beim ersten Schritt ins Stolpern kommen, wenn man unvermittelt gegen das Hier der Romanwirklichkeit gestoßen wird. Oder gegen das Da. »Da, damals, die kleine alte Frau im grellen Gras: Was für Knöchelchen!« Der vielgepriesene Anfang von *Rita Münster*. Macht man seinen Weg, fliegen einem die Zauberwörter zu. Jedes Sesam führt einen tiefer hinein, als Pfeil zum Ausgang taugt keines. Es sind die Halleffekte, die den gewaltigen Eindruck der Dreidimensionalität von Brigitte Kronauers Erzählraum erzeugen. Motivische Korrespondenzen konstituieren ein Sinngefüge oder machen doch die Vermutung unwiderstehlich, es müßte sich der Zusammenhang aller Einzeldinge ausmessen und abschreiten lassen. Dabei sind die Echowirkungen doppelte. Die Zeichen werden häufig schon als Erinnerungsfetzen eingeführt.

Ob die Möwen, die mit ihren spurlosen Schwüngen bestehende, nur ihnen erkennbare Linien nachfahren, diese Luftgleiswerke am Ende lediglich vortäuschen, fragt sich die Tierbeobachterin in der *Frau in den Kissen*. Daß die Kritik gar keine Metaphern gebraucht, wenn sie von der Konstruktion und der Mathematik der Romane Brigitte Kronauers spricht, hat die Literaturwissenschaft inzwischen mit aller Gründlichkeit nachgewiesen. Die Wirkung der Vorführung dieser Baupläne kann so großartig sein wie die Demonstration der vernünftigen Einrichtung des Fliegenauges durch den Reverend William Paley. Je exakter aber die Schlüssigkeit der Erzählungen dokumentiert wird, desto stärker verdichtet sich die Ahnung der Idiosynkrasie der Autorin. Wenn tatsächlich kein Detail als funktionslos angesehen werden kann, dann ist das Individuelle nicht Zutat, sondern der Grund der Dinge – das Jenseits der geordneten Romanwelt, auf das die Chiffren einer vorliterarischen Erinnerung verweisen.

Dieses Verhältnis von ausgetüftelter Objektivität und unberechenbarem Subjekt hat seine Entsprechung auf der Seite des Lesers. Als im *Berittenen Bogenschützen* der berufsmäßige Leser Matthias Roth in der italienischen Landschaft beim Meditieren über Joseph Conrad zu der Erkenntnis vordringt, der Romancier brauche »die lebendige, zappelnde Figur nur, um ihr steinernes, dauerhaftes Ebenbild errichten zu können«, da muß ihn dieser Gedanke unwillkürlich abgeschreckt haben, denn er verwandelte sich sogleich aus dem Denkmal eines Denkers in einen zappelnden, etwas unbeholfenen, aber unzweifelhaft lebendigen Wanderer. »Er stand schnell auf, er wollte den Weg zu seiner Lieblingsstelle fortsetzen, dorthin, wo sich manchmal Fische verfingen, aber nach der unbequemen Lage gaben die Beine nach und er fiel zurück, immerhin war der Fuß nicht umgeknickt.« So wird nach Absolvierung der Schule der Genauigkeit, die Kronauer zu lesen bedeutet, jeder Kronauer-Leser seine Lieblingsstellen haben, wo sich Erinnerungen verfangen, die der Romanfiguren, die an die Romanfiguren und die Welt außerhalb des Romans.

Was der Freundin der Frau in den Kissen in den Gesichtssinn kommt, wenn sie durch die Möwen, die sich »im Kostüm des Heiligen Geistes« das Segnen anmaßen, an »die Hochämter der Kindheit« erinnert wird, mag dann auch nachempfinden können, wer in seiner Kindheit auf das Neue Geistliche Lied als rumpelnden Flugapparat angewiesen war: »Ekstatische Priester in der Luft, fliegende geistliche Würdenträger im vollen Ornat, im Federmantel, mit Käppchen und Mitra ausgerüstet zur jährlichen Feier, die heiligen Gebräuche vollstreckend.« Und so will ich mir die Möwen zum Beispiel nehmen, den Schrei »Gelobt sei Brigitte Kronauer«, der mir auf der Zunge liegt und mit dem tatsächlich hier und heute alles gesagt wäre, unterdrücken und auf die Gefahr der Anmaßung hin formgerecht krächzen auf dieser jährlichen Feier –

auf den Bahnen des Dichterlobs, die die Natur der Dichtkunst auch dem spätestgeborenen Rhetor vorzeichnet.

Die Frau in den Kissen, dieser luxuriös ausladende Roman, der mit nichts als sich selbst beschäftigt scheint, enthält die denkbar kürzeste Theorie der Literatur: »Alles Nachahmung.« Daß das Gesetz der Mimesis auch die Binnenstruktur des gegen die Welt abgeschlossenen Textes bestimmt, geht aus Matthias Roths Betrachtungen zu Joseph Conrad hervor. Conrads Figuren sind Nachahmer der Fama, die ihnen vorauseilt: Der Autor hat eine »unübersehbare Neigung zum Legendären, zur gerüchteweisen Einführung einer Person, als errichtete er ihr schon von vornherein einen Thron«. Matthias Roth führt das eigene Leben, als wäre er die Hauptperson eines Conrad-Romans. Über Marianne, seine Geliebte, erfahren wir zu Anfang des *Berittenen Bogenschützen*: »Noch bevor er sie je gesehen hatte, war sie ihm geschildert worden: Eine extravagante Erscheinung, durch übertriebene Kontaktfreude große Ängstlichkeit überspielend, das Kinn hochmütig vorreckend.« Durch Boten hatte sich die Kunde von Mariannes Schönheit verbreitet. Bei Conrad vertreten diese aus Geschichten zusammengesetzten Charakterbilder die Charaktere gleichsam rechtswirksam. »Die Legende macht die Helden zu etwas Heraldischem, noch bevor sie vor den Augen des Lesers eine Leistung erbracht haben.« Das Bild, das dem Helden vorangetragen wird, ist sein Wappen: Es bezeichnet den Träger unverwechselbar, ein Porträt ohne Porträtähnlichkeit. Wenn Lord Jim »das legendäre Wappentier« genannt wird, so ist das doppelt zu verstehen: Legendär ist der Flüchtling im blütenweißen Anzug nicht nur als Held der von Marlow erzählten Geschichte; er ist auch das leuchtende Musterbeispiel für Conrads heraldisches Erzählverfahren.

Die Heraldik ist die Wissenschaft der Bilder, die Rechtstitel und Herrschaftsansprüche zur Darstellung bringen. Auch Brigitte Kronauers Figurenzeichnung hat diese politische Dimension. Die Autorin hat Matthias Roth einen Thron errichtet. Am Horizont der Phantasie dieses Mieters einer Mansardenwohnung in einem Universitätsstädtchen tauchen regelmäßig die weitläufigen Ruinenlandschaften vorderasiatischer Königsstädte auf. Der Genießer, der sein Reich so eingerichtet hat, daß alles ihm zu Diensten steht, ist ein Despot aus dem Bilderbuch des Orientalismus, ein Wiedergänger des Sardanapal, der seine Konkubinen umbringen ließ, als er mit seinem Palast verbrannte. »Was nun seinen Tod betraf«, so konnte sich Matthias Roth »überhaupt nicht denken, daß seine Freunde, Bekannten, die Leute überhaupt, alle diese nervös Wartenden in Stadt, Land, Welt es fertigbrachten, ohne ihn weiterzuatmen. Er nähme sie alle mit, keiner würde überleben.« Wie ein Monarch die Höflinge, die er in den Adelsstand versetzt, als seine Kreaturen ansieht, so spürte

Matthias Roth, »daß die ihn umgebenden Leute sich in seine Geschöpfe verwandelten«. Und wie Kaiser Wilhelm II. höchstpersönlich die Galauniformen seiner Offiziere entwarf, so ist Großkönig Matthias sein eigener Heraldiker: Er fixiert seine Mitmenschen, läßt sie erstarren im Bild. In dieser Weise erlaubt die ästhetische Lebensform des westdeutschen Intellektuellen auch dem Literaturwissenschaftler die Teilhabe am Allmachtstraum des modernen Künstlers. Erst in Gisela, der Frau seines Freundes Hans, der er kein Wappen verliehen hat, obwohl sie den Namen einer Kaiserin trägt, tritt Matthias Roth eine »Macht« gegenüber, der er sich ergibt.

Als er mit Hans und Gisela ein kulturhistorisches Museum besuchte, da malte er sich die Goldkammer natürlich sogleich »als Mausoleum für sich selbst aus«. Aber er erinnerte sich an seinen Vater, der ihn als Kind hingewiesen hatte auf den »unsichtbaren Schimmer in allen Dingen«, einen »Schimmer oder ein Lied«. Und mit diesem Stichwort legt sich über die Szene schon der Schimmer jener Legende eines königlichen Sterbens, in der Matthias Roth seinen Part zu erfüllen hat, ohne es zu wissen. Denn neben den »Spitzenarbeiten aus Golddraht«, »jedes Stück wie die Insignie eines größeren oder kleineren Reiches«, fallen ihm, »in ihrer geheimnisvollen Beleuchtung aufstrahlend«, die »Becher« ins Auge. Wenige Seiten später, in einem seiner Anfälle von Menschenhaß, kommt er am städtischen Hallenbad vorbei, und ihn ekelt die Chloratmosphäre. »Trotzdem atmete er hier, um den Becher bis zur Neige zu leeren, besonders tief ein. Das also war eine ihrer Vereinigungsstätten!« Die Vereinigung ist undenkbar: In dieser Devise wäre Matthias Roths Interpretation von Conrads Liebesmetaphysik zusammenzufassen.

Die Heraldik geriet im Zeitalter der Aufklärung in Verruf als Wissenschaft vom Phantastischen, deren Wucherungen die Vernunft beleidigen. Wenn Brigitte Kronauer ein Bilderrätsel stellt, dann darf man guten Mutes sein, daß man im Romandickicht den Schlüssel finden wird. Daß bei Conrad die Bilder »die Hauptsache« sind, »Inbilder, Inbegriffe«, verdeutlicht sich Matthias Roth am Beispiel der Erzählung vom »goldenen Pfeil«: Ritas Kamm, »das Liebespfand«, das »Zeichen« der »unmöglichen Leidenschaft«, versinkt im Meer, »dann aber überträgt Ritas Liebhaber selbst das Ereignis in ein anderes, schon bekanntes, legendäres Bild, das des Königs von Thule und seines goldenen Bechers«. Die Liebesoffenbarung, das wechselseitige Erkennen von Matthias Roth und Gisela, ereignet sich, als sie einen Kaffeebecher umstoßen. Nachdem eine Ewigkeit vergangen ist, senkt Gisela »ihm den Kopf entgegen, um ein Kämmchen tiefer ins Haar zu stecken«. Und eine »Weile später streckte sie eine Hand nach dem Becher aus, führte ihn an die Lippen und schüttelte dann leicht den Kopf, sie hatte vergessen, daß aller Kaffee herausgeflossen war, legte aber doch den Kopf weit in den Nacken, damit sie noch einen letzten Tropfen abbekäme«.

In den Roman *Verlangen nach Musik und Gebirge* ist ein Opernlibretto eingelegt, eine Bearbeitung der schon von Matthias Roth ausgelegten Erzählung Joseph Conrads *Ein Lächeln des Glücks.* An einer Stelle gestattet sich die Librettistin, sich vom Tonsetzer ein Motiv zu wünschen. Alice besingt ihre Liebe zum Kapitän, dessen glorreiche Wiederkunft sie erwartet. Sie will ihn »hin- und herbewegen, / schütteln, schleudern und rütteln, / nichts als ihn, / in meinem Herzen. Hier.« Hier zieht sie das Pantöffelchen aus, das der Oper den Titel gibt; es vertritt den Geliebten »wie ein Wahrzeichen«. Und Frau Fesch merkt an: »Hier könnte sehr gut die Schubertsche Vertonung vom goldenen Becher des Königs von Thule anklingen.«

Die Kronauer-Philologie hätte sich der Unterstützung durch die Zeremonialwissenschaft zu versichern, von der nach dem Untergang des alten Europa die historischen Hilfswissenschaften übriggeblieben sind. Man kann die Kronauer-Lektüre als Hochamt erleben, als Vollstreckung heiliger Bräuche der Verkündigung, Anbetung und Wandlung; aber man wird immer auch die kunstreichen Aufbauten bewundern, die technischen Einfälle und das Zeitmanagement, die prosaische Mechanik, die den regelgerechten Ablauf sichert. Der Leser nimmt die fürstliche Perspektive der Erzählerfiguren ein: Ephemere Architekturen durcheilt er wie bei einem freudenreichen Einzug. »Erfinderisch arbeitet sich der Zug voran, produziert Ort um Ort«, notiert Frau Fesch. »Vermutlich zerfallen die Städte danach wieder alle.« Neben der Heraldik wäre auch die Numismatik einschlägig. Man achte einmal darauf, wieviele Figuren im Profil beschrieben werden. Warum ist im legendären Bild Mariannes das Kinn so prominent? Sie »schob es vor, um ihr Profil mit der ausgeprägten Nase ins Gleichgewicht zu bringen«. Der Leser wandert durch ein Münzkabinett: Wie die Farben des Wappenschildes erlaubt die Kontur des Münzbildnisses die abstrahierende Stilisierung von Individualität.

Für Liebhaber protokollarischer Feinheiten ist bemerkenswert, in welcher Zeile des *Berittenen Bogenschützen* schwarz auf weiß die Titulatur unseres Staatswesens erscheint. Dieser Roman ist ein Museum der Leidenschaften und Interessen seiner Epoche. Nur scheinbar ist die Politik der Beschriftung wahllos und verschwenderisch. Die Universitätsstadt etwa wird nicht beim Namen genannt, wohl aber der Staat, ausgerechnet in dem Augenblick, da Matthias Roth sich den Zusammenbruch seines Reiches der vorausgewußten Glücke eingestehen muß. »Die Bundesrepublik Deutschland!« Ausrufezeichen. Dieser Absturz des Dichterdeuterkönigs in die republikanische Prosa ist ein komischer, aber auch ein tröstlicher Moment, unsanfte Erinnerung daran, daß nicht alles Literatur ist. Zu Recht sind Brigitte Kronauers Bücher als Zeitromane gewürdigt worden, aber liest man den *Berittenen Bogenschützen* fast zwanzig Jahre nach seinem Erscheinen, dann frappiert der Eindruck, daß in der Außenwelt des Romans, als wäre Matthias Roths Bann doch wirksam geworden, die Zeit stehengeblieben ist. Die Schlagzeilen des Jahres 1986, memoriert von Herrn Bartels, dem Gatten von Matthias Roths Vermieterin: »Wiederkehr des Leistungswillens, Entbürokratisierung, Zurückdrängung des Staatseinflusses, nur so kann es zur Gesundung unserer Wirtschaft kommen. Raus aus dem Wohlfahrtsmorast!« Man kann nicht viel versäumt haben, wenn man in den vergangenen neunzehn Jahren statt Zeitungen Brigitte Kronauer gelesen hat.

Dennoch darf ich meinem Lob der Autorin eine politische Wendung geben. Den Vorrat der Stoffetzen, aus denen Brigitte Kronauer ihre Bücher näht, möchte man mit einem Wort, das vielleicht in unser aller Ohren aus der Kindheit her einen zauberischen Klang hat, einen Sagenschatz nennen. Ein anderer Begriff wäre Motivhaushalt, und es taugt zum Emblem ökonomischer Klugheit, das auf finanzpolitischen Pakten neben dem Bundesadler prangen könnte, wie Brigitte Kronauer mit ihren Motiven haushält, eine Frau Mühlenbeck im Gehäus ihres Werkes, die alles noch einmal verwendet. In Matthias Roths Ideallandschaft lagen sich »Bergmassen und Meer gegenüber in wuchtiger Ausdehnung, zwei außermenschliche Machthaber, zwei Großmächte, Auge in Auge, unverwandt«. Jede dieser beiden Mächte hat Brigitte Kronauer in einem Roman kartographiert, in *Teufelsbrück* das Gebirge und in dem Roman, der das Gebirge im Titel führt, das Meer. Der Titel dieses Buches wird im Roman im Sinne der Heraldik gedeutet: »es fiel einem die unverwitterte Schönheit der Begriffe ›Meer‹ und ›Gebirge‹ ein, machtvoll, als wären es altertümliche Tugenden, die niemand anzweifelte, oder aber im Legendären längst versunkene Charaktereigenschaften«. Die Zeichen auf den Wappen bürgen für die Tugenden der Ritter, obgleich der Gedanke hinter der Bildauswahl der Vorfahren gewöhnlich vergessen ist. Der Titel *Berittener Bogenschütze* ist eine solche Figur, deren Bezug zum Helden des Buches im legendären Hintergrund der Handlung gesucht werden muß.

Das Hotel, in dem das Personal von *Verlangen nach Musik und Gebirge* logiert, liegt am Wapenplein, dem Wappenplatz. Die Figuren werden von der Erzählerin mit mehr oder minder schmückenden Beiworten versehen, die sich wie Doppelgänger vor die bezeichneten Personen schieben. Das gilt an erster Stelle für die schöne Italienerin, die sogenannte Schneeantilope oder Taglilie, auf die sich die Bemerkung Ahasver von Brandts im *Werkzeug des Historikers* anwenden läßt: »Die heraldische Lilie hat mit der natürlichen Lilie nur wenig

Ähnlichkeit.« Die Heraldik empfiehlt sich der Dichterin als ein auf Unähnlichkeit basierendes Abbildungssystem. Die Zuordnung von bezeichnendem Ding und bezeichneter Person ist kontingent. Eine Folge ist, daß Brigitte Kronauer die Personen wie Dinge und die Dinge wie Personen beschreiben kann. So wird das unter Bewahrung der »Konturen des alten Baus« rekonstruierte Piercafé von Ostende der Lord Jim unter den Sehenswürdigkeiten sein: »man baut die Legende als Legende nach«. Willaert, der Ensor-Doppelgänger, reduziert das Luftschloß auf das flatternde Zeichen, das Winkelement, das der einfachste Gegenstand der Heraldik ist: »Kapiert ihr nicht, daß es um ein Wahrzeichen geht? Seht ihr das Fähnchen auf der hellgrünen Kuppel? In Wirklichkeit ist das ganze Ding eine Fahne.«

Hissen wir die Fahne! Georg Büchner zu Ehren die Trikolore, aber in den Farben »einer neuen, bisher haarscharf verfehlten Nationalität«, in denen drei Spaziergänger von Ostende sich gruppieren: »Violett, weiß, knallrot.« Es muß ein frommes Land sein, denn Frau Fesch sieht links und rechts »die Pomp- und Bußfarben der Ecclesia«. Brigitte Kronauer ist zu loben. Die Großartigkeit ihres Werkes liegt vor aller Leseraugen und will doch zur Sprache gebracht sein. So tritt ja auch ein König mit dem Tod des Vorgängers in seine Rechte ein, und dennoch wird sein Herrschaftstitel in alle vier Himmelsrichtungen proklamiert. Ich sehe die Aufgabe des Laudators als Amt des Herolds, der ein Wappen für die Büchner-Preisträgerin zu entwerfen hat – auf daß es seinen Platz einnehme in diesem Theatersaal wie die Fahnen der Ritter des Hosenbandordens in der Georgskapelle zu Windsor.

Im linken Feld des Wappenschildes von Papst Benedikt XVI. erscheint ein gesattelter Bär, der der Legende nach dem heiligen Korbinian, dem ersten Bischof von Freising, das Gepäck getragen hat. Für Brigitte Kronauers Wappen ist der Tanzbär zu erwägen, in dessen Gestalt einmal Matthias Roth herumgeschoben wird und ein andermal Gisela: Das gemeinsame Zeichen weist sie schon als Eheleute aus oder als Geschwister. Im rechten Feld müßte die Truhe Platz finden, das heraldische Bild für Brigitte Kronauers heraldische Methode. Unwiderstehlich die Verlockung, den Deckel zu heben, eben weil man vom Äußeren nicht auf den Inhalt schließen kann. Beim Sperrmüll erweisen sich, wie Matthias Roth notiert, »Truhen und Kommoden als die begehrtesten Schätze«; der Schatz im Schatz ist die dingliche Gestalt der Legende als Legende. Am Wegesrand des Romans steht schließlich alles, um mitgenommen und aufgefüllt zu werden: »Die Dinge sind, wie die Bilder, nur in noch komprimierenderer Weise Truhen, Kassetten der jeweiligen Tugend, Leidenschaft, des dominierenden Lasters, das sie zu seinem eigentlichen spezifischen Gewicht verdichten.«

In der Mitte des Schildes sollte aus dem Maskenrepertoire von *Verlangen nach Musik und Gebirge* »ihre Majestät, die Erotik« thronen, Frau Venus, die in der Fachsprache der Heraldik übrigens auch nur eine gemeine Figur ist, aber unter dem Buchstaben M, durch den der verstorbene Papst Johannes Paul II. seine besondere Verehrung der Gottesmutter bekundete, auf dem goldenen Grund der Buchmalerei. Als Schildträger werden die Zoobewohner aus der *Frau in den Kissen* einander abwechseln, die im Tagtraum der Erzählerin die »Wappen des Daseins« stützen: »Als wachehaltende Schlaftiere sollen unsere Freunde aus dem tierischen, pflanzlichen, mineralischen Reich uns umstehen ein Leben lang.« Viele Provinzen des Werkes von Brigitte Kronauer verlangten noch ihren Platz auf dem Schild, doch hinterher hätte ich das sowenig wie Matthias Roth gewollt, »daß alle Ornamente ineinanderschmolzen zu einem Klumpen, zu einem nüchternen Quadrat«.

Die Herolde der englischen Krone tragen prächtigere Kostüme als jeder Priester und phantastische Namen wie Garter Principal King of Arms und Rouge Dragon Pursuivant. Wer sich in Brigitte Kronauers Welt versenkt, mag mit der Zeit glauben, er verwandele sich selbst in ein Fabeltier, den Drachen etwa, mit dessen Urgewalt die Kraft eines guten Bogenschützen sich vergleichen läßt. Doch dann meldet sich die Realität mit dem Bundesrepublik-Deutschland-Effekt. Frau Fesch merkt einmal »im stillen« an, daß Joseph Conrad den ihm von der britischen Regierung angetragenen Adelstitel ablehnte. Er wollte sich nicht vom Hosenbandkönig ausstatten lassen. Damit Sie, liebe Frau Kronauer, den Georg-Büchner-Preis nicht im stillen noch ablehnen, lege ich mein Heroldsamt nieder, indem ich am Ende doch nur sage: Brigitte Kronauer sei gelobt.

BRIGITTE KRONAUER

Büchner-Preis-Rede

Warum bloß, frage ich Sie, sehr geehrte Damen und Herren, und nicht weniger mich, hat Georg Büchner die hier gleich folgenden Worte von jemandem sprechen lassen, aus dessen Mund sie dermaßen unnatürlich, ja unglaubwürdig klingen: »... so ein schöner, fester, grauer Himmel, man könnte Lust bekommen, einen Kloben hineinzuschlagen und sich dran zu hängen, nur wegen des Gedankenstrichels zwischen Ja und Nein und wieder Ja – und Nein. Ja und Nein? Ist das Nein am Ja oder das Ja am Nein schuld?«

Nicht der eloquent müde Revolutionär Danton sagt die verblüffenden Sätze, nicht der graziös ennuyierte Prinz Leonce, nicht der in den Wahnsinn kippende Schriftsteller Lenz. Ihnen allen wäre solch spitzfindig formulierter Tief- oder Unsinn ohne weiteres zuzutrauen. Aber Woyzeck? Ihm doch wohl eigentlich nicht, nicht Woyzeck, dem vierten Protagonisten von Büchners in fundamentaler Unterschiedlichkeit und notgedrungener Eile errichteten Universen. Trotzdem, er, das arme Stück Mensch, wahlweise tauglich für erniedrigend idiotische Experimente oder, in tödlicher Variante, als Kanonenfutter, er hat's geäußert.

Jedoch: Darf er das?

Nicht seine Überlegung an sich ist das mögliche Ärgernis, nur der Umstand, daß er, Woyzeck, sie anstellt. Obwohl er uns allerdings vorwarnte mit der ebenfalls für einen wie ihn befremdlichen Bemerkung, manchmal habe man »so 'nen Charakter, so 'ne Struktur«. Ein hier von mir unterschlagenes, von Büchner zwischengeschobenes »Herr Hauptmann« und ein paar, je nach Ausgabe, volksnah stimmend und in dialektnaher Manier weggelassene n's am Ende, ein »schlage« und »hänge« tun dabei kaum was zur Sache. Was Woyzeck da in großer Not entschlüpft, ist richtiggehend intellektuell, klingt keineswegs nach urtümlich schlichtem Gemüt, hört sich unpassend akrobatisch, ja, um Himmels willen, heraus mit dem bösen Wort, artifiziell an!

Liegt aber der literaturhistorische Ruhm Büchners nicht zu einem großen Teil darin begründet, daß er, ungeschönt und Mitgefühl weckend, einen jener Rechtlosen zum ersten Mal auf die Bühne brachte als das, was er war und ist:

ein von der relevanten Gesellschaft allenfalls als Dreiviertelmensch angesehenes und benutztes Wesen, ohne Bildung und daher fast unzivilisiert, das sein vermutlich ungeschlachtes Innenleben lieber, wenn's schon sein muß, leihweise in sogenannten Volksliedern oder Bibelversen artikulieren und eventuell goutierbar machen sollte?

Gilt Büchner nicht jedem Schulkind als Revolutionär auch deshalb, weil er, im Gegensatz zum ungeliebten Schiller, die Wirklichkeit nicht idealisiert, sondern endlich in ihrer realen Erscheinung darstellte?

Und dann ausgerechnet bei unserem Woyzeck, dem uns inzwischen so teuren Prachtexemplar des Geringen, des leidend Anspruchslosen derart komplizierte Gedanken und Gedankenstrichel!

Die *Welt* Büchners freilich ist, bei aller Differenz der vier Milieus, *stets* eine komplizierte. Die Annahme ihres grundsätzlichen Schon-Okayseins, jener robuste, uns neuerdings öfters zur Nachahmung empfohlene optimistische Glaube, sie bei Pannen und Ungereimtheiten wieder sauber zurechtklempnern zu können, taucht in Büchners Dramen und Prosa nicht mal am Horizont auf, was sie, die Welt, bis ins Mark unparadiesisch, dafür aber als zweifellos metaphysische erscheinen läßt.

Anders als im *Hessischen Landboten* weiß Büchner, wenn er nicht agitiert, also in der Literatur, daß die Welt nicht nur aus Hütten besteht, in denen verborgene Helden wohnen, und aus Palästen, in denen der Satan haust. Der bewundernswert entschlossene Sozialrevolutionär entwickelt parallel als Dichter eine Wirklichkeit, die so relativiert, unideologisch, extrem, flackernd, ambivalent ist, daß man ihn eher für einen an den Beleuchtungswundern der Sprache entzündeten genialen Ästheten halten könnte, als für einen im Gebrauchssinn politischen Kopf.

Geschätzt wird ein Beharren auf der winkel- und schluchtenreichen Natur der Welt dagegen nicht und wurde es vielleicht nie. Die Liebe zur Simplizität ist wahrscheinlich in uns eine gewaltige, eine, je chaotischer die Zustände, desto besessenere. Schwungvoll weg also mit den Einsprüchen der alten Aufklärung, weg mit den Heimatlosigkeiten der Dialektik? Notfalls legt man sich eine fixe Idee zu, und sei es eine wissenschaftliche, die allzu verwirrende Sachlagen vereinfachend auf die eigenen psychischen Fähigkeiten zurechtstutzt. Manien spielen nicht von ungefähr eine durchgehende Rolle in Büchners Werk.

Einer der Ticks, mit denen sich der ermattete Danton auf heikle Weise die restliche Lebenszeit vertreibt, besteht beispielsweise darin, alles vertausendfacht, alles in entindividualisierender Mechanik zu sehen. In einer Epoche der Statistiken und Umfragen hätte er noch zwingender Grund dazu als im Schatten der Guillotine.

Auch Woyzeck ist ungeheuer multiplizierbar. Er ist aus dem Schlamm des Volkes, nüchterner gesagt: der Bevölkerung und nach dem Maß heutiger Verhältnisse zunächst unspektakulärer Prototyp jener Millionen, die nicht in Armut existieren, aber in einer nicht aus der Luft gegriffenen Angst davor, der unentrinnbar klassifizierte »kleine Mann« des Bürgertums, zur Zeit immerhin notdürftig gebildet und in bescheidenem Wohlstand, der nicht nur zum Spaß halluzinierte »Mann von der Straße«, ein in den Begriff einbetonierter ominöser »Otto Normalverbraucher« und wie die Schmähungen des angeblichen unteren Mittelmaßbürgers alle heißen.

Eine Marktstudie hat in Erfahrung gebracht, was eine Hamburger Werbeagentur dann in die trostlose Tat umsetzte: eine Wohnung mit haargenau der Einrichtung – Glastisch mit Tuner, Teddybär auf orangenem Sofa: nichts Schlimmes jedes für sich, wenn man es nicht, wie hier, als Klischee-Ensemble vorführt – und korrekt den Mietern, die das Mittel der Umfragen ergab. Alles in schändlichster Erwart- und Wiederholbarkeit. Name der fiktiven Insassen, auch die idealtypisch: Thomas und Sabine Müller. Man weiß schneller als sie selbst, welche Meinungen zu Zukunft und Politik sie und mit ihnen die Durchschnittsmillionen als ihre höchst persönlichen von sich geben.

Ich vermute, Thomas Müller wünscht sich, im bitteren Zwang der Studie, seine Frau »natürlich« und »treu«. Sind seine Kinder in der Pubertät, werden sie von ihrem Vater in einer so großartig vergrübelten Sprache wie dem Deutschen den Satz hören: »Warum einfach, wenn's auch kompliziert geht« – auch manchen Schriftstellern ist der Vorwurf nicht unbekannt –, für den sein Nachwuchs ihn dann kurzfristig ermorden könnte, sich aber seinerseits, um seiner quälenden Individualität zu entkommen, so gut er es schafft, hier folgsam bis zu Devotheit und Militanz, in die Maske von Jargon und Ausstattung seiner Altersklasse flüchtet und damit zu falschen Rückschlüssen über sein tatsächliches Innenleben provoziert.

Ein Stück auf der Bühne mit solchen Helden müßte noch grauenhafter sein als die besagte Wohnung, wäre bei den derart skizzierten Müllers selbst aber durchaus nicht unwillkommen. Sie sehen es ja in den deutschen Soaps, die hier durchaus nicht weiter attackiert werden sollen, freiwillig an, gehen mit sich selbst so um, wie mit ihnen umgesprungen wird, kanzeln ihre Einzigartigkeit ab, streiten sie ab in den aktuellen Schutzformeln und kommen nicht auf den Gedanken, gegen das präsentierte Spiegelbild als Ehrabschneidung zu protestieren.

Woyzeck dagegen konstatiert zu seiner Verzweiflung, jedoch ab sofort zu unserem Trost: »Jeder Mensch ist ein Abgrund«.

Wir atmen auf! Ist das nicht plötzlich in unseren Ohren Engelsmusik? Die auf ihr erbarmungslos ermitteltes Sofa Verdammten, wären – und zwar nicht nur dann, wenn sie Kinderschänder oder Amokläufer werden – mit dem vollen Pathos des Potentiellen: nach unten und oben, wie das Weltall, abgründige Wesen? Auch Hinz und Kunz, oder, wie der Dichter Ror Wolf sagen würde, Noll, Lemm, Sapp und Klomm, sind: vielfältig? Sind jeder für sich: unergründlich, gerade so wie Sie und ich?

Unser Trost ist bilateral, es ist ein menschlicher und ein ästhetischer. Denn erstens verkündet uns also Woyzeck, daß nicht nur die Welt eine komplizierte, ja verworrene ist, eine nicht auf das Idyll holzschnittartiger Gegensätze zu reduzierende. Er ruft zusätzlich die bodenlose Rätselhaftigkeit, unantastbar wie die Menschenwürde, eines jeden ihrer Bewohner aus.

Das ist die Revolution, eine Binsenweisheit, aber eine dauerhaft revolutionäre:

Nicht die Erkenntnis, daß, recht unverbindlich, alle Menschen Menschen und irgendwie auch Brüder sind. Vielmehr, daß kein Mensch, ob Überflieger oder nicht, flach ist, simpel ist! Keiner, was er an Floskeln auch daherredet, gedankenlos, hilflos, Einverständnis heischend, ist, egal was Augenschein und Verabredung behaupten mögen, nur mit dieser einen, von ihm verbalisierten Dimension ausgestattet.

Der zweite Trost, der nicht weniger wichtige ästhetische, besteht in der naturalistischen Unzulässigkeit des Niveaus dieser und der zwei schon genannten Aussagen Woyzecks. Er räumt nicht nur auf mit der Illusion von der Einfachheit des schlichten Menschen. Büchner legt durch Woyzeck hindurch mit einem deutlichen Überziehen von dessen wahrscheinlichen Äußerungsmöglichkeiten das Überspannte, Maßlose, Prätentiöse, Schreckliche und Schräge von dessen seelischer Konstitution frei. Kurz: Der Dichter muß seinem Helden dieser Offenbarung wegen sprachlich, nicht aber substantiell unter die Arme greifen.

Nein, dieser Woyzeck chargiert weder als Naturkind noch als Nachplapperer der aufgeschnappten Bildungsbrocken eines Herrn. Büchner schenkt ihm die wunderbare, keineswegs selbstverständliche Begabung und Gelegenheit, in sporadischen Signalen alarmierend auf das hinzuweisen, was er fühlend denkt. Das bedeutet durchaus nicht, daß sich ein Woyzeck aus Fleisch und Blut auf der Bühne sogleich wiedererkennen würde. Vermutlich pfiffe er drauf! Was tragikomisch, aber logisch ist.

Büchners Protagonist wird nicht zurückgescheucht in die Sprachhülsen, in die reale Sprachlosigkeit seiner Klasse. Geschähe ihm das, würde es seinen Vorgesetzten und einem arrogant geschwätzigen Publikum bequem gemacht, ihn selbst in Seele, Herz, Kern mit der Primitivität von Wortschablonen seiner Umgebung zu verwechseln. Büchner, wohlwissend, daß Literatur mit ihren

Charakteren und Geschichten immer etwas Künstliches, Inszeniertes, vom Leben Inspiriertes und ihm Verpflichtetes, aber nie von ihm Abgeschriebenes ist, baut uns allerdings eine Brücke, nämlich das Psychopathische Woyzecks, das seine Extravaganzen rechtfertigen könnte. Ganz so wie bei den natur- und weltumgrabenden Visionen des in den Irrsinn rutschenden Lenz. Gewiß, wir dürfen uns, als Schutz vor Weiterungen, an diese medizinische Begründungsplanke klammern, wenn wir ängstlich darauf bestehen.

Sich selbst eröffnet der Autor durch die diagnostizierbaren Geistesverrükkungen seiner Helden die Chance, nicht nur Danton und Leonce, sondern auch Woyzeck und erst recht Lenz, in dessen Person er unter dem Alibi des Wahnsinns die Facetten seiner eigenen Arbeiten noch einmal komprimiert, bis zum äußerst Denkbaren mit seinen, den Büchnerschen Sprach-Energien, anzufüllen. Durch das bis zur Verrücktheit Artistische, Artifizielle entsteht keine willkürliche Verrätselung und Verrammelung der Welt. Sie wird, im Gegenteil, unter dem groben Umriß der Schablonen, nur, samt einem jeden ihrer Bewohner, als nicht durchschaubare bloßgelegt.

Nichts jedoch gegen Einfachheit, solange sie sich nicht als das regierende Grundmuster der Weltordnung versteht. Anders nämlich ist es, wenn man Einfachheit lediglich als spartanische Variante, als eine von zahlreichen Spielarten der sehr vielfältigen Wirklichkeit begreift. Oder ihr, in ganz seltenen Glücksmomenten, in den unbeabsichtigten Enthüllungen einer unter Schutt und Schmier des Konventionellen plötzlich überraschend dünnhäutigen Person jenseits der Paßwörter ihres jeweiligen Milieus begegnet. Etwas, wonach Schriftsteller ständig auf der Jagd sind, oft vergeblich, selbst wenn sie geduldige Zuhörer sein sollten. Dieses nackt und unauslotbar und originär Wirkliche verrät sich am ehesten in Kombinationen, in einer winzigen Geste, einem Blick, einem Lächeln vielleicht in Verbindung mit einem eigentlich ja nichtssagenden, literarisch zunächst unergiebigen »Ach« oder gar nur atemlos geseufzten »Ach so!«.

Einer der Großen der amerikanischen Moderne, der Dichter und Arzt William Carlos Williams, hat von solchen Sekunden in seiner Praxis, die von armen Einwanderern frequentiert wurde, bewegend erzählt, und das in frappierender Metaphernähnlichkeit zum Büchnerschen Lenz. Der eine redet von Entbindungen, der andere von zu durchbrechenden Hüllen. Beide meinen jene herzzerreißenden Erkenntnisraritäten, die Ansporn sind für literarische Umwandlungen, wo sie sich dann ein bißchen anders anhören und, um den heftigen Eindruck der Realität in Buchstaben zu evozieren, auch müssen.

Für mich sind diese vollständig irdischen, nicht selten skurrilen Momente einer strahlend und fast geräuschlos aufreißenden Transzendenz dasjenige, was mich bei einem Menschen und in einem Roman unwiderstehlicher ergreift und sich mir schärfer eingraviert als das ganze notwendige Drumrum.

Hat das alles aber einen Kontakt und Kreuzungspunkt mit jenem allzu berühmten, zitierenden Büchnerzitat, an dem man, glaube ich, redlicherweise nicht vorbei kann: »Friede den Hütten! Krieg den Palästen!«?

Als hassenswert, als »schändlichste Verachtung des heiligen Geistes im Menschen« bezeichnet das junge Genie in einem Brief an die Eltern den Hochmut aristokratischer Besitzer von Bildung und Gelehrsamkeit gegenüber ihren für dumm verkauften Brüdern. Allerdings lebt es sich, anders als anderswo, etwa ein Stück südlich der spanischen Nordafrika-Enklaven Ceuta und Melilla, in den Hütten Europas gegenwärtig nicht so schlecht wie zu Büchners Zeiten, und die Paläste sind abstrakt, anonym, sind ambulant geworden, was sie nicht gerade harmloser macht.

Hier gilt es im Auge zu behalten, daß es sich bei einer, unsere bisherigen Weltbilder zugegebenermaßen katastrophal überfordernden, stetig wachsenden Erdbevölkerung nicht um eine Biomasse handelt, der dort, wo sie Rechte hat, das mühsam Errungene von einer kleinen Gruppe Mächtiger und Gerissener wieder abgegaunert werden darf mit dem Ziel einer Verfügbarkeit der Vielen. Büchner begriff schnell, noch bevor er selber zynisch werden konnte, wie leicht und über welche Hebel sich solche Entmündigungen arrangieren lassen.

Auch diese Mehrheit, von deren aktueller, verheerender Menge Danton vor über 200 Jahren wohl kaum eine Ahnung hatte, ist und bleibt eine Addition von Originalen, und wenn die Literatur auch oft Gegner der Gesellschaft und ihrer zeitgeistlichen Zumutungen sein muß, so stellt sie andererseits, halbparadox, den treuesten und streng fordernden Freund des Individuums dar.

Die Rede ist von den Zeitgenossen, die alle, ob proletarisch oder nicht, hungrig oder satt, seßhaft oder heimatlos und in schwankenden Prozentsätzen gutmütig und bösartig zugleich, jeder für sich Furcht vor dem Tod haben, aber auch vor dem schwierigen Leben, wenigstens nachts, wenn sie, kindlicher und schwächer als tagsüber, wach liegen, ob neben ihnen jemand schläft oder fehlt. Leute mit sehr großen Schmerzen und kleinen Hypochondrien, mit verborgenen Furunkeln, Komplexen, schweren Traumata, Frauen und Männer, mit und ohne Familie, die wünschen, es gäbe letzten Endes so etwas wie Gott und schamhaft darüber verzweifeln, daß er sich nicht zeigt, die sich konkret ängstigen vor dem Vergehen von Zeit und Glück, diffus vor der Weltlage und berechtigt vor ihren Mitmenschen; die zum 1. Mal rasend verliebt sind, oder, mit lauernder Empfindlichkeit, zum letzten Mal.

Wir alle also, in flüchtigen, doch einmaligen Mischungen und Ausziselierungen, eben doch, wie in Wahrheit auch Woyzeck, nicht multiplizierbar, wenn auch entwertend hochgerechnet zu allen möglichen Uniformierungen: Unikat in Detail und Variation, was eine Gesellschaft natürlich bewußt fördern, bewußt unter dem Feuerschutz täuschender Parolen behindern kann, auch durch Vernachlässigungen in der Bildungspolitik.

Sollten die neuen Palastherren aber, wie gelegentlich vermutet wird, jene imperial, um nicht zu sagen imperialistisch zugreifenden, Lebewesen, Lebensüberzeugungen, Länder und Landschaften, d.h. überaus fragile Systeme von Flora und Fauna zerstörenden Wirtschafts- und Finanzvirtuosen samt einer sie stützenden Mentalität und ihren Institutionen sein, die ab und zu sogar ein paar soziale, ökologische, kulturelle Beschwichtigungsgroschen zur Imageaufbesserung entrichten?

Zählen zu ihnen, wie öfter zu hören, diejenigen, die mit unserer Anfälligkeit für die fatale Bezauberung durch Ideologien bis hin zur tödlichen Berauschung an ihnen spekulieren? Nicht zu vergessen, nein, keinesfalls zu vergessen die Folter-, Präventiv- und Präemptivkriegspropagandisten von Staats wegen, die gemeinsam mit einer sich blähenden Rüstungsindustrie die leibgewordene Negation dessen sind, was sie, fix bei der Hand, als Umstandmacherei, als Schwerfälligkeit von Schöngeistern und Schönfärbern einer abgelebten Epoche verunglimpfen, nämlich die bis auf weiteres phänomenale Nicht-Wiederholbarkeit jedes, unterschiedslos jedes Einzelnen, auch wenn sie Völkerrechtsbrüche samt Konsequenzen mit so betörend trompetenden, antidiktatorisch zweckheiligenden Titeln wie »Freiheit des Einzelnen« und »Kampf für die Freiheit« schmücken?

Die Literatur sagt gedämpfter, zugleich dem trügerischen, stark verführerischen Abkürzungsdenken und Pauschalisierungshandeln scharf widersprechend, durch den Schriftsteller Lenz des jungen Mannes Büchner, der vielleicht doch schon den Dantonschen Zynismus an sich selbst durchprobiert hatte und als einzige Rettung daraus das ganz andere erkannte: »Man muß die Menschheit lieben, um in das eigentümliche Wesen jedes einzudringen; es darf einem keiner zu gering, keiner zu häßlich sein, erst dann kann man sie verstehen.«

Womit keinesfalls gesagt ist, die spröde Menschenliebe der Literatur beim beharrlichen Zurückzerlegen von Gesellschaft und Bevölkerung in Einzelne, in Einzel- und Eigenheiten sei aufgrund dieser Bescheidung ein Kinderspiel und würde dem, der sich darum bemüht, landläufiges Glück und zwangsläufig Frieden bringen.

Das nun gerade nicht.

Brigitte Kronauer

Ich danke der Deutschen Akademie für Sprache und Dichtung sehr herzlich für diesen Preis, der den großen, verpflichtenden Namen Georg Büchner trägt und Ihnen, geehrte und liebe Anwesende, fürs Zuhören.

Vorstellung neuer Mitglieder

PER ØHRGAARD

Herr Präsident, verehrte Mitglieder der Akademie,
meine Damen und Herren,

26. Juli 1960: Kafka, *Der Prozeß*, Fischer Bücherei Exempla Classica, 29. Juli 1960: Hermann Broch, *Der Versucher*, rororo, 3. August 1960: Robert Musil, *Drei Frauen*, ebenfalls rororo. Das waren einige meiner ersten Bucherwerbungen in deutscher Sprache, die ich so genau angeben kann, weil ich die Ausgaben noch besitze. Gekauft wurden sie während eines Ferienaufenthaltes bei Verwandten in Hamburg, gelesen wurden sie zum Teil auch schon dort, denn die Verwandten waren alte Leute und konnten mich, den Sechzehnjährigen, nicht ständig unterhalten. Zum Teil gelesen, sage ich, denn so einfach war die Lektüre auch wieder nicht; die alten Leute sprachen kein Dänisch und konnten mir nichts übersetzen, ein Wörterbuch hatte ich nicht dabei, und so grübelte ich bereits über das Wort »Pfaff« auf den ersten Seiten von Brochs *Versucher*, las aber munter weiter. Daß mir Hermann Broch überhaupt ein Begriff war, lag an meiner Bekanntschaft mit dem dänischen Schriftsteller Villy Sørensen, einem der frühesten Broch-Interpreten, und daß Thomas Mann und Goethe in dieser Liste nicht vorkommen, lag daran, daß sie ohnehin Schullektüre waren. Im folgenden Jahr (1961) verbrachte ich einen Monat beim Ferienkurs für Germanisten in Tübingen, kaufte am 23. August *Die Blechtrommel* von Günter Grass, der am Vorabend dort gelesen hatte, und bekam von ihm ein Autogramm, wobei keiner von uns voraussah, daß ich fünfzehn Jahre später sein Übersetzer werden und dann bleiben sollte. Daß ich Germanist werden wollte, stand indessen für mich schon damals, noch ein Jahr vor dem Abitur, fest. Ich lernte dann in Kopenhagen, Berlin und Kiel, bei Steffen Steffensen und Sven-Aage Jørgensen, Wilhelm Emrich und Peter Szondi, Erich Trunz und Karl Otto Conrady und anderen mehr.

Sie hören es schon – es geht um erzählende Prosa. Ich kann nicht leugnen, daß mir diese literarische Gattung bis heute am nächsten steht, wenn auch – den Lyrikern sei es gesagt – weniger ausschließlich als in früheren Jahren. Ich schrieb über Conrad Ferdinand Meyer und war dabei von seiner Prosa mehr angetan als von den meisten seiner Gedichte. Ich habe mich später nicht über Goethes Lyrik, sondern über *Wilhelm Meisters Lehrjahre* habilitiert, und ich habe auch vorzugsweise Prosa übersetzt, was nicht nur damit zusammenhängt, daß überhaupt Prosa eher als Lyrik übersetzt wird, sondern auch mit meinen Fähigkeiten und mit dem Gegenteil davon.

Philologie und Übersetzung haben sich in meinem Leben ergänzt, wobei nicht immer auszumachen war, was das jeweils andere unterstützte. Die philologischen Kenntnisse haben den Übersetzungen gut getan, was wohl niemand überraschen wird. Aber das Umgekehrte gilt auch, denn als Übersetzer liest man noch genauer denn manchmal als Philologe: Als ich vor nunmehr fünfundzwanzig Jahren Kafkas *Prozeß* neu übersetzte, entdeckte ich hin und wieder Details, die mir trotz wiederholter gründlicher Lektüre, auch in Seminaren mit Studenten, bis dahin entgangen waren.

Die Vorliebe für die Prosa heißt auch, das ich als Philologe immer jene Kollegen besonders geschätzt habe, die auch erzählen können. In den Anfängen meiner akademischen Laufbahn, in den siebziger Jahren, war ich drauf und dran, alles wieder aufzugeben, weil ich mit der damals ausufernden Theoriebildung nicht mitkam, und ich bilde mir bis heute ein, daß dies nicht nur an meinen unzulänglichen Denkwerkzeugen, sondern auch an einem inneren Widerstand lag. Mir verschwanden die literarischen Werke hinter einem eisernen Vorhang von allgemeinen Gesetzmäßigkeiten.

Nichts gegen Theorie und Philosophie! Ich darf mich rühmen, als Übersetzer sowohl die *Ästhetische Erziehung des Menschen* als die *Dialektik der Aufklärung* den Dänen ein wenig nähergebracht zu haben. Doch wenn es um Literatur geht, müssen die Werke durch die Theoriebildungen hindurch noch sichtbar und greifbar sein, sonst macht das Ganze wenig Sinn. Wir beschäftigen uns ja nicht mit naturwüchsig entstandenen Gebilden. Unsere Objekte sind sozusagen selbst Subjekte, und die Annäherung an sie muß in der Form des Dialogs stattfinden; im hermeneutischen Vorgang steht immer nicht nur das Werk, sondern auch der Interpret auf dem Prüfstand.

Der dänische Literat Georg Brandes schrieb um 1880 aus Berlin eine kleine Betrachtung über Bildung und definierte sie folgendermaßen:

»Bildung im Sinne von Schöpfung, Gestaltung, bedeutet Universalität im Gegensatz zum beschränkten Spezialistentum, und Bildung im Sinne von Formung bedeutet die eigene persönliche Behandlung und Bearbeitung vorhandener Kenntnisse im Gegensatz zum unpersönlichen, kollektiven Charakter wissenschaftlichen Wissens.« (*Berlin als deutsche Reichshauptstadt*, aus dem Dänischen von Peter Urban-Halle. Berlin (Colloquium Verlag) 1989, S. 131)

Literaturwissenschaftliches Wissen muß immer auch zugleich Bildung sein: Es bewährt sich – oder auch nicht – vor dem Werk, kann den Versuch aber nur machen, wenn Eigenes ins Spiel gebracht wird, und das heißt, wenn erzählt wird. Die Philologie so zu betreiben, daß die Erzählung einerseits nie und nimmer an die Stelle des Arguments tritt, andererseits aber noch im stärksten Argument aufscheint, steht mir als ein erstrebenswertes Ziel vor Augen. *Sans comparaison*, aber immerhin: In einem Entwurf Schillers für einen Brief an Fichte findet sich (jetzt über Rüdiger Safranski zitiert) der Satz, daß »Schriften, die einen von ihrem logischen Gehalt unabhängigen Effekt machen und in denen sich ein Individuum lebend abdrückt, nie entbehrlich werden und ein unvertilgbares Lebensprinzip in sich enthalten [...]« (zit. nach Rüdiger Safranski, *Friedrich Schiller oder Die Erfindung des deutschen Idealismus.* München (Hanser) 2004, S. 428)

Sprache und Dichtung – für diese beiden ist die Deutsche Akademie ins Leben gerufen worden. Ein Dichter bin ich nicht, möchte aber als Interpret und Übersetzer der Dichtung dienen und dabei mit der Sprache, sei es die deutsche, sei es meine eigene, so umgehen, daß sowohl sie als ich uns auf die nächste Begegnung freuen. Ich danke Ihnen von Herzen für die Wahl zum korrespondierenden Mitglied der Akademie.

PETER TURRINI

Geschätzte Akademie!
Liebe Freunde der Sprache und der Dichtung!

Ich versuche Ihnen in der vorgegebenen Zeit, nämlich in 5-7 Minuten, die mir Herr Reichert und das Statut eingeräumt haben, ein Bild von mir zu vermitteln. Es wird also ein verkürztes Bild werden.

Ich wurde 1944 in einem kleinen Kärntner Dorf geboren, meine Mutter war ein Dienstmädchen, mein Vater ein italienischer Gastarbeiter. Er war Analphabet, sprach bis zu seinem frühen Tode nicht wirklich deutsch, sondern ein Gemisch aus italienischem und österreichischem Dialekt. Aber er hatte eine wunderbare Fähigkeit: er schnitzte Barockstühle, Madonnen, und Herrgötter. So wie es in der Musik Menschen gibt, die ein absolutes Gehör haben, hatte er eine absolute Hand. Wenn er mit der freien Hand einen Kreis zeichnete, haben wir Kinder ihn mit dem Zirkel nachgemessen. Er stimmte immer.

Ich erwähne dies, weil ich den Beruf des Dramatikers als eine ständige Auseinandersetzung mit der Form empfinde – und diesen Willen zur Form habe ich wohl von ihm.

Die Integration unserer Familie in diesem Kärntner Dorf der Fünfziger Jahre hat nicht funktioniert. Wir waren immer die Ausländerkinder, die »Katzelmacher«. Erst als mein Bruder die Tochter des Bürgmeisters heiratete, hat sich das geändert.

Ich wollte als Kind immer dazugehören. Die Position am Rande des Spielplatzes, die Ausgrenzung – die Beobachtung der anderen, die frühe Ausdenkung von Dialogen und Geschichten, war nichts Freiwilliges. Daß später daraus ein Beruf geworden ist, ist sehr erfreulich, die Sehnsüchte des Kindes waren andere.

Mit 14 Jahren holte mich ein vermögendes Ehepaar, Gerhard und Maja Lampersberg, in ihr schönes großes Haus auf einem Hügel des Dorfes. Es war eine Art geistiger Adoption: Sie brachten Ordnung und Bildung in meinen phantasierenden Kopf. Ich wohnte bei ihnen und wurde den Dorfkindem noch fremder. Ich hatte nur noch den einen heißen Wunsch: ein Schriftsteller, ein Dramatiker zu werden.

Die Lampersbergs waren private Mäzene, bevor es eine staatliche Kunstförderung gab. In ihrem Haus lebten, oft über viele Monate, H. C. Artmann, Konrad Bayer, Thomas Bernhard, und etliche andere große Namen, die damals noch völlig unbekannt waren. Thomas Bernhard hat über diese Zeit das Buch *Holzfällen* geschrieben, in welchem er Gerhard Lampersberg dem Gespött preisgab. Literarisch großartig, menschlich eine Schweinerei. Ich trage es ihm bis heute nach.

1971 wurde mein erstes Stück *Rozznjogd* am Wiener Volkstheater uraufgeführt. Die Jahre davor habe ich in Deutschland als Hilfsarbeiter, in Wien als Magazineur, in Linz am Hochofen, in Italien in der Gastronomie gearbeitet, aber jetzt war ich am Ziel: am Theater.

Seither habe ich ungefähr 40 Theaterstücke geschrieben. Sie wurden alle aufgeführt, aber mehr als die Hälfte hat sich von der Niederlage der Uraufführung nicht erholt. Der andere Teil ist inzwischen in etliche Sprachen übersetzt worden und macht seine Weltenrunde. Ich habe ein paar Gedichtbände geschrieben. Beim Suhrkamp Verlag erscheint derzeit mein bisheriges Werk in 12 Bänden. Herausgeberin ist Silke Hassler.

Für mich ist die öffentliche Wortmeldung – in Reden und Essays – ein wichtiger Teil meiner Arbeit. Im Grunde genommen sind es immer wiederkehrende, fast beschwörende Versuche, ein Land herbeizuschreiben, in welchem sich auch Menschen wie ich zu Hause fühlen könnten.

Einige der Uraufführungen waren in Österreich sogenannte Theaterskandale. Für mich bestand der Skandal vor allem darin, daß bestimmte Politiker und dazugehörige Zeitungen versuchten, die Uraufführungen zu verhindern.

Inzwischen sind aus den Würgern Schulterklopfer geworden, aber es ist die nämliche Hand, die vom Hals zur Schulter gewandert ist. Sie werden verstehen, daß ich gegenüber österreichischen Ehrungen sehr skeptisch bin. Die Hand könnte ja wieder von der Schulter zum Hals zurückwandern.

Die Ehre, Ihrem feinen Verein als korrespondierendes Mitglied anzugehören, habe ich gerne angenommen. Erstens haben Sie mir nichts getan und zweitens: auch wenn Karl Kraus die gemeinsame Sprache als das eigentlich Trennende zwischen Österreichern und Deutschen bezeichnete, so bin ich doch der Meinung, daß wir am selben Sprachstrang ziehen, vielleicht an zwei verschiedenen Zipfeln.

Ich danke Ihnen fürs Zuhören.

Gedenkworte

MARTIN MEYER

Horizont und Nähe des Denkens

Zum Tod von Hanno Helbling

Rom war die Stadt, die er sich erwählt hatte, als er vor zwölf Jahren die Leitung des Feuilletons der *NZZ* abgab, und Rom bot Hanno Helbling fortan das Ambiente für seine weitere Tätigkeit: als Historiker, als Essayist, als Herausgeber und Übersetzer und nicht zuletzt als Journalist für dieses Blatt, dessen geistiges Profil er während Dezennien maßgeblich mitgestaltet hat. Mit der italienischen Geschichte bestens vertraut, aber auch ein Kenner der Antike und besonders des Mittelalters, fühlte sich Helbling in Rom zu Hause. Wenn er den Besucher auf den Balkon der Wohnung an der Via Firenze führte, erklärte er nicht ohne Stolz das Panorama; Zinnen und Dächer einer Metropole, die ihm reizvoll und spannungsreich das Ineinander von heidnischer und christlicher Kultur präsentierte und dazu einen Lebensstil, der heitere Großzügigkeit verhieß.

Hanno Helbling war wie wenige ein Homme de Lettres. Nicht das kalte Wissen interessierte ihn, vielmehr suchte er in allen Erscheinungen der kulturellen Blüte die Zusammenhänge zu verstehen – die Menschen hinter ihrer Leistung, die Leistung in ihrer Wirkung und Nachwirkung, zuletzt die Werke aus Literatur und Kunst, aus Musik und Religion wider die Macht des Verschwindens und Vergessens. Aufgewachsen in Zürich und im Engadin, studierte Helbling in Zürich, Neapel, Rom und München; insbesondere die historischen Disziplinen zogen ihn an. Er promovierte mit einer Schrift über Leopold von Ranke und dessen Stil, kurz darauf erschienen Bücher über Goten und Vandalen, über spätmittelalterliches Geschichtsdenken und eine knappe, brillante Monographie zur Schweizer Geschichte. Der genaue Umgang mit den Fakten war selbstverständlich – hier, später dann auch als virtuoser Übersetzer, hielt es Helbling mit der Philologie. Aber wichtiger war doch das Interpretieren: aus eigener Anschauung und Denkweise zu arbeiten und zu vermitteln.

Als Hanno Helbling (Jahrgang 1930) nach kurzer Zeit als Lektor 1958 zur *Neuen Zürcher Zeitung* und dort zunächst zur Auslandredaktion kam, fand er ein Forum, das seinen Neigungen vollkommen entsprach. Im Feuilleton betreute er fortan die Historie und die Theologie, wobei er auch politisches Temperament entwickelte. Vor allem das Zweite Vatikanische Konzil in Rom gab dem Berichterstatter nun Gelegenheit, die Politik einer Kirche im Aufbruch zu begleiten und zu kommentieren, das Thema der Ökumene trat alsbald hinzu und verlieh Helblings Stimme in diesem Land bedeutendes Gewicht. Die Summe seiner Erfahrungen legte Helbling schließlich 1981 vor mit dem vielbeachteten Buch *Politik der Päpste. Der Vatikan im Weltgeschehen 1958 bis 1978.* Kompetenz und Urteilskraft bewiesen auch Helblings viele Artikel in der *NZZ* – oft gaben sie Anstoß zu weiteren Diskussionen weit über die kirchlichen Kreise hinaus. Helbling, ein eminenter Kenner des Katholizismus, förderte den Dialog zwischen Protestanten und Katholiken, indem er argumentierte: Denken ohne Dogma lautete die Devise, und wer sich vom scharfen Intellekt dieses Denkens nicht abschrecken ließ, der profitierte alsbald von einer gleichsam erweiterten Aufklärung zum Stand des Glaubens in einer gelebten Wirklichkeit.

Im Jahr 1973 übernahm Hanno Helbling als Nachfolger von Werner Weber die Leitung des Feuilletons. Er führte das Ressort, indem er generös und liberal die verschiedenen Kräfte und Begabungen zusammenbrachte. Nachlässigkeiten hatten keine Chance, doch kritische, mitunter auch provokative oder spielerisch-witzige Positionen, die er selber mit Meisterschaft vertrat, hatten stets sein Gehör. Daneben fand Helbling Zeit, seine weiteren Interessen zu realisieren – insbesondere die Tage und Freuden des Übersetzers, der Texte – Romane, Novellen, Gedichte – aus dem Französischen, aus dem Italienischen und aus dem Englischen übertrug. Der Horizont war weit gezogen: Shakespeares *Sonette* und Leopardis *Zibaldone*, Montales Gedichte und Prosa von Charles Ferdinand Ramuz, Lyrik von Caproni oder, mit besonderer Hingabe, Marcel Proust. Überall bewies Helbling seine charakteristische Handschrift. Eleganz und Rhythmus, das je besondere Kolorit und die individuelle Musikalität der Vorlagen sollten auch im Deutschen spür- und hörbar werden.

Kein Dichter fesselte Hanno Helbling so sehr wie Marcel Proust. Wer die *Recherche du temps perdu*, das kapitale Romanwerk zu allen Fragen der Existenz, des Eros, des Leidens und der Kunst, schon kannte, war bei Helbling gewissermaßen im Vorteil. 1988 legte er einen kurzen, präzisen Essay vor, der als Einführung in die *Recherche* gedacht war: ›Erinnertes Leben. Marcel Prousts *Suche nach der verlorenen Zeit*‹. Souverän überspielte der Verfasser die möglichen Hindernisse und Einwände der Sekundärliteratur, um zum Wesenskern von Prousts Œuvre vorzustoßen. Natürlich stellte er die Hauptmotive und maßgeblichen Erzählstrategien genau dar; aber ebenso wichtig waren ihm die verdeckteren Implikationen, worauf sich eine Art von Spiegelschrift auch zur eigenen Physiognomie ergab. Daß das Leben in vielem von Wünschen, Hoffnungen und Illusionen geprägt ist, die sich nach und nach zur Seite von Glück und Unglück auflösen, ist das eine; das andere zeigt sich in der Kraft der Literatur, den Flüchtigkeiten des Daseins eine Fasson, eine Form zu geben, die darüber hinaus Bestand hat.

Helbling selber war insofern ein ungewöhnlich disziplinierter und ausdauernder Arbeiter am Text seiner Herausforderungen. Davon zeugt die Bibliographie seiner Bücher, die er bis ins vergangene Jahr – mit einer kommentierten Auswahl aus den Testaten von Port-Royal – präsentierte: auf der Basis des frei Gewählten. Davon zeugt aber ebensosehr die lange Reihe der Artikel, Kommentare und Aufsätze, die der Redaktor und Journalist für die *NZZ* verfaßte. Schon 1948 erschien dort Helblings erster Artikel, bald folgte eine Fülle von Rezensionen zu historischen, theologischen und literarischen Neuerscheinungen, hinzu traten Essays in der Beilage *Literatur und Kunst* und immer wieder auch Aperçus, Glossen und kritische Notizen zum Tagesgeschehen. Der gelehrte Autor, der ebenso fundiert wie glänzend über Jacob Burckhardt oder Johannes von Müller schrieb, wechselte Feder und Stil, wenn er sich zur Politik des Vatikans oder zu kirchen- und gesellschaftspolitischen Fragen in der Schweiz äußerte. Hierbei war er keiner Fraktion, keiner Richtung gefällig: Er beeindruckte – und überraschte oftmals – mit und aus dem Eigenen.

Als Charakterkopf war Hanno Helbling das Gegenteil eines lauen oder auch allzu vorsichtig-umgänglichen Zeitgenossen. Krankheiten seit seiner Kindheit hatten ihn gelehrt, den Willen zu einer eigenständig gestalteten Vita voranzutreiben, ohne allzu große Schonung der eigenen Person. Disziplin folgte daraus, Denken und Schreiben *jour à jour.* Auch pflegte Helbling – deshalb – einen gelegentlich ironischen, manchmal auch sarkastischen Umgang mit der Welt. Die außerordentliche Präsenz des Intellekts konnte mitunter einschüchtern; obwohl Helbling seinem Wesen nach höchst tolerant war: ein Mann des frei-sinnigen Gebens, der damit Kontakte und Freundschaften weit über die Schweiz hinaus wahrnahm. Umgekehrt war ihm Lebensfreude keineswegs fremd. Seine Reisefeuilletons erzählten davon – oder auch manche Anekdoten, die er mit Charme zu animieren wußte. Musik war ihm wichtig, er fühlte sich hingezogen zu Wagner und Richard Strauss, dann wieder zu Haydn oder Schubert oder Brahms.

Hatte er ein Lebensmotto? Vielleicht jenen Gedanken, daß ein Tag der bloßen Wiederholung ein verschenkter Tag gewesen wäre. Daher, immer wieder, der Aufbruch zu Neuem, zu Anderem und Anderen – worin er den *élan vital* suchte und fand. In Rom, wo er schließlich lebte, wollte er auch begraben sein. Mit Bedacht hatte er sich den Ort ausgewählt, am Fuß der Pyramide des Cestius, auf dem protestantischen Friedhof, in der Nachbarschaft zu Keats und weiteren verwandten Gefährten einer sozusagen romantisch inspirierten Geistigkeit.

HARALD HARTUNG

Poetische Archäologie

Zum Tod von Thomas Kling

Ein überraschender Tod, wie der Krebstod Thomas Klings, verlangt nach einem Apotropäum, einem Zauber, der Unheil abwehrt. Der Tote erscheint einem noch einmal in voller Lebendigkeit. Auf dem Umschlag seines eben erschienenen Buches – seines nun *letzten* Buches – steht Kling auf einer ziemlich hohen Säulentrommel, steht dort in etwas heikler Balance, die Rechte nach vorn, ins Leere gestreckt, während die Linke in den Efeu des Hauses dahinter greift. Ein ziemlich ernster Scherz, mit dem der immer noch jugendliche Avantgardist uns seine Rückbindung auf die Antike und zugleich den Anspruch aufs klassische Monument zur Anschauung bringt. Der rettende, der stabilisierende Griff aber geht ins Grün, ins Immergrün der Sprache. Wer noch genauer auf das Foto schaut, erkennt ein grünes Blatt in der Mitte der Dichterstirn.

Man darf im Scherz durchaus das Pathos sehen. Kling war von seiner poetischen Sendung nicht minder überzeugt als jener Gastwirtssohn aus Bingen, der als Stefan George berühmt wurde. Schließlich legte er, Thomas Kling, Wert darauf, auch, nämlich 1957, in Bingen geboren zu sein. Schließlich hatte er, als Mittdreißiger, bereits seine Epigonen, *Klingonen* genannt, die er förderte und, gar nicht insgeheim, verachtete. Schließlich besaß er die Chuzpe, seine Konkurrenten, selbst seine toten, zu verspotten. So Ingeborg Bachmann, der er »artifizielle Schneewittchenhaftigkeit« attestierte. Kurz: Thomas Kling besaß ein starkes, lustbetontes Selbstgefühl, das seiner Vitalität entsprach: »Ich finde das richtig Klasse, Dichter zu sein: Dichter müssen spekulieren.«

Dichter bringen einen neuen Ton in die Poesie. Im Falle Thomas Klings sogar eine neue Masche. Kling hat die orale Poesie nicht erfunden. Er hatte genügend Vorbilder: August Stramm, Ernst Jandl, Oskar Pastior. Doch er hat ein neues lyrisches Konzept entwickelt, das er »Sprach-Installation« nannte. Anfang der achtziger Jahre machte er sich durch seine Auftritte im Rheinland einen Namen, sensationierte er seine Zuhörer durch den Vortrag seiner Texte. Es waren keine Gedichte im landläufigen Sinne, sondern Sprachpartituren, die sich erst in der lautlichen Realisation entfalteten. Für Gottfried Benn war das moderne Gedicht die schwarze Letter auf weißem Grund. Vorlesen war fast eine Verlegenheit, und Generationen deutscher Lyriker waren stolz darauf, mürrisch und tonlos vor sich hin zu stümpern. Kling hatte dafür nur Hohn. Sein Debüt *erprobung herzstärkender mittel* (1986) zeigte, daß man auch aus der Zertrümmerung der Worte und der Aufhebung der Orthographie Poesie herausholen konnte. Solche Techniken waren für ihn *geschmacksverstärker* (1989) –, ja sie waren *brennstabm* (1991). Kling wollte die alten Sprachgewohnheiten und Realitätsauffassungen erhitzen und aufschmelzen, denn – polemisch gewendet – »von sprach- | placebos sind die szenen überfoll.«

Das Abräumen genügte ihm auf Dauer nicht, auch nicht eine an Symptomen laborierende Gesellschaftskritik. Kling zielte auf große Entwürfe. Sie waren eher in der Vergangenheit als in der Aktualität zu finden. Eines der ersten Projekte war das Poem ›die zerstörtn: ein gesang‹, ein Zyklus, der die Kriege des zwanzigsten Jahrhunderts als einen Alptraum von Bildern und Sprachsplittern zu fassen sucht, »aus schwer zerlebten trauma-höhlen«. Vor allem auf den Ersten Weltkrieg, an dem sein Großvater teilnahm, kam Kling immer wieder zurück. Der Bestialität des Krieges suchte er in immer stärkeren Sprachzersprengungen zu entsprechen, in *nacht. sicht. gerät* (1993) freilich mit dem Resultat, daß die Wortzerstückung zum ästhetischen Spiel geriet. Oder zum dubiosen Kalauer, etwa wenn in einer Reminiszenz an Rußland 1812 von »napoleons gefrierfleisch« die Rede ist.

Klings poetisches Glück lag eher im Rekurs auf die Poesie. Übrigens auch in einer langsamen Heimkehr zum Geschriebenen, zur Schrift. Sehr schön zeigt das der Band *Morsch* (1996) und das Gedicht ›Manhattan Mundraum‹. Die Stadt, als ungeheurer Kosmos, hat als Zentralorgan »ihre zunge, geschwärzter eingeschwärzter o-ton«. Und was tut der Dichter? »dies abgekochte rom; dem geben wir, zart, | seine zunge zurück. di wächst rom zwischen | den zähnen heraus.«

Solche Rückgabe der *Lingua* (eben der Zunge) bestimmte Klings Aktivitäten der letzten Jahre. Der Rückweg in die Tradition wurde sein Weg voran und voraus. Ein Zyklus ›vogelherd‹ ging auf Mittelhochdeutsches zurück und verstand sich als Folge von »microbucolica.« Hinter dem Kürenberger, hinter Wolkenstein und Vergil taucht so eine ›Sapphozuschreibun'. Nachtvorgang‹ auf und mit ihr die früheste Naturlyrik. In Konkurrenz zu Raoul Schrott übersetzte Thomas Kling Catull und schuf dem metropolitanen »street talk« des Römers ein zeitgenössisches Analogon. Kling benannte das alles mit dem Titel eines Bandes von 1999: *Fernhandel.*

Kein Zweifel, daß solche Alexanderzüge mittels Wallungen (Gottfried Benn), diesen Dichter in seiner Lebensmitte noch weit geführt hätten. Sein Indien war noch nicht erreicht, der tiefe Brunnen der Vergangenheit nicht ausgelotet. In seinen *Sondagen* (2002) gab Kling sich als Archäologe und als Medizinmann zugleich. Seine poetische Fahrt führte von der Raketenstation Hombroich, wo er wohnte, zu den Schätzen der Griechischen Anthologie und zu den Fluch- und Segensformeln der frühesten sprachlichen Zeugnisse. Diese Fahrt ist abrupt an ein Ende gekommen. Das macht den Schmerz aus, den wir bei der Nachricht vom Tod eines zu früh gestorbenen Dichters verspüren. Die *Auswertung der Flugdaten* – Titel des letzten Buches – ist nun Sache der Leser von Thomas Kling.

ECKHARD HEFTRICH

Zum Tod von Roger Bauer

Wer im Dezember 1918 als Kind einer bescheidenen jüdischen Familie im Unterelsaß geboren wurde, war dafür prädestiniert, daß sich über seine Zukunft die Schatten epochaler Verhängnisse legen würden. Das Schlimmste blieb Roger Bauer erspart. Als Hitlers Armeen Frankreich eroberten, studierte er bereits an der École Normale Supérieure, die von Paris nach Clermont Ferrand ausgewichen war. Als dann auch diese Region besetzt wurde, ging er in den Untergrund. Daß das Leben der Eltern und Geschwister in Auschwitz geendet hatte, erfuhr er erst, als der Krieg zu Ende war.

Wie konnte Bauer sich nach diesen Erfahrungen für einen Komparatistik-Lehrstuhl in München entscheiden, wenn damals, 1969, gleichzeitig eine glänzende Laufbahn in Paris winkte? Die Antwort liegt in den Umwegen, die dieses Leben nahm. Der Student aus dem dreisprachigen Elsaß folgte im Sommer 1946 dem Ruf des Direktors des Institut Français von Wien. Man residierte im Palais Lobkowitz, ausgestattet mit den Privilegien und Mitteln einer Siegermacht. Die Vorteile genoß der junge Beamte des Auswärtigen Dienstes vor allem, weil das Institut ein Anziehungspunkt für die geistige und künstlerische Elite des daniederliegenden Landes war. Und weil sich ihm mit Wien eine neue Welt auftat, die ihn schon bald von seinem Habilitationsplan, »Wien als kulturelle Metropole«, schwärmen ließ. Damit ging er dann auf Wanderschaft, als Paris ihn als Gastdozenten für französische Literatur an die Universitäten der Trümmerstädte Münster und Köln abordnete. Schließlich wurde ihm noch die Leitung des Französischen Instituts in Bonn übertragen. Die Doppelgleisigkeit von akademischem und diplomatischem Dienst ging erst mit einer Berufung nach Saarbrücken zu Ende. Drei Jahre später, 1965, folgte die Professur in Straßburg.

Die Idee von Wien als Kulturmetropole geriet nicht völlig in Vergessenheit; immerhin liegt sie noch als Palimpsest unter dem Text eines Buches, das 1965 unter dem Titel *La Réalité, Royaume de Dieu* erschien. Mit den hier vorgelegten Studien über die »originalité« des Wiener Theaters in der ersten Hälfte des neunzehnten Jahrhunderts gelang der Nachweis der Konstanten der österreichischem Literatur vom Barock bis zur nachjosephinischen Epoche. Nur der erste Teil mit der Darstellung des gesellschaftlichen, politisch-administrativen und ideologischen Hintergrundes ist 1974 auch in deutscher Übersetzung erschienen. Doch ist gerade diese große Einführung für die literarhistorische Neu- und Umwertung wichtig geworden. Das Buch hat den Ruf des Autors begründet und ist zu einem Standardwerk geworden.

In Aufsätzen und Abhandlungen hat Roger Bauer die oftmals überraschenden Funde seines Forscherfleißes publiziert. Immer häufiger tauchte ein Hauptthema auf: die »décadence«. Zeitweilig drohte der enorme Stoff zu zerbrökkeln. Schließlich erschien 2001 das Buch *Die schöne Décadence – Geschichte eines literarischen Paradoxons.* Es richtet sich unter anderem auch gegen die gerade hierzulande hartnäckig betriebene Vermischung des sich als Literatur abspielenden Phänomens mit der soziologischen und biologischen Problematik des Verfalls. An der Vollendung der französischen Version seines zweiten Hauptwerks, die in Kürze erscheint, hat Roger Bauer gearbeitet, bis die tödliche Krankheit seine Arbeitskraft lähmte.

Der Doyen der vergleichenden Literaturwissenschaft hat viele Ehrungen erhalten. In den fälligen Dankesreden rührte er allenfalls diskret an das Verhängnis, das ihn stets begleitet hat. Er zog dann gerne den Schleier einer glücklichen Jugend davor. Aber dann wurde die nostalgische Schilderung doch durchschnitten: »Ich bin unfähig zu hassen, aber ich weiß, daß ganze Völker manchmal wahnsinnig werden.« Weiter ist er in öffentlichen Äußerungen nie gegangen. Im Gespräch konnte man erfahren, wo seine Toleranz ihre Grenzen hatte. So empörte ihn die von Lea Rosh angetriebene Gedenkbetriebsamkeit.

Die Noblesse, die er an seinen besten Lehrern bewunderte, war ihm selbst zu eigen. Mit Roger Bauer verliert das echte, weil erlittene und gelebte Europa einen seiner unaufdringlichsten Repräsentanten.

HEINZ LUDWIG ARNOLD

Romantiker in gläserner Welt

Mischung von Rationalität und Mystizismus: Zum Tod von Heinrich Schirmbeck

Eines der wenigen Bücher, die über den Schriftsteller Heinrich Schirmbeck erschienen sind, trägt den Titel *Heinrich Schirmbeck and the two cultures.* Es zitiert im Titel die These von Charles Percy Snow, wonach sich in der bürgerlichen Wissensgesellschaft die Trennung zwischen naturwissenschaftlicher und philosophischer Erkenntnis vollzogen habe und zwei unterschiedliche Kulturen entstanden seien, die einander immer fremder würden, aneinander immer weniger Interesse zeigten. Der im Alter von 90 Jahren verstorbene Heinrich Schirmbeck hat sein schriftstellerisches Leben fast von Anbeginn an daran gesetzt, solcher Entfremdung nachzusinnen, und er hat in vielen Aufsätzen und Büchern gefragt, wie denn die ethischen Konsequenzen solcher Entfremdung beschaffen seien. Und er ist meist zu dem pessimistischen Schluß gekommen, daß die naturwissenschaftlichen Forscher oft ein »unseliges Metier« betreiben.

Von Anfang an zeichnete Schirmbeck ein ausgeprägter Sinn für Gerechtigkeit aus: für die ethische Verantwortung des Handelnden für sein Handeln. Daß er damit schon früh den nationalsozialistischen Behörden ins Gehege kam, bald nach dem Abitur 1934 verhaftet und mit einem Studienverbot belegt wurde, paßt ebenso ins Bild wie sein Engagement nach dem Krieg gegen die Wiederbewaffnung der Bundesrepublik, gegen die Atomrüstung und noch in den 1980er Jahren gegen den NATO-Doppelbeschluß.

Nachdem Schirmbeck in den 1930er Jahren als Werbefachmann im Buchgewerbe gearbeitet hatte, begann er für Zeitungen und Zeitschriften zu schreiben, zum Beispiel für die *Frankfurter Zeitung,* schrieb aber auch schon Erzählungen, die der mit ihm befreundete Verleger Peter Suhrkamp 1944 in einer ersten Novellensammlung, *Die Fechtbrüder,* veröffentlichte. Noch ein paar Jahre nach dem Kriege war Schirmbeck Werbeleiter bei Zeitungen, bis er sich 1952 entschied, als freiberuflicher Schriftsteller und Publizist zu leben.

Aus diesem über 50jährigen Schriftstellerleben ist noch zu Schirmbecks 90. Geburtstag im Hilbinger Verlag eine essentielle Auswahl-Kassette erschienen: die bereits in den frühen 1940er Jahren entstandene Novelle *Der Kris*;

der umfangreiche Erzählungenband *Die Pirouette des Elektrons* (mit einem Nachwort von Robert Jungk) und Schirmbecks 1957 erstmals erschienenes Hauptwerk *Ärgert dich dein rechtes Auge* – ein Roman, der die Bekenntnisse des Thomas Grey aufzeichnet, einer Hamlet-Figur, die sich im Spannungsfeld naturwissenschaftlichen Forschens und staatlich-militärischen Begehrens nach den Ergebnissen solchen Forschens verstrickt und schließlich wegen Geheimnisverrats verhaftet wird.

Im Gefängnis sinniert Thomas Grey am Ende des Romans:

»Man läßt mir viele Freiheiten; ich darf lesen, schreiben, Besuche empfangen [...]. Ich habe alle formalen und stilistischen Prinzipien, die ich mir vor einigen Jahren, als ich meine literarischen Versuche begann, zum Dogma machte, über Bord geworfen und versucht, in der Form eines Berichtes zu schildern, welche Erlebnisse, welche Anlagen und seelischen Voraussetzungen mich in meine jetzige Lage gebracht haben. Ich weiß, daß ich kein Dichter bin.«

Anders als sein so sich schildernder Held in diesem Roman war Heinrich Schirmbeck durchaus ein ambitionierter Schriftsteller, der Dichter sein und deshalb fast mit jedem Satz ein perfektes Stück Literatur formulieren wollte. Eben deshalb lag ihm das Einfache nicht. Seine Klangfarben erinnerten zuweilen an Ernst Jünger und auch an Thomas Mann. Mag sein, daß Schirmbeck letztlich ein Schriftsteller für Eingeweihte geblieben ist: ein verkappter Romantiker in einer gläsernen Welt, oder, wie das der Kritiker Karl August Horst schon früh genannt hat: eine »eigene Mischung von Irrationalität und Mystizismus«, in der aber die Vernunft unter einem Schleier mystifizierender Schreibanstrengung häufig verschwindet.

LOTHAR MÜLLER

Loreleys Zöpfe

Zum Tod von Cesare Cases

Die deutsche Italiensehnsucht, die über Jahrhunderte hinweg so gründlich wie leidenschaftlich ausgelebt worden ist, hat längst ihre Geschichtsschreiber gefunden. Leicht ließe sich mit deren Schriften, den enthusiastischen wie den spöttischen, eine kleine Bibliothek füllen. Es wäre reizvoll, ihr eine Bibliothek zur Geschichte der italienischen Bewunderer und Erforscher der deutschen Kultur an die Seite zu stellen: Mit einem Benedetto-Croce-Saal und mit Wandkarten, auf denen die Geburtsorte italienischer Germanisten, darunter Fiume und Triest, über die Habsburg-Verbindung in die deutsche Sprache hineinführen.

Cesare Cases, im Frühjahr 1920 als Sohn eines jüdischen Rechtsanwaltes in Mailand geboren, entstammt einer Familie, die lange in Mantua ansässig gewesen war und in der die Erinnerung an die österreichische Herrschaft über die Lombardei kursierte. Aber obwohl der Großvater eine in Leipzig gedruckte Ausgabe von Lessings Lyrik und seinen Prosawerken besaß, sprach man in Mailand nur italienisch. Auch seine jüdische Abstammung und die vermeintliche Wahlverwandtschaft zwischen Juden und Deutschen seien für ihn, das Produkt gründlicher Assimilierung, nicht der Grund für seine Hinwendung zur deutschen Literatur gewesen, hat Cases einmal geschrieben. Nein, in diesem Fall kam der Anstoß von außen: der junge Cases, als Jude am Studium in Italien gehindert, emigrierte in die Schweiz, und er studierte dort nicht nur Chemie, sondern lernte auch gründlich Deutsch. Zum äußeren Anstoß kam ein starkes inneres Motiv: die Enttäuschung durch das Deutschland des Nationalsozialismus durch die umso eindringlichere Befassung mit der deutschen Kultur zu überwinden. Seinen ersten großen Leitstern fand der junge Cases schon 1943 in Zürich: Lucien Goldmann, der dort im Exil lebte, verwies ihn nachdrücklich auf das Buch *Geschichte und Klassenbewußtsein* (1923) des aus Ungarn stammenden, an Hegel geschulten Marxisten Georg Lukács.

Cesare Cases kehrte in den Nachkriegsjahren nach Italien zurück, wurde Mitglied der Kommunistischen Partei, ging 1956/57 als Lektor in die DDR, in das Leipzig von Hans Mayer und Ernst Bloch, begegnete dort dem Romanisten Werner Krauss. Das Tauwetter nach Stalins Tod war vergangen, die Revolution in Budapest niedergeschlagen, Lukács zeitweilig inhaftiert worden. Nach Italien zurückgekehrt, verließ Cases die KPI 1958, blieb aber Exponent der italienischen Linken, lehrte an den Universitäten von Cagliari, Pavia und, vor allem, in Turin, der Stadt und den intellektuellen Zirkeln des Einaudi Verlages, dem er lange verbunden war. Ein Mann der großen Monographien war er nicht, seine *Saggi e note di letteratura tedesca* erschienen auf deutsch als *Stichworte zur deutschen Literatur. Kritische Notizen* (1969). Obwohl er unter anderem über Thomas Mann schrieb, den Heros von Georg Lukács (den er ins Italienische übersetzte), hielt Cases seinem Leitstern nicht bedingungslose Treue. Brecht, der Antipode Lukács' in den dreißiger Jahren, trat in den Vordergrund, die *Minima Moralia* von Adorno, dem Lukács-Antipoden der sechziger Jahre, avancierten zu einem seiner Lieblingsbücher. Zu seinen »Leuchttürmen« zählte er bis ins Alter sowohl den eleganten Abbé Galiani wie den streng-polemischen Karl Kraus. Das polemische und journalistische Temperament zeigte sich etwa in lustvoll geführten Fehden mit Roberto Calasso, dem Anwalt der Mythen und Leiter des Adelphi-Verlages. Manch Satirisch-Polemisches ist in den deutschen Auswahlband *Ade, ihr Zöpfe der Loreley* (1996) eingegangen. Über Seumes Italien schrieb er genauso gern wie über das Italien Goethes. Wenig überraschend, daß er für das Italien Berlusconis nur noch Sarkasmus übrig hatte. Aber für Überraschungen war Cases immer gut: als er längst emeritiert war, erschien 1997 seine im Jahre 1946 ungedruckt gebliebene Dissertation: Sie war dem Werk von Ernst Jünger bis 1945 gewidmet, keine polemische Abrechnung, sondern eine Studie über das Bürgertum; das Abenteuer und den Krieg, in der sich, etwa im Blick auf Jüngers Schrift *Der Arbeiter* Kritik und Anerkennung die Waage hielten.

HORST GÜNTHER

Kosmopolit der Vernunft

Zum Tod von Raymond Klibansky

Bis in sein hohes Alter war Raymond Klibansky wie ein Jüngling, leuchtenden Auges, beweglich, charmant, die Sprachen wechselnd und in jeder fehlerlos plaudernd. Wenn er aber von der Spurensuche nach einer verlorenen oder gestohlenen mittelalterlichen Handschrift sprach, dann leuchtete noch ein ganz anderes Feuer in seinen Augen. Es war eine Freude, ihn bei den mittlerweile fast schon mythologischen Tischgesellschaften der Bibliothek zu Wolfenbüttel im Kreise jüngerer Gelehrter zu sehen, im vertrauten Gespräch mit der polnischen Germanistin Elida M. Szarota, die, wie er in Paris geboren, mit ihm die Odenwaldschule besucht und auch die Wirren des vergangenen Jahrhunderts erlebt hatte.

Raymond Klibansky, der am 5. August in Montreal 99-jährig gestorben ist, hatte das Glück, sehr früh als Student in die richtigen Umgebungen zu geraten. In Hamburg studierte er bei Ernst Cassirer und im Umkreis der Bibliothek Warburg, in Heidelberg gelangte er in den Kreis um Marianne Weber und in den um Friedrich Gundolf, er studierte bei Karl Jaspers und bei dem Platon- Forscher Ernst Hoffmann. Der wies ihn auf die damals gerade begonnene Erforschung des Platonismus im Mittelalter. Noch als Student durfte er im Anhang zu Cassirers bedeutender Studie *Individuum und Kosmos in der Philosophie der Renaissance* (1927), die Aby Warburg zum 60. Geburtstag 1926 gewidmet war, das merkwürdig schöne *Liber de Sapiente* von Carolus Bovillus edieren, eine spekulative Deutung der Welt und des sie erkennenden Bewußtseins.

Als Forschungsassistent der Heidelberger Akademie der Wissenschaften war Klibansky von 1927 bis zur erzwungenen Emigration 1933 mit Ernst Hoffmann tätig in der Vorbereitung der Ausgabe sämtlicher Werke des Nikolaus von Kues. Die gewaltige Rolle dieses fragenden und mit platonischer Dialektik die Gegensätze überwindenden Denkers am Ausgang des Mittelalters war damals erst deutlich geworden. Zur Editionsarbeit für die Cusanus-Gesamtausgabe, die sich, durch den Krieg unterbrochen, über Jahrzehnte hinziehen sollte, kam die Herausgabe der lateinischen Schriften von Meister Eckhart hinzu. Er ist immer noch vor allem als Mystiker bekannt, reagierte aber unmittelbar auf die Bewegungen innerhalb der Entwicklung der scholastischen Theorie und war, was damals gerade ins Blickfeld der Forschung geriet, von der neuplatonischen Philosophie inspiriert.

Raymond Klibansky wurde nach der Emigration dank souveränen Sprachenkenntnissen und seinem weiten Forschungshorizont schneller als mancher andere in der angelsächsischen Welt heimisch. So konnte der Heidelberger Privatdozent und Akademiemitarbeiter bald als Lecturer am King's College in London wirken und war 1936 Fellow in Oxford. Hier mündeten seine Studien in die Darstellung der platonischen Tradition des Mittelalters und in die Edition der lateinischen und arabischen Texte des *Corpus Platonicum.* Seine Forschungsarbeit wurde durch den Zweiten Weltkrieg unterbrochen, aber sein außerordentlicher Scharfsinn bewährte sich nicht allein im Aufspüren und Entziffern mittelalterlicher Handschriften, sondern auch beim Nachrichtendienst, für den er ein besonderes Talent entwickelt haben muß. Als zusammenhängende wissenschaftliche Arbeit wieder möglich wurde, bot das 1933 nach London verlegte und so gerettete Warburg-Institut sich als Rahmen an, in dem Klibansky bereits vor Ausbruch des Krieges sein *Corpus Platonicum* zu publizieren begonnen hatte.

Dann erreichte ihn der Ruf auf den Lehrstuhl für Geschichte der Philosophie an der McGill University in Montreal in Kanada. Wer jenseits des Atlantiks europäische Philosophie lehrt, ist zu reisen genötigt. Die Quellen, die Kollegen und Kolloquien finden sich großenteils in der Alten Welt. Klibansky wurde aber nicht lediglich zu einem reisenden Philosophen, sondern zu einem, der internationale Beziehungen knüpfte und internationale Verantwortung übernahm. Mit großem diplomatischem Geschick brachte er die Kollegen dazu, in Sammelwerken über ihre Disziplinen zu berichten und mit Hilfe des Institut International de Philosophie und der Unesco regelmäßige Übersichten über die Forschungsliteratur zu organisieren.

Diese jährlich (seit 1954) erscheinende *Bibliographie de la Philosophie* in der eisig zerstrittenen Welt der politischen Lager und des Kalten Krieges, der unversöhnlichen und wenig verständnisbereiten Schulen zustande zu bringen, war ein Wunder an Takt und diplomatischem Geschick. Dem deutschsprachigen Publikum vertraut wurde Raymond Klibansky durch das Ergänzen und Fortschreiben des Werkes *Saturn und Melancholie* (englisch 1964, deutsch 1990), das einst Panofsky und Saxl 1923 als *Dürers ›Melencolia I‹* herausgebracht hatten. Die Monographie zu Dürers Kupferstich wuchs sich aus zu einem Buch von zauberhafter Gelehrsamkeit, das die Lehre von den Temperamenten und die Geschichte des Saturn, des »Herrschers der Melancholie«, von antiken Traktaten und astrologischen Handschriften des Mittelalters und der Melancholie-Poesie bis zu Marsilio Ficino und Dürer verfolgt. Klibanskys Vorwort zur deutschen Ausgabe des Gemeinschaftswerks (lange nach Panofskys Tod) skizziert die teils poetische, teils abenteuerliche Deutungsgeschichte dieses Lieblingsbildes genialen Brütens und der Beschwörung dämonischer Kräfte.

Raymond Klibansky war in dieser wie in jeder anderen Arbeit ein lichter Geist, ein entschiedener Vertreter der Vernunft und des zwar behutsamen, aber rationalen Handelns und des Zusammenwirkens der Philosophen auf dieser immer kleiner werdenden Erde.

Anhang

Bericht

Frühjahrstagung

Die Frühjahrstagung der Deutschen Akademie fand vom 28. April bis 1. Mai in Salzburg statt. Den Auftakt bildete am Abend des 28. April in der ehrwürdigen Aula der Universitätsbibliothek die Selbstvorstellung der neuen Akademiemitglieder ANITA ALBUS, WALTER KAPPACHER, RAOUL SCHROTT und WOLF SINGER, gefolgt von einem Podiumsgespräch zwischen RAOUL SCHROTT und WOLF SINGER zum Thema »Naturwissenschaft und Poesie«; das Gespräch leitete KLAUS REICHERT.

Das Thema des Podiumsgesprächs, das unter Leitung von UWE PÖRKSEN am Nachmittag des folgenden Tages am selben Ort stattfand, lautete: »Die Wissenschaft spricht Englisch – und die Gelehrsamkeit viele Sprachen?« Teilnehmer waren FLORIAN COULMAS (Direktor des Deutschen Instituts für Japanstudien, Tokyo), REGINE KOLLEK (Internationales Bioethik-Komitee der Unesco), VOLKER TER MEULEN (Präsident der Deutschen Akademie der Naturforscher Leopoldina), ULRICH RAULFF (Direktor des Schiller-Nationalmuseums und des Deutschen Literaturarchivs Marbach a.N.) und HANS-JÖRG RHEINBERGER (Direktor am Max-Planck-Institut für Wissenschaftsgeschichte).

Am Samstagvormittag hielt der Salzburger Historiker ROBERT HOFFMANN für Akademiemitglieder im Tagungshotel einen Lichtbildervortrag über den »Mythos Salzburg«; im Anschluß standen je eine literarische und eine musikalische Stadtführung (ebenfalls nur für Mitglieder und Gäste der Akademie) auf dem Programm. Die öffentliche Veranstaltung am Abend, im »republic«, war – der Tradition der Frühjahrstagungen folgend – der Literatur und Poesie gewidmet. Österreichische Autoren der Gegenwart stellten vergessene Schriftsteller ihres Landes vor: ROBERT SCHINDEL erinnerte an Leo Perutz, GERT JONKE an Gisbert Trattnig, ALFRED KOLLERITSCH an Julius Franz Schütz, ROBERT MENASSE an Gerhard Fritsch und KATHRIN RÖGGLA an Meta Merz. Die Veranstaltung trug den Zitattitel: »Wenn auch die Namen nicht mehr sind«

und wurde von Peter Hamm geleitet, der seinerseits an die österreichischen Autoren Jesse Thoor, Albert Ehrenstein, Berthold Viertel und Ernst Waldinger erinnerte.

Höhepunkt und Abschluß der Tagung war die Feier der Öffentlichen Preisverleihung, die am Sonntag vormittag im (südlich von Salzburg gelegenen) Lustschloß Hellbrunn stattfand.

Den Johann-Heinrich-Voß-Preis für Übersetzung erhielt Elisabeth Edl, die Laudatio hielt Andreas Isenschmid. Die Verleihungsurkunde hat folgenden Wortlaut:

Die Deutsche Akademie für Sprache und Dichtung verleiht den von ihr gestifteten Johann-Heinrich-Voß-Preis für Übersetzung 2005 Elisabeth Edl für ihr vielfältiges übersetzerisches Werk aus dem Französischen, insbesondere aber wegen der eleganten Präzision ihrer Neuübersetzung von Stendhals *Le Rouge et le Noir*, die in ihrer Balance von Distanz und Vergegenwärtigung exemplarisch zeigt, wie sich klassische Texte früherer Jahrhunderte in der Übertragung wiedergewinnen lassen.

Den Friedrich-Gundolf-Preis für Vermittlung deutscher Kultur im Ausland erhielt László F. Földényi, die Laudatio hielt Ilma Rakusa. Die Verleihungsurkunde hat folgenden Wortlaut:

Die Deutsche Akademie für Sprache und Dichtung verleiht den Friedrich-Gundolf-Preis für die Vermittlung deutscher Kultur im Ausland 2005 László Földényi, dem scharfsichtigen Kritiker und aufmerksamen Übersetzer, dem eigensinnigen Essayisten und Liebhaber der deutschen Kultur, dessen Studien zu Heinrich von Kleist oder Caspar David Friedrich eine schmerzlich zerrissene Vergangenheit der europäischen Aufklärung und ihrer Widersprüche erschließen, und der als aufmerksamer Beobachter und passionierter Vermittler das heutige Deutschland erkundet, seine Ungleichzeitigkeiten aufspürt und diese gegen alle europäische Betriebsamkeit beharrlich verteidigt.

An der Mitgliederversammlung, die am Vormittag des 29. April im oberhalb von Salzburg gelegenen Restaurant »Mönchsberg 32« stattfand, das dem Museum der Moderne angegliedert ist, nahmen 30 ordentliche und 21 korrespondierende Mitglieder teil. Bei der turnusgemäßen Neuwahl der Kommission für den Johann-Heinrich-Voß-Preis für Übersetzung wurden alle Mitglieder wiedergewählt.

Der britische Historiker Perry Anderson sowie die Schriftsteller Per Olov Enquist (Schweden) und Peter Turrini (Österreich) wurden als korrespondierende Mitglieder neu in das Kollegium der Akademie aufgenommen.

Herbsttagung

Die Herbsttagung der Deutschen Akademie fand vom 3. bis 5. November in Darmstadt statt und war dem Thema »Talk statt Politik – Verschwindet die politische Rede?« gewidmet. Zur Eröffnung der Tagung am Donnerstag abend im Institut Mathildenhöhe sprachen UWE PÖRKSEN, GUSTAV SEIBT und WOLFGANG THIERSE, Präsident des Deutschen Bundestages, zum Thema »Demokratisch reden«.

Am Freitag nachmittag stand eine Podiumsdiskussion zum Thema auf dem Programm, an der ARNULF CONRADI (Verleger), FRIEDRICH KÜPPERSBUSCH (TV-Produzent) und MICHAEL NAUMANN (Herausgeber der *Zeit*) teilnahmen. Die Diskussion leitete MARTIN BAUER (Redakteur der Zeitschrift *Mittelweg 36* des Hamburger Instituts für Sozialforschung).

Am Abend fand in der Orangerie die Lesung der Georg-Büchner-Preisträgerin BRIGITTE KRONAUER statt. Zuvor stellten sich PER ØHRGAARD und PETER TURRINI als neue Mitglieder der Akademie vor.

Der Samstag vormittag war – als interne Sitzung im Tagungshotel – einer literarischen Diskussion gewidmet. HEINRICH DETERING stellte *Die Vermessung der Welt* von Daniel Kehlmann vor, MICHAEL MAAR *Neue Leben* von Ingo Schulze. Über beide Bücher entspann sich unter den Mitgliedern eine lebhafte Debatte.

Abschluß und Höhepunkt der Tagung war die öffentliche Feier zur Verleihung der Akademie-Preise, die am Nachmittag des 5. November im Kleinen Haus des Staatstheaters stattfand.

Mit dem Johann-Heinrich-Merck-Preis für literarische Kritik und Essay wurde HANS KEILSON ausgezeichnet, die Laudatio hielt TILMAN KRAUSE. Die Verleihungsurkunde hat folgenden Wortlaut:

Die Deutsche Akademie für Sprache und Dichtung verleiht den Johann-Heinrich-Merck-Preis für literarische Kritik und Essay 2005 Hans Keilson, dem Essayisten und Wissenschaftler, dem Dichter und Erzähler, der in seinem vielseitigen Werk Psychologie, Poesie und Kritik zusammengeführt hat zu einer scharfblickenden Analyse der Zivilisationsbrüche des 20. Jahrhunderts und zu einem künstlerisch und moralisch gleichermaßen bewegenden Zeugnis der Humanität.

Den Sigmund-Freud-Preis erhielt PETER SLOTERDIJK, die Laudatio hielt BORIS GROYS. Die Verleihungsurkunde hat folgenden Wortlaut:

Die Deutsche Akademie für Sprache und Dichtung verleiht den Sigmund-Freud-Preis für wissenschaftliche Prosa 2005 Peter Sloterdijk, dem Kulturkritiker und Zeitanalytiker, der in seinem breitgefächerten Werk von der Kritik der zynischen

Vernunft und einer Ethik der Unterlassung bis zu einer anthropologisch-politischen Sphärologie vordrang, in der er die Geschichte der Menschheit neu sieht (oder erfindet) und dabei zu einem Erzähler geworden ist, der Philosophie und Poesie wieder miteinander kühn verbindet.

Der Georg-Büchner-Preis wurde an Brigitte Kronauer verliehen, die Laudatio hielt Patrick Bahners. Die Verleihungsurkunde hat folgenden Wortlaut:

Die Deutsche Akademie für Sprache und Dichtung verleiht den Georg-Büchner-Preis 2005 Brigitte Kronauer, der spielerisch sicheren Erzählerin, die ihren Sinn für das scheinbar Banale, für Komik, Erotik und Sarkasmus hellhörig und präzise auf alles Doppelbödige in Gefühlen und Gesten richtet und so zu einer Meisterin des Vexierspiels, der höheren Heiterkeit und des musikalischen Schreibens wird.

An der Mitgliederversammlung am 4. November nahmen 33 ordentliche und 15 korrespondierende Mitglieder teil. Auf der Tagesordnung stand die turnusgemäße Neuwahl des erweiterten Präsidiums. Sie hatte folgendes Ergebnis: Als *Präsident* wurde Klaus Reichert wiedergewählt; als *Vizepräsidenten* wurden wiedergewählt: Ilma Rakusa, Uwe Pörksen und Peter Hamm; der neue *Beirat* setzt sich zusammen aus: Friedrich Christian Delius, Harald Hartung, Joachim Kalka, Peter von Matt, Gustav Seibt und Werner Spies. – Turnusgemäß wurden zwei neue Mitglieder in die *Kommission für Zuwahlen* gewählt; die bisherigen Stellvertreter Volker Braun und Kurt Flasch schieden aus, neu gewählt wurden Martin Mosebach und Michael Walter. – Aus der Publikationskommission schieden aus: Wulf Kirsten und Bernhard Zeller, neu gewählt wurde Martin Mosebach. – Aus dem Ehrenausschuß schieden aus: Wulf Kirsten und Peter Wapnewski, neu gewählt wurden Hans Maier und Michael Stolleis.

Der Schriftsteller Adolf Endler wurde als ordentliches, der englische Germanist Jeremy Adler als korrespondierendes Mitglied neu in das Kollegium der Akademie aufgenommen.

Lesungen und andere Veranstaltungen 2005

20. Januar	Markus Werner liest aus seinem Roman *Am Hang.*
23. Februar	Iso Camartin liest aus seinem Buch *Belvedere – Das schöne Fernsehen.*
10. März	Karl Krolow zur Erinnerung. Lesung und Überreichung der Totenmaske (in Zusammenarbeit mit dem Suhrkamp Verlag, Frankfurt a. M.). Es lesen im Glückert-Haus: Harald Hartung, Elisabeth Borchers, Gabriele Wohmann, Walter Helmut Fritz, Peter Krolow, Peter Benz, Ulla Unseld-Berkéwicz.
14. April	Werner Spies liest aus seinem Buch *Duchamp starb in seinem Badezimmer an einem Lachanfall.*
26.-28. Mai	Deutsch-arabischer Dialog II 2005 in Rabat (Marokko). Mitglieder der Akademie wurden von der Universität Mohammed V, Rabat und dem marokkanischen Kultusministerium nach Marokko eingeladen, um das 2004 begonnene Gespräch über deutsch-arabische Lyrikübersetzungen weiterzuführen. Von der Deutschen Akademie nahmen teil: Klaus Reichert, Ilma Rakusa, Volker Braun, Joachim Sartorius, Harald Hartung.
2. Juni	Hans Keilson und Heinrich Detering: Einer der letzten großen Überlebenden des Exils. Lesung und Gespräch (aus Anlaß der jüngst erschienenen Werkausgabe Hans Keilsons im S. Fischer Verlag).
23. September	»Lange Nacht der Musen«: *Frauen. Naja. Schwierig.* Leseperformance mit Steffen Jacobs, Hellmuth Opitz und Matthias Politycki.
12. Oktober	Valerio – eine Flugschrift. Lesung und Diskussion im roten Salon der Volksbühne, Berlin (in Zusammenarbeit mit dem Wallstein Verlag, Göttingen). Teilnehmer: Gustav Seibt, Burkhard Spinnen, Martin Mosebach, Eckhard Fuhr, Jens Jessen und Christian Bommarius.

21. Oktober	Einigungsschmerzen – über Gefühlslagen im [ost-]europäischen Raum. Diskussion im Internationalen Zentrum der Frankfurter Buchmesse (in Zusammenarbeit mit der S. Fischer-Stiftung, Frankfurt a. M.). Teilnehmer: Reinhard Jirgl, Juri Andruchowytsch, Monika Sznajderman und Martin Pollack.
4. November	Lesung der Georg-Büchner-Preisträgerin 2005, Brigitte Kronauer, in der Orangerie, Darmstadt – Vorstellung von Per Øhrgaard und Peter Turrini als neue Mitglieder der Akademie.
15. November	Peter Sloterdijk und Iso Camartin. Gespräch, veranstaltet in der Centralstation, Darmstadt (in Kooperation mit der HEAG Südhessische Energie AG [HSE], die den Sigmund-Freud-Preis fördert, dessen Träger vor dem eigentlichen Beginn der Veranstaltung auf Dias präsentiert werden).

Soweit nicht anders erwähnt, fanden die Lesungen im Darmstädter Glückert-Haus statt. Die Lesungen werden durch eine Spende der Stadtsparkasse Darmstadt ermöglicht.

Deutsche Akademie für Sprache und Dichtung

Präsidium · Kuratorium · Ehrenmitglieder · Sekretariat

DAS PRÄSIDIUM

Präsident:
Klaus Reichert

Vizepräsidenten:
Ilma Rakusa, Uwe Pörksen, Peter Hamm

Beirat:
Friedrich Christian Delius, Harald Hartung, Joachim Kalka, Peter von Matt, Gustav Seibt, Werner Spies

DAS KURATORIUM

Ehrenmitglied:
Günther Metzger

Bestellte Mitglieder:
Vom Beauftragten der Bundesregierung für Kultur und Medien: Dr. Sigrid Bias-Engels, Ministerialrat Dr. Horst Claussen; vom Hessischen Ministerium für Wissenschaft und Kunst: Staatsminister Udo Corts, Leitender Ministerialrat Dr. Erich Post; von der Ständigen Konferenz der Kultusminister: die Präsidentin, Min. Dirig. Dr. Rolf-Peter Carl; vom Magistrat der Wissenschaftsstadt Darmstadt: Oberbürgermeister Walter Hoffmann, Stadtrat Dieter Balzer; von der Kulturstiftung der Länder: Isabel Pfeiffer-Poensgen, Dr. Philipp Demandt

Berufene Mitglieder:
Dr. Georg Büchner, Stuttgart; Dr. Wilfried Guth, Frankfurt a. M.; Prof. Dr. Joseph Jung, Zürich; Prof. h.c. Dr. h.c. Dr. Wolfgang Kaske, Aachen; Arnulf von Keussler, Darmstadt; Dr. Hermann Kleinstück, Darmstadt; Prof. Dr. H. J. Langmann, Darmstadt; Prof. Dr. h.c. Klaus Saur, München; Dr. Nikolaus Schweikart, Bad Homburg v. d. H.; Gert Silber-Bonz, Michelstadt; Karl Starzacher, Lich; Dr. Horstmar Stauber, Oberursel i. Ts.; Dr. Bernd W. Voss, Frankfurt a. M.

EHRENMITGLIEDER

Václav Havel, ehem. Präsident der Tschechischen Republik, Prag
Walter Scheel, Bundespräsident a.D., Berlin

EHRENPRÄSIDENTEN (verstorben)

Rudolf Pechel; Rudolf Alexander Schröder; Hermann Kasack; Kasimir Edschmid; Gerhard Storz; Bruno Snell; Dolf Sternberger

DIE PRÄSIDENTEN:

Rudolf Pechel 1950-1952; Bruno Snell 1952-1953; Hermann Kasack 1953-1963; Hanns W. Eppelsheimer 1963-1966; Gerhard Storz 1966-1972; Karl Krolow 1972-1975; Peter de Mendelssohn 1975-1982; Herbert Heckmann 1984-1996; Christian Meier 1996-2002; Klaus Reichert seit 2002

EHRENMITGLIEDER (verstorben)

Raymond Aron, Paris; Hanns W. Eppelsheimer, Frankfurt a.M.; Sir Ernst Gombrich, London; Karl Jaspers, Basel; Thomas Mann, Zürich-Kilchberg; Friedrich Meinecke, Berlin; Sir Karl Popper, Kenley / Surrey; Albert Schweitzer, Lambarene; Eduard Spranger, Tübingen; Peter Suhrkamp, Frankfurt a.M.; Fritz von Unruh, Dietz / Lahn; Alfred Weber, Heidelberg; Kurt Wolff, New York

DAS SEKRETARIAT

Deutsche Akademie für Sprache und Dichtung
Glückert-Haus
Alexandraweg 23
D-64287 Darmstadt
Telefon: +496151-4092-0
Telefax: +496151-4092-99
E-Mail: sekretariat@deutscheakademie.de
URL: http://www.deutscheakademie.de

Generalsekretär:

Dr. Bernd Busch
Telefon: +496151-4092-12
Assistenz: Dorothea Martin, M.A.
Telefon: +496151-4092-0
E-Mail: sekretariat@deutscheakademie.de

Lektorat:

Michael Assmann
Telefon: +496151-4092-17
E-Mail: michael.assmann@deutscheakademie.de

Assistenz: Annette Göbel-Lunemann
Telefon: +496151-4092-20
E-Mail: annette.goebel@deutscheakademie.de

Presse und Öffentlichkeitsarbeit:
Corinna Blattmann, M.A.
Telefon: +496151-4092-16
E-Mail: corinna.blattmann@deutscheakademie.de
Assistenz: Barbara zur Megede
Telefon: +496151-4092-19
E-Mail: barbara.zur_megede@deutscheakademie.de

Verwaltung:
Drahomira Kobza
Telefon: +496151-4092-13
E-Mail: drahomira.kobza@deutscheakademie.de

Die Kommissionen

Erweitertes Präsidium

Klaus Reichert, Ilma Rakusa, Uwe Pörksen, Peter Hamm; Friedrich Christian Delius, Harald Hartung, Joachim Kalka, Peter von Matt, Gustav Seibt, Werner Spies

Kommission für den Friedrich-Gundolf-Preis für die Vermittlung deutscher Kultur im Ausland

Heinrich Detering, Norbert Miller, Lea Ritter-Santini (federführend), Jean-Marie Valentin; *Stellvertreterin*: Ilma Rakusa

Kommission für den Johann-Heinrich-Voß-Preis für Übersetzung

Heinrich Detering, Joachim Kalka (federführend), Friedhelm Kemp, Werner von Koppenfels, Ilma Rakusa, Michael Walter; *Stellvertreterin*: Lea Ritter-Santini

Kommission für Zuwahlen

Joachim Kalka (federführend), Michael Maar, Martin Mosebach, Joachim Sartorius, Gustav Seibt, Michael Walter; *Stellvertreter*: Peter Gülke, Uwe Timm

Kommission für Publikationen

Walter Boehlich, Peter Hamm, Friedhelm Kemp, Norbert Miller, Martin Mosebach, Friedrich Pfäfflin (federführend), Lea Ritter-Santini; *Stellvertreter*: Heinrich Detering

Kommission zur Vorbereitung einer Publikation mit Mundartdichtung

Hans-Martin Gauger, Ludwig Harig, Christoph Meckel, Franz Mon

Sprach- und Rechtschreibkommission

Peter Eisenberg, Hans-Martin Gauger (federführend), Hartmut von Hentig, Friedhelm Kemp, Gustav Korlén, Franz Mon, Uwe Pörksen, Albrecht Schöne, Michael Walter, Harald Weinrich, Hans Wollschläger

Redaktionsbeirat für die Schriftenreihe im Hanser Verlag

Durs Grünbein, Michael Krüger, Norbert Miller; *Stellvertreter*: Harald Hartung

Ehrenausschuß

Elisabeth Borchers, Hans-Martin Gauger, Hans Maier, Albrecht Schöne, Michael Stolleis

Mitgliederverzeichnis

EHRENMITGLIEDER

Havel, Václav, ehem. Präsident der Tschechischen Republik, 100 00 Praha 1, Tschechische Republik
Scheel, Walter, Dr. h.c., Bundespräsident a.D., Glinkastraße 34-36, 10117 Berlin

ORDENTLICHE UND AUSSERORDENTLICHE MITGLIEDER

*Die Namen der außerordentlichen Mitglieder sind mit einem * versehen*

Albus, Anita, Georgenstraße 4, 80799 München, T. (089) 34 15 21
Arnold, Heinz Ludwig, Prof., Tuckermannweg 10, 37085 Göttingen, T. (0551) 5 61 53, F. (0551) 5 71 96, e-mail: harnold@gwdg.de
Augustin, Ernst, Dr., Orffstraße 10, 80634 München
Barner, Wilfried, Prof. Dr. Dr. h.c., Walter-Nernst-Weg 10, 37075 Göttingen
Becker, Jürgen, Am Klausenberg 84, 51109 Köln, T. (0221) 84 11 39
Blöcker, Günter, Ludwig-Barnay-Platz 11, 14197 Berlin, T. (030) 8 21 35 11
Boehlich, Walter, c/o Sabine Boehlich, Osterweg 7, 22587 Hamburg, T. (040) 86 53 58, F. (040) 86 81 71
Borchers, Elisabeth, Arndtstraße 17, 60325 Frankfurt a. M., T. (069) 74 63 91
Bracher, Karl Dietrich, Prof. Dr. Dr. h.c., Stationsweg 17, 53127 Bonn, T. (0228) 28 43 58
Braun, Volker, Wolfshagener Straße 68, 13187 Berlin, T. (030) 47 53 57 52
Bruyn, Günter de, Dr. h.c., Blabber 1, 15848 Görsdorf bei Beeskow
Busch, Günter, Prof. Dr., Kurfürstenallee 92, 28211 Bremen
Dedecius, Karl, Prof. e.h. Dr. h.c., Reichsforststraße 16, 60528 Frankfurt a. M., T. (069) 6 66 26 21
Delius, Friedrich Christian, Dr.,Witzlebenstraße 33, 14057 Berlin, e-mail: Fcdelius@aol.com
Detering, Heinrich, Prof. Dr., Klinkerwisch 20, 24107 Kiel, e-mail: detering@phil.uni-goettingen.de
Dieckmann, Friedrich, Moosdorfstraße 13, 12435 Berlin, T. (030) 5 33 75 80
Domin, Hilde, Prof. e.h. Dr., Graimbergweg 5, 69117 Heidelberg, T. / F. (06221) 60 25 45

Dorst, Tankred, Karl-Theodor-Straße 102, 80796 München, T. (089) 3 00 31 93 u. 3 00 64 32
Duden, Anne, Berlin
Dutli, Ralph, Dr., Bergstraße 70, 69120 Heidelberg, T. / F. (06221) 40 16 30, e-mail: ralph.dutli@gmx.net
Eisenberg, Peter, Prof. Dr., Weddigenweg 60, 12205 Berlin, T. (030) 84 31 33 80, F. (030) 84 31 33 81, e-mail: p.eisenberg@web.de und eisenberg@rz.uni-potsdam.de
Endler, Adolf, Neue Schönholzer Straße 14, 13187 Berlin, T. (030) 48 09 69 07
Fest, Joachim C., Prof. Dr. h.c., Gartenstraße 11, 61476 Kronberg
Flasch, Kurt, Prof. Dr., Hindenburgstraße 25, 55118 Mainz
Fritz, Walter Helmut, Kolberger Straße 2 A, 76139 Karlsruhe, T. (0721) 68 33 46
Gauger, Hans-Martin, Prof. Dr., Wildtalstraße 61, 79108 Freiburg i. Br., T. (0761) 55 25 05, e-mail: gauger@ruf.uni-freiburg.de
Genazino, Wilhelm, Beethovenstraße 49, 60329 Frankfurt a.M., T.: (069) 74 30 90 95
Grünbein, Durs, c/o Suhrkamp Verlag, Lindenstraße 29-35, 60325 Frankfurt a.M.
Gülke, Peter, Prof. Dr., Am Hirschsprung 51, 14195 Berlin, e-mail: peterguelke@aol.com
Habermas, Jürgen, Prof. Dr. Dr. h.c., Ringstraße 8 b, 82319 Starnberg, T. (08151) 1 35 37
Härtling, Peter, Prof. e.h., Finkenweg 1, 64546 Mörfelden-Walldorf, T. (06105) 61 09, F. (06105) 7 46 87
Hamm, Peter, Am Höhenberg 27, 82327 Tutzing, T. (08158) 74 41, F. (08158) 97 39, e-mail: peter.hamm@wanadoo.fr
Harig, Ludwig, Prof. e.h. Dr. h.c., Oberdorfstraße 36, 66280 Sulzbach, T. / F. (06897) 5 29 36
Hartlaub, Geno, Böhmersweg 30, 20148 Hamburg, T. (040) 41 88 96
Hartung, Harald, Prof., Rüdesheimer Platz 4, 14197 Berlin, T. (030) 82 70 44 31, F. (030) 82 70 44 30
Heftrich, Eckhard, Prof. Dr., Hürrnenweg 11, 79429 Malsburg-Marzell, T. / F. (07626) 97 13 99
Hein, Christoph, Majakowskiring 9, 13156 Berlin
Hentig, Hartmut von, Prof. Dr. Dr. h.c., Kurfürstendamm 214, Gartenhaus lks. III, 10719 Berlin, T. (030) 8 85 08 05
Hilbig, Wolfgang, Rheinsberger Straße 63, 10115 Berlin, T. (030) 4 41 36 12
Hofmann, Werner, Prof. Dr., Sierichstraße 154, 22299 Hamburg, T. (040) 46 47 11
Jens, Walter, Prof. Dr., Sonnenstraße 5, 72076 Tübingen
Kaiser, Joachim, Prof. Dr., c/o Süddeutsche Zeitung, Kulturredaktion, Sendlinger Straße 80, 80331 München, T. (089) 32 51 69
Kalka, Joachim, Johannesstraße 98, 70176 Stuttgart, e-mail: jo.kalka@t-online.de
Kemp, Friedhelm, Prof. Dr., Widenmayerstraße 41/I, 80538 München
Kirsch, Sarah, c/o Deutsche Verlags-Anstalt, Königinstraße 9, 80539 München
Kirsten, Wulf, Paul-Schneider-Straße 11, 99423 Weimar, T. (03643) 50 28 89

KLUGE, ALEXANDER, Prof. Dr., Friedrichstraße 17, 80801 München
KOPPENFELS, WERNER VON, Prof. Dr., Boberweg 18, 81929 München
KOSELLECK, REINHART, Prof. Dr., Luisenstraße 36, 33602 Bielefeld
KRONAUER, BRIGITTE, Rupertistraße 73, 22609 Hamburg
KRÜGER, MICHAEL, c/o Hanser Verlag, Postfach 86 04 20, 81631 München
KUNERT, GÜNTER, Schulstraße 7, 25560 Kaisborstel
KUNZE, REINER, Dr. h.c., c/o S. Fischer Verlag, Postfach 70 04 80, 60553 Frankfurt a. M.
LANGE-MÜLLER, KATJA, Malplaquetstraße 38, 13347 Berlin, T. (030) 45 80 04 12, F. (030) 45 80 04 13
LENZ, SIEGFRIED, Dr. h.c., Preußerstraße 4, 22605 Hamburg
LEPENIES, WOLF, Prof. Dr. Dr. h.c.,Ostpreußendamm 49, 12207 Berlin
MAAR, MICHAEL, Dr., Sentastraße 4, 12159 Berlin, T. (030) 85 07 66 95, e-mail: michael.maar@snafu.de
MAIER, HANS, Prof. Dr. Dr., Meichelbeckstraße 6, 81545 München
MARQUARD, ODO, Prof. Dr. Dr. h.c., Nelkenweg 27, 35396 Gießen, T. (0641) 3 57 05
MATWIN-BUSCHMANN, ROSWITHA, Aleja róz 6 m 11, 00556 Warszawa, Polen, e-mail:rosbusch@wp.pl
MECKEL, CHRISTOPH, Kulmbacher Straße 3, 10777 Berlin
MEIER, CHRISTIAN, Prof. Dr., J.-M.-Fischer-Straße 14, 82069 Hohenschäftlarn
MILLER, NORBERT, Prof. Dr., Am Schlachtensee 132, 14129 Berlin, T. (030) 8 03 20 65, F. (030) 80 58 45 37
MON, FRANZ, Reinhardstraße 12, 60433 Frankfurt a. M., T. (069) 52 39 06
MOSEBACH, MARTIN, Beethovenstraße 50, 60325 Frankfurt a. M., T. (069) 75 29 22, F. (069) 59 79 09 35
MÜLLER, HERTA, Berlin
NAGEL, IVAN, Prof., Keithstraße 10, 10787 Berlin, T. / F. (030) 2 11 47 10
PASTIOR, OSKAR, Schlüterstraße 53, 10629 Berlin, T. (030) 8 83 17 29
PFÄFFLIN, FRIEDRICH, Dr. h.c., Mörikestraße 31/1, 71672 Marbach a. N., T. (07144) 1 34 43, e-mail: friedrich@pfaefflin-marbach.de
PÖRKSEN, UWE, Prof. Dr., Erwinstraße 28, 79102 Freiburg i. Br.
REEMTSMA, JAN PHILIPP, Prof. Dr., Mittelweg 36, 20148 Hamburg, e-mail: matthias_kamm@his-online.de
REICHERT, KLAUS, Prof. Dr., Stettenstraße 54, 60322 Frankfurt a. M., e-mail: k.reichert@em.uni-frankfurt.de
RIHM, WOLFGANG, Prof., Kriegsstraße 109, 76135 Karlsruhe
RITTER-SANTINI, LEA, Prof. Dr., An der Konradkirche 4, 48155 Münster, T. (0251) 31 41 67, e-mail: rittersantini@uni-muenster.de
RÜHMKORF, PETER, Dr. phil. h.c., Oevelgönne 50, 22605 Hamburg
SAFRANSKI, RÜDIGER, Dr., Johann-Georg-Straße 5, 10709 Berlin, T. (030) 8 91 29 68
SARTORIUS, JOACHIM, Dr., Mommsenstraße 7, 10629 Berlin, T. (030) 88 72 58 72, e-mail: sartorious@berlinerfestspiele.de
SCHÄDLICH, HANS JOACHIM, Dr., Zähringerstraße 13, 10707 Berlin, T. (030) 7 81 28 72, F. (030) 7 88 64 54, e-mail: H.J.Schaedlich@gmx.de

Schöne, Albrecht, Prof. Dr. Dres. h.c., Grotefendstraße 26, 37075 Göttingen, T. (0551) 5 64 49
Schünemann, Peter, Zutrift 4, 21762 Otterndorf, T. (04751) 66 05
Seibt, gustav, Dr., Kuglerstraße 8, 10439 Berlin
Singer, Wolf, Prof. Dr., Schweinfurter Weg 56, 60599 Frankfurt a .M., e-mail: singer@mpih-frankfurt.mpg.de
Stadler, Arnold, Dr., Walderstraße 32, 88605 Rast
Stolleis, Michael, Prof. Dr., Waldstraße 15, 61476 Kronberg/Ts., e-mail: stolleis@mpier.uni-frankfurt.de
Timm, Uwe, Dr., Oettingenstraße 46, 80538 München
Urban, Peter, Heibelser Weg 1, 36355 Grebenhain, T. (06644) 72 44
Vesper, Guntram, Herzberger Landstraße 34 A, 37085 Göttingen, T. (0551) 5 75 37, Internet: http://www.guntramvesper.ch.vu
Walser, Martin, Dr. Dr. h.c., Zum Hecht 36, 88662 Überlingen-Nußdorf, T. (07551) 41 31, F. (07551) 6 84 94
Walter, Michael, Mannhardtstraße 7, 80538 München, T. (089) 2 28 39 62, F. (089) 22 44 47, e-mail:Michwalter@aol.com
Wapnewski, Peter, Prof. Dr., c/o Wissenschaftskolleg, Wallotstraße 19, 14193 Berlin, T. (030) 89 00 11 33
Warnke, Martin, Prof. Dr., Mittelweg 26, 20148 Hamburg, T. (040) 45 48 45, e-mail: warnke@kunstgeschichte.uni-hamburg.de
Weinrich, Harald, Prof. Dr. Dr. h.c., Raesfeldstraße 18, 48149 Münster, T. (0251) 1 31 28 46, F. (0251) 1 31 29 16
*Weizsäcker, Carl Friedrich von, Prof. Dr., Alpenstraße 15, 82319 Starnberg, T. (08151) 70 91
Wohmann, Gabriele, Erbacher Straße 76 a, 64287 Darmstadt, T. (06151) 4 68 01
Wolf, Christa, Dr. h.c., Amalienpark 7, 13187 Berlin
Wolf, Ror, Kupferbergterrasse 21, 55116 Mainz
Wollschläger, Hans, Dr. h.c., Dörflis 44, 97486 Königsberg, T. (09536) 16 20, e-mail: Hans.Wollschlaeger@web.de
Zeller, Bernhard, Prof. Dr. Dr. h.c., Kernerstraße 45, 71672 Marbach a. N., T. (07144) 9 76 45
Zeller, Eva, Fregestraße 9, 12159 Berlin, T. (030) 85 96 51 27

KORRESPONDIERENDE MITGLIEDER

Adler, Jeremy, Flat 1, 41 Mapesbury Road, London NW2 4HJ, England, T. (0044 208) 4 50 01 32
Aichinger, Ilse, Herrengasse 6-8, 1/20, 1010 Wien, Österreich
Anderson, Perry
Apt, Solomon, Dr., Krasnoarmejskaja 27-13, 125319 Moskau, Rußland, T. (007 495) 1 51 19 89
Asadowski, Konstantin, Prof. Dr., vosstania 10, w. 51, 191014 St. Petersburg, Rußland, T. (007 812) 2 79 14 61, e-mail: azadovski@mail.ru

Barjau, Eustaquio, Prof. Dr., c/de la Ventosa-25-2° 19, 28005 Madrid, Spanien, T. (00341) 3 66 50 59

Benyoëtz, elazar, Gat-Street 8/II, Jerusalem 96163, Israel, T. / F. (00972 2) 6 52 75 48, e-mail: Benyoetz@013.net.il

Bevilacqua, Giuseppe, Prof. Dr., via di Belvedere 3, 50010 Cercina (Firenze), Italien, T. / F. (0039 055) 4 22 61 21

Bichsel, Peter, Postfach, 4502 Solothurn, Schweiz, T. / F. (0041 32) 6 22 59 80

Boulez, Pierre, Dr. h.c., 25, quai André Citroën, 75015 Paris, Frankreich

Camartin, Iso, Prof. Dr., Ekkehardstraße 8, 8006 Zürich, Schweiz, T. (0041 44) 3 50 47 25, F. (0041 1) 3 50 47 28, e-mail: iso.camartin@sfdrs.ch

Demetz, Peter, Prof. Dr., 111 John Olds Dr., Apt. 102, Manchester, CT 06042-8790, USA

Enquist, Per Olov, Västgötagränd 15, 11828 Stockholm, Schweden

Esterházy, Péter, Emöd U. 20, 1031 Budapest, Ungarn, e-mail: esterhazypeter@hotmail.com

Finck, Adrien, Prof. Dr., 47, route de la Meinau, 67100 Strasbourg, Frankreich, T. (0033 3) 88 39 03 09

Gelber, Mark H., Prof. Dr., c/o Ben-Gurion-University, P.O. Box 6 53, Beer-Sheva 84105, Israel, F. (00972 8) 6 47 29 48, e-mail: mgelber@bgumail.bgu.ac.il

Geiser, Christoph, Ländteweg 1, 3005 Bern, Schweiz, T. / F. (0041 31) 3 11 38 17, Internet: www.christophgeiser.ch

Goldschmidt, Georges-Arthur, Dr. h.c., 268, Rue de Belleville, 75020 Paris, Frankreich

Gruša, Jiří, Dr., c/o Botschaft der Tschechischen Republik, Penzingerstraße 11-13, 1140 Wien, Österreich, T. (0043 1) 8 94 21 25/6

Hackl, Erich, Engerthstraße 204/8, 1020 Wien, Österreich, e-mail: ehackl@chello.at

Hamburger, Michael, Prof. Dr. Dr. h.c., Marsh Acres, Middleton, Saxmundham, Suffolk IP 17 3 NH, England

Heidelberger-Leonard, Irène, Prof. Dr., 32 rue des Bégonias, 1170 Bruxelles, Belgien, T. / F. (0032 2) 6 60 26 62, e-mail: iheidelb@ulb.ac.be

Henze, Hans Werner, Prof. Dr., Künstlersekretariat Christa Pfeffer, Schongauer Straße 22, 81377 München, T. (089) 71 80 41, F. (089) 71 05 49 91

Hürlimann, Thomas, Reckholdern 14, 8846 Willerzell, Schweiz

Jaccottet, Philippe, Rue de la Glacière, 26230 Grignan, Frankreich

Jelinek, Elfriede, Jupiterweg 40, 1140 Wien, Österreich, e-mail: 100555.2607@compuserve.com

Johansen, Hanna, Vorbühlstraße 7, 8802 Kilchberg a. Zürichsee, Schweiz, T. (0041 1) 7 15 30 29, F. (0041 1) 7 15 33 29

Kappacher, Walter, Thaddäus-Zauner-Straße 12/7, 5162 Obertrum/Salzburg, Österreich, T. (0043 6219) 82 21, e-mail: walter.kappacher@aon.at

Keilson, Hans, Dr. Dr. h.c., Nwe. Hilversumseweg 29, 1406 TC Bussum, Niederlande, T. (0031 35) 6 91 74 39, F. (0031 35) 6 92 19 21

Kertész, Imre, c/o Deutsche Akademie für Sprache und Dichtung, Alexandraweg 23, 64287 Darmstadt, T. (06151) 40 92-0, F. (06151) 40 92-99

Kimura, Naoji, Prof. Dr., Irimacho 1-chome 37-76, Chofu-shi, Tokyo 182, Japan, T. / F. (0081 3) 33 00 65 87, e-mail: naoji-k@hoffman.cc.sophia.ac.jp

Klüger, Ruth, Prof. Dr., 62 Whitman Court, Irvine, CA 92612, USA, T. / F. (001 949) 8 54 19 83, e-mail: rkluger@uci.edu

Kohout, Pavel, Kohlmarkt 1, 1010 Wien, Österreich

Kolleritsch, Alfred, Prof. Dr., Burgengasse 8, 8010 Graz, Österreich

Korlén, Gustav, Prof. Dr., Storängens strandväg 2, 13141 Nacka, Schweden

Laederach, Jürg, Malzgasse 3, 4052 Basel, Schweiz, T. (0041 61) 2 72 30 04, e-mail: jlaederach@tiscalinet.ch

Loetscher, Hugo, Dr., Storchengasse 6, 8001 Zürich, Schweiz, T. (0041 44) 2 11 50 61

Magris, Claudio, Prof. Dr. Dr. h.c., Via Carpaccio 2, 34143 Triest, Italien

Matt, Peter von, Prof. Dr., Hermikonstraße 50, 8600 Dübendorf, Schweiz, T. (0041 1) 8 20 08 38, F. (0041 1) 8 20 12 42, e-mail: von.matt.peter@swissonline.ch

Mayröcker, Friederike, Zentagasse 16/40, 1050 Wien, Österreich, T. (00431) 5 45 66 60

Menasse, Robert, Dr., Girardigasse 10/20, 1060 Wien, Österreich, e-mail: robert.menasse@blackbox.at

Meyer, Martin, Dr., c/o Neue Zürcher Zeitung, Falkenstraße 11, 8021 Zürich, Schweiz

Mommsen, Katharina, Prof. Dr., 980 Palo Alto Avenue, Palo Alto, CA 94301-2223, USA, e-mail: K.Mommsen@comcast.net

Moses, Stéphane, Prof. Dr., 2, Square Adanson, 75005 Paris, Frankreich, T. (0033 1) 45 87 35 65, e-mail: stephane.moses@wanadoo.fr

Muschg, Adolf, Prof. Dr., Hasenackerstraße 24, 8708 Männedorf, Schweiz

Øhrgaard, Per, Prof. Dr., Kongensvej 23, 2000 Frederiksberg, Dänemark, T. (0045) 38 33 37 16, e-mail: poe.first@cbs.dk

Pedretti, Erica, 4, chemin de Beau Site, 2520 La Neuveville, Schweiz, e-mail: e_pedretti@hotmail.com

Prawer, Siegbert S., Prof. Dr. Dr. h.c., 9 Hawkswell Gardens, Oxford OX2 7EX, England

Rakusa, Ilma, Dr., Richard-Kissling-Weg 3, 8044 Zürich, Schweiz, T. (0041 44) 2 62 29 34, F. (0041 1) 2 62 29 37, e-mail: Ilma.Rakusa@bluewin.ch

Ransmayr, Christoph, c/o S. Fischer Verlag, z.Hd. Frau Margot Stolper, Hedderichstraße 114, 60596 Frankfurt a. M.

Reich, Asher, 5 Boney Ha'ir St., Tel Aviv 69373, Israel

Rifka, Fuad, Dr., c/o Lebanese American University, P.O. Box 13-5053, Beirut, Libanon, T. (00961 1) 81 17 20 (privat), (00961 1) 86 76 18 (Büro), F. (00961 1) 86 70 98, e-mail: masha@beirut.com

Rübner, Tuvia, Prof., Kibbuz Merchavia 19100, Israel, T. / F. (00972) 46 59 87 54; e-mail: tuvi@merchavia.org.il

Sáenz, Miguel, Dr., Cantalejos 6, 28035 Madrid, Spanien, e-mail: Miguel_Saenz@compuserve.com

Schafroth, heinz, Dr., 2512 Alfermeé, Schweiz, T. / F. (0041 32) 3 22 64 29
Schindel, Robert, Schüttelstraße 93/14, 1020 Wien, Österreich, e-mail: Robert.Schindel@aon.at, Internet: http://www.schindel.at
Schrott, Raoul, Bishop's Luck, Cappaghglas, Schull, Westcork, Irland, e-mail: raoulschrott@oceanfree.net
Schulz, Gerhard, Prof. Dr., 154 Cashmere Street, Travancore, VIC 3032, Australien, e-mail: G.Schulz@bigpond.com
Schwarz, Egon, Prof. Dr., 1036 Oakland Avenue, St. Louis, MO 63122, USA, T. (001 314) 9 66 64 36
Semprún, Jorge, Paris, e-mail: strausfeldmichi@aol.com
Spies, Werner, Prof. Dr. Dr. h.c., 31, avenue de Lattre de Tassigny, 92340 Bourg-la-Reine, Frankreich, e-mail: wspies@club-internet.fr
Starobinski, Jean, Prof. Dr. Dr. h.c., 51, avenue de Champel, 1206 Genf, Schweiz, T. (0041 22) 3 20 98 64
Steiner, George, Prof. Dr., 32 Barrow Road, Cambridge CB3 ODS, England
Stern, Fritz, Prof. Dr. Dr. h.c., 15 Claremont Avenue, New York, NY 10027, USA
Peter Turrini, Kleinriedenthal 59, 2074 Unterretzbach, Österreich
Valentin, Jean-Marie, Prof. Dr., 22, Rue Notre-Dame-de-Nazareth, 75003 Paris, Frankreich, T. (0033 1) 48 04 72 40, F. (0033 1) 43 18 41 27, e-mail: Ivg.Jean-Marie-Valentin@paris4.sorbonne.fr
Vigée, Claude, Prof. Dr., 12 bis rue des Marronniers, 75016 Paris, Frankreich, T. (0033 1) 45 27 54 85
Viragh, Christina, Via Firenze, 47, 00184 Roma, Italien, F. (0039 06) 4 82 54 29
Wagner, Nike, Dr., Walfischgasse 12, 1010 Wien, Österreich, T. / F. (0043 1) 5 12 51 43, e-mail: nikewagner@utanet.at
Weber, Werner, Prof. Dr., Eidmattstraße 59, 8032 Zürich, Schweiz
Weinzierl, Ulrich, Dr., Kochgasse 30, 1080 Wien, Österreich, T. / F. (0043 1) 4 08 82 29, e-mail: u.weinzierl@utanet.at
Werner, Markus, Dr., Bruderhöflistraße 17, 8203 Schaffhausen, Schweiz, T. / F. (0041 52) 6 20 39 57
Widmer, Urs, Dr., Englischviertelstraße 4, 8032 Zürich, Schweiz
Willson, A. Leslie, Prof. Dr., 4205 Far West Boulevard, Austin, TX 78731-2803, USA, e-mail: leslie@innerfar.com
Ziolkowski, Theodore, Prof. Dr., 36 Bainbridge Street, Princeton, NJ 08540, USA, T. (001 609) 9 21 75 67, F. (001 609) 4 30 02 09, e-mail: TJZIOL@aol.com
Zoderer, Joseph, Via Bastioni 4, 39031 Brunico (BZ), Italien, T. / F. (0039 474) 55 56 40

Ehrungen und Auszeichnungen

VOLKER BRAUN wurde mit dem wichtigsten serbischen Poesie-Preis, dem *Goldenen Schlüssel der Stadt Smederevo,* ausgezeichnet.

HEINRICH DETERING übernahm im Wintersemester 2004/05 die *Poetik-Dozentur* an der Universität Mainz.

HILDE DOMIN wurde der *Orden del Mérito de Duarte, Sánchez y Mella, en el grado de Commendador* der Dominikanischen Republik verliehen.

RALPH DUTLI erhielt die *Ehrengabe* der Literaturkommission der Stadt Zürich für den Gedichtband *Novalis im Weinberg.*

PER OLOV ENQUIST wurde für seinen Roman *Das Buch von Blanche und Marie* mit dem *Corine – Internationaler Buchpreis* in der Sparte Belletristik ausgezeichnet.

GEORGES-ARTHUR GOLDSCHMIDT erhielt den *Joseph-Breitbach-Preis.*

DURS GRÜNBEIN erhielt den *Hölderlin-Preis* der Stadt Bad Homburg, und er hatte die Gastdozentur am Dartmouth College, Hanover, NH, USA, inne.

JÜRGEN HABERMAS wurde für »seine grundlegenden Theorien über Diskurs und kommunikative Aktion« mit dem *Holberg-Preis* des norwegischen Parlaments ausgezeichnet.

ERICH HACKL erhielt den *Ehrenpreis des österreichischen Buchhandels* für »Toleranz in Denken und Handeln«.

MICHAEL HAMBURGERS Gedichtband *Aus dem Tagebuch der Nicht-Ereignisse* wurde von der Darmstädter Jury als Buch des Monats Juli 2004 ausgewählt.

LUDWIG HARIG erhielt den *Preis der Frankfurter Anthologie* für seine »sensiblen, ebenso präzisen wie liebevollen Interpretationen deutscher Gedichte«.

IRÈNE HEIDELBERGER-LEONARD erhielt den *Einhard-Preis für biographische Literatur* für ihr Buch *Jean Améry. Revolte in der Resignation.*

CHRISTOPH HEIN erhielt den *Verdi-Literaturpreis* 2004 für seinen Roman *Landnahme.*

PHILIPPE JACCOTTETS Buch *Der Pilger und seine Schale. Giorgio Morandi* (aus dem Französischen von Elisabeth Edl und Wolfgang Matz) wurde von der Darmstädter Jury als Buch des Monats Februar 2005 ausgewählt.

WALTER JENS wurde die *theologische Ehrendoktorwürde* der Universität Hamburg verliehen.

HANS KEILSON erhielt den *Johann-Heinrich-Merck-Preis* für literarische Kritik und Essay.

IMRE KERTÉSZ wurde die *Ehrendoktorwürde* des Fachbereichs Philosophie und Geisteswissenschaften der Freien Universität Berlin verliehen.

Sarah Kirsch wurde für ihr Gesamtwerk der *Jean-Paul-Preis* des Freistaates Bayern verliehen.

Wulf Kirsten erhielt für sein lyrisches Werk den *Literaturpreis der Konrad-Adenauer-Stiftung.*

Thomas Kling erhielt den *d.lit-Literaturpreis* der Stadtsparkasse Düsseldorf für sein Buch *Auswertung von Flugdaten.*

Ruth Klüger erhielt in Weimar die *Goethe-Medaille* des Goethe-Instituts für die Verbreitung der deutschen Kultur und Sprache im Ausland.

Reinhart Koselleck wurde die *Ehrendoktorwürde* der West-Universität Temesvar Rumänien verleihen.

Brigitte Kronauer wurde für ihren Roman *Verlangen nach Musik und Gebirge* mit dem *Bremer Literaturpreis* ausgezeichnet, und sie erhielt den *Georg-Büchner-Preis.*

Michael Krüger erhielt den *Mörike-Preis* der Stadt Fellbach für sein Gesamtwerk.

Jürg Laederach erhielt den *Italo-Svevo-Preis.*

Katja Lange-Müller erhielt den *Kasseler Literaturpreis für grotesken Humor*, vergeben von der Stadt Kassel und der Stiftung Brückner-Kühner.

Hugo Loetscher ist seit 2004 *Ehrenbürger* der Gemeinde Escholzmatt, Kanton Luzern, Schweiz; aus Anlaß seines 75. Geburtstages (2004) erschien die Festschrift *In alle Richtungen gehen. Reden und Aufsätze über Hugo Loetscher.*

Claudio Magris erhielt den *Premio Casinò Sanremo Libro del Mare*, den *Premio Tomasi di Lampedusa*, den *Premio Boccaccio*, den *Premio Cesare Angelini* und den *Österreichischen Staatspreis für Europäische Literatur.*

Hans Maier wurde mit dem *Eugen-Kogon-Preis* der Stadt Königstein im Taunus ausgezeichnet, und er erhielt den *Kulturpreis der Bayerischen Landesstiftung.*

Peter von Matt wurde das *Große Verdienstkreuz* des Verdienstordens der Bundesrepublik Deutschland verliehen.

Christoph Meckel wurde für herausragende Verdienste um die deutsche Sprache und Literatur mit dem *Schiller-Ring der Deutschen Schillerstiftung von 1859* (Weimar) ausgezeichnet.

Robert Menasse hatte im Sommersemester 2005 die *Poetik-Dozentur* an der Johann Wolfgang Goethe Universität Frankfurt am Main inne.

Martin Meyer erhielt für sein Buch *Krieg der Werte – Wie wir leben, um zu überleben* den *Europäischen Essay-Preis.*

Norbert Miller erhielt die *Wilhelm-Hausenstein-Ehrung* für Verdienste um kulturelle Vermittlung.

Martin Mosebach erhielt den *Kranichsteiner Literaturpreis* des Deutschen Literaturfonds.

Herta Müller erhielt den *Berliner Literaturpreis* der Stiftung Preußische Seehandlung, mit dem (seit 2005) erstmals die *Heiner-Müller-Gastprofessur* an der Freien Universität Berlin verbunden ist.

Ivan Nagel erhielt den *Heinrich-Mann-Preis* der Berlin-Brandenburgischen Akademie der Künste.

Per Øhrgaard wurde als korrespondierendes Mitglied in die Akademie der Wissenschaften zu Göttingen aufgenommen.

Ilma Rakusa erhielt den *Preis für mitteleuropäische Literatur* des Slowenischen Schriftstellerverbandes.

Christoph Ransmayr erhielt »für ein reifes Lebenswerk« den *Österreichischen Würdigungspreis für Literatur.*

Jan Philipp Reemtsma erhielt den *Preis der Kritik* des Hoffmann und Campe Verlags, Hamburg.

Fuad Rifka wurde als Mitglied in die Bayerische Akademie der Schönen Künste aufgenommen, er wurde als Fellow an das Wissenschaftskolleg zu Berlin eingeladen, er wurde als Mitglied der Otto Friedrich Bollnow-Gesellschaft (Tübingen) gewählt, er erhielt ein Stipendium der Kunststiftung Nordrhein-Westfalen für das Übersetzer-Kollegium in Straelen, und ihm wurde das *Große Verdienstkreuz* des Verdienstordens der Bundesrepublik Deutschland verliehen.

Lea Ritter-Santini erhielt den Preis der Accademia Nazionale dei Lincei *Antonio Feltrinelli* für die Geschichte der europäischen Literaturen.

Peter Rühmkorf erhielt den *Erik-Reger-Preis* der Zukunftsinitiative Rheinland-Pfalz.

Rüdiger Safranski erhielt für sein Buch *Schiller oder die Erfindung des Deutschen Idealismus* den *Preis der Leipziger Buchmesse* in der Kategorie Sachbuch / Essayistik, und ihm wurde der Professorentitel (Prof. eh.) des Landes Baden Württemberg verliehen.

Werner Spies wurde als *Commandeur de l'ordre du mérite* ausgezeichnet, und ihm wurde die *Ehrendoktorwürde* der Philosophischen Fakultät der Universität Tübingen verliehen.

Arnold Stadlers Buch *Mein Stifter. Portrait eines Selbstmörders in spe und fünf Photographien* wurde von der Darmstädter Jury als Buch des Monats April 2005 ausgewählt.

Fritz Stern erhielt den *Nationalpreis der Deutschen Nationalstiftung* (Weimar).

Michael Walter erhielt für seine »glänzende, so präzise wie geschmeidige Übertragung« der ersten achtunddreißig Kapitel von Edward Gibbons *Decline and Fall of the Roman Empire* den *Johann Friedrich von Cotta-Literatur- und Übersetzerpreis* der Stadt Stuttgart.

Harald Weinrich wurde die *Ehrendoktorwürde* der Universität Cagliari (Sardinien) verliehen.

Markus Werner erhielt für sein Gesamtwerk den *Schillerpreis* der Schweizerischen Schillerstiftung.

Christa Wolf erhielt für ihr Lebenswerk den *Hermann-Sinsheimer-Preis* für Literatur und Publizistik.

Hans Wollschläger erhielt den *Friedrich-Baur-Preis* für Literatur der Bayerischen Akademie der Schönen Künste.

Eva Zeller zu Ehren wurde in Görzke, im ehemaligen Gutshaus (ihrem Elternhaus) ein *Eva-Zeller-Museum* eingerichtet.

Theodore Ziolkowski wurde mit dem *Barricelli Book Award* der International Conference on Romanticism studies und dem *Robert Motherwell Book Award* der Dedalus Foundation ausgezeichnet.

Joseph Zoderer erhielt den *Walther-von-der-Vogelweide-Preis* zur Anerkennung wissenschaftlicher und künstlerischer Leistungen in Südtirol, gestiftet vom Kulturwerk für Südtirol in München.

Veröffentlichungen der Deutschen Akademie

Deutsche Akademie für Sprache und Dichtung. Jahrbuch 2004. Redaktion: Michael Assmann. Göttingen: Wallstein 2005. 198 S.

Siegfried Jacobsohn: *Gesammelte Schriften.* Hg. von Gunther Nickel und Alexander Weigel in Zusammenarbeit mit Hanne Knickmann und Johanna Schrön. Veröffentlichungen der Deutschen Akademie; Bd. 85. Göttingen: Wallstein 2005. 5 Bde., zusammen 2668 S. mit 118 Abb.

Zum 100. Geburtstag der »Schaubühne/Weltbühne« am 7. September 2005: Die wichtigsten Kritiken und Schriften Siegfried Jacobsohns.

War vor dem Ersten Weltkrieg »Die Schaubühne« die wichtigste und angriffslustigste Theaterzeitschrift, so wurde in der Weimarer Republik »Die Weltbühne« zur bedeutendsten demokratischen Wochenschrift für Politik, Wirtschaft und Kultur. Zu den Mitarbeitern zählten namhafte Schriftsteller und Publizisten wie Lion Feuchtwanger, Herbert Ihering, Carl von Ossietzky, Alfred Polgar und Kurt Tucholsky.

Gründer und intellektueller Kopf des »Blättchens«, wie er es gerne nannte, war Siegfried Jacobsohn (1881-1926), von den Freunden geliebt, von den Reaktionären gehaßt, der streitbarste und stilistisch brillanteste Theaterkritiker, den Deutschland je gehabt hat. Jacobsohn war es, der in schwierigen Zeiten um die Zeitschrift kämpfte und über zwei Jahrzehnte ihr unbestechlicher Spiritus rector blieb.

Diese unter Auswertung zahlreicher bisher unveröffentlichter Quellen kommentierte Edition enthält 430 der wichtigsten Texte Jacobsohns aus der »Schaubühne«, der »Weltbühne« und, zum Teil neu entdeckt, aus zahlreichen Zeitungen. Damit bietet sie einen repräsentativen und zugleich erstaunlich erweiterten Überblick über das aus mehr als 2000 Kritiken und anderen Texten bestehende Gesamtwerk, das durch eine kommentierte Bibliographie und mehrere Register aller erwähnten Personen, Theater, Bühnenwerke und Periodika erschlossen werden kann: Ein unverzichtbares Kompendium zum aufregenden Berliner Theaterleben des Kaiserreichs und der Weimarer Republik.

Bd. 1: *Das Theater der Reichshauptstadt 1900-1909*
Bd. 2: *Schrei nach dem Zensor 1909-1915*

Bd. 3: *Theater - und Revolution? 1915-1926*
Bd. 4: *Soweit Kritik beweisen kann.* Kommentar
Bd. 5: *Sie tobten. Ich schritt weiter.* Register

Hugo Wolfgang Philipp: *»Nur weg möchte ich von hier«. Briefe und Schriften aus dem Exil.* Hg. und mit einem Vorwort versehen von Roman Bucheli. Veröffentlichungen der Deutschen Akademie; Bd. 83. Göttingen: Wallstein 2005. 318 Seiten, 8 Abb.

Zeit- und Lebensdokumente aus dem Exil des Literaten Hugo Wolfgang Philipp (1883-1969).

Gleichsam über Nacht ist Hugo Wolfgang Philipp (1883-1969) zum Star der Theaterszene in der Weimarer Republik geworden. Nach ersten Versuchen als Lyriker und Prosaautor wurden Ende 1922 sein Lustspiel *Das glühende Einmaleins* und zu Jahresbeginn 1923 an drei Bühnen gleichzeitig die Komödie *Der Clown Gottes* uraufgeführt. 1923 wurde ihm der Hamburger Hebbel-Preis verliehen, man berief ihn als Intendanten an das Albert-Theater in Dresden. Hier wirkte Philipp bis zur Machtergreifung der Nationalsozialisten. Ungeachtet seiner Erfolge trat er 1933, wohl auch auf Druck von außen, von seinem Posten zurück, emigrierte 1936 nach Italien und reiste von dort 1938 weiter in die Schweiz.

Fortan waren alle Versuche zur Emigration nach Brasilien oder in die USA vergeblich, so daß Philipp schließlich in Zürich blieb, wo ihm jede Erwerbstätigkeit untersagt war. Dennoch war er unermüdlich bestrebt, im Leben wieder Fuß zu fassen. Es entstanden weitere Theaterstücke, Gedichte, ein umfangreicher Romanzyklus; er arbeitete an einer Beethoven-Biographie und schrieb ein revidiertes Libretto zur *Zauberflöte.* Er entwickelte ein neues Notendruckverfahren, betrieb eine Schauspielschule und vertrieb einen Gesangslehrgang auf Schallplatten. Dennoch gelang es Philipp nicht mehr, dort anzuknüpfen, wo die Nationalsozialisten seinen Lebensfaden zerrissen hatten.

Seine Hinterlassenschaft erhält ihre Bedeutung vorwiegend als Zeit- und Lebensdokument. Der Band enthält darum neben einer Auswahl an Texten aus seinem literarischen und essayistischen Werk auch zahlreiche Briefe aus der Zeit nach 1938.

Peter Schünemann: *Dunkles Bild. Drei Erzählungen & ein Essay.* Dichtung und Sprache; Bd. XX. München: Hanser 2005. 120 S.

Das Buch versammelt drei Erzählungen und einen Essay Peter Schünemanns. Seine kenntnisreiche Prosa, die feine Kunstfertigkeit, mit der er die Innenwelt seiner Figuren literarisch entfaltet, überraschen den Leser und ziehen ihn in ihren Bann. Sie zeigen Schünemann als einen der eigenwilligsten, aufmerksamsten Beobachter der Katastrophen der Neuzeit und ihrer menschlichen Folgen.

Pressestimmen:

»Geschichtliche Erfahrung und poetische Askese: Peter Schünemanns Erzählungen sind von mitreißender Melancholie … Wer einen Eingang in Schünemanns Erzählwelt sucht, dem werden in diesem schlanken Band die Tore weit geöffnet.«

Heinrich Detering, *Frankfurter Allgemeine Zeitung*, 3.12.2005

Veröffentlichungen, Ausstellungen, Aufführungen von Mitgliedern der Deutschen Akademie

Jeremy Adler

»Zum Tod von Sir Malcolm Pasley«. Aus dem Englischen von Joachim Kalka. In: *Deutsche Akademie für Sprache und Dichtung, Jahrbuch 2004*. Göttingen: Wallstein 2005, S. 137-139.

Ilse Aichinger

Unglaubwürdige Reisen. Frankfurt a. M.: S. Fischer 2005.

Anita Albus

Von seltenen Vögeln. Frankfurt a. M.: S. Fischer 2005.

Die Kunst der Künste. Erinnerungen an die Malerei. Frankfurt a. M.: Eichborn 2005.

»Von seltenen Vögeln«. In: *Scheidewege*, Jg. 35, 2005 / 2006.

»Mein Himalaya«. In: *Architektur & Wohnen*, H. 3, Juni / Juli 2005.

»Die Kunst, Walfische zu schrumpfen. Wunderwerke aus Wasserfarben: Niederländische Künstler am Münchner Herzogshof in der Neuen Pinakothek«. In: *Frankfurter Allgemeine Zeitung*, 11.11.2005.

»Natur – die beste der Schule der Künste«. Dankrede [zur Verleihung des Johann-Heinrich-Merck-Preises 2004]. In: *Deutsche Akademie für Sprache und Dichtung, Jahrbuch 2004*. Göttingen: Wallstein 2005, S. 105-107.

Ausstellung:

»Nach der Natur«. In Schieder-Schwalenberg vom 2.9.-15.10.2005, veranstaltet vom Literaturbüro Ostwestfalen-Lippe.

Solomon Apt

»Altphilologie« [russ.]. In: *Inostzannaja* (Moskau), H. 1/2005, S. 259-276.

»Der Jahrzeiger« [russ.]. In: *Erinnerungen des Zeitgenossen an Boris Slutzky*. St. Petersburg: 2005, S. 290-306.

Heinz Ludwig Arnold

Von Unvollendeten. Literarische Portraits von Ernst Jünger bis Hans Joachim Schädlich. Göttingen: Wallstein 2005.

Mit Lessing ins Gespräch. Hg. von Heinz Ludwig Arnold. Göttingen: Wallstein 2004 (Göttinger Sudelblätter. Hg. von Heinz Ludwig Arnold).

»Romantiker in gläserner Welt. Mischung von Rationalität und Mystizismus:

Zum Tod des Schriftstellers Heinrich Schirmbeck«. In: *Frankfurter Rundschau*, 9.7.2005.

Konstantin Asadowski

»Deutsche in St. Petersburg«. In: *Deutsche Akademie für Sprache und Dichtung, Jahrbuch 2004*. Göttingen: Wallstein 2005, S. 11-18.

Wilfried Barner

Jahrbuch der Deutschen Schillergesellschaft. Hg. von Wilfried Barner, Christine Lubkoll, Ernst Osterkamp und Ulrich Ott. Bd. 49, 2005. Göttingen: Wallstein 2005.

Giuseppe Bevilacqua

Un pennino di stagno. Introduzione di Andrea Zanzotto. Rovigo: Il Ponte del Sale 2005.
»Goethe e il mito di Prometeo. Il frammento drammatico del 1773«. In: *Il mito nel teatro tedesco*. Hg. von Hermann Dorowin, Rita Svandrlik und Uta Treder. Perugia: Morlacchi Editore 2004, S. 59-70.
»Tredici poesie« [Ps. Giuseppe Rollèri]. In: *LEA. Letterature d'Europa e d'America*. Periodico del Dipartimento di Filologia Moderna dell' Università di Firenze, 1 (2004), S. 45-50.

Peter Bichsel

Cherubin Hammer und Cherubin Hammer. Eine Erzählung. Sonderausgabe zum 70. Geburtstag. Frankfurt a. M.: Suhrkamp 2005.
Kolumnen, Kolumnen. Frankfurt a. M.: Suhrkamp 2005.

Elisabeth Borchers

Marie Luise Kaschnitz: *Liebesgedichte*. Ausgewählt von Elisabeth Borchers. Frankfurt a. M.: Insel 2005.

Volker Braun

Auf die schönen Possen. Gedichte. Frankfurt a. M.: Suhrkamp 2005.
»Was wollt ihr denn«. In: *Theater der Zeit*, H. 3, März 2005, S. 55-66.
»Das Eigentum«. In: *Deutsche Akademie für Sprache und Dichtung, Jahrbuch 2004*. Göttingen: Wallstein 2005, S. 34.
Aufführung:
Was wollt ihr denn. Theaterstück. Uraufführung Neue Bühne Senftenberg 2005.
Hörspiele:
Das unbesetzte Gebiet. Regie: Jörg Jannings, Produktion: DLF / RBB 2005.
Der berüchtigte Christian Sporn. Regie: Jörg Jannings, Produktion: MDR 2005.

Günter de Bruyn

Abseits. Liebeserklärung an eine Landschaft. Mit Fotografien von Rüdiger Südhoff. Frankfurt a. M.: S. Fischer 2005.

Iso Camartin

Belvedere – Das schöne Fernsehen. Frankfurt a. M.: Suhrkamp 2005 (Bibliothek der Lebenskunst).

»Die Sache mit dem ›Siegel‹. Der eigene Stil und die eigene Stimme«. In: *Neue Zürcher Zeitung,* 23.6.2005.

Karl Dedecius

Wisława Szymborska:. *Liebesgedichte.* Ausgewählt, übertragen und herausgegeben von Karl Dedecius. Frankfurt a. M.: Insel 2005.

Wisława Szymborska: *Der Augenblick / Chwila.* Gedichte. Polnisch und deutsch. Übertragen und herausgegeben von Karl Dedecius. Frankfurt a. M.: Suhrkamp 2005.

Wisława Szymborska: *Hundert Gedichte – Hundert Freunde, Sto wierszy – Sto pociech* (zweisprachig). Ausgewählt, übertragen und mit einem Nachwort von Karl Dedecius. Kraków: Wydawnictwo Literackie 2005.

Friedrich Christian Delius

Die Minute mit Paul McCartney. Memo-Arien. Berlin: Transit 2005.

»›Kulturaustausch im Bereich der Ringbahn‹. Gespräch mit Friedrich Christian Delius«. In: *Stille Post. Inoffizielle Schriftstellerkontakte zwischen West und Ost.* Hg. von Roland Berbig. Berlin: Ch. Links 2005.

»Civis Romanus Timm«. In: *Der schöne Überfluß. Texte zu Leben und Werk von Uwe Timm.* Hg. von Helge Malchow. Köln: Kiepenheuer & Witsch 2005.

»Peter Schneider und der *Lenz* als Geburtshelfer des Rotbuch Verlags«. In: *Phantasie und Kritik.* Peter Schneider zum 65. Geburtstag. Eine Festschrift. Hg. von Paul Michael Lützeler. Berlin: Rowohlt Berlin 2005.

»La richezza d'Europa«. In: *TransEuropaExpress. Scrittori della nuova Europa.* Hg. von Mario Fortunato und Maria Ida Gaeta. Milano: Rizzoli 2005.

»Deutschland, ein Schlaraffenland – oder warum Friedrich Schiller Joschka Fischer einen Barbaren nennen würde«. Kasseler Brüder-Grimm-Vorlesung. In: *Sprache im technischen Zeitalter,* 43. Jg. (2005), H. 173 (April), S. 92-105.

Peter Demetz

»Die Liebe zur Hetz. Mit einer feinen Goschn: Eva Menasses Familienroman *Vienna*«. In: *Frankfurter Allgemeine Zeitung,* 16.4.2005.

Heinrich Detering

»Juden, Frauen, Litteraten«. Zu einer Denkfigur beim jungen Thomas Mann. Frankfurt a. M.: S. Fischer 2005.

Andersen und andere. Kleine dänisch-deutsche Kulturgeschichte Kiels. Heide: Boyens 2005.

Hans Christian Andersen: Landschaft mit Poet. Gedichte. Ausgewählt und aus dem Dänischen übertragen von Heinrich Detering. Göttingen: Wallstein 2005.
Heinz Erhardt: *Von der Pampelmuse geküßt.* Gedichte, Prosa, Szenen. Hg. von Heinrich Detering. Stuttgart: Reclam 2005.
Hans Keilson: *Werke in zwei Bänden.* Hg. von Heinrich Detering und Gerhard Kurz. Frankfurt a. M.: S. Fischer 2005.
»Storm und Fontane als Lyriker«. In: *Fontane-Blätter* 80 (2005), S. 106-124.
»Warum sollten Germanisten Deutsch sprechen?«. In: *Die Wissenschaft spricht Englisch? Versuch einer Standortbestimmung.* Hg. von Uwe Pörksen. Valerio 1. Göttingen: Wallstein 2005, S. 25-29.
»Pax vobiscum«: Henrik Ibsens *Wenn wir Toten erwachen*«. In: *Interpretationen: Ibsens Dramen.* Ditzingen: Reclam 2005, S. 170-187.
»Geschichtsmüdigkeit«: Marxistisches Ethos und taoistische Metaphysik in Brechts *Legende von der Entstehung des Buches Taoteking*«. In: *Festschrift für Klaus Bohnen.* Kopenhagen / München 2005, S. 153-170.
Außerdem zahlreiche Rezensionen in der Frankfurter Allgemeinen Zeitung.

Friedrich Dieckmann

Diesen Kuß der ganzen Welt. Der junge Mann Schiller. Frankfurt a. M.: Insel 2005.
Orpheus, eingeweiht. Eine Mozart-Erzählung. Frankfurt a. M.: Insel 2005.
»Erneuerung und Erbe. Über Sinn und Chance von Iterationen«. In: *Sinn und Form* 57 (2005), H. 2, S. 276-282.
»Deutscher Traum und deutsche Wirklichkeit. Schiller und der Untergang des deutschen Reiches«. In: *Sinn und Form* 57 (2005), H. 6, S. 841-856.
»Malta und ›Die Malteser‹. Schiller und der Vorposten Europas«. In: *Merkur* 59 (2005), Nr. 669 (Jan.), S. 38-48.
»Schillers Schaubühne – eine moralische Anstalt?«. In: *Merkur* 59 (2005), Nr. 674 (Juni), S. 543-544.
»Schillers Theater (I). Über einen hinter Klischees verborgenen Autor«. In: *Theater der Zeit* 60 (2005), H. 5, S. 26-27.
»Schillers Theater (II). Die antiimperiale Bühne«. In: *Theater der Zeit* 60 (2005), H. 6, S. 34-36.
»Der Liebestrank aus der Thermosflasche. Marthaler & Viebrock deuten *Tristan und Isolde* bei den Bayreuther Festspielen als antitoxisches Lehrstück«. In: *Theater der Zeit* 60 (2005), H. 9, S. 40-43.
»Weltgefühl«. In: *der blaue reiter, Journal für Philosophie, Nr. 20, Gefühle.* Hg. von Siegfried Reusch. Stuttgart: Omega Verlag 2005, S. 68.
»Rosennot, Rosenlust. Eine mythische Exkursion«. In: *Mythos Dresden. Faszination und Verklärung einer Stadt.* Hg. von Hans-Peter Lühr. Dresdner Hefte Nr. 84. S. 4-11.
»Urknäuel und Weltverhau. Besuch bei Max Uhlig«. In: *Künstler in Dresden im 20. Jahrhundert. Literarische Porträts.* Hg. von Hans-Peter Lühr und Wulf Kirsten. Dresden: Verlag der Kunst 2005, S. 186-192.
»Musik und Weltbild«. In: *Landschaft für Katzer.* Hg. von Stefan Amzoll. Berlin: Akademie der Künste 2005, S. 26-29.

»Antwortbrief«. In: *Stille Post. Inoffizielle Schriftstellerkontakte zwischen West und Ost.* Hg. von Roland Berbig. Berlin: Ch. Links 2005, S. 134-139.
»Siamesische Zwillinge«. In: *Ernstfall Einheit. 15 Jahre ›Freitag‹.* Hg. von Lutz Herden. Berlin: Edition Freitag 2005, S. 51-54.
»Amor Saxonicus«. In: *Jahrbuch der Sächsischen Akademie der Künste* 2003 / 2004. Hg. von Ingo Zimmermann. Dresden: Sächsische Akademie der Künste 2005, S. 286-289.

Hilde Domin

Auf Wolkenbürgschaft. Gedichte von Hilde Domin, Aquarelle von Andreas Felger. Hg. von Oliver Kohler. Gnadenthal: Präsenz 2005.

Tankred Dorst

Sich im Irdischen zu üben. Frankfurter Poetikvorlesungen. Frankfurt a. M.: Suhrkamp 2005 (es 2451).
Aufführung:
Die Wüste. Theaterstück mit Ursula Ehlers. Uraufführung am 26.2.2005 am Theater Dortmund.

Ralph Dutli

Novalis im Weinberg. Gedichte. Zürich: Ammann 2005.
Mandelstam. Eine Biographie. Frankfurt a. M.: Fischer Taschenbuch Verlag 2005 (Nr. 16724).
»Gedichte und Übertragungen«. In: *Deutsche Schillerstiftung von 1859. Ehrungen Berichte, Dokumentationen 2004.* Hg. von Renate Brendel. Weimar / Fürstenfeldbruck 2005, S. 37-46.
»Gedichte«. In: *manuskripte,* Nr. 168, Juni 2005, S. 62-64.
»Les Sept Vies de Pétrarque«. Poèmes traduits par l'auteur et Catherine Dutli-Polvêche. In: *Po&sie,* No. 111, Paris: Editions Belin 2005, S. 46-49.
»O-Ton Anonym (14. Dezember 1833)«. In: *Der verlachte Tod. Heitere Grabinschriften, Nekrologe und Mementos der Weltliteratur.* Mit Illustrationen von José Guadalupe Posada. Hg. von Roger Shatulin. Zürich: Manesse 2005, S. 31.
»Geh nicht aus dem Zimmer! Bossa Nova, Breschnew und Horaz: Ein unbekanntes Gedicht von Joseph Brodsky«. In: *Frankfurter Allgemeine Zeitung,* 29.10.2005.
»Meer – Zeit – Gott. Joseph Brodsky im Exil & im Element«. In: *Akzente* 52 (2005), H. 6 (Dez.), S. 508-516.
»Wildkatze, Sabbatland, Reisezelt Ararat. Ossip Mandelstam in Armenien«. In: *Festival Culturescapes ARMENIEN,* Basel 26.10.-20.11.2005. Katalog. Hg. von Jurriaan Cooiman und Sophie Schricker, Basel 2005, S.68-69.
Übersetzungen:
Ossip Mandelstam: *Armenien, Armenien! Prosa, Notizbuch, Gedichte 1930-1933.* Aus dem Russischen übertragen und herausgegeben von Ralph Dutli. Frankfurt a. M.: Fischer Taschenbuch Verlag 2005 (Nr. 14998).
Ossip Mandelstam: *Du bist mein Moskau und mein Rom und mein kleiner David. Gesammelte Briefe 1907-1938.* Aus dem Russischen übertragen und herausgegeben

von Ralph Dutli. Frankfurt a. M.: Fischer Taschenbuch Verlag 2005 (Nr. 14999).
Dino Buzzati: *Wie die Bären einst Sizilien eroberten.* Aus dem Italienischen von Heide Ringe. Nachdichtung der Verse von Ralph Dutli und Hans Adrian. München: Hanser 2005.
Johannes Bobrowski: »Le puits lithuanien«, »Lumière d'hiver«, »Sureaux en fleur«, » Plaine«, »Le temps du brochet«, «Poème d'amour«. Poèmes traduits de l'allemand par Ralph Dutli et Antoine Jaccottet. In: *D'autres astres, plus loin, épars. Poètes européens du XXe siècle choisis par Philippe Jaccottet.* Genève: La Dogana 2005, S. 321-328.
Primus: »Grabschrift in El-Leds, Numidien«. Aus dem Lateinischen von Ralph Dutli. In: *Der verlachte Tod. Heitere Grabinschriften, Nekrologe und Mementos der Weltliteratur.* Mit Illustrationen von José Guadalupe Posada. Hg. von Roger Shatulin. Zürich: Manesse 2005, S. 26.
Andrew Marvell (1621-1678): »An die Glühwürmer« (»The Mower to the Glowworms«). Aus dem Englischen von Ralph Dutli. In: *Neue Zürcher Zeitung,* 15. / 16.1.2005 (Internationale Ausgabe).
Anna Achmatowa: »Letzte Rose«. Aus dem Russischen von Ralph Dutli. In: *Neue Zürcher Zeitung,* 24.5.2005 (Internationale Ausgabe).
Joseph Brodsky: »Aus Albert Einstein (1994)«. Aus dem Russischen von Ralph Dutli. In: *Frankfurter Allgemeine Zeitung,* 16.4.2005.
Joseph Brodsky: »Geh nicht aus dem Zimmer!«. Aus dem Russischen von Ralph Dutli. In: *Frankfurter Allgemeine Zeitung,* 29.10.2005.
Joseph Brodsky: »Ich höre nicht das was du mir sagst nur deine Stimme«. Aus dem Russischen von Ralph Dutli. In: *Frankfurter Allgemeine Zeitung,* 9.11.2005.
Joseph Brodsky: »Die Bienen nicht entflogen, nicht weggesprengt der Reiter«. Aus dem Russischen von Ralph Dutli. In: *Frankfurter Allgemeine Zeitung,* 2.12.2005.
Joseph Brodsky: »Wiegenlied von Cape Cod«; »Flüsse«; »Kentauren II«; »Kentauren IV«; »Landwehrkanal, Berlin«; »Blick vom Hügel«; »In der Umgebung von Atlantis«; »Holland ist so ein flaches Land«; »Landschaft mit Hochwasser«; »Byzantinisches«; »Triton«; »Ein Glas Wasser«. Gedichte. Aus dem Russischen von Ralph Dutli. In: *Akzente* 52 (2005), H. 6 (Dez.), S. 481-507.

Peter Eisenberg

»Der Laut und die Lautstruktur des Wortes«; »Der Buchstabe und die Schriftstruktur des Wortes«. In: Duden, Die Grammatik. 7., völlig neu erarbeitete und erweiterte Auflage. Mannheim: Dudenverlag 2005.
»Zeichen setzen. Basisartikel«. Mit Helmuth Feilke und Wolfgang Menzel. In: *Praxis Deutsch,* Jg. 32 (2005), H. 191, S. 6-15.
»Jeder versteht jeden. Wie Luther die Pfingstgeschichte schreibt«. In: *Ein gross vnnd narhafft haffen. Festschrift für Joachim Gessinger.* Hg. von Elisabeth Berner, Manuela Böhm und Anja Voeste. Potsdam: Universitätsverlag 2005, S. 117-130.
»Das Verb als Wortkategorie des Deutschen. Zum Verhältnis von synthetischen und analytischen Formen«. In: *Wortarten und Grammatikalisierung. Perspektiven*

in System und Erwerb. Hg. von Clemens Knobloch und Burkhard Schaeder. Berlin: Walter de Gruyter 2005, S. 21-41.
»Deutsch, Englisch und die Lingua franca als Wissenschaftssprache«. In: *Die Wissenschaft spricht Englisch? Versuch einer Standortbestimmung*. Hg. von Uwe Pörksen. Valerio 1. Göttingen: Wallstein 2005, S. 54-63.

ADOLF ENDLER
Nebbich. Eine deutsche Karriere. Göttingen: Wallstein 2005.

PER OLOV ENQUIST
Das Buch von Blanche und Marie. Roman. Aus dem Schwedischen von Wolfgang Butt. München: Hanser 2005.

PÉTER ESTERHÁZY
»Was für ein Péter« In: *die horen*, 50. Jg. (2005), H. 218, S. 145-149.
[Beitrag in:] *Was für ein Péter!* Hg. von Angelika Klammer. Berlin: Berliner Taschenbuch Verlag 2005.

JOACHIM C. FEST
Die unbeantwortbaren Fragen. Gespräche mit Albert Speer. Reinbek: Rowohlt 2005.
Der lange Abschied vom Bürgertum. Joachim Fest und Wolf Jobst Siedler im Gespräch mit Frank A. Meyer. Berlin: wjs verlag 2005.
»Kurze Beantwortung der Frage: Wäre Hitler auch mit dem Fernsehen an die Macht gekommen?«. In: *Demokratisch reden. Parlament, Medien und kritische Öffentlichkeit in Deutschland*. Hg. von Gustav Seibt. Valerio 2. Göttingen: Wallstein 2005, S. 80.

ADRIEN FINCK
Sesenheim nirgendwo. Geschichten. Strasbourg: Editions de la Revue alsacienne de littérature 2005.
»Dialogue des langues de France. In: *Revue alsacienne de littérature*, Nr. 89, S. 5-86.
»Literatur aus Baden-Württemberg«. In: *Revue alsacienne de littérature*, Nr. 91, S. 5-54.
»Ein Geschlecht. Nochmals zu Georg Trakls *Abendländischem Lied*«. In: *Androgynie und Inzest in der Literatur um 1900*. Hg. von Hans Weichselbaum. Salzburg: Otto Müller 2005.

KURT FLASCH
Eva und Adam. Wandlungen eines Mythos. München: C.H. Beck 2005.
Boethius: *Trost der Philosophie*. Mit einem Nachwort von Kurt Flasch. München: C.H. Beck 2005.
»Auch mein Großvater liebte euch doch alle. Der skandalträchtige Philosoph Peter Singer kommentiert seine Ethik mit seinem Leben«. In: *Frankfurter Allgemeine Zeitung*, 19.10.2005.

»Latein und Volgare. Ein historischer Präzedenzfall«. In: *Die Wissenschaft spricht Englisch? Versuch einer Standortbestimmung.* Hg. von Uwe Pörksen. Valerio 1. Göttingen: Wallstein 2005, S. 41-45.

Hans-Martin Gauger

Vom Lesen und Wundern. Das Markus-Evangelium. Frankfurt a. M.: Suhrkamp 2005 (Bibliothek der Lebenskunst).

»Er fehlt uns, er ist da: Jean Améry«. In: *Merkur* 59 (2005), Nr. 671 (März), S. 249-255.

»Gedenkt frei zu leben. Starker Kopf, große Nase: Cyrano de Bergeracs Romane«. In: *Frankfurter Allgemeine Zeitung*, 15.12.2005.

»Stil in der Philosophie«. In: *Wissen und Weisheit.* Zwei Symposien zu Ehren von Josef Pieper (1904-1997). Hg. von Hermann Fechtrup, Friedbert Schulze und Thomas Sternberg. Münster: Lit Verlag 2005, S. 67-84.

»Le style de Michel Houellebecq dans ›Extension du domaine de la lutte‹«. In: *Intellektuelle Redlichkeit, Intégrité intellectuelle, Literatur, Geschichte, Kultur.* Festschrift für Joseph Jurt. Hg. von Michael Einfalt, Ursula Erzgräber, Ottmar Ette und Franziska Sick. Heidelberg: Universitätsverlag Winter 2005, S. 181-192.

»Nur noch Englisch?«. In: *Die Wissenschaft spricht Englisch? Versuch einer Standortbestimmung.* Hg. von Uwe Pörksen. Valerio 1. Göttingen: Wallstein 2005, S. 64-72.

Christoph Geiser

»Abzweig nach Hellerau«. In: *Signum, Blätter für Literatur und Kritik*, 6. Jg., (2005), Sonderheft 8, S. 44-50.

»Die Kraniche haben wir nicht gefunden. Zum Gedenken an Otto Marchi«. In: *Die Gazette*, Nr. 8 (Dezember) 2005, S. 67-69.

Mark H. Gelber

Confrontations / Accommodations: German-Jewish Literary and Cultural Relations from Heine to Wassermann. Hg. von Mark H. Gelber. Tübingen: Niemeyer 2004.

»The Noble Sephardi and the Degenerate Ashkenazi in German-Jewish and German Anti-Semitic Consciousness: Heine, Langbehn and Chamberlain«. In: *Ebd.*, S. 45-56.

Kafka, Zionism, and Beyond. Hg. von Mark H. Gelber. Tübingen: Niemeyer Verlag, 2004.

»The Image of Kafka in Brod's *Zauberreich der Liebe* and its Zionist Implications«. In: *Ebd.*, S. 271-282.

»Interfaces of Young Vienna and the Young Jewish Poets: Richard Beer-Hofmann and Stefan Zweig«. In: *Jüdische Aspekte Jung-Wiens im Kulturkontext des Fin de Siècle.* Hg. von Sarah Fraiman. Tübingen: Niemeyer 2005, S. 61-74.

»The Multifarious Contributions of Stefan Zweig to World Literature«. In: *Studia Judaica, XIII* (2005), Cluj-Napoca, 2005, S. 91-99.

»Antisemitismus, literarischer Antisemitismus und die Konstellation der bösen Judenfiguren in Gustav Freytags *Soll und Haben*«. In: *150 Jahre Soll und Haben.*

Studien zu Gustav Freytags kontroversem Roman. Hg. von Florian Krobb. Würzburg: Königshausen & Neumann 2005, S. 285-300.
»Jakov Lind«. In: *Holocaust Novelists. Dictionary of Literary Biography.* Ed. Efraim Sicher. Detroit: Bruccoli Clark Layman / Gale / Thomson 2004, S. 214-219.
»German Literature. Jewish Critics. The Brandeis Symposium«. In: *Jewish Quarterly Review.* Hg. von Stephen D. Dowden, Meike G. Werner. Vol. 95, Nr. 4 (2005), S. 763-767.

Wilhelm Genazino

Die Liebesblödigkeit. Roman. München / Wien: Hanser 2005.
Die Liebesblödigkeit. Hörbuch, 5 CDs. Hamburg: Hoffmann und Campe Hörbücher 2005.
Hermann Melville: *Bartleby der Schreiber.* Nachwort von Wilhelm Genazino. Göttingen: Steidl 2005.
»Von der Bruchbudenhaftigkeit des Schönen«. Essay. In: *Akzente* 52 (2005), H. 3 (Juni), S. 220-224.
»Ilse Aichinger: *Kleist, Moos, Fasane*« . In: *Mein Lieblingsbuch.* Hg. von Hubert Spiegel. Frankfurt a. M.: Insel 2005.
»Ganz neue Einzelheiten. Erzählung«. In: *Literarische Spaziergänge.* Hg. von Maria Gazzetti. Frankfurt a. M.: S. Fischer 2005.
»Der Untrost und die Untröstlichkeit der Literatur«. Dankrede des Preisträgers des Georg-Büchner-Preises 2004. In: *Deutsche Akademie für Sprache und Dichtung, Jahrbuch 2004.* Göttingen: Wallstein 2005, S. 128-134.
Aufführung:
Lieber Gott mach mich blind. Theaterstück. Uraufführung Staatstheater Darmstadt, 8.10. 2005.

Durs Grünbein

An Seneca. Postskriptum. Seneca: Die Kürze des Lebens. Frankfurt a. M.: Suhrkamp 2004.
Porzellan. Poem vom Untergang meiner Stadt. Frankfurt a. M.: Suhrkamp 2005.
Antike Dispositionen. Aufsätze. Frankfurt a. M.: Suhrkamp 2005.
Der Misanthrop auf Capri. Historien / Gedichte. Frankfurt a. M.: Suhrkamp 2005.
Die Götter Griechenlands. Ausstellungskatalog zur Ausstellung der zeichnerischen Entwürfe von Peter Cornelius für die Fresken der Münchner Glyptothek im Haus der Kunst, München, anschließend in der Alten Nationalgalerie, Berlin. Mit einer Textsammlung, zusammengestellt von Durs Grünbein. Köln: SMB-DuMont 2004.
Vom Schnee. Hörbuch, 3 CDs. München: Hörverlag 2005.
»Die Kunst der Gesellschaft. Gedicht«. In: *Merkur* 59 (2005), Nr. 670 (Feb.), S. 140-142.
»Heilmittel Poesie«. In: *Börsenblatt,* 172. Jg. (2005), H. 26 (Juni), S. 23.
»Russophilie«. In: *Deutsche Akademie für Sprache und Dichtung, Jahrbuch 2004.* Göttingen: Wallstein 2005, S. 31-32.

»Ich bedaure sehr«. In: *Die Wissenschaft spricht Englisch? Versuch einer Standortbestimmung.* Hg. von Uwe Pörksen. Valerio 1. Göttingen: Wallstein 2005, S. 95-96.
Ausstellung:
Die Götter Griechenlands. Ausstellung vom 10.9.2004 bis 9.1.2005 im Haus der Kunst in München und vom 9.3 bis 5.6.2005 in der Nationalgalerie Berlin.

Peter Gülke
»Verschattete Erlösung für einen Antihelden. Robert Schumanns Manfred-Ouvertüre im Fadenkreuz konträrer Ästhetiken«. In: *Neue Musikzeitung* 2004 / 10.
»Gelebte, erlittene Musik. Zum Tode von Carlos Kleiber«; »Ausgesparte Oper. Über Peter Ruzickas Celan«. In: *Musik & Ästhetik*, 8. Jg. (2004), H. 32 (Oktober), S. 5-8; S. 91-97.
»Der Erwählte. Zum 30. November 2004«. In: *Musik & Ästhetik*, 9. Jg. (2005), H. 34 (April), S. 93-114.
»Nachruf auf den Urtext?«. In: *Die Musikforschung*, 57. Jg. 2004, S. 383-388.
»Fernweh und Nahkampf. Weimarische Bezogenheiten eines Ureinwohners«. In: *Weimarbrief* 1 / 2005, S. 77-84 [Teil 1]; *Weimarbrief* 2 / 2005, S. 128-136 [Teil 2].
»Zur Verteidigung der Kunst«; »Natur der Musik – Musik wider die Natur?«; »Motetten, Messen, Kathedralen – über den Gleichklang von Musik und Architektur«. In: *Jahrbuch der Sächsischen Akademie der Künste* 2003 / 04, S. 42-44; 220-223; 275-285.
»Guillaume Du Fays Weg zur Cantus firmus-Messe und darüberhinaus. Gedenkvortrag für Hans Grüß«. In: *Jahrbuch der Sächsischen Akademie der Wissenschaften für 2004.* Leipzig: 2005, S. 32-54.
»Nistet der Kommerz schon in unseren Interpretationen?«. In: *Baseler Jahrbuch für historische Musikpraxis* XXVII, 2003, S. 25-33.
»Ludwig van Beethoven, IX. Sinfonie op. 125 d-Moll. Normbruch versus Kanonisierung«. In: *Meisterwerke neu gehört. Ein kleiner Kanon der Musik. 14 Werkporträts.* Hg. von Hans-Joachim Hinrichsen und Laurenz Lütteken. Kassel: Bärenreiter 2004. S. 122-130.
»Senkrecht auf der Richtung vergehender Herzen«. Musik als Paradigma bejahrter Vergänglichkeit«. In: *Der Tod im Leben.* Ein Symposium. Hg. von Friedrich Wilhelm Graf und Heinrich Meier. München / Zürich: Piper 2004, S. 125-154.
»Freiheit als Ordnung – Ordnung als Freiheit«. In: *Wege zu Beethoven. Sieben Bonner Reden zum Internationalen Beethovenfest 1999-2003.* Bonn: Bouvier 2004, S. 30-39.
»Die Konzerte«. In: *Mozart Handbuch.* Hg. von Silke Leopold. Kassel / Stuttgart / Weimar: Metzler 2005, S. 327-381.

Jürgen Habermas
Zwischen Naturalismus und Religion. Philosophische Aufsätze. Frankfurt a. M.: Suhrkamp 2005.

Erich Hackl

Das Y im Namen dieser Stadt. Ein Steyr Lesebuch. Hg. von Erich Hackl und Till Mairhofer. Steyr: Ennsthaler 2005.

König Wamba. Kinderhörspiel. 1 CD. Berlin: Audio 2005.

Übersetzungen:

Humberto Ak'abal: *Das Weinen des Jaguars.* 77 Gedichte und ein Bericht. Hg. und aus dem guatemaltekischen Spanisch übertragen von Erich Hackl. Ottensheim: Edition Thanhäuser 2005.

Memo Ánjel: *Das meschuggene Jahr.* Roman. Aus dem Spanischen von Erich Hackl und Peter Schultze-Kraft. Zürich: Rotpunktverlag 2005.

Idea Vilariño: *An Liebe.* Gedichte. Spanisch und deutsch. Übertragen von Peter Schultze-Kraft, Erich Hackl und Dorothee Engels. Ausgewählt und mit einem Nachwort versehen von Erich Hackl. Frankfurt a. M.: Suhrkamp 2005.

Michael Hamburger

Jedes Gedicht ist das letzte. Briefwechsel. Johannes Bobrowski – Michael Hamburger. Hg. und kommentiert von Jochen Meyer. Nachwort von Ingo Schulze. Marbach: Deutsche Schillergesellschaft 2005.

Peter Waterhouse: *Die Nicht-Anschauung. Versuche über die Dichtung von Michael Hamburger.* Mit Gedichten von Michael Hamburger. Mit Audio-CD. Es lesen Michael Hamburger (englisch) und Ian Galbraith (deutsch). Wien / Bozen: Folio 2005.

Übersetzungen:

Friedrich Hölderlin: *Poems and Fragments.* Neuauflage der 4. erweiterten Fassung von 2004. London: Anvil Press 2005.

W. G. Sebald: *Unrecounted.* Poems by W. G. Sebald, Lithographs by Jan Peter Tripp. Essays by W. G. Sebald & Andrea Köhler & two additional poems by Hans Magnus Enzensberger. Translated with a note by Michael Hamburger. New York: New Directions 2005.

W. G. Sebald: *Unrecounted.* Translated (with a Translator's Note) by Michael Hamburger. London: Penguin 2005.

»Afterthoughts on the Mug's Game«. In: *Modern Poetry in Translation.* Between the Languages. Ed. by David and Helen Constantine. Oxford 2005; – ebenfalls in: *Irish Pages*, Belfast 2005; – sowie (in holländischer Übersetzung) in: *Nexus* 43. Tilburg (NL): Nexus Instituut 2005.

Peter Hamm

Jakob Schaffner: *Johannes. Roman einer Jugend.* Hg. von Peter von Matt, mit einem Nachwort von Peter Hamm. Zürich: Nagel & Kimche 2005.

Walter Gross: *Botschaften.* Gesammelte Werke / *Antworten.* Ausgewählte Briefe. 2 Bde. mit Fotos. Hg. und mit einem Nachwort versehen von Peter Hamm unter Mitarbeit von Erwin Künzli. Zürich: Limmat 2005.

Jesse Thoor: *Gedichte.* Hg. und mit einem Nachwort von Peter Hamm. Frankfurt a. M.: Suhrkamp 2005 (BS 424).

Ludwig Harig

Familienähnlichkeiten. Deutsch-französische Sprachspiele (Gesammelte Werke, Bd. I). Hg. von Gerhard Sauder. München: Hanser 2005

»Wenn die Erde bebt. Lissabon 1755 und die Folgen«. *Akzente* 52 (2005), H. 5 (Okt.), S. 392-400.

»Der Töne Licht«. Zu Clemens Brentanos Gedicht ›Abendständchen‹. In: *Frankfurter Anthologie 28.* Gedichte und Interpretationen. Hg. von Marcel Reich-Ranicki. Frankfurt a. M. / Leipzig: Insel 2005, S. 48-50.

»Höllenmuh und Peitschenkrach«. Zu Hans Arps Gedicht ›Schneethlehem‹. Ebd., S. 116-118.

»Die Wörter auf der Zunge schmecken«. Max Bense und der augenblick. Vorwort zu: *augenblick* 2. Jahrgang. Hg. von Anja Ohmer. Berlin: Weidler Buchverlag 2005.

Peter Härtling

Die Lebenslinie. Eine Erfahrung. Köln: Kiepenheuer & Witsch 2005.

Schattenwürfe. Gedichte 2005. Stuttgart: Radius 2005.

Mozart für Kinder. Ausgewählt von Peter Härtling. Illustriert von Hans Traxler. Frankfurt a. M.: Insel 2005.

»... und mich – mich ruft das Flügeltier«. Schiller für Kinder. Ausgewählt von Peter Härtling. Illustriert von Hans Traxler. Frankfurt a. M.: Insel 2005.

»... und mich – mich ruft das Flügeltier«. Schiller für Kinder. Ausgewählt und gelesen von Peter Härtling. Audio-CD. München: Hörverlag 2005.

Harald Hartung

Aktennotiz meines Engels. Gedichte 1957-2004. Göttingen: Wallstein 2005.

»Dankrede«; »Ende der Partie (10 Gedichte)«; »Nachrücker (Aufzeichnungen)«. In: *Harald Hartung: Ende der Partie / Nachrücker. Vierter Würth-Preis für Europäische Literatur.* Harald Unkelbach, Michael Sieber, Harald Weinrich, Reinhold Würth, Harald Hartung. Schwäbisch Hall: Swiridoff 2005, S. 29-35; S. 43-46; S. 47-57.

»Thomas Mann. Die Tagebücher«. In: *Mein Lieblingsbuch. Fünfzig Liebeserklärungen.* Hg. von Hubert Spiegel. Frankfurt a. M. / Leipzig: Insel 2005, S. 111-113.

»Kunstvoll fallen. Interpretation Robert Gernhardt ›Ross und Reiter‹«. In: *Frankfurter Anthologie 28.* Gedichte und Interpretationen. Hg. von Marcel Reich-Ranicki. Frankfurt a. M. / Leipzig: Insel 2005. S. 198-200.

»Die Frage nach der Maus. Interpretation von Christoph Meckel ›Es war der Atem im Schnee‹«. In: *Rede zum Gedicht. Interpretationen zu Gedichten von Christoph Meckel.* Hg. von Ursula und Wulf Segebrecht. Bamberg: Verlag der ›Fußnoten‹ 2005, S. 76-78.

»Wer sagt«. Gedicht. In: *Jahrbuch der Lyrik.* Frankfurt a. M.: S. Fischer 2005, S. 40.

»Nachruf auf Rainer Malkowski«. In: *Akademie der Wissenschaften und der Literatur, Mainz. Jahrbuch 2003 / 2004.* S. 155-157.

»Bukolische Notiz«; »Gestern der Anruf«. Gedichte. In: *Zintzens Arkadien. Clemens*

Zintzen zum 24. Juni 2005. Hg. von der Klasse der Literatur. Akademie der Wissenschaften und der Literatur. Mainz 2005, S. 13.
»Das Gedicht, die Daten und die Schöne Zunge. Sieben Dichter in ihren Gesamtausgaben«. In: *Merkur* 59 (2005), Nr. 674 (Juni), S. 504-515.
»Sechs Gedichte«. In: *Merkur* 59 (2005), Nr. 672 (April), S. 329-331.
»Poetische Archäologie. Zum Tod des Dichters Thomas Kling. In: *Frankfurter Allgemeine Zeitung*, 4.4.2005.

Irène Heidelberger-Leonard

Jean Améry: *Werke.* Hg. von Irene Heidelberger-Leonard. Bd. 3: *Über das Altern – Revolte und Resignation – Hand an sich legen. Diskurs über den Freitod.* Hg. von Monique Boussart; Bd. 7: *Aufsätze zur Politik und Zeitgeschichte.* Hg. von Stephan Steiner. Stuttgart: Klett-Cotta 2005.
»Revolte in der Resignation. Zur Biographie Jean Amérys«. In: *Fremdes Heimatland. Remigration und literarisches Leben nach 1945.* Hg. von Irmela von der Lühe und Claus-Dieter Krohn. Göttingen: Wallstein 2005.
»W. G. Sebalds *Austerlitz*«. In: *Recherches Germaniques*, September 2005. Strasbourg: Université Marc Bloch 2005.

Christoph Hein

In seiner frühen Kindheit ein Garten. Roman. Frankfurt a. M.: Suhrkamp 2005.
Das goldene Vlies. Erzählung. Leipzig: Faber & Faber 2005.
Die Stücke. Frankfurt a. M.: Suhrkamp 2005.
Verfilmung:
Willenbrock. Regie: Andreas Dresen, Buch: Laila Stieler. Nach dem Roman von Christoph Hein. Deutschland 2004. – DVD EuroVideo 2005.

Hartmut von Hentig

Joschi. Eine Hundegeschichte. München: Hanser 2005.
14 Punkte zur Beendigung des Rechtschreib-Kriegs. Göttingen: Wallstein 2005 (Göttinger Sudelblätter. Hg. von Heinz Ludwig Arnold).

Hans Werner Henze

Ballett-Variationen. Concertino für Klavier und Blasorchester mit Schlagzeug. »Das Vokaltuch der Kammersängerin Rosa Silber – Exercise mit Strawinsky«. Kammerkonzert für Klavier, Flöte und Streicher, Sinfonisches Zwischenspiel aus dem lyrischen Drama »Boulevard Solitude«. Christopher Tainton (Klavier), Matthias Perl (Flöte), NDR-Sinfonieorchester, Leitung: Peter Ruzicka. Wergo WER 6663 2 (1 CD).

Philippe Jaccottet

Der Pilger und seine Schale. Giorgio Morandi. Aus dem Französischen von Elisabeth Edl und Wolfgang Matz. München: Hanser 2005.

Elfriede Jelinek

Ungebärdige Wege, zu spätes Begehen. Die Zeit flieht. Essay. Salzburg: Tartin Editionen 2005.

Edward Upward: *Reise an die Grenze.* Mit einem Nachwort von Elfriede Jelinek. Frankfurt a. M.: Suhrkamp 2005 (BS 1390).

Wolken.Heim. Mit einer CD, gesprochen von Barbara Nüsse. Gestaltet von Klaus Detjen. Typographische Bibliothek 1. Göttingen: Steidl 2005.

Lust. Hörbuch. Ungekürzte Fassung. Lesung. Sprecherin Barbara Nüsse. Hamburg: Hoffmann und Campe Audios 2005.

Aufführung:

WOLKEN.HEIM. UND DANN NACH HAUSE. Uraufführung: 2. März 2005 im Theater am Schiffbauerdamm Berlin, Berliner Ensemble. Regie: Claus Peymann, Bühne / Kostüme: Achim Freyer, Dramaturgie: Jutta Ferbers.

Walter Jens

Katias Mutter. Das außerordentliche Leben der Hedwig Pringsheim. Mit Inge Jens. Reinbek: Rowohlt 2005.

Joachim Kalka

Zwetsgen-Baum-Holz. Mörike als Improvisator grotesker Stimmen. Warmbronn: Keicher 2004.

Robert Louis Stevenson: *Emigrant aus Leidenschaft. Ein literarischer Reisebericht.* Aus dem Englischen übersetzt von Axel Monte. Nachwort von Joachim Kalka. Zürich: Manesse 2005, S. 297-313.

»Privater Kosmos, ideale Schlaflosigkeit. Die Bibliothek«. In: *Kursbuch,* H. 158 / 2004, S. 139-149.

»GB / US. Notizen (XIV)«. In: *Sprache im technischen Zeitalter,* 42. Jg. (2004), H. 172, S. 498-505.

»GB / US. Notizen (XV)«. In: *Sprache im technischen Zeitalter,* 43. Jg. (2005), H. 173 (April), S. 106-112.

»GB / US. Notizen (XVI)«. In: *Sprache im technischen Zeitalter,* 43. Jg. (2005), H. 174 (Juli), S. 221-227.

»GB / US. Notizen (XVII)«. In: *Sprache im technischen Zeitalter,* 43. Jg. (2005), H. 175 (Oktober), S. 332-339.

»Sprachliche Minima als Problem des Übersetzens und als Thema einer Kulturgeschichte. Skizze eines Projekts«. In: *die horen,* 50. Jg. (2005), H. 218 , S. 184-186.

»›Meine Ahnung mit Mörike täuscht mich nicht‹. Spuren auf dem Weg in den Kanon: Eduard Mörike bei Karl Kraus und Stefan George«. In: *Mörike – Rezeption im 20. Jahrhundert.* Hg. von Albrecht Bergold und Reiner Wild. Tübingen: Francke 2005, S. 29-39.

»Tortenscharmützel. Ein winziges Festmahl für den Mythologen der Currywurst, angerichtet mit allen guten Wünschen«. In: *Der schöne Überfluß. Texte zu Leben und Werk von Uwe Timm.* Hg. von Helge Malchow. Köln: Kiepenheuer & Witsch 2005, S. 164-170.

»Insekt, Komet. [Über William Blakes ›The Ghost of a Flea‹]«. In: *Wurzeln im Offenen. Zum achzigsten Geburtstag von Joachim Uhlmann.* Warmbronn: Keicher 2005, S. 16-23.
»Nüchternheit und Strenge aus Liebe zum Text«. Laudatio auf Michael von Albrecht, Preisträger des Johann-Heinrich-Voß-Preises 2004. In: *Deutsche Akademie für Sprache und Dichtung, Jahrbuch 2004.* Göttingen: Wallstein 2005, S. 41-44.
»›Auch ich über Orffyreus' Gab' / Zugleich geweint und gelacht hab‹. Das perpetuum mobile: eine kleine Phantasmagoerie aus dem achtzehnten Jahrhundert«. *Lichtenberg-Jahrbuch 2005.* Ober-Ramstadt: Lichtenberg-Gesellschaft 2005, S. 68-83.
»Die Hahnsche Oberfläche. Ein Hinweis«. In: *Eckart Hahn, Basislager.* Katalog, Städtische Galerie Ostfildern, 2005, S. 4-6.
»Ein schöner Stern geht auf in meiner Nacht«. In: *Francesco Cavalli, La Calisto.* Programmbuch der Bayerischen Staatsoper, München 2005, S. 76-83.
Übersetzungen:
John Maynard Keynes: *Freund und Feind. Zwei Erinnerungen.* Aus dem Englischen von Joachim Kalka. Berlin: Berenberg 2004.
Léon Blum: *Beschwörung der Schatten: Die Affäre Dreyfus.* Aus dem Französischen, mit einer Einleitung und Anmerkungen versehen von Joachim Kalka. Berlin: Berenberg 2005.
Amy Clampitt: *Der Eisvogel.* Ausgewählte Gedichte. Amerikanisch und Deutsch. Aus dem Amerikanischen übersetzt und mit einem Nachwort von Joachim Kalka. Stuttgart: Klett-Cotta 2005.
Jeremy Adler: »Zum Tod von Sir Malcolm Pasley«. Aus dem Englischen von Joachim Kalka. In: *Deutsche Akademie für Sprache und Dichtung, Jahrbuch 2004.* Göttingen: Wallstein 2005, S. 137-139.

Walter Kappacher

Selina oder das andere Leben. Roman. Wien: Deuticke 2005.
»Verführung«. In: *Autorevue,* 2005, Nr. 6, S.136-137.
»Notizen und Fundstücke«. In: *Literatur und Kritik,* 2005, Nr. 395, S.42-49.
»Drei Steine«. In: *Die Welt ist aus dem Stoff, der Betrachtung verlangt – ein Gedichtbuch für Hubert Burda zum 65. Geburtstag.* Hg. von Uwe Brandner. München, S. 115-117.
»Aus der Traum«. In: *So ist das mit Österreich: literarische Entdeckungsreisen in ein hintergründiges Land.* Hg. von Brigitte Hilzensauer. Wien: Buchgemeinschaft Donauland, S. 306-312.

Hans Keilson

Gedichte und Essays. Werke in zwei Bänden. Hg. von Heinrich Detering und Gerhard Kurz. Frankfurt a. M.: S. Fischer 2005.

Friedhelm Kemp

Einmal für immer. Gedichte. Mit vierzehn Typographien von Josua Reichert. Waakirchen: Oreos 2004.

IMRE KERTÉSZ

Detektivgeschichte. Hörbuch. Mit Ulrich Noethen. 3 CDs. Berlin: Der Audio Verlag 2005.

»Warum gerade Berlin?« – »Weltbürger und Pilger.« – »Die Bank.« – »Dossier K. Eine Ermittlung.«. In: *du,* H. 757, Nr. 5, Juni 2005, Themenheft: Imre Kertész. Der Fremde, S. 22-23; S. 32-33; S. 34-41; S. 52-62.

NAOJI KIMURA

Wenn Freunde aus der Ferne kommen. Eine west-östliche Freundschaftsgabe für Zhang Yushu zum 70. Geburtstag. Hg. von Naoji Kimura und Horst Thome. Bern: Peter Lang 2005.

Ursprung des deutschen Humanismus. Geistesgeschichtlicher Hintergrund der EU [in japanischer Sprache]. Tokio: Nansosha 2005.

SARAH KIRSCH

Kommt der Schnee im Sturm geflogen. Prosa. München: Deutsche Verlags-Anstalt 2005.

Sämtliche Gedichte. München: Deutsche Verlags-Anstalt 2005.

WULF KIRSTEN

Künstler in Dresden im 20. Jahrhundert. Literarische Porträts. Hg. von Hans Peter Lühr und Wulf Kirsten. Dresden: Verlag der Kunst Dresden 2005.

»Walter Reede. Ein Gedenkblatt«. In: *Signum, Blätter für Literatur und Kritik,* 6. Jg., Sonderheft 10 Jahre Dresdner Stadtschreiber, Winter 2005, S. 37-43.

THOMAS KLING

Auswertung von Flugdaten. Mit einem Fotozyklus von Ute Langanky. Köln: DuMont 2005.

RUTH KLÜGER

Fred Wander: *Der siebte Brunnen.* Roman. Mit einem Nachwort von Ruth Klüger. Göttingen: Wallstein 2005.

»Über Adelheid Duvanel: *Beim Hute meiner Mutter*«. In: *Literarische Welt,* 5.2.2005.

»Über Erika Mann: *Wenn die Lichter ausgehen*«. In: *Literarische Welt,* 26.3.2005.

»Über Marcelle Sauvageot: *Fast ganz die Deine*«. In: *Literarische Welt,* 30.4.2005.

»Über Pauline Bebe: *Isha*«. In: *Literarische Welt,* 21.5.2005.

»Über Gila Lustiger: *So sind wir*«. In: *Literarische Welt,* 2.7.2005.

»Über Masha Gessen: *Esther und Rusja*«. In: *Literarische Welt,* 13.8.2005.

»Über Eleonora Hummel: *Die Fische von Berlin*«. In: *Literarische Welt,* 8.10.2005.

»Über Aleid Truijens: *Normal war gestern*«. In: *Literarische Welt,* 22.10.2005.

»Über Herta Müller: *Die blassen Herren mit den Mokkatassen*«. In: *Literarische Welt,* 10.12.2005.

»Jugend im Vorfeminismus«. In: *Die Welt,* 5.3.2005.

»Gedichtinterpretation über Friedrich Schillers Gedicht ›Rousseau‹«. In: *Frankfurter Allgemeine Zeitung,* 21.5.2005 (*Frankfurter Anthologie*).

»Gedichtinterpretation über Erich Kästners Gedicht ›Patriotisches Bettgespräch‹«. In: *Frankfurter Allgemeine Zeitung*, 10.3.2005 (*Frankfurter Anthologie*).
»Gedichtinterpretation über Robert Gernhardts Gedicht ›Couplet von der Erblast‹«. In: *Frankfurter Allgemeine Zeitung*, 13.9.2005 (*Frankfurter Anthologie*).
»Über Lynn Nicholas *Cruel World*«. In: *Washington Post*, 14.8.2005.
»Antigone und Kreon in Stadelheim«. In: *Der Standard* (Wien), 19.3.2005.
»Harry Potter and the Halfblood Prince«. In: *Der Standard* (Wien), 6.8.2005.
»Dieser uralte Schleim«. In: *Profil* (Wien), 13.5.2005.
»Hackls Frauen«. In: *Die Rampe*, Bd. 3 (März) 2005, S. 125-128.
»Philipp Roth: Verschwörung gegen Amerika«. In: *Literaturen*, H. 9 (September) 2005, S. 38.

Werner von Koppenfels

Emily Dickinson: *Dichtungen*. Englisch / Deutsch. Wesentlich erweiterte Neuausgabe. Ausgewählt, übertragen und mit einem Nachwort versehen von Werner von Koppenfels. Mainz: Dieterich 2005.
»Graciáns (Über-)Lebenslehre«. In: Baltasar Gracián: *Handorakel und Kunst der Weltklugheit*. Übersetzt von Arthur Schopenhauer. Originalausgabe. München: Deutscher Taschenbuch Verlag / C.H. Beck: 2005, S. 168-175.
»Ash Wednesday in Westminster: Giordano Bruno Meets Elizabethan England«. In: *Renaissance Go-Betweens*. Hg. von Andreas Höfele und Werner von Koppenfels. Berlin / New York: De Gruyter 2005, S. 55-77.
»Samuel Butler's *Hudibras*: A Quixotic Perspective of Civil War«. In: *Cervantes in the English-Speaking World. New Essays*. Hg. von Dario Fernández-Morera und Michael Hanke. Kassel / Barcelona: Edition Reichenberger 2005, S. 25-42.

Gustav Korlén

»Im Hinterzimmer der Rechtschreibreform. Die Rechtschreibreform aus schwedischer Sicht«. In: *Mitteilungen Nr.2 / 2005*. Sprachkreis Deutsch (Bubenberg-Gesellschaft Bern), S. 13-15.

Reinhart Koselleck

Vergangene Zukunft. Zur Semantik geschichtlicher Zeiten. Frankfurt a. M. 1979. Ukrainische Übersetzung von Vladimir Sved. Mit einem Vorwort von Sergij Stel'mach. Kiev 2005.
Istoricni posuki identicnosti. Ukrainsko-nimec'kij kolokvium [*Identität und Erinnerung*. Ukrainisch-deutsches Kolloquium]. Mit Jutta Scherrer und Konstantin Sigov. Kiev 2004.
»Was sich wiederholt«. In: *Frankfurter Allgemeine Zeitung*, 21.7.2005.
»Differenzen aushalten und die Toten betrauern. Der Mai 1945 zwischen Erinnerung und Geschichte«. In: *Neue Zürcher Zeitung*, 14. / 15.5.2005.
»Erfahrungswandel und Methodenwechsel. Eine historisch-anthropologische Skizze«. In: *Historische Methode, Theorie der Geschichte*. Beiträge zur Historik, Bd. 5. Hg. von Christian Meier und Jörn Rüsen. München 1988, S. 13-61. Ukrainische Teilübersetzung (Kapitel 3), Kiev 2004.

»Einleitung«. In: *Der politische Totenkult.* Kriegerdenkmäler in der Moderne. Hg. von Reinhart Koselleck und Michael Jeismann. München 1994, S. 9-20. Ukrainische Übersetzung, Kiev 2004.
»Begriffsgeschichte und Geschichtsbegriffe«. In: *Geschichte der österreichischen Humanwissenschaften.* Hg. von Karl Acham. Wien 1999, Bd. 1, S. 341-356. Erweiterte und ergänzte Fassung als »Die Geschichte der Begriffe und Begriffe der Geschichte«. In: *Herausforderungen der Begriffsgeschichte.* Hg. von Carsten Dutt. Heidelberg 2003, S. 3-16. Spanische Übersetzung in: *Ayer 53 / 1* (2004), S. 27-45.
»Der unbekannte Soldat als Nationalsymbol im Blick auf Reiterdenkmale«. In: *Vorträge aus dem Warburghaus* 7. Hg. von Wolfgang Kemp u. a. Berlin 2003, S. 137-166. Ukrainische Übersetzung, Kiev 2004.
»Gibt es ein kollektives Gedächtnis?«. In: *Divinatio 19* (2004), S. 23-28.
»Temporal Foreshortening and Acceleration: A Study on Secularization«. In: *Religion and Politics.* Hg. von Bernhard Giesen und Daniel Suber. Leiden / Boston: Brill academic 2005, S. 207-229 (deutsch in: *Zeitschichten.* Frankfurt a. M.: Suhrkamp 2000).
»Über den Stellenwert der Aufklärung in der deutschen Geschichte«. In: *Die kulturellen Werte Europas.* Hg. von Hans Joas und Klaus Wiegandt. Frankfurt a. M.: Fischer Taschenbuch Verlag 2005, S. 353-366.
»Structuri repetitive Ón limba si istorie«. In: *Laudatio si conferinta.* Hg. von Universitatea de Vest din Timisoara. Temesvar 2005. (Anläßlich der Verleihung der Ehrendoktorwürde am 27. Mai 2005).
»Patriotismus. Gründe und Grenzen eines neuzeitlichen Begriffs« (Festrede zu Ehren Dolf Sternbergers vom 6. November 1987 mit einem Nachtrag von 2003). In: *›Patria‹ und ›Patrioten‹ vor dem Patriotismus. Pflichten, Rechte, Glauben und die Rekonfigurierung europäischer Gemeinwesen im 17. Jahrhundert.* Hg. von Robert von Friedeburg. Wiesbaden: Harrassowitz 2005, S. 535-552.

Brigitte Kronauer

Feuer und Skepsis. Einlesebuch. Stuttgart: Klett-Cotta 2005.
Frau Melanie, Frau Martha und Frau Gertrud. Drei Erzählungen. Frankfurt a. M.: Suhrkamp 2005 (BS 1397).
Hans Boesch: *Samurai.* Mit einem Nachwort von Brigitte Kronauer. Zürich: Nagel & Kimche 2005.

Michael Krüger

Die Turiner Komödie. Bericht eines Nachlaßverwalters. Roman. Frankfurt a. M.: Suhrkamp 2005.
Gert Hofmann: *Zur Phänomenologie des Snobs.* Mit einem Nachwort von Michael Krüger. München: Hanser 2005 (Edition Akzente).

Günter Kunert

Die Botschaft des Hotelzimmers an den Gast. Aufzeichnungen. Hg. von Hubert Witt. München / Wien: Hanser 2004.
Neandertaler Monologe. Gedichte und Zeichnungen. Passau: Thomas Reche 2004.

Kunerts Antike. Eine Anthologie. Paradeigmata Bd. 2. Gedichte und Prosa. Hg. von Bernd Seidensticker und Antje Wessels. Freiburg: Rombach 2004.
Die Brüste der Pandora. Texte und Zeichnungen. München: Ephemera 2004.
Ohne Botschaft. Gedichte. Springe: zu Klampen 2004.
»Die Erfindung«. In: *die horen*, 50. Jg. (2005), H. 217, S. 7-10.
»Im Keller«. In: *Neue Zürcher Zeitung*, 1.5.2005.

Reiner Kunze
Bleibt nur die eigne Stirn. Ausgewählte Reden. Stuttgart: Radius 2005.
»Der Postweg in den Westen oder: Notatmung in der DDR«. In: *europäische ideen*, Jg. 2005, H. 132, S. 20-21.

Katja Lange-Müller
Michael Tetzlaff: *Ostblöckchen. Eine Kindheit in der Zone.* Mit einem Vorwort von Katja Lange-Müller. Frankfurt a. M.: Schöffling 2004 – München: Piper 2005 (SP4463).
»Böse Schafe«. In: *die horen*, 50. Jg. (2005), H. 218, S. 73-82.
»Harry«. In: *Sprache im technischen Zeitalter*, 43. Jg. (2005), H. 175 (Oktober), S. 278-286.
Tierische Liebe. Geschichten von gefährlichen Liebschaften. Erzählt von Juli Zeh, Markus Orths, Ulrike Draesner, Keto von Waberer, Katja Lange-Müller u. a. Hg. von Bettina Hesse. Berlin: Eichborn 2005.

Siegfried Lenz
Michael Wieck: *Zeugnis vom Untergang Königsbergs. Ein ›Geltungsjude‹ berichtet.* Mit einem Vorwort von Siegfried Lenz. München: C.H. Beck 2005 (bsr 1608).

Hugo Loetscher
Es war einmal die Welt. Gedichte. Zürich: Diogenes 2004.

Michael Maar
Lolita und der deutsche Leutnant. Mit zwei Erzählungen Heinz von Lichbergs. Frankfurt a. M.: Suhrkamp 2005.
Fremdsprachige Ausgaben:
The two Lolitas. Translated by Perry Anderson. London: Verso 2005.
La prima volta di Lolita. Tradotto da Alessandro Peroni. Padova: Alet 2005.

Claudio Magris
Alla cieca. Milano: Garzanti 2005.
L'infinito viaggiare. Milano: Mondadori 2005.
»Essere già stati«. In: *Storie.* Hg. von Nadine Gordimer. Milano: Feltrinelli 2005, S. 237-240.
»Laicità e religione«. In: *Le ragioni dei laici.* Hg. von Geminello Preterossi. Roma / Bari: Laterza 2005, S. 109-114.
Fremdsprachige Ausgaben:

A cegues. Übersetzt von A. Casassas: Barcelona: Edicions de 1984 2005. [Originaltitel: *Alla cieca.* Milano: Garzanti 2005]
Izložba. Übersetzt von Lj. Avirović und T. Maroević. Rijeka: Izdavački Centar Rijeka 2005. [Originaltitel: *La mostra.* Milano: Garzanti 2001]
Mikrokosmos. Übersetzt von A. Αρακοπογλον. Athen: ΠΟΛΙΣ 2005. [Originaltitel: *Microcosmi.* Milano: Garzanti 1997]
Ono drugo more. Übersetzt von V. Ljubin. Moskwa: Simpoziym 2005. [Originaltitel: *Un altro mare.* Milano: Garzanti 1991]

Hans Maier
Cäcilia. Essays zur Musik. Frankfurt a. M.: Insel 2005.
»Globalisierung. Zwischenbilanz einer Diskussion«. In: *Stimmen der Zeit,* Bd. 223 (2005), H. 10 (Oktober), S. 679-693.
»Montesquieu und die Tradition«. In: *Montesquieu – Traditionen in Deutschland.* Berlin: Duncker & Humblot 2005, S. 159-168.

Odo Marquard
Historisches Wörterbuch der Philosophie, Bd. 12 (W-Z). Unter Mitwirkung von mehr als 1500 Fachgelehrten in Verbindung mit Günther Bien, Tilman Borsche, Ulrich Dierse, Wilhelm Goerdt, Oskar Graefe†, Wolfgang Hübener, Anton Hügli, Helmut Hühn, Friedrich Kambartel, Friedrich Kaulbach†, Theo Kobusch, Ralf Konersmann, Margarita Kranz, Hermann Lübbe, Odo Marquard, Reinhart Maurer, Stephan Meier-Oeser, Friedrich Niewöhner, Ludger Oeing-Hanhoff†, Willi Oelmüller†, Thomas Rentsch, Kurt Röttgers, Eckart Scheerer†, Heinrich Schepers, Gunter Scholtz, Winfried Schröder, Martin Seils und Robert Spaemann. Hg. von Joachim Ritter†, Karlfried Gründer und Gottfried Gabriel. Basel: Schwabe 2005.
»Zivilcourage«. Ebd., Sp. 1362-1365.
»Zum fünfzigjährigen Doktorjubiläum. Rede in Freiburg am 16. Juli 2004«. In: *Ästhetik und Kommunikation,* 36. Jg. (2005), H. 129 / 130, S. 17-19.
»Die Krise des Optimismus und die Geburt der Geschichtsphilosophie. Über die geistesgeschichtlichen Folgen des Erdbebens von Lissabon«. In: *Neue Zürcher Zeitung,* 29. / 30.10.2005.
»Der Schritt in die Kunst. Über Schiller und Heidegger«. In: Martin Heidegger: *Übungen für Anfänger. Schillers Briefe über die ästhetische Erziehung des Menschen.* Hg. von Ulrich von Bülow. Marbacher Bibliothek 8. Marbach: Deutsche Schillergesellschaft 2005, S. 191-206.

Peter von Matt
Adelheid Duvanel: *Beim Hute meiner Mutter. Erzählungen.* Mit einem Nachwort von Peter von Matt. Zürich: Nagel & Kimche 2004.
Jakob Schaffner: *Johannes. Roman einer Jugend.* Hg. von Peter von Matt, mit einem Nachwort von Peter Hamm. Zürich: Nagel & Kimche 2005.

Roswitha Matwin-Buschmann

Übersetzungen:

Hanna Krall: *Eine ausnehmend lange Linie.* Aus dem Polnischen von Roswitha Matwin-Buschmann. Frankfurt a. M.: Verlag Neue Kritik 2005.

Hanoch Levin: *Krum.* Aus dem Polnischen von Roswitha Matwin-Buschmann. Gemeinschaftsproduktion des Teatr Rozmaitosci Warszawa / Warschau (Premiere 3.3.2005) und des Stary Teatr w Krakowie / Krakau (Premiere 12.3.2005). Am Hebbel-Theater Berlin im ›hau 2‹, zur Eröffnung des polnisch-deutschen Jahres in Deutschland vom 23.-25.3.2005.

Friederike Mayröcker

und ich schüttelte einen Liebling. Prosa. Frankfurt a. M.: Suhrkamp 2005.

Christoph Meckel

Einer bleibt übrig, damit er berichte. Sieben Erzählungen und ein Epilog. München: Hanser 2005.

H.B.G. (Hans Baldung Grien). Essay. Freiburg: Modo 2005.

»Die Inventare des Limbo / Grafik, Gedicht, Gespräch«. *Ostragehege.* 12. Jg. (2005), Nr. 38, H. II.

Ausstellungen: Zeichnung und Grafik

Galerie Apex Göttingen vom 25.9.-27.10.2005.

Städtische Galerie, ehemalige Synagoge Kronach vom 5.11.-20.11.2005.

Kunst im Südwestrundfunk, SWR Studio Freiburg vom 7.10.-28.10.2005.

Edition + Galerie Erata Leipzig vom 4.11.- 6.12.2005.

Galerie Clasing + Langer Osnabrück vom 22.9.-19.11.2005.

Stadtbibliothek Osnabrück vom 8.9.-5.11.2005.

Stadtbücherei Albstadt / Ebingen vom 10.4.-30.4.2005.

Christian Meier

Wandel ohne Geschichtsbewußtsein – ein Paradox unserer Zeit? Basel: Schwabe 2004.

Alte Geschichte in neuer Zeit. Münster: Aschendorff 2005.

Fragen im Sinne einer Ortsbestimmung der Gegenwart. Dresdner Reden 2005. Dresden: Sächsische Zeitung, Staatsschauspiel Dresden 2005.

»Fehler sind Ehrensache. Wir pfeifen auf die Rechtschreibreform«. In: *Frankfurter Allgemeine Zeitung,* 1.8.2005.

»Christian Meier im Gespräch mit Stefan Rebenich. In: *neue politische literatur,* 49. Jg. (2004), H. 2, S. 185-215.

»Programm einer Geschichtsschreibung«. In: *Sprache der Geschichte.* Hg. von Jürgen Trabant. München: Oldenbourg 2005, S. 149-164.

»Zum deutschen Gedenkwesen«. In: *Erinnerungskultur.* Mit Norbert Lammert, Bernhard Vogel, Christian Meier, Hermann Schäfer, Richard Schröder, Günter Nooke, Volkhard Knigge, Andreas Nachama, Jörg Schönbohm. St. Augustin: Konrad-Adenauer-Stiftung 2005, S. 21-42.

»Die griechisch-römische Tradition«. In: *Die kulturellen Werte Europas.* Hg. von Hans Joas und Klaus Wiegandt. Frankfurt am M.: S. Fischer 2005, S. 93-116.

»Zum Aufkommen des Demokratie-Begriffs. Eine Nachlese«. In: *Gegenwärtige Antike – antike Gegenwarten.* Kolloquium zum 60. Geburtstag von Rolf Rilinger. Hg. von Tassilo Schmitt, Winfried Schmitz und Aloys Winterling. München: Oldenbourg 2005, S. 49-83.
»Die Große Stadtschule im Krieg (1941-1945)«. In: *425 Jahre Große Stadtschule Rostock.* Hg. von Olaf Wild. Rostock: Ingo Koch Verlag 2005, S. 65-74.
»Die Bakchen«. In: Programmheft des Bayerischen Staatsschauspiels zur Euripides-Tragödie *Die Bakchen.* Inszenierung: Dieter Dorn, Premiere 11.10.2005 im Residenz Theater, S. 5-20.

Robert Menasse

Das war Österreich. Gesammelte Essays zum Land ohne Eigenschaften. Frankfurt a. M.: Suhrkamp 2005.
»Erobert die Demokratie zurück!«. In: *Die Zeit,* Nr. 38, 15.9.2005.

Miller, Norbert

Wilhelm Heinse: *Die Aufzeichnungen. Der Frankfurter Nachlass.* Gesamtausgabe in 5 Bänden. Hg. von Markus Bernauer, Adolf Borbein, Thomas W. Gaehtgens, Volker Hunecke, Werner Keil und Norbert Miller. München: Hanser 2005.

Franz Mon

»Vom Ding und dem Unding des Schönen«. In: *Akzente* 52 (2005), H. 3 (Juni), S. 195-212.
»Wortlauterfindung und Metamorphose. Über Ernst Jandls ›heruntergekommene Sprache‹«. In: *Volltext, Zeitung für Literatur,* Sonderausgabe Nr. 1 / 2005, S. 12-13.
»Die krimgotische Schleuse ... Über Oskar Pastior«. In: *L. Der Literaturbote,* 19. / 20. Jg. (2004 / 05), H. 76 / 77 (Dezember-März), S. 23-26.
»Claus lesen«. In: *Schrift. Zeichen. Geste. Carlfriedrich Claus im Kontext von Klee bis Pollock.* Hg. von Ingrid Mössinger und Brigitta Milde. Köln: Wienand 2005, S. 38-45.

Martin Mosebach

Das Beben. Roman. München: Hanser 2005.
Du sollst dir ein Bild machen. Über alte und neue Meister. Springe: zu Klampen 2005.
Eduard von Keyserling: *Schwüle Tage.* Mit einem Nachwort von Martin Mosebach. München: Manesse 2005.
[Beitrag: Vorstellung als neues Mitglied der Akademie.] In: *Deutsche Akademie für Sprache und Dichtung, Jahrbuch 2004.* Göttingen: Wallstein 2005, S. 65-67.
»Das tatsächliche Eigenwesen der Farben«. Laudatio auf Anita Albus, Preisträgerin des Johann-Heinrich-Merck-Preises 2004. In: *Deutsche Akademie für Sprache und Dichtung, Jahrbuch 2004.* Göttingen: Wallstein 2005, S. 101-104.
»Der achte Mai – Wie eine große politische Rede zu praktischer Lebenshilfe für die Vielen werden könnte«. In: *Demokratisch reden. Parlament, Medien und kritische Öffentlichkeit in Deutschland.* Hg. von Gustav Seibt. Valerio 2. Göttingen: Wallstein 2005, S. 60-66.

Aufführung:
Grab - Nacht - Licht. Montagekonzert des SWR Sinfonieorchester Baden-Baden und Freiburg am 16. Februar in Freiburg, am 18. Februar in Baden-Baden, am 23. Februar in Basel. Verschränkt aufgeführt wurden von Joseph Haydn: *Die sieben letzten Worte unseres Erlösers am Kreuz* im Wechsel mit Olivier Messiaen: *Et expecto resurrectionem mortuorum.* Textfassung für zwei Sprecher von Martin Mosebach.

Stéphane Moses
»Istantanee«. In: *il gallo silvestro,* 17-18, 2004, p. 69-74.
»Questionnaire«. In: *Information Juive,* N° 244, Janvier 2005, p. 34.
»Henri Atlan: de la science au mythe, et vice-versa«. In: *Critique,* N°694, Mars 2005, p. 196-210.
»Messianisme du temps présent«. In: *Cahiers d'études Lévinassiennes,* 2005, N°4, p. 233- 241.
»Le don et la dette selon les sources bibliques«. In: *Le don et la dette, textes réunis par Marco M. Olivetti, Biblioteca dell' ›Archivio di Filosofia‹.* Padova: CEDAM 2004, p. 361-369.
»Shabbat, année sabbatique, Jubilé«. In: *Ethique du Jubilé.* Actes du 39e Colloque des intellectuels juifs de langue française. Textes réunis par Jean Halpérin et Nelly Hanson. Paris: Albin Michel 2004, p. 157-175.
»Paul Celan: ›Die Pole (1969)‹«. Ebd. S. 301-306.
»1952: Poetry after Auschwitz«. In: *A New History of German Literature.* Hg. von David Wellbery and Judith Ryan. Cambridge, Mass. / London: Harvard University Press 2005, p. 856-861.
Fremdsprachige Ausgaben:
»›Wege, auf denen die Sprache stimmhaft wird‹. Paul Celans Gespräch im Gebirg«. In: Paul Celan: *Materialien, Forschungen, Erinnerungen.* Bd. 1, *Dialoge und Echos.* Hg. von Larissa Naiditch. Moskau: Mosty Kultur – Jerusalem: Gescharim 2004, S. 44-60 (in russischer Sprache).
Sistem si revelatie. Filozofia lui Franz Rosenzweig. Bucaresti: Editura Hasefer 2003. (Rumänische Übersetzung von *Système et Révélation. La philosophie de Franz Rosenzweig.* Paris: Editions du Seuil, 1982).
Más álla de la guerra. Tres estudios sobre Levinas. Barcelona: Riopedras 2005. (Spanische Übersetzung von *Au-delà de la guerre. Trois études sur Levinas.* Paris: Editions de l'Eclat 2004).

Herta Müller
Die blassen Herren mit den Mokkatassen. München: Hanser 2005.
Este sau nu este Ion. Collagen (im Original rumänisch). Bukarest: Editura Polirom 2005.
»Die großen Kiesel sind die kleinen. Über Jürg Laederach«. In: *Cràzzola 5,* 2005, S. 9-18.
»Vom Hungerengel eins zwei drei. Zusammen mit Oskar Pastior. In: *die horen,* 50. Jg. (2005), H. 219, S. 123-134.

Adolf Muschg

Eikan, du bist spät. Roman. Frankfurt a. M.: Suhrkamp 2005.

Gehen kann ich allein und andere Liebesgeschichten. Frankfurt a. M.: Suhrkamp 2005.

Was ist europäisch? Reden für einen gastlichen Erdteil. München: C.H. Beck 2005.

»Natürlich waren wir bestechlich. Die Jury ist sich einig: Nur Essen oder Görlitz kann Europas Kulturhauptstadt 2010 sein. Warum? Bekenntnisse des Jurors Adolf Muschg«. In: *Die Zeit* Nr. 12, 17.3.2005.

Ivan Nagel

»Puppen sind wir, am Draht gezogen«. Rede bei der Verleihung des Heinrich-Mann-Preises der Berlin-Brandenburgischen Akademie der Künste. In: *Süddeutsche Zeitung,* 21.5.2005.

Per Øhrgaard

Günter Grass. Ein deutscher Schriftsteller wird besichtigt. Aus dem Dänischen von Christoph Bartmann. [Deutsche Ausgabe einer 2002 auf Dänisch erschienenen Monographie]. Wien: Zsolnay 2005.

»›Praeterea censeo, Daniam esse delendam‹. August Wilhelm Schlegel und die Dänen im Jahre 1813«. In: *Text & Kontext, Zeitschrift für germanistische Literaturforschung in Skandinavien,* Sonderband 50 (Kulturelle und interkulturelle Dialoge. Festschrift für Klaus Bohnen zum 65. Geburtstag. Hg. von Jan T. Schlosser). Kopenhagen / München 2005, S. 245-260.

»Rec. af Pernilla Rosell Steuer: ...ein allzu weites Feld? Zu Übersetzungstheorie und Übersetzungspraxis anhand der Kulturspezifika in fünf Übersetzungen des Romans *Ein weites Feld* von Günter Grass«. In: *Text & Kontext, Zeitschrift für germanistische Literaturforschung in Skandinavien,* Jg. 27 (2005), H. 1-2, S. 295-308.

»Radikalitet og kompromis: Günter Grass«. In: *Tyske intellektuelle i det 20. århundrede* [Deutsche Intellektuelle des 20. Jahrhunderts]. Morten Dyssel Morten & Niklas Olsen (udg.). København: Gyldendal 2005, S. 216-231.

»Den fritsvævende intellektuelle: Hans Magnus Enzensberger«. In: *Ebd.*, S. 278-294.

Oskar Pastior

Paul Celan: ›Auf überregneter Fährte‹ / Oskar Pastior: ›pauschal aus schneepart‹ (Gedicht) / Frottagen von Gerlinde Creutzburg. Rostock: Heßler Mosebach 2005 (Künstlerbuch).

»Herauskommen, erscheinen«. In: *Lose Blätter, Zeitschrift für Literatur,* Themenheft »Erste Werke«, Jg. 9 (2005), H. 31 (Winter), S. 902-904.

»Werkstatt mit transformatorischen Spielregeln«. In: *QVR – Quo Vadis Romania? Zeitschrift für eine aktuelle Romanistik*, Universität Wien, Nr. 24 / 2004, S. 8-13.

»Übersetzung: Der Vorgang. Das Ergebnis. Wumm«. In: *die horen,* 50. Jg. (2005), H. 218, Themenheft »Vom literarischen Übersetzen«, S. 164-166.

»Vom Hungerengel eins zwei drei. Zusammen mit Herta Müller. In: *die horen,* 50. Jg. (2005), H. 219, S. 123-134.

»Für Thomas Kling – ein Triptychon aus laufender Arbeit«. In: *Schreibheft*, Nr. 65, Oktober 2005, S. 150-151.
»abu delirea – Faksimile«. In: *L. Der Literaturbote*, 19./20. Jg. (2004/05), H. 76/77 (Dezember-März), S. 30-33.
»›Harmonie du soir‹. Anmerkungen zum Anagrammgedicht nach Charles Baudelaire«. In: *Die Hölderlin Ameisen. Vom Finden und Erfinden der Poesie*. Hg. von Manfred Enzensperger. Köln: DuMont Literatur und Kunst 2005, S. 213-217.
»›erneuerung und amortisation‹ – ›büffelmilchzentrifuge‹ (Gedichte)«. In: Jahrbuch der Lyrik 2006. Hg. von Christoph Buchwald und Norbert Hummelt. Frankfurt a. M.: S. Fischer 2005, S. 127-154.
»Ohne Titel (Landschaftsgedicht – Die Sekkatur des 10.5.1975 – Das natürliche M – Frisch gewaschenes Gedicht)«. Originalgraphische Blätter. In: *Schrift. Zeichen. Geste. Carlfriedrich Claus im Kontext von Klee bis Pollack*. Ausstellungsbuch. Hg. von Ingrid Mössinger und Brigitta Milde. Köln: Wienand 2005, S. 406-407.
Fremdsprachige Ausgaben:
»*Dominotaurus*. Translated by Rosmarie Waldrop«. In: *The Faber Book of 20th-Century German Poems*. Edited by Michael Hofmann. London / New York: Faber & Faber 2005, S. 123.
Ausstellung:
Schrift. Zeichen. Geste. Carlfriedrich Claus im Kontext von Klee bis Pollack. Teilnahme mit originalgraphischen Blättern. Kunstsammlung Chemnitz, 24.7-9.10. 2005.

Erica Pedretti

Szenenwechsel. Tagebuchblätter / Change of Scene. A Venetian Diary. Fotos und Text. Mit einem Nachwort von Hans Saner. Luzern: Edizioni Periferia 2005.

Friedrich Pfäfflin

Karl Kraus und sein Verlag 1930-1936. Warmbronn: Keicher 2004 (Bibliothek Janowitz, Bd. 3).
Karl Kraus: *Briefe an Sidonie Nádherný von Borutin. 1913-1936*. Auf der Grundlage der Ausgabe von Heinrich Fischer und Michael Lazarus neu hg. und ergänzt von Friedrich Pfäfflin. 2 Bde. Bd. 1: Briefe. Bd. 2: Dokumente und Anmerkungen von Friedrich Pfäfflin mit 178 Abbildungen. Göttingen: Wallstein 2005 (Bibliothek Janowitz, Bd. 6 / 1 und 6 / 2).
Karl Kraus: *Die chinesische Mauer*. Mit acht Illustrationen von Oskar Kokoschka. Hg. und mit einem Nachwort von Friedrich Pfäfflin. Frankfurt / Leipzig: Insel 2005 (Insel-Bücherei 1199).
»Bibliothek Janowitz«, hg. von Friedrich Pfäfflin:
Christian Wagenknecht: *Schreiben im Horizont des Druckens: Karl Kraus*. Warmbronn: Keicher 2004 (Bibliothek Janowitz, Bd. 4)
Leo A. Lensing: *Brief über den Vater. Ein Brief des jungen Karl Kraus an seinen Bruder Richard, faksimiliert und erläutert*. Warmbronn: Keicher 2005 (Bibliothek Janowitz, Bd. 5).
Kurt Krolop: *Die Hörerin als Sprecherin: Sidonie Nádherný und ›ihre Sprachlehre‹*. Warmbronn: Keicher 2005 (Bibliothek Janowitz, Bd. 8).

Uwe Pörksen

Die Wissenschaft spricht Englisch? Versuch einer Standortbestimmung. Hg. von Uwe Pörksen. Valerio 1. Göttingen: Wallstein 2005.

»Englisch – der dritte große Entlehnungsvorgang. Zur Einführung« – »Valerio im Gespräch mit Leonce«. In: *Ebd.*, S. 9-16; S. 110-111.

»Das Wort – der David unter den Medien. Was ist eine gute politische Rede?«. *Neue Zürcher Zeitung*, 16. / 17.7.2005.

»Wilhelm Lehmann braucht ein Haus in Eckernförde«. In: *Schleswig-Holsteinischer Zeitungsverlag*, 19.10.2005.

»Die Wirkung der Bilder in der Wissenschaft«. In: *Wissens-Werte, Bremer Forum für Wissenschaftsjournalismus*, 28.-30.11.2005.

»Nach allen Regeln der Kunst. Was vermag die Regierungserklärung?«. In: *Süddeutsche Zeitung*, 30.11.2005.

»Ein Freiburger Semester im Krieg. Vom Zweiten Weltkrieg zur Literatur des Mittelalters: Der Germanist Peter Wapnewski präsentiert bildstarke, ausgezeichnet lesbare Erinnerungen«. In: *Badische Zeitung*, 28.12.2005.

»Und sie fraßen alles, was im Land wuchs. Der Sprachforscher Uwe Pörksen über Franz Münteferings Tiervergleich und den gefährlichen Umgang mit Metaphern«. In: *Der Spiegel*, 19 / 2005.

»Wilhelm Lehmann: Aphorismen, herausgelöst von Uwe Pörksen«. In: *Wilhelm Lehmanns Stimme und Echo.* Hg. von Hans Dieter Schäfer. Göttingen: Wallstein 2005, S. 44-46, vgl. S. 40 (Sichtbare Zeit. Journal der Wilhelm-Lehmann-Gesellschaft, Nr. 1 / 2005).

Sonnys Blackout. Ein Olympiade Spiel. Bühnenstück.

Siegbert S. Prawer

Between Two Worlds. The Jewish Presence in German and Austrian Film, 1910-1933. Oxford / New York: Berghahn Books 2005.

Ilma Rakusa

Langsamer! Gegen Atemlosigkeit, Akzeleration und andere Zumutungen. Graz: Literaturverlag Droschl 2005.

Stille. Zeit. Essays. Salzburg: Tartin Editionen 2005.

»Garten, Züge«. In: *manuskripte,* Nr. 168, Juni 2005, S. 204-206.

»Sanaa«. In: *Schweizer Monatshefte*, Jg. 85, H. 5, S. 28-31.

»Schwalben, Schneehasen usw. Der innere Zoo träumt sich aufs Papier«. In: *Neue Zürcher Zeitung*, Nr. 82, 9./10.4.2005.

»Was aber schön ist«. In: *Akzente* 52 (2005), H. 3 (Juni), S. 237-243.

»Madame P und Marquis A«. In: *drehpunkt*, H. 123, 2005, S. 21-23.

»Aus traurigem Herzen unverbrüchlich heiter. Imre Kertész und die Ambivalenz des Lachens«. In: *du*, H. 757, Nr. 5, Juni 2005, S. 50-51.

»Neo Rauch: ›Konvoi‹«. In: *du*, H. 761, Nr. 10, Nov. 2005, S. 84-85.

»Aus mehreren Sprachen übersetzen«. In: *die horen*, Jg. 50, H. 218, S. 36-41.

»Ornithologische Zeile: zück mich«. In: *Die Hölderlin Ameisen. Vom Finden und Erfinden der Poesie.* Hg. von Manfred Enzensperger. Köln: DuMont 2005, S. 13-16.

Gedicht [ohne Titel]. In: *Deutsche Akademie für Sprache und Dichtung, Jahrbuch 2004*. Göttingen: Wallstein 2005, S. 39.
»Alcinas Klage«. In: *Oper aktuell*. Die Bayerische Staatsoper 2005/ 2006. München: Stiebner Verlag 2005, S. 64-67.
Übersetzung:
Imre Kertész: »Weltbürger und Pilger«; »Die Bank«. Aus dem Ungarischen von Ilma Rakusa. In: *du*, H. 757, Nr. 5, Juni 2005, S. 32-35.
Fremdsprachige Ausgaben:
A farewell to everything. Ninety nine-liners (*Ein Strich durch alles*). Übersetzung ins Englische von Andrew Shields und Andrew Winnard. Exeter: Shearsman Books 2005.
Ostrov (*Die Insel*). Übersetzung ins Slowakische von Elena Diamantová. Bratislava: Kalligram 2005.

JAN PHILIPP REEMTSMA
Christoph Martin Wieland: *Schriften zur deutschen Sprache und Literatur*. 3 Bde. Hg. von Jan Philipp Reemtsma und Hans und Johanna Radspieler. Frankfurt a. M.: Insel 2005.
»Einleitung«. In: Ebd., S. XV-LXXVII.
Folter im Rechtsstaat? Hamburg: Hamburger Edition 2005.
Das unaufhebbare Nichtbescheidwissen der Mehrheit. Sechs Reden über Literatur und Kunst. München: C.H. Beck 2005.
Rudi Dutschke, Andreas Baader und die RAF. Wolfgang Kraushaar, Karin Wieland und Jan Philipp Reemtsma. Hamburg: Hamburger Edition 2005.
»Vorwort« – »Was heißt ›die Geschichte der RAF verstehen‹?«. In: Ebd., S. 5-12; S. 100-142.
Wielandgut Oßmannstedt. Stiftung Weimarer Klassik und Kunstsammlungen bei Hanser. Hg. von Klaus Manger und Jan Philipp Reemtsma. München / Wien: Hanser 2005.
»Auf der Suche nach der schönen Leiche. Christoph Martin Wielands ›Alceste-Libretto‹«. Vortrag in der Hochschule für Musik und Theater Hamburg im Rahmen der Ringvorlesung »Alkestis oder Die Schwierigkeit des Admetos zu sterben« am 19.4.2005. Abgedruckt unter dem Titel »Auf der Suche nach der schönen Leiche. Wielands Singspiel *Alceste*«. In: *Wieland-Studien*, 2005, Nr. 5, S. 90-110.
»Der doppelte Don. Wielands verkanntes Spiel mit Cervantes«. In: *Mittelweg 36*, Jg. 14, H. 3, S. 53-66.
»Ein Endspiel«. Beitrag über Peter Rühmkorfs Gedicht ›Hochverehrte Frau, Sie tun mir leid‹. In: *Frankfurter Allgemeine Zeitung*, 8.1.2005 (*Frankfurter Anthologie*).
»Ein Gutshaus für die Aufklärung«. In: *MERIAN*, Themenheft »Thüringen«, Jg. 58 (2005), H. 9 (September), S. 42-43.
»Erdichtung schön, Moral gemein. Eine Randnote«. In: *Mittelweg 36*, Jg. 14, H. 5, S. 92-95.
»Muß man Religiosität respektieren?«. Vortrag auf der von der EFPP (European Federation for Psychoanalytic Psychotherapy in the Public Sector) vom 19.5. bis 22.5.2005 im Kulturpalast in Dresden veranstalteten internationalen Tagung

»Crossing Borders – Integrating Differences«, sowie zur Eröffnung der Ausstellung »Friedenswelten« des Projekts »Pax 2005« in der Stadtsparkasse Augsburg am 8.6.2005. Eine gekürzte Fassung des Textes wurde abgedruckt in: *Le Monde diplomatique* / Deutsche Ausgabe, August 2005, S. 12-13. Die vollständige Fassung ist abgedruckt in: *humanismus aktuell*, Jg. 9, H. 17, S. 5-18 sowie in: *Politische Religion und Religionspolitik. Zwischen Totalitarismus und Bürgerfreiheit.* Hg. von Gerhard Besier und Hermann Lübbe. Göttingen: Vandenhoeck & Ruprecht 2005, S. 391-406.

»Osmantinische Aufklärung«. Vortrag anläßlich der Eröffnung des Museums im Wielandgut Oßmannstedt am 26.6.2005. Abgedruckt in: *Bargfelder Bote*, Lieferung 281-282 / September 2005, S. 3-19.

»Christen und wir. Einige Gedanken aus stets gegebenem Anlaß«. In: *Was ist der Mensch, was ist Geschichte? Annäherungen an eine kulturwissenschaftliche Anthropologie.* Hg. von Friedrich Jaeger und Jürgen Straub. Bielefeld: transcript 2005, S. 89-101.

»Extremismus exklusiver Zweierbeziehungen. Das Ehepaar Macbeth«. In: *Diskurse des Extremen: Über Extremismus und Radikalität in Theorie, Literatur und Medien.* Hg. von Leonhard Fuest und Jörg Löffler. Würzburg: Königshausen & Neumann 2005, S. 83-106.

»Hass, Gewalt und Allerlei«. In: *EGB – Emotionales Gesetzbuch: Dekalog der Gefühle.* Hg. von Rainer Maria Kiesow und Hans Korte. Köln / Weimar / Wien: Böhlau 2005, S. 280-287.

»Nachwort«. In: Theodor W. Adorno*: Traumprotokolle.* Hg. von Christoph Gödde und Henri Lonitz. Frankfurt a. M.: Suhrkamp 2005, S. 91-120.

»Schuld und Verantwortung«. Vortrag auf der vom Hamburger Institut für Sozialforschung in Kooperation mit dem Deutschen Historischen Museum Berlin im Deutschen Historischen Museum, Zeughauskino vom 24. bis 26. Februar 2005 veranstalteten Tagung »Politik der Schuld«. Leicht gekürzt abgedruckt in: *Die Macht der Erinnerung: Der 8. Mai 1945 und wir.* Hg. von Daniel Haufler und Stefan Reinecke. Berlin: *taz* 2005, S. 86 -96 (*taz*-Journal 2005 / 1).

»Der Überschußproduzent«. In: *Begegnungen mit Marcel Reich-Ranicki.* Hg. von Hubert Spiegel. Frankfurt a. M.: Insel 2005, S. 107-109.

»›Vorlässe?‹. Ein Gespräch über ein Wort und eine Praxis«. In: *ars pro toto.* Zeitschrift der Kulturstiftung der Länder, Jg. 1, H. 3, S. 7-10.

»Vorwort«. In: *Verbrechen der Wehrmacht: Bilanz einer Debatte.* Hg. von Christian Hartmann, Johannes Hürter und Ulrike Jureit. München: C.H. Beck 2005, S. 16-20.

Vorträge:

»Conference: The Universality of Human Rights. Contribution to second round of discussion: Terror, Torture and Human Rights«. Statement auf der am Interdisciplinary Center der Universität Herzliya / Israel veranstalteten internationalen Tagung »The Universality of Human Rights« am 26.11.2005.

»Dank für den ›Preis der Kritik‹«. Rede im Rahmen der Verleihung des ›Preises der Kritik‹ des Hoffmann und Campe Verlags in der Alten Oper in Frankfurt a. M. am 21.10.2005.

»›...denn ein Gedicht soll auch gehört werden‹. Gedanken zur Verskunst Christoph Martin Wielands«. Vortrag an der Akademie für gesprochenes Wort Stuttgart am 16.6.2005.
»Folter im Rechtsstaat«. Vortrag und Buchpräsentation im Rahmen der Vortragsreihe »Folter« des Deutschen Instituts für Menschenrechte und des Behandlungszentrums für Folteropfer Berlin, Deutsches Symphonie-Orchester Berlin im Palazzo Farnese, Kleiner Musiksaal, 27.5.2005.
»Gesang vom Ende vom Lied. Über Walter Kempowskis *Abgesang 45*«. Laudatio anläßlich der Präsentation von Walter Kempowskis *Das Echolot. Abgesang 45* in der Bertelsmann Repäsentanz Berlin am 2.3.2005.
»Laudatio für Muhammad Ali anläßlich der Verleihung der Otto-Hahn-Friedensmedaille der Deutschen Gesellschaft für die Vereinten Nationen«. Rede im Rahmen der Preisverleihung am 17.12.2005 im Grand Hyatt Berlin.
»Leben heißt sterben lernen. Vor 200 Jahren erschien Wielands *Euthanasia*«. Vortrag vor der Goethe-Gesellschaft Stuttgart am 6.12.2005.
»Macht und Gewalt«. Vortrag im Rahmen der öffentlichen Ringvorlesung zum Thema »Macht: Zwischen aktiver Gestaltung und Missbrauch« am Institut für Psychologie der Christian-Albrechts-Universität Kiel, 27.4.2005.
»Radikalität, Plausibilitätsverweigerung, Verhäßlichung. Kleists mißglückte Ästhetik des Bizarren«. Vortrag auf dem von der Universität Hamburg und dem Thalia Theater Hamburg am 13.11.2005 im »Thalia in der Gauss.strasse« in Hamburg veranstalteten Symposium »Penthesilea – Heinrich von Kleist«.
»Das Scheinproblem ›Willensfreiheit‹. Ein Plädoyer für das Ende einer überflüssigen Debatte«. Vortrag auf der vom 8.11. bis 10.11.2005 am Zentrum für interdisziplinäre Forschung (ZiF) der Universität Bielefeld veranstalteten Tagung »Recht und Hirnforschung«.
»Die Welt als Irrtum. Verdis *Forza del destino* zwischen Frömmigkeit und negativer Theodizee«. Vortrag im Prinzregententheater in München anläßlich der Eröffnung der Münchner Opern-Festspiele am 27.6.2005.
»Wie ein Neuerer den Tod gebildet. Laudatio zur Verleihung des Meister-Eckhart-Preises an Ernst Tugendhat«. Rede anläßlich der Preisverleihung am 5.12.2005 in Berlin.

Asher Reich

»Apokalypse. Gedichte«. In: *Akzente* 52 (2005), Nr. 6, (Dez.), S. 545-547.

Klaus Reichert

»Zum Bilde Szondis. Gespräche und Begegnungen aus diskreter Nähe«. In: *Neue Zürcher Zeitung*, 19./20.2.2005.
»Valerio«. In: *Die Wissenschaft spricht Englisch? Versuch einer Standortbestimmung*. Hg. von Uwe Pörksen. Valerio 1. Göttingen: Wallstein 2005, S. 5.
»Begrüßung zur Herbsttagung 2004«. In: *Jahrbuch 2004 der Deutschen Akademie für Sprache und Dichtung*. Göttingen: Wallstein 2005, S. 93-96.
»Was heißt übersetzen? Die unendliche Aufgabe am Beispiel der Bibel und des deutschen Shakespeare« – »Monate in Tusculum. Arbeitsbericht«. In: *Jahrbuch*

2003 / 2004 des Wissenschaftskolleg zu Berlin. Berlin: Wissenschaftskolleg zu Berlin, S. 288-305; S. 148-151.

»Die zwei Gesichter des Johannes Reuchlin«. In: *Reuchlin und seine Erben.* Hg. von Peter Schäfer und Irina Wandrey. Ostfildern: Thorbecke 2005, S. 25-40.

Übersetzung:

William Shakespeare: *Die Sonette – The Sonnets.* Übersetzt und kommentiert von Klaus Reichert. Salzburg: Jung und Jung 2005.

Fuad Rifka

Laternen am Meer. Ein Gedichtband. Beirut: Dar Nelson 2005.

Übersetzung:

Knut Ødegård: A*usgewählte Gedichte.* Aus dem Englischen ins Arabische. Beirut: Dar Nelson 2005.

Schriften in der arabischen Presse und anderen Medien.

Lea Ritter-Santini

»In un'antica romantica barca – In einem antiken romantischen Boot«. In: *Arte come Autobiografia – Kunst als Autobiographie: Hans von Marées.* Hg. von Lea Ritter-Santini und Christiane Groeben. Napoli: Gaetano Macchiaroli editore 2005, S. 189-215.

Peter Rühmkorf

Wenn ich mal richtig ICH sag ... Ein Lese-Bilderbuch. Göttingen: Steidl 2004.

Joachim Sartorius

Des ombres sous les vagues. Montpellier: Editions Grèges 2005.

Nachrichten von der Poesie. Lyrik-Inszenierung. 1 Audio-CD. Hg. von Joachim Sartorius. München: Random House 2005.

»Laudatio auf Orhan Pamuk, Träger des Friedenspreis des Deutschen Buchhandels 2005«. In: *Friedenspreis des Deutschen Buchhandels 2005. Orhan Pamuk* – Ansprachen aus Anlass der Verleihung. Hg. vom Börsenverein des Deutschen Buchhandels. Frankfurt a. M.: Marketing- und Verlagsservice des Buchhandels 2005.

Übersetzung:

Lorand Gaspar: *Erde aller Erde.* Ein Gedicht. Aus dem Französischen übersetzt und mit einem Nachwort versehen von Joachim Sartorius. Zürich: Ammann 2005.

Hans Joachim Schädlich

Der andere Blick. Aufsätze, Reden, Gespräche. Ausgewählt von Hans Georg Heepe. Reinbek: Rowohlt 2005.

Heinz F. Schafroth

»Lebenszeichen der Toten Sprachen«. In: *die horen,* 50. Jg. (2005), H. 218, S. 172-177.

»Anthologien – sollen, müssen oder dürfen sie bloß sein?«. In: *manuskripte,* Nr. 168, Juni 2005, S. 25-27.

Heinrich Schirmbeck

Ärgert dich dein rechtes Auge / Die Pirouette des Elektrons / Der Kris. Jubiläumsausgabe in drei Bänden. Wiesbaden: Hilbinger 2005.

Robert Schindel

Wundwurzel. Gedichte. Frankfurt a. M.: Suhrkamp 2005.

Albrecht Schöne

Vom Betreten des Rasens. Siebzehn Reden über Literatur. 1. und 2. Aufl. München: C.H. Beck 2005.

Goethe: *Faust.* 2 Bde. Texte und Kommentare. Sechste, überarbeitete und ergänzte Auflage. Hg. von Albrecht Schöne. Frankfurt a. M.: Deutscher Klassiker Verlag 2005.

»Da ist Notwendigkeit, da ist Gott. Zum Johannesevangelium 13,33-14,7«. In: *Frankfurter Allgemeine Zeitung,* 26.3.2005.

»Nach tausend Finsternissen. Erinnerung an Paul Celan«. In: *Frankfurter Allgemeine Zeitung,* 2.6.2005.

Raoul Schrott

Handbuch der Wolkenputzerei. Gesammelte Essays. München / Wien: Hanser 2005.

Dada 15 / 25 . Dokumentation und chronologischer Überblick zu Tzara & Co. Köln: DuMont 2005.

»Kanada. Sehnsucht nach dem Anfang«. In: *Die Zeit* Nr. 10, 3.3.2005.

»Tropen«. In: *Die Wissenschaft spricht Englisch? Versuch einer Standortbestimmung.* Hg. von Uwe Pörksen. Valerio 1. Göttingen: Wallstein 2005, S. 97-101.

Fernsehfilm:

Deutschland – Himmel und Hölle. Elektronisches Tagebuch von Raoul Schrott. Kamera: Thomas Piechowski. 3.8.2005 / 4.8.2005, 0.35 Uhr-1.35 Uhr im ZDF.

Gerhard Schulz

»Poesie als Poetik oder Poetik als Poesie? Zur späten Lyrik von Novalis«. In: *Novalis. Poesie und Poetik.* Hg. von Herbert Uerlings. Tübingen: Max Niemeyer 2004, S. 93-107.

Peter Schünemann

Dunkles Bild. Drei Erzählungen und ein Essay. München / Wien: Hanser 2005 (Dichtung und Sprache; 20).

Bleib bei mir, mein Herz, im Schattenland. Gedichte über Liebe und Tod. Hg. von Peter Schünemann. München: C.H. Beck 2005.

Egon Schwarz

Unfreiwillige Wanderjahre. Auf der Flucht vor Hitler durch 3 Kontinente. Mit einem Nachwort von Uwe Timm. München: C.H. Beck 2005.

Gustav Seibt

Canaletto im Bahnhofsviertel. Kulturkritik und Gegenwartsbewußtsein. Essays. Springe: zu Klampen 2005.

Demokratisch reden. Parlament, Medien und kritische Öffentlichkeit in Deutschland. Hg. von Gustav Seibt. Valerio 2. Göttingen: Wallstein 2005.

»Vorwort« – »Zur Genealogie des politischen Dilettantismus. Nach Max Weber: Figuren der demokratischen Öffentlichkeit«. In: *Ebd.*, S. 5; S. 6-12.

»Wie Geschichte geschieht. Kolumne«. In: *Merkur* 59 (2005), Nr. 672 (April), S. 332-338.

»Ich möchte Teil einer Jugendbewegung sein. Täter-Pop und Lebenstriebe, auch anlässlich eines erfolgreichen Films: Zum Stand der Genealogie der Moral«. In: *Süddeutsche Zeitung*, 12. / 13.2.2005.

»Nun schweigen an allen Fronten die Waffen. Abgesang und Schuld: Zum Abschluss von Walter Kempowskis *Echolot*«. In: *Süddeutsche Zeitung*, 25.2.2005.

»Das Prinzip Einsamkeit und Freiheit. Der Konstanzer Mediävist Arno Borst und der Kalender Karls des Großen: Besuch bei einem großen Gelehrten und Geschichtserzähler«. In: *Süddeutsche Zeitung*, 12. / 13.3.2005.

»Der dritte Weg. Ästhetische Erziehung: Friedrich Schiller und die Kritik der Gegenwart«. In: *Süddeutsche Zeitung*, 9. / 10.4.2005.

»Päpste können töten. Hallende Flure, fahles Licht: Im Vatikan des 19. Jahrhunderts«. In: *Süddeutsche Zeitung*, 18.4.2005.

»Das schwarze Loch. Sie werden, wenn sie die Neuwahlen gewinnen, eine größere Gestaltungsmacht haben denn je. Aber was wollen die deutschen Konservativen eigentlich?«. In: *Süddeutsche Zeitung*, 2. / 3.7.2005.

»Die Regung lob ich mir, die dein Herz ergriff. Schaudern, Offenbarung, Liebe: Dem großen Germanisten Albrecht Schöne zum 80. Geburtstag«. In: *Süddeutsche Zeitung*, 16. / 17.7.2005.

»Innovation gegen Tradition. Fortschritt ohne Utopie, Umsturz als Wirtschaftsprinzip – eine Reise durchs Land der Geschäftsideen«. In: *Süddeutsche Zeitung*, 17. / 18.9.2005.

»Denn hier war nichts zu verkündigen. Schnee, Unwetter, verschwiegenes Unglück: Die Neuausgabe der Erzählungen zum zweihundertsten Geburtstag von Adalbert Stifter«. In: *Süddeutsche Zeitung*, 22. / 23.10.2005.

»Deutsche Welten. Ist unser Land schön, wunderschön oder spießig? Vor allem ist es interessant«. In: *Süddeutsche Zeitung*, 26. / 27.11.2005.

»Eruptionen eines schöpferischen Lebens. Reich strömen die intimen Quellen: Joachim Radkaus große Biographie über Max Weber ist eine Glanzleistung mit Grenzen«. In: *Süddeutsche Zeitung*, 10. / 11.12.2005.

»Geboren am 23. Mai. Eine Selbstkritik aus der BRD«. In: *Ost / West – Ein deutscher Stoff.* Hg. von Roland Koberg u.a. Berlin: Henschel 2005 (Blätter des Deutschen Theaters, 1).

Jorge Semprún

Zwanzig Jahre und ein Tag. Roman. Aus dem Spanischen von Elke Wehr. Frankfurt a. M.: Suhrkamp 2005.

Werner Spies

Anselm Kiefer. Katalog zur Ausstellung in der Kunsthalle Würth, Schwäbisch-Hall, 2004 / 2005. Künzelsau: Swiridoff 2004.

Duchamp starb in seinem Badezimmer an einem Lachanfall. Portraits. München: Hanser 2005.

Max Ernst – Leben und Werk. Köln: DuMont 2005.

Von der Kunst, mit den Augen zu trinken. Das Max Ernst Museum Bühl. Hg. von Werner Spies und Jürgen Wilhelm. Köln: Greven 2005.

Ausstellungen:

Max Ernst – Retrospektive. Im Metropolitan Museum of Art, New York vom 7.4.2005-10.7.2005.

Max Ernst-Museum, Brühl. Einrichtung des Museums. Eröffnung 5. September 2005.

Arnold Stadler

Mein Stifter. Portrait eines Selbstmörders in spe und fünf Photographien. Köln: DuMont 2005.

Meine Sehnsucht, mein Heimweh. Bamberg: Edition Villa Concordia im Verlag Fränkischer Tag 2005 (Oberfranken liest, Leseheft 9).

Fritz Stern

Kulturpessimismus als politische Gefahr. Eine Analyse nationaler Ideologie in Deutschland. Mit einem Vorwort von Norbert Frei. Aus dem Amerikanischen von Alfred P. Zeller. Stuttgart: Klett-Cotta 2005.

»Ich habe einen Traum«. In: *Die Zeit* Nr. 25, 16.6.2005.

Michael Stolleis

Die unvollendete Gerechtigkeit. Das Projekt Sozialstaat und seine Zukunft. Stuttgart: Steiner 2005.

Repertorium der Policeyordnungen der Frühen Neuzeit. Hg. von Karl Härter und Michael Stolleis. Bd. 5: Reichsstädte 1. Frankfurt a. M.: Klostermann 2004 (Studien zur europäischen Rechtsgeschichte Bd. 169).

Repertorium der Policeyordnungen der Frühen Neuzeit. Hg. von Karl Härter und Michael Stolleis. Bd. 6: Reichsstädte II: Köln. Frankfurt a. M.: Klostermann 2005 (Studien zur europäischen Rechtsgeschichte Bd. 191).

»Mediendemokratie. Begriff und Wirklichkeit aus der Sicht des Staatsrechts«. In: *Demokratisch reden. Parlament, Medien und kritische Öffentlichkeit in Deutschland.* Hg. von Gustav Seibt. Valerio 2. Göttingen: Wallstein 2005, S. 87-93.

»Die Dritte Gewalt im öffentlichen Recht«. Hg. von Bund Deutscher Verwaltungsrichterinnen und Verwaltungsrichter. In: *BDVR-Rundschreiben,* 5 (2005), 122-126.

»Fünfzig Bände ›Zeitschrift für evangelisches Kirchenrecht‹«. In: *Zeitschrift für evangelisches Kirchenrecht* 50 (2005), S. 165-183.
»Historische Langzeittrends des deutschen Sozialstaats«. In: *Stachel der Gerechtigkeit. Die Zukunft des Sozialstaates.* Hg. vom Adolf-Arndt-Kreis. Berlin: Berliner Wissenschafts-Verlag 2005, S. 15-23.
»Souveränität um 1814«. In: *Konstitutionalismus und Verfassungskonflikt.* Symposium für Dieter Willoweit. Hg. von Ulrike Seif. Tübingen: Mohr Siebeck 2005, S. 101-115.
»Die Staatsrechtslehre der fünfziger Jahre«. In: *Das Lüth-Urteil aus (rechts-)historischer Sicht.* Hg. von Thomas Henne und Arne Riedlinger. Berlin: Berliner Wissenschafts-Verlag 2005, S. 293-300.
»Rechtlich verfasstes Europa«. In: *Eine Verfassung für ein Europa mit 25 Mitgliedstaaten: Vielfalt und Einheit zugleich.* Hg. von Manfred Zuleeg, Marjolaine Savat und Jean-Philippe Derosier. Baden-Baden: Nomos 2005, S. 31-38.
»Im Namen des Gesetzes«. In: *Rechts- und staatstheoretische Schlüsselbegriffe: Legitimität – Repräsentation – Freiheit.* Symposion für Hasso Hofmann. Hg. von Horst Dreier. Berlin: Duncker & Humblot 2005, S. 33-66.
»Respublica mixta. La réception de la constitution mixte en Allemagne du 17ème siècle«. In: *Le gouvernement mixte.* Hg. von Marie Gaille-Nikodimov. Saint Étienne: PUSE 2005, S. 139-151.
»The Dissolution of the Union between Norway and Sweden in 1905: a Century Later«. In: *Rett, Nasjon, Union. Den svensk-norske unionens rettslige historie 1814-1905.* Hg. von Ola Mestad und Dag Michalsen. Oslo: Universitetsforlaget 2005, p. 35-48.
»Nach der Sintflut. Die Wiederherstellung des Rechtsstaats und der Demokratie in Westdeutschland nach dem Zweiten Weltkrieg«. In: *Norm und Wirkung.* Festschrift für Wolfgang Wiegand. Hg. von Ernst Bucher, Claus-Wilhelm Canaris, Heinrich Honsell und Thomas Koller. Bern: Stämpfli 2005, S. 1145-1162.
»Vom Verschwinden verbrauchten Rechts«. In: *Summa.* Festschrift für Dieter Simon. Hg. von Rainer Maria Kiesow, Regina Ogorek und Spiros Simitis. Studien zur europäischen Rechtsgeschichte, Bd. 193. Frankfurt am Main: Klostermann 2005, S. 539-558.

Uwe Timm

Der Freund und der Fremde. Köln: Kiepenheuer & Witsch 2005.
Egon Schwarz: *Unfreiwillige Wanderjahre. Auf der Flucht vor Hitler durch 3 Kontinente.* Mit einem Nachwort von Uwe Timm. München: C.H. Beck 2005.

Peter Urban

»Unbekannte Klassiker«. In: *die horen*, 50. Jg. (2005), H. 218, S. 18-19.
Übersetzungen:
Venedikt Erofeev: *Moskau – Petuöki. Ein Poem.* Aus dem Russischen und mit einem Anmerkungsapparat versehen von Peter Urban. Zürich: Kein & Aber 2005.
Ivan Turgenev: *Aufzeichnungen eines Jägers.* Samt drei Jäger-Skizzen aus dem

Umkreis. Aus dem Russischen übersetzt und mit einem Nachwort von Peter Urban. Zürich: Manesse 2004 (Bibliothek der Weltliteratur, Künstleredition).
Ivan Turgenev: *Werther Herr! Turgenevs deutscher Briefwechsel.* Hg. und kommentiert von Peter Urban. Berlin: Friedenauer Presse 2005.

Guntram Vesper

»Gandersheim«. Prosa. In: *Signum*, Blätter für Literatur und Kritik (Dresden), 6. Jg. (2005), H. 2 (Sommer).
»Oben in Klotzsche«. Prosa. In: *Signum*, Blätter für Literatur und Kritik (Dresden), 6. Jg. (2005), Sonderheft 8 »10 Jahre Dresdner Stadtschreiber« (Winter 2005).
»L'île des morts«. Gedichte. In: *Diérèse, revue poétique et littéraire* (Ozoir la Ferriere), Ausgabe 29 (Frühjahr 2005).
»Stark wie der Tod« – »In einer kleinen Stadt«. Gedichte. In: *Das deutsche Gedicht. Vom Mittelalter bis zur Gegenwart.* Hg. von Wulf Segebrecht. Frankfurt a. M.: S. Fischer 2005.
»Kinderzimmer«. Gedicht. In: *Der ewige Brunnen. Ein Hausbuch deutscher Dichtung.* Hg. von Ludwig Reiners, aktualisiert von Albert von Schirnding. München: C.H. Beck 2005.
»An einen Freund«. Gedicht. In: *Großer Ozean. Gedichte für alle.* Hg. von Hans- Joachim Gelberg. Neuausgabe. Weinheim: Beltz & Gelberg 2005.
»Dresden«. Gedicht. In: *Die Zerstörung Dresdens. Antworten der Künste.* Hg. von Walter Schmitz. Dresden: Thelem 2005.
»Landmeer«. Gedicht. In: *In höchsten Höhen. Eine Gedicht-Revue.* Hg. von Karl Otto Conrady. Berlin: Aufbau 2005.
»Ich hörte den Namen Jessenin«. In: *Deutsche Akademie für Sprache und Dichtung, Jahrbuch 2004.* Göttingen: Wallstein 2005, S. 37.
Aufführungen:
Nordwestpassage. Sprechoper von Frank Gerhardt (Komposition) und Guntram Vesper (Text). Aufführung durch Komponist und Autor im Rahmen des Rheinland-Pfälzischen Kultursommers in Zollhaus bei Limburg am 24.9.2005.
Dunkelkammer. Prosa. MDR Figaro, 6.8.2005, 19.05 bis 20.00 Uhr.

Claude Vigée

La lutte avec l'ange, poèmes 1939-1949. Version originale complète. Paris: L' Harmattan 2005.
»Le questionnaire de Claude Vigée«. In: *Information Juive*, Paris, mars 2005, n° 246, p. 34.
»La vie en dansant. Entretien avec Hélène Moulin«. In: *DNA*, Strasbourg, 4 mars 2005.
»Poèmes«. In: *Les Ecrits*, Montréal Quebec, Canada, avril 2005, n° 113, p. 63-68.
»Pierre Emanuel: un guetteur dans la nuit«. In: *La vie*, Paris, 4 août 2005.
»Le lieu lumineux de la toute-confiance«. In: *Cahiers Bleus*, Troyes 2005, n° 29, p. 29.
»Robert Frost in his own words«. Edited by Anthony Rudolf. In: *PN Review* 165, September-Oktober 2005, vol 32, n° l, p. 19-23.

»S'Bischwiller gàrde-schaukellièd«. In: *Revue Alsacienne de Littérature*, Winter 2004-2005, n° 88, p. 60-61.
»Envoi à-dieu, peut-être«. In: *Revue Alsacienne de Littérature*, Herbst 2005, n° 91, p. 56-58.
»Poèmes: Le dernier espoir«. Mit deutscher und provenzalischer Übersetzung von Maryse Staiber und Marc Dumas. In: *Revue Alsacienne de Littérature*, Winter 2005, n° 89, p. 20-28.
Übersetzungen:
Le Vent du retour, poèmes de Rainer Maria Rilke. Traduits et présentés par Claude Vigée. Orbey Arfuyen 2005.
Cortège de Masques, poèmes de Walter Helmut Fritz. Traduits par Adrien Finck, Maryse Staiber et Claude Vigée. Le Chambon-sur-Lignon: Cheyne éditeur 2004-2005.
»Der Schrei der Meise«. Übersetzt von Helmut Pillau. In: *Allmende*, Karlsruhe: Info 2005, n° 75, S. 59-61.

Christina Viragh
Übersetzung:
László Krasznahorkai: *Im Norden ein Berg, im Süden ein See, im Westen Wege, im Osten ein Fluß.* Aus dem Ungarischen von Christina Viragh. Zürich: Ammann (Meridiane Bd. 80).

Martin Walser
Leben und Schreiben. Tagebücher von 1951-1962. Reinbek: Rowohlt 2005.
Die Verwaltung des Nichts. Auswahl / Hörstück. 2 CDs, Booklet. Gesprochen von Martin Walser. Hamburg: Hoffmann und Campe 2005.
»Neue Wörter im Einflugloch«. In: *Der Spiegel*, Nr. 40, 1.10.2005.
Ausstellung:
»Martin Walser. Nichts ist ohne sein Gegenteil wahr«. Münchener Literaturhaus, 8.3.-1.5.2005.

Peter Wapnewski
Mit dem anderen Auge. Erinnerungen 1922-1959. Berlin: Berlin Verlag 2005.

Martin Warnke
Bildwirklichkeiten. Göttingen: Wallstein 2005 (Essener Kulturwissenschaftliche Vorträge, Bd.8).
Velázquez. Form & Reform. Köln: DuMont Literatur und Kunst 2005.
»Seele, kunstvoll erhöht. Frank Zöllners große Monographie über Botticelli«. In: *Die Zeit, Literaturbeilage,* November 2005.
»Besonnte Kunstlandschaft. Die uralte und beliebte *Kleine Kunstgeschichte Italiens* von Wolfgang Braunfels in neuem Gewand«. In: *Die Zeit*, Nr. 29, 14.7.2005.

Harald Weinrich
Voltaire: *Candide oder der Optimismus.* Mit einem Nachwort von Harald Weinrich. München: Deutscher Taschenbuch Verlag 2005.

»Goethes Weltliteratur und die Globalisierung«. In: *Die Wissenschaft spricht Englisch? Versuch einer Standortbestimmung.* Hg. von Uwe Pörksen. Valerio 1. Göttingen: Wallstein 2005, S. 102-109.
Fremdsprachige Ausgabe:
The Linguistics of Lying and Other Essays. Translated and Introduced by Jane K. Brown and Marshall Brown. Seattle: University of Washington Press 2005.

Ulrich Weinzierl
Hofmannsthal. Skizzen zu seinem Bild. Wien: Zsolnay 2005.

Markus Werner
Fremdsprachige Ausgabe:
Quando la vita chiama [Am Hang]. Traduzione di Francesco Porzio. Vicenza: Neri Pozza Editore 2005.

Urs Widmer
Das Buch des Vaters. Roman. Zürich: Diogenes 2005.
»König Ödipus« – »Vorher (1978) *und nachher (2005)*«. In: *Akzente* 52 (2005), Nr. 6 (Dez.), S. 521-533; S. 534-544.
Übersetzung:
Joseph Conrad: *Herz der Finsternis.* Erzählung. Aus dem Englischen und mit einem Nachwort von Urs Widmer. Zürich: Diogenes 2005.
Aufführungen:
Top Dogs: Anhaltisches Theater Dessau, Spielzeit 2004 / 2005; Theater in der Basilika, Hamburg, Spielzeit 2004 / 2005: Stadttheater Hildesheim, Spielzeit 2004 / 2005; Staatstheater Nürnberg, Spielzeit 2004 / 2005; Theater im Kulturmarkt, Zürich, Spielzeit 2004 / 2005.

Christa Wolf
Mit anderem Blick. Erzählungen. Frankfurt a. M.: Suhrkamp 2005.
Beitrag in: *Telling Tales.* Hg. von Nadine Gordimer. Weltbekannte Autorinnen und Autoren erzählen ihre Lieblingsgeschichten. Berlin: Berliner Taschenbuch Verlag 2005.

Ror Wolf
Raoul Tranchirers Bemerkungen über die Stille. Frankfurt a. M.: Schöffling & Co. 2005.
Raoul Tranchirers Taschenkosmos. Berlin: Wagenbach 2005.
Aufführung:
Die Gewalt des Gesangs in Nevada. Hörspielbearbeitung. Vertonung Thomas Gerwin. SWR Baden Baden 2005.

Hans Wollschläger
Moments musicaux. Tage mit TWA. Göttingen: Wallstein 2005 (Göttinger Sudelblätter. Hg. von Heinz Ludwig Arnold).

Karl May: Das Alterswerk. Ardistan und Dschinnistan. Bd. 1. Kritische Ausgabe nach den Manuskripten. Hg. von Hans Wollschläger unter Mitwirkung von Franziska Schmitt. Bamberg: Karl-May-Verlag 2005.
Karl-Kraus-Lesebuch. Hg. von Hans Wollschläger. Mit einer Einleitung und einem Nachwort. Frankfurt a. M.: Suhrkamp 2005.
»Am Ende eines ›Welt-Alltags‹«. In: *die horen,* 50. Jg. (2005), H. 218, S. 77-86.
»Leitfaden a priori. Karlheinz Deschners Kriminalgeschichte des Christentums«. In: *Aufklärung und Kritik. Zeitschrift für freies Denken und humanistische Philosophie.* Sonderheft 9 / 2004, S. 62-70.
»Wilhelm Reich«. Einleitung zu: Jorgos Kavouras: *Heilen mit Orgonenergie.* Bietigheim: Turm Verlag 2005.
Vorträge:
»›Schacht und Hütte‹. Eine Revue«. Vortrag auf dem XVIII. Kongreß der Karl-May-Gesellschaft in der Zeche Zollverein, Essen, 2.10.2005.
»E.T.A. Hoffmanns *Don Juan*«. Vortrag mit Lesung aus Anlaß des 200-jährigen Bestehens der Nervenklinik Bamberg in der großen Halle von St. Getreu am 1.9.2005.

Bernhard Zeller
Schwäbischer Parnass. Ein Streifzug durch die Literaturgeschichte Württembergs. Tübingen: Silberburg-Verlag 2005.
Hermann Hesse. Biographie. Reinbek: Rowohlt 2005 (rororo-monographien).
»Otto Rombach«. In: *Neue Deutsche Biographie,* Bd. 22, Dunckler & Humblot, Berlin 2005, S. 18.
»Zur Geschichte der Schiller-Stiftungen in der ersten Nachkriegszeit«. In: *Deutsche Schillerstiftung von 1859.* Ehrungen, Berichte, Dokumentationen. Weimar 2005, S. 144-149.
»Arzt und Patient – Albert Zeller und Nikolaus Lenau«. [Vortrag, gehalten am 15. Novemer 2004 in Winnenden]. In: *Nachrichten des Martinzeller-Verbands,* Dezember 2004, Nr. 33, S. 10-20.
»Otto Rombach. Erinnerung an den Schriftsteller, Humanisten und Bietigheimer Ehrenbürger. In: *Blätter zur Stadtgeschichte Bietigheim-Bissingen,* Bd. 16, 2005, S. 218-223.
»100 Jahre Justinus-Kerner-Verein. Zur Kultur des Bewahrens«. Festansprache zur Jubiläumsveranstaltung des Justinus-Kerner-Vereins und Frauenvereins Weinsberg e.V. am 19.3.2005. Marbach a.N. [Privatdruck], S. 3-14.

Theodore Ziolkowski
Ovid and the Moderns. Ithaca (USA): Cornell University Press 2005.
»Seneca: A New German Icon?«. In: *International Journal of the Classic Tradition* 11, H. 1, S. 44-77.
»Time Interred: Walks through Berlin's Cemeteries«. In: *World Literature Today,* Vol. 79 (2005), H. 2, S. 33-36.
»Progressive Horizonterweiterung«. In: *Wissenschaft und Universität. Selbstporträt einer Generation.* Wolfgang Frühwald zum 70. Geburtstag. Hg. von Martin Huber und Gerhard Lauer. Köln: DuMont 2005, S. 357-371.

Joseph Zoderer

Der Himmel über Meran. Sechs Erzählungen. München: Hanser 2005.

»Wir gingen« (Auszug). In: *Grenzräume. Eine literarische Landkarte Südtirols.* Hg. von Beatrice Simonsen. Bozen: Raetia 2005, S. 40-45.

»Die Walsche. Roman«. In: *Landvermessung. Österreichische Literatur nach 1945. Vergessene. Bleibende. Künftige.* Eine Anthologie in 21 Bänden. Hg. von Günther Nenning. Salzburg: Residenz 2005, Bd 18.

Fremdsprachige Ausgaben:

Il dolore di cambiare pelle [Der Schmerz der Gewöhnung]. Roman. Übersetzt von Giovanna Agabio. Mailand: Bompiani 2005.

La felicità di lavarsi le mani [Das Glück beim Händewaschen]. Roman. Übersetzt von Umberto Gandini. Mailand: Bompiani 2005.

Italianka [Die Walsche]. Übersetzt ins Russische von Michael Rudnitsky. Moskau: Text-Verlag 2005.

Film:

»Wo wohnen die Wünsche?«. Portraitfilm (30 min) von Edith Eisenstecken und Evi Oberkofler. München 2005.

Nachweise

Naturwissenschaft und Poesie. Gespräch zwischen Wolf Singer und Raoul Schrott. Moderation: Klaus Reichert. Für die Druckwiedergabe wurde das Gespräch in Fragen und Antworten zusammengefaßt.

Die Wissenschaft spricht Englisch – und die Gelehrsamkeit viele Sprachen? Diskussion zwischen Florian Coulmas, Regine Kollek, Volker ter Meulen, Ulrich Raulff und Hans-Jörg Rheinberger. Moderation: Uwe Pörksen. Für die Druckwiedergabe wurde das Gespräch in Fragen und Antworten zusammengefaßt. Die Antworten von Regine Kollek lagen uns nicht vor.

Peter Hamm, »Wenn auch die Namen nicht mehr sind«. Einführung zur Lesung: Österreichische Autoren stellen vergessene Schriftsteller ihres Landes vor, gehalten bei der Frühjahrstagung in Salzburg am 30. April 2005.

Andreas Isenschmid: Nun hört man Stendhals Stil im Deutschen. Laudatio auf Elisabeth Edl, gehalten bei der Verleihung des Johann-Heinrich-Voß-Preises für Übersetzung in Salzburg am 1. Mai 2005.

Elisabeth Edl: Welt-Literatur. Dankrede, gehalten bei der Verleihung des Johann-Heinrich-Voß-Preises für Übersetzung in Salzburg am 1. Mai 2005.

Ilma Rakusa: Melancholiker und Flaneur. Laudatio auf László F. Földényi, gehalten bei der Verleihung des Friedrich-Gundolf-Preises für die Vermittlung deutscher Kultur im Ausland in Salzburg am 1. Mai 2005.

László F. Földényi: Deutschland – so nah, so fern. Dankrede, gehalten bei der Verleihung des Friedrich-Gundolf-Preises für die Vermittlung deutscher Kultur im Ausland in Salzburg am 1. Mai 2005.

Uwe Pörksen: Was vermag die politische Rede? Vortrag zum Thema der Herbsttagung, gehalten in Darmstadt am 3. November 2005.

Gustav Seibt: Figuren im Marstheater. Journalisten, Dilettanten, Moderatoren – und Berufspolitiker. Vortrag zum Thema der Herbsttagung, gehalten in Darmstadt am 3. November 2005.

Wolfgang Thierse: Politik und Medien. Vortrag zum Thema der Herbsttagung, gehalten in Darmstadt am 3. November 2005.

Tilman Krause: Bekenntnis zum bürgerlichen Humanismus. Laudatio auf Hans Keilson, gehalten bei der Verleihung des Johann-Heinrich-Merck-Preises für literarische Kritik und Essay, gehalten in Darmstadt am 5. November 2005.

Hans Keilson: Das Wirkliche erzählbar machen. Dankrede, gehalten bei der Verleihung des Johann-Heinrich-Merck-Preises für literarische Kritik und Essay, gehalten in Darmstadt am 5. November 2005.

Boris Groys: Philosophie im Kontext und als Kontext. Laudatio auf Peter Sloterdijk, gehalten bei der Verleihung des *Sigmund-Freud-Preises für wissenschaftliche Prosa* in Darmstadt am 5. November 2005.

Peter Sloterdijk: Rede ohne Titel [Dankrede], gehalten bei der Verleihung des *Sigmund-Freud-Preises für wissenschaftliche Prosa* in Darmstadt am 5. November 2005.

Patrick Bahners: Vereinigung durch das Bild hindurch. Laudatio auf Brigitte Kronauer, gehalten bei der Verleihung des Georg-Büchner-Preises in Darmstadt am 5. November 2005.

Brigitte Kronauer: Büchner-Preis-Rede [Dankrede], gehalten bei der Verleihung des Georg-Büchner-Preises in Darmstadt am 5. November 2005.

Martin Meyer: Horizont und Nähe des Denkens. Zum Tod von Hanno Helbling. Erstdruck in: *Neue Zürcher Zeitung,* 11.2.2005. – Hanno Helbling starb am 8. Februar 2005; er war seit 1981 korrespondierendes Mitglied der Akademie.

Harald Hartung: Poetische Archäologie. Zum Tod von Thomas Kling. Erstdruck (gekürzt) in: *Frankfurter Allgemeine Zeitung,* 4.4.2005. – Thomas Kling starb am 1. April 2005; er war seit 2000 ordentliches Mitglied der Akademie.

Eckart Heftrich: Zum Tod von Roger Bauer. Erstdruck (unter dem Titel »Schöne Décadence«) in: *Frankfurter Allgemeine Zeitung,* 28.6.2005. – Roger Bauer starb am 18. Juni 2005; er war seit 1978 ordentliches Mitglied der Akademie.

Ludwig Arnold: Romantiker in gläserner Welt. Zum Tod von Heinrich Schirmbeck. Erstdruck in: *Frankfurter Rundschau,* 9.7.2005. – Heinrich Schirmbeck starb am 4. Juli 2005; er war seit 1962 ordentliches Mitglied der Akademie.

Lothar Müller: Loreleys Zöpfe. Zum Tod von Cesare Cases. Erstdruck in: *Süddeutsche Zeitung,* 30./31.7.2005. – Cesare Cases starb am 27. Juli 2005; er war seit 1989 korrespondierendes Mitglied der Akademie.

Horst Günther: Kosmopolit der Vernunft. Zum Tod von Raymond Klibansky. Erstdruck in: *Neue Zürcher Zeitung,* 15.8.2005. – Raymond Klibansky starb am 5.8. 2005; er war seit 1988 korrespondierendes Mitglied der Akademie.